LUZIFER
VERLAG

JONATHAN GREEN

PAX BRITANNIA

WELT AUS DEN FUGEN

LUZIFER
VERLAG

Überarbeitete Ausgabe
Titel der Originalausgabe: UNNATURAL HISTORY

www.luzifer-verlag.de

Umschlaggestaltung: Michael Schubert | Luzifer-Verlag
Übersetzung: Rona Walter

ISBN: 978-3-95835-426-5

Dieses Buch wurde nach Dudenempfehlung (Stand 2023) lektoriert.

Bibliografische Information der Deutschen Nationalbibliothek:
Die Deutsche Nationalbibliothek verzeichnet diese Publikation in der Deutschen Nationalbibliografie; detaillierte bibliografische Daten sind im Internet über *http://dnb.d-nb.de* abrufbar.

Für Mattie
fürs Zuspätkommen.

EINLEITUNG

DER WIDERNATÜRLICHE URSPRUNG
Ein Traktat der Ursprünge in der Welt von Pax Britannia,
oder
WOHER DIE IDEEN STAMMEN

von Jonathan Green

Was Sie hier in Ihren Händen halten, ist die Kulmination aus beinahe drei Jahren Arbeit und etwas, worauf ich sehr stolz bin. Falls Sie neu sind in der Welt von Pax Britannia, der Steampunk-Fassung der uns bekannten Welt, in welcher alle Geschichten dieser Reihe angesiedelt sind, so ist nun wohl der angemessenste Zeitpunkt, Sie auf den neuesten Stand zu bringen:

In den abschließenden Jahren des zwanzigsten Jahrhunderts sind die Normen des Britischen Empire noch immer so weitverbreitet wie eh und je. Königin Victoria ist kurz davor, ihr 160. Jubiläum zu zelebrieren, da sie mittels hochentwickelter Dampftechnologie am Leben erhalten wird. London hat eine wunderliche Ausweitung des Stadtrandes zu verzeichnen, wo Luftschiffe den Himmel durchstreifen, Roboter-Bobbys das Gesetz vertreten und Dinosaurier im Zoo bewundert werden können.

Willkommen in Magna Britannia, der dampfbetriebenen Welt voller wunderlicher Kreationen und dubioser Bösewichte. Hier kämpfen schneidige Dandys und schnurrbärtige Gauner um die Vorherrschaft, während unterhalb der Stadt lebende Kuriositäten die überfluteten Tunnel des alten Londoner Untergrundes aufmischen.

Man fragte mich regelmäßig, wie lange mir die Ideen für die Pax Britannia Reihe schon im Kopf umherschwirrten, bevor ich sie *Abaddon Books* (Originalverlag, Anm. der Übersetzerin) anbot. Anfänglich gab ich an, dass ich in der Nähe unterwegs war, ein paar Minuten entfernt. Ich erinnere mich, dass ich über eine Anzeige von *Abaddon* gestolpert war, die Mitwirkende für die vier Serien suchten, die sie damals in Bearbeitung hatten. Woran ich mich allerdings klammerte, war die Andeutung, dass der Verlagsleiter bereit wäre, auch neue Serien aufzunehmen. Es war diese Hoffnung, die mich anspornte, und so setzte ich mich hin und verfasste folgende E-Mail, die ich hier zum ersten Mal wieder hervorbringen möchte:

Es ist das Ende des 20. Jahrhunderts und Queen Victoria regiert noch immer an oberster Stelle, am Leben erhalten von einer Charles Babbage-artigen Schöpfung. Das Britische Empire bedeckt noch immer große Teile der bekannten Welt, ebenso wie den Mond und die umliegenden Planeten. Unterdessen wachsen Aufwiegelungen und die Unzufriedenheit mit den separaten Entwicklungen der Marsbewohner und deren ständigem Streben nach Macht und Einfluss. Alles, was Sie bisher in den viktorianischen Gothic-Novellen gelesen haben, ist wahr: Menschen können vom Tod wiedergebracht werden, Dinosaurier leben in abgelegenen Bereichen der Welt (und im Londoner Zoo!), und Darwins Evolutionstheorie wurde korrekt nachgewiesen – von etlichen labilen, aber erfahrenen Wissenschaftlern.

Aristokratische Stammbaumhalter der Vampire setzen sich in Osteuropa durch und graben ihre Klauen in die königliche russische Familie (Russland ist ein Prinzenstaat von Magna Britannia), Dampf- und Uhrwerkbetriebene Robotersklaven arbeiten neben den unterdrückten Unterklassen, während logisch denkende Maschinen der Führungsschicht helfen, ihren Machtanspruch in dieser überbevölkerten Welt aufrechtzuerhalten. Eisenbahnen beherrschen die Welt, und es gibt Städte mitten im Ozean. Weltweit haben sich die meisten Völker unter den britischen Maßstäben zusammengetan. Wissenschaftliche Arbeiten wurden in einer retrowissenschaftlichen Art und Weise wieder aufgenommen, abseits der unverrichteten Dinge unserer eigenen Welt. Nachdem die Weltraumreisen gemeistert werden konnten, bastelt man nun an den Zeitreisen.

In diese Kulisse setzen wir nun den höflichen Dandy und Galgenvogel Ulysses Lucian Quicksilver, gelegentlicher Abenteurer und Agent im Dienste des Thrones, der für schattenhafte Herren arbeitet, welche verzweifelt ein Regime zu erhalten versuchen, das seit 150 Jahren andauert und nun von innen heraus einzustürzen droht – also keineswegs mehr das ist, was es zu sein scheint.

Er bekämpft die Schurken in den zylindrischen Gewölben der Unterwelt mit raffinierter Eleganz, modischer Stilsicherheit und Schnauzbart. Unterstützung findet er dabei in seinem unerschütterlichen Hausdiener Nimrod, während die Uhr des Big Ben das Jahr 2000 ankündigt … und damit das Ende der Welt.

Wie Freunde der Serie erkennen können, änderte sich nur wenig an den anfänglichen Voraussetzungen; dem Original wurde seit damals eher noch mehr hinzugefügt als fortgenommen.

Um ehrlich zu sein, vernachlässigte ich die Idee etwas, wie ich selbst feststellte, als ich nach den Ursprüngen von Pax Britannia gefragt wurde. Für lange Zeit hatte ich sie in einer dunklen Ecke meiner Gedanken aufbewahrt – aber nicht völlig vergessen, denn als ich erneut mit der ersten Geschichte von Pax Britannia begann, brachen all diese Ideen wieder hervor und wollten gar nicht mehr aufhören.

Später stolperte ich über einige Notizen, die ich nicht mehr gesehen hatte, seit ich sie zehn Jahre zuvor aufgeschrieben hatte. Dazwischen befand sich eine Seite mit schwer lesbarem Gekritzel über einen Charakter namens *Mandeville Sachs, Gentleman Abenteurer.* Die Dinosaurier in den Kampfgehegen des Zoos im Regent's Park wurden dort ebenso erwähnt, wie Queen Victoria in einem lebensspendenden Thron. Da wurde auf Basen auf dem Mond und dem Mars hingewiesen, zudem war da ein Absatz über einen Wissenschaftler, der die DNA-Stränge herausarbeitet, oder – wie er es nennt – *den Krempel des Lebens.* Fünf Jahre später stahlen sich diese Ideen in mein Bewusstsein zurück, während ich meine Mail an *Abaddon* schrieb. Mandeville Sachs entkam meinem Unterbewusstsein bei einer günstigen Gelegenheit und nannte sich nun Ulysses Quicksilver.

Woher genau der Name kam, weiß ich nicht. Ich erinnere mich, dass ich dachte, für den Moment würde er wohl taugen, und dass ich ihn später immer noch ändern könnte – nur, dass ich es dann doch nie tat.

Bis zu dem Zeitpunkt, da ich die ersten Abschnitte zur widernatürlichen Zeitgeschichte der Pax Britannia Reihe schrieb, war Ulysses noch nicht wirklich präsent. Er kristallisierte sich schließlich während des Prologes heraus, der auch als Vorwort für die gesamte Serie gilt. Wer also ist er? Ulysses Quicksilver ist ein Patriot, ein Frauenheld, ein feiner Pinkel, ein Aufschneider, ein fachkundiger Fechter, ein verdammt präziser Schütze, ein Genießer, stets modebewusst, ein Gefahrensucher, ein Mann des Volkes, ein Liebhaber, ein Kämpfer, gewöhnlich der Herausforderer der Autoritäten, ein Mann der Tat, ein scharfer Verstand, ein wandelnder Widerspruch, ein Lebemann – aber noch wichtiger: Er ist ein Held.

Aber wer ist er wirklich?

Zwangsläufig ist er vor allem ein Geschöpf meiner Vorstellungskraft. In der Tat ist er zu einem gewissen Anteil *Ich*. Wie dem auch sei, ein wenig James Bond steckt wohl auch in ihm, eine Prise Sherlock Holmes und ein Hauch Oscar Wilde. Am Ende des Tages dann, nachdem eine halbe Million Wörter über ihn und seine Abenteuer zu Papier gebracht wurden, gehört er wieder nur sich selbst; vor allem als Pax Britannia zu etwas mehr wurde, als nur die Summe seiner Einzelteile.

Pax Britannia trägt seine Einflüsse offensichtlich zur Schau. Ja, es ist Steampunk – womit gemeint ist, dass deutlich viktorianische Einflüsse erkennbar sind, als die Technologien des späten neunzehnten Jahrhunderts die Basis für gesamtwirtschaftliche Entwicklungen begründeten, sodass wir Computern aus Uhrwerken, Robotern und dampfbetriebenen Kraftfahrzeugen begegnen, die eine Ehe mit der kompromisslosen Einstellung der viktorianischen Ansichten eingingen. Die Gedanken, dass es in dieser Welt rein gar nichts überdreht Wissenschaftliches geben sollte, dass Männer, die sich nach Kräften bemühen, an keine realen Grenzen stoßen könnten, brachte ich nicht fertig. Zudem musste einfach alles in Teak und Messing gefertigt sein. (Man kann gar nicht genug von Teak und Messing in meinem Buch bekommen.)

Innerhalb Pax Britannias weitläufigen Grenzen stößt man auf die Schrecken des Krieges, Agatha Christie, James Bond, Die Liga der außergewöhnlichen Gentlemen, Dinosaurier, Darwinismus, Sir Arthur Conan Doyle, Groschenromane, 1950er B-Movies, Jules Verne, H. G. Wells und auch ein wenig Doctor Who (der sich meiner Meinung nach in seinen aktuellsten Inkarnationen selbst mehr und mehr zum Steampunk entwickelt).

Es ist eine vollständige Welt, eine so gewaltige Kulisse, dass beinahe jedwede Geschichte hier untergebracht werden könnte, von Spionagethrillern und Kriminalgeschichten, bis zu Liebesgeschichten und unverfälschtem Horror.

Währenddessen schreibe ich gerade an meiner sechsten Ulysses Quicksilver Pax Britannia-Geschichte mit dem Titel *Dark Side* (engl. Originaltitel, Anm. der Übersetzerin), worin unser Held und seine ganz eigene Art der Verwegenheit auf dem Mond landen. Eine siebte wurde ebenfalls bereits in Auftrag gegeben und ich hätte auch noch Ideen für einige mehr – denn Totgesagte leben ja bekanntlich länger.

Nun denn, erhebt eure Brandygläser und begleitet mich und Ulysses Quicksilver, den Held des Empire, nach Magna Britannia.

Lang lebe die Queen!

Jonathan Green, London, MMX

PROLOG

DIE RÜCKKEHR

Das Schellen der Türglocke gellte penetrant durch die Eingangshalle. Sein Echo drang durch mit abgedeckten Möbelstücken vollgestellte Räume, hallte von Säulen aus Marmor und Alabaster wider und prallte gegen altertümliche Familienerbstücke und antike Vasen. Dennoch störte es keineswegs den Schlaf der Ahnen, welche, auf ewig festgehalten in Porträts, die dunklen, mit Papiertapeten verkleideten Wände zierten. Irgendwann verlor sich dieses unschöne Geräusch in dem gefliesten Durchgang zwischen Küche und Bediensteten-Trakt; nicht mehr wirklich ein Echo, nur mehr eine Erinnerung daran. Frieden kehrte in das Londoner Stadthaus zurück und das einzige Geräusch in diesem ansonsten totenstillen Haus war das regelmäßige mechanische Ticken der Standuhr in einer Nische im Treppenhaus. Sie war unverhangen, die Devise *Tempus Fugit* deutlich sichtbar in die glatte Oberfläche graviert. Das vornehme Ticken zeigte die Zeit in einem Haus an, in dem Zeit schon lange keine Bedeutung mehr hatte.

Ein Knarzen gesellte sich zu dem stetigen Ticken der Uhr; das Knarzen von Ledersohlen auf glänzend weißen Bodenfliesen. Der Hüter des Hauses lief entschlossen und dennoch gemächlich auf die Vordertür zu. Er durchschritt den Korridor, den Rücken gerade, mit erhobenem Kopf, die adlerhaften Züge seines Gesichts teilnahmslos und ernst, die stechend saphirblauen Augen starr geradeaus gerichtet.

Die Porträts folgten ihm ungerührt mit ihren apathischen Leinwandaugen, als er an ihnen vorüberschritt. Elektrisches Licht tauchte alles in eine gelbe Lumineszenz.

Er passierte einen gewaltigen goldgerahmten Spiegel, der die gesamte Wand einnahm, ohne sein Spiegelbild auch nur eines Blickes zu würdigen, geschweige denn den gestärkten Kragen seines Hemdes und den Knoten seiner Krawatte zu überprüfen oder ob sein graues Haar ordentlich gescheitelt war.

Die Türglocke schellte noch einmal, just als er seine Hand auf den Türknauf legte und die Haustür öffnete. Ein kurz geratener, stämmiger Mann trat draußen ungeduldig von einem Fuß auf den anderen und zuckte sogleich zurück, aufgeschreckt vom plötzlichen Erscheinen des Hausdieners.

Der Mann sah an dem Butler empor und direkt in die kalten Augen, die ihn unter dichten Brauen drohend anblickten. Unangenehm berührt entzog er sich dem Augenkontakt, indem er die einschüchternde Erscheinung des Hausdieners von Kopf bis Fuß betrachtete.

Der Butler war ein Mann ohne wirkliches Alter, obgleich er wohl keinesfalls jünger als fünfundvierzig sein konnte, ebenso gut aber auch bereits die sechzig erreicht haben mochte. Seine distanzierte Ausdrucksweise verriet Geringschätzung, die kantigen Gesichtszüge verliehen ihm etwas Aristokratisches; allerdings war seine Nase mit Sicherheit bereits an mehr als einer Stelle gebrochen gewesen. Sie ließ ihn wie einen in die Jahre gekommenen Preisboxer mit dem Benehmen eines überaus loyalen Gefolgsmanns erscheinen.

»Ah, Nimrod.«

»Mr. Screwtape, Sir«, entgegnete der Hausdiener. Sein Akzent klang ebenso geschliffen und kultiviert, wie sein Kragen frisch gestärkt und makellos war. »Sie werden schon erwartet. Bitte treten Sie ein.«

Rein gar nichts in Nimrods Tonfall und seiner teilnahmslosen Ausdrucksweise deutete an, dass der Anwalt willkommen war. Tatsächlich fühlte sich Screwtape in der Rolle als Besucher eher wie ein unerwünschter Eindringling.

»Mr. Quicksilver erwartet Sie in seinem Studierzimmer.«

Der Butler machte einen Schritt zur Seite und schloss die Tür vor der Kälte und der Nacht. Screwtape nahm seine Melone mit einer Hand ab – einen Aktenkoffer hielt er fest in der anderen – und enthüllte dabei seinen schwachen Versuch, mittels einiger dünner, offensichtlich schwarz gefärbter Strähnen eine beginnende Glatze zu verdecken. Kleine Schweinsäuglein inmitten wabbeliger Gesichtszüge spähten hinter den dicken Gläsern seines Kneifers hervor, der sich beinahe in seinen kurzen, buschigen Schnauzbart schmiegte.

»Darf ich Ihnen den Mantel abnehmen, Sir?«

»N-nein, das ist nicht nötig. Ich werde ihn selbst nehmen.« Nimrod machte ihn immer äußerst nervös.

»Sehr wohl, Sir.«

Nimrods Tonfall klang geradezu mühselig. »Wenn Sie nun die Güte hätten, mir zu folgen.«

Der Butler führte den Anwalt durch einige Räume, in denen diverse mit staubigen Tüchern bedeckte Möbelstücke standen und finster dreinblickende Porträts von Urahnen hingen, durch eine modrig riechende ehemalige Bibliothek und geradewegs zu der einzigen mit Eichenholz vertäfelten Tür. Dort hielt er inne und klopfte behutsam.

»Kommen Sie herein«, erklang eine aristokratisch anmutende Stimme dahinter.

Der Butler öffnete die Tür und bedeutete dem Besucher vorzutreten.

Screwtape fand sich in einem großräumigen Studierzimmer wieder. Die Wände waren mit Bücherregalen gesäumt, und dazwischen, wo man einen kleinen Blick auf die Paisley-Tapete erhaschen konnte, hingen Aquatinta-Radierungen; Tuschätzungen in Nussbaumrahmen sowie getönte Fotografien, eingefasst in Lichtspektren, auf denen exotische Orte aus allen Teilen des Globus zu sehen waren. Ebenso standen dort allerlei kuriose Artefakte; zweifellos Ansammlungen aus ebenjenen Reisezielen auf den Bildern. Dazwischen konnte Screwtape den Speer eines Massai-Kriegers und einen Schild aus Antilopenhaut erkennen, ebenso eine birmanische Dämonenmaske und – am verstörendsten von all den Seltsamkeiten – einen dunklen, fleckigen Menschenschädel, verziert mit seltsamen Feuersteinkieseln und dem Gefieder eines Paradiesvogels. Der Anwalt konnte sich nicht vorstellen, woher dieses überaus spezielle Objekt gekommen sein mochte, wollte er aber auch nicht wirklich.

Einiges an Mobiliar war auch in dem Zimmer untergebracht worden. Ein beachtlicher Mahagonischreibtisch stand direkt vor ihm, dahinter ein mächtiger Ledersessel. Er zählte noch einen weiteren solchen Stuhl und eine Chaiselongue. In einer Ecke hatte sich jemand in der Gartenbaukunst geübt und eine Schusterpalme in einen tönernen Topf gesetzt, der nun auf einem umgedrehten Pflanzensockel aus Ebenholz thronte. Der gesamte Raum war in Mahagoni und weinrotem Samt gehalten. Hinter dem Schreibtisch verdeckten schwere Vorhänge die großen Fenster und über einem schwarzen eisernen Kaminsims hing das imposante Porträt eines grauhaarigen und schnauzbärtigen Mannes. In seinem Tweed Jackett, der senffarbenen Weste und den

Jagdhosen sah er exakt wie ein englischer Landadeliger aus, der gerade eine nachmittägliche Quengelei genoss. Zudem trug er eine Büchse in der rechten Hand; nur dass die Szene hinter ihm die afrikanische Savanne zeigte und sein Fuß auf dem Kadaver eines wilden Löwen ruhte.

Screwtape blickte von dem Heldenporträt auf den darunter stehenden jungen Mann. Die Ähnlichkeit in der Familie war bemerkenswert.

Papierschnipsel aus der *Times* bedeckten die abgenutzte grüne Lederoberfläche des Schreibtisches. Einige der Artikel waren wohl von besonderem Interesse für den jungen Mann, denn er las sie wieder und wieder, während er den Inhalt eines Kristallglases in seiner rechten Hand umherwirbelte. Als der Anwalt durch die Gläser seines Kneifers auf die Schnipsel spähte, erkannte er in den größeren Abschnitten der Schlagzeilen, dass es sich stets um dieselbe Bewandtnis handelte. Eine Überschrift schrie: *Millionär und Lebemann im Himalaja vermisst*, eine andere: *Abenteuer mit Heißluftballon endet in Tragödie.* Der jüngste Report trug die Aufschrift *Quicksilver vermisst, vermutlich tot.* Das Datum dieses Reports lautete auf den 3. April 1996.

Die mit Bronze verzierte Uhr auf dem Kaminsims schlug zehn. Sekunden später wurde deren Echo von einer schweren Standuhr andernorts im Haus zurückgeworfen. Es lag etwas Verstohlenes in diesem Treffen und im Zusammenspiel mit Nimrods nachhaltiger Präsenz fühlte sich Screwtape unbehaglich. Warum sich zu solch später Stunde treffen, um eine Abmachung zu besiegeln, wenn doch nichts Schändliches bei dieser Unternehmung im Spiel war? Die nachtschlafende Zeit war den kriminellen Bruderschaften vorbehalten, die dann ihren gesetzeswidrigen Geschäften frönten.

Normalerweise hätten solche Dinge den Anwalt gar nicht beunruhigt. Jeden Tag musste er sich mit dem Gesetz auseinandersetzen, und das Gesetz mit ihm. Ein Auge zudrücken, sich mit konfusen und verwirrenden Klauseln Sittenwidrigkeiten entgegenstellen und geheime Paragrafen verschleiern. Die Firma von *Mephisto, Fanshaw & Screwtape* war bereits seit fünf Generationen bei der Quicksilver-Familie beschäftigt; seit der Zeit des Krimkrieges, um genau zu sein. Sie verfügte über eine langanhaltende historische und erbschaftsbedingte Geschichte.

»Screwtape, wollen Sie nicht Platz nehmen?«, fragte der junge Mann und deutete in Richtung des gepolsterten Lederstuhles.

Der Anwalt betrachtete den ungemütlichen Armsessel und drehte dabei unruhig die Krempe seiner Melone in den Händen. »Nein, ist schon gut. Ich bevorzuge es, stehenzubleiben.«

Der junge Mann schaute zum ersten Mal, seit der Anwalt das Studierzimmer betreten hatte, auf den Lederstuhl. Ein distanziert wirkender, wehmütiger Blick vernebelte seine Miene. »Ja, ich weiß, was Sie meinen.«

Es schien, als strahle der leere Sitz eine beunruhigende Dominanz aus.

»Wenigstens einen Drink?«, fragte Quicksilver, das Glas wie zu einem Trinkspruch erhoben.

»Sehr gerne«, nahm der Anwalt erleichtert das Angebot an. Ein harter Drink war genau das, was er nötig hatte. »Whisky bitte.«

»Ich befürchte, es wird wohl Cognac sein müssen. Es hat den Anschein, die Vorräte meines Bruders sehen eher mau aus.« Er warf dem Hausdiener, der noch immer in der offenen Tür des Studierzimmers stand, den Blick eines

Verdurstenden zu und drückte Screwtape ein Brandyglas in die Hand. Dieser legte seinen Hut und die Aktentasche sorgfältig auf dem Schreibtisch ab und nahm den angebotenen Drink entgegen.

»Auf die Zukunft«, tat Quicksilver kund und ließ sein Glas gegen das von Screwtape klirren. Der junge Mann leerte den Inhalt in einem Zug. Screwtape nippte an dem seinen. Das weiche Aroma des Cognacs füllte seinen Mund und rann die Kehle hinab, um sein Magengeschwür etwas zu besänftigen.

»Allerdings«, brummte er.

»Also, die Papiere?«

»J-ja, natürlich«, der Anwalt wandte seine Augen endlich mit einiger Mühe von dem leeren Armsessel ab. »Ich habe sie gleich hier.«

Nach einigem Herumfummeln gelang es ihm schließlich, die kostbaren Dokumente aus ihrem Umschlag zu fischen. Er reichte sie über den Schreibtisch und Quicksilver griff begierig danach, doch Screwtape wollte sie noch nicht aus den Händen geben.

»Wenn diese Papiere erst einmal unterzeichnet sind«, sagte er mit einer Stimme, die plötzlich ruhig und gesetzt klang, »wird Ihr älterer Bruder Ulysses offiziell für tot erklärt sein und all das gehört dann Ihnen.« Mit einer allumfassenden Geste seiner Hand bezog er das Studierzimmer und folglich auch das ganze Haus mit ein.

»Als der einzig verbliebene Erbe Ihres Bruders wird er Ihnen alles hier hinterlassen. Das verstehen Sie, nicht wahr?«

»Natürlich verstehe ich das.« Quicksilver zerrte an den Unterlagen und schließlich lockerte Screwtape seinen Griff.

»Es schmerzt mich ebenso sehr, dies hier zu tun«, sagte der junge Mann, ohne auch nur eine Spur von aufrichtiger Traurigkeit in der Stimme. »Und wie es mich schmerzt, dass mein Bruder seit über einem Jahr vermisst wird. Nicht ein einziges Wort habe ich von ihm gehört, seit er zu dieser verhängnisvollen Unternehmung aufbrach. Die Überreste seines Ballons wurden in den unteren Gefällen des Mount Manaslu gefunden. In dieser Höhe und bei Temperaturen unter dem Gefrierpunkt könnte ein Mann nicht einmal eine Nacht überleben, selbst wenn er den Absturz überstanden hätte. Leider muss ich sagen, dass diese Eishölle wohl nun zu seiner letzten Ruhestätte geworden ist.«

Stille breitete sich zwischen den beiden Männern aus, bleischwer von dutzenden unbehaglichen Gedanken. Erneut erklang die Türglocke und erschütterte die spannungsgeladene Atmosphäre. Sowohl der Anwalt als auch der Erbe spähten durch die offene Tür des Studierzimmers hinaus, direkt in die undurchdringlichen Schatten der geisterhaft bedeckten Möbel in der Bibliothek.

»Wer kann das zu dieser Zeit noch sein?«, fragte Screwtape mehr zu sich selbst.

»Tatsächlich, wer wohl?«, wunderte sich auch der junge Quicksilver und schielte argwöhnisch in Richtung des Anwalts.

»Wenn Sie mich wohl entschuldigen würden, meine Herren. Ich werde mich nach Kräften bemühen, es herauszufinden«, meinte Nimrod, der schwere Bariton seiner Stimme bar jeglicher Emotion.

»Gern.« Quicksilver winkte ihm mit seinem leeren Glas hinterher, die Augen erneut starr auf die Papierschnipsel gerichtet.

Der Blick des Anwalts wanderte zurück zu den Bildern und dem kuriosen Krimskrams, der die Wände zierte – die persönliche Ausbeute eines Mannes, den sie in Bälde in sein Grab verdammen würden. Screwtape wurde auf einmal auf eine Ansammlung kleiner Fotografien aufmerksam. Stets derselbe Mann war auf jeder davon abgelichtet; tatsächlich der Einzige, der gleich mehrmals in den eingefangenen Szenen auftauchte. Geschichtliche Momente, auf ewig für die Nachwelt festgehalten. Einmal stand er inmitten einer halbnackten Sippe von Pygmäen des Äquators, ein anderes Mal schüttelte er die Hände eines Turban tragenden Maharadschas und auf einer weiteren Abbildung trug er die Garderobe eines amerikanischen Grenzansiedlers, Arm in Arm mit einem sündhaft aufgetakelten Exemplar von Frau am Pokertisch eines Schaufelraddampfers auf dem Mississippi. Es handelte sich hier nicht um denselben europäischen Jäger wie auf dem Porträt über der Feuerstelle – dieser Mann war jünger – doch es offenbarte mehr als nur eine simple Ähnlichkeit mit Screwtapes Klienten. »Sicherlich hatte er bereits die ganze Welt bereist, Ihr Bruder«, gestattete sich der Anwalt einen Kommentar.

»Ja. Und sehen Sie, wohin es ihn gebracht hat!«

Quicksilver fuhr fort, die eng beschriebenen Vertragsseiten nach etwaigen Nebenklauseln und fachlich unverständlichem Kauderwelsch zu durchsuchen, welche klipp und klar festlegten, dass nach dem Tod von Ulysses Lucian Quicksilver auch wirklich alles an ihn übergehen würde.

»Diese Artefakte …« Der Anwalt nahm eines davon in die Hände. »Sie dürften doch sicher für Sammler einen gewissen Wert haben.«

»Andenken, Schnickschnack, Nippes und nicht mehr. Ich werde sie dem Pitt-Rivers-Museum in Oxford vermachen. Und warum auch nicht? Immerhin ist das Haus die einzige Anlage, die mir mein Bruder hinterlassen hat.«

»Und wie wollen Sie mit dem Verkauf des Anwesens verfahren?«

»Ich ziehe in eine der Mondstädte um. Ich bin London leid und ich spüre, dass auch London meiner überdrüssig ist. Hier gibt es jetzt nichts mehr für mich.«

»Wie ich hörte, soll das *Tranquillity* ganz nett sein«, bot Screwtape an. »Oder das *Luna Prime*. Es soll eine recht erquickliche Atmosphäre haben.«

»Sehen Sie, Screwtape, ich denke wir haben genug an Nettigkeiten ausgetauscht. Also lassen Sie uns wieder mit dem vorliegenden Fall beschäftigen. Wollen wir?«

Nur wenig später hatte Quicksilver die Begutachtung des Dokuments abgeschlossen. »Gut, ich unterschreibe also hier und hier«, er deutete mit dem Finger auf die Zeilen, »und die Tat ist vollbracht?«

»Ja, Sir. Dann ist's gewiss getan«, meinte der Anwalt resigniert.

»Spricht etwas dagegen?«

»Wissen Sie denn, was Sie tun, Mr. Quicksilver?«

»Oh, Sie haben Ihre Rolle gut gespielt, Screwtape. Und in völligem Einvernehmen hinsichtlich der Konsequenzen. Sagen Sie nicht, Sie hätten nun ein schlechtes Gewissen. Das wäre nicht hilfreich für einen Mann Ihres Faches.«

»Ihr Bruder war sehr angesehen, ebenso wie der gute Name Ihrer Familie seit vielen Jahren schon. Ich würde es nur nicht begrüßen, wenn sich das ändern würde.«

»Oh, ebenso wenig wie ich, Screwtape. Ebenso wenig wie ich. Sie sprechen darüber, als ob es sich nicht um den guten Namen *meiner* Familie handeln würde.«

»D-das war nicht respektlos gemeint, Mr. Quicksilver, seien Sie versichert.«

»Und ich versichere Ihnen, dass man des guten Namens meiner und meines Bruders Familie noch lange Jahre gedenken wird. Ich verspreche Ihnen, sobald wir das hier hinter uns haben, ist das Erste, was ich morgen in aller Frühe tun werde, einen Grabstein in Auftrag zu geben, damit er auf unserem Familiengrab auf dem Highgate-Friedhof aufgestellt werden kann. Und ich arrangiere einen Gedenkgottesdienst zu seinen Ehren in der St.-Paul's-Cathedral.«

»St.-Paul's, hm … überaus prächtig. Und womit verdiene ich diese Darstellung öffentlichen Gejammers?«, wollte eine Stimme wissen, süffig wie Rotwein und schneidend wie ein Rasiermesser zugleich.

Quicksilver blickte von seinem Durcheinander aus Papierschnipseln und juristischen Dokumenten auf. Jegliche Farbe wich ihm aus dem Gesicht, als er – von blankem Entsetzen geradezu überwältigt – die Gestalt auf der Türschwelle anstarrte. Screwtape wandte sich mit offenem Mund dem Neuankömmling zu. Das Bersten von Glas auf den polierten Eichenholzdielen zerriss die Stille, als des Advokaten Cognac ihm aus den schweißnassen Fingern rutschte.

»U-Ulysses?« Der junge Mann stützte sich schwer mit einer Hand auf den Schreibtisch. Er sah aus, als würde er sogleich einer schweren Krankheit erliegen. »Ulysses … Gott sei Dank, du bist wohlauf! M-meine Gebete wurden erhört.«

»Mir war gar nicht aufgefallen, dass du mit dem lieben Gott eine so freundschaftliche Beziehung pflegst, Barty.«

Der Mann in der Tür war eine ungleich größere und kräftiger gebaute Version des jungen Mannes, den nur noch der große Mahagonitisch am Umfallen hinderte. Von der wohldefinierten Kinnpartie bis zu dem dichten, an den Schläfen bereits ergrautem Haar und dem funkelnden Glanz in seinen tiefbraunen Augen, war er zudem auch der Stattlichere von beiden. In jedem Fall war er ein lässig-eleganter Herr in braunem samtenem Gehrock und paisley-gemusterter

Weste, die in herbstlichen Farben hervorstach – zudem trug er Moleskinhosen nach der neuesten Mode, dazu eine senfgelbe Seidenkrawatte mit diamantener Anstecknadel. Er stützte sich lässig auf einen schwarzen Gehstock, in dessen Heft ein Blutjaspis eingefasst war.

Der Hausdiener stand ihm zur Seite, das faltenreiche Gesicht noch immer eine kalte Maske des Gleichmutes, nun jedoch mit dem Hauch eines Lächelns in seinen Augen.

»Es scheint, es ist doch ein wenig spät für ein Treffen mit dem familiären Rechtsbeistand, Bruder«, bemerkte Ulysses Quicksilver.

»Ulysses, ich kann noch immer nicht glauben, dass du es bist«, stammelte Bartholomew Quicksilver, während die Farbe nicht nur in seine Wangen zurückkehrte, sondern ihnen sogleich eine heftige Schamesröte verlieh.

»Und das hier?« Ulysses durchschritt die wenigen Meter bis zum Schreibtisch und griff sich die Papiere aus Bartholomews Händen. Mit schiefem Lächeln auf den Lippen überflog er beiläufig deren Inhalt.

»So, ihr beide wolltet mich also offiziell für tot erklären? Sieht aus, als wäre ich gerade im rechten Moment angekommen … wie gewöhnlich.«

Gelassen bahnte sich Ulysses gemessenen Schrittes seinen Weg um den Schreibtisch und lehnte sich gegen den Kaminsims. Er blickte kurz auf das Porträt seines Vaters an der Wand über sich und warf dann die Dokumente ganz nebenbei ins Feuer hinein. Der Advokat schnappte nach Luft und Bartholomew machte einen plötzlichen Schritt nach vorne, riss sich aber sogleich zusammen.

»Nun, ich bin noch am Leben. Damit hätte sich das erledigt. Dieser Wohnsitz ist noch immer das Eigentum von Ulysses Lucian Quicksilver, bis ich es anders erachte. Und falls ich mich dazu entschließen sollte, es als meinen letzten Willen dem Katzenschutzverein zu vermachen, sobald ich wirklich und wahrhaftig tot bin, so ist das allein meine Sache.«

Bartholomew öffnete den Mund, als wollte er etwas sagen.

»Und falls du den Wohnanspruch, wie er in Vaters aktuellem Nachlass steht, behalten willst, Barty ...«, Ulysses bedachte ihn mit einem scharfen Blick, »... so empfehle ich dir, ab jetzt zu schweigen. Verstanden?«

Der jüngere Mann nickte, die Niederlage stand ihm ins bleiche Gesicht geschrieben.

»Nimrod, mein Bruder wird uns nun verlassen. Würdest du wohl freundlicherweise seinen Mantel holen?«

»Umgehend, Sir.« Der Hausdiener neigte seinen Kopf und mit ausgestrecktem Arm bedeutete er Bartholomew Quicksilver, zu gehen.

»Mr. Screwtape wird uns nun ebenfalls verlassen«, fügte Ulysses missmutig hinzu.

»M-Mr. Quicksilver ...« Screwtape hatte endlich seine Stimme wiedergefunden. »Sie verstehen sicher, dass ich lediglich mein Bestes tun wollte, um der Familie Quicksilver zu helfen, und dass ich Bescheid wusste über ...«

»Bescheid wussten? Über was? Dass ich noch am Leben bin?«

»Na ja, Sir. Wenn ich doch nur ...«

»Was versuchen Sie mir zu sagen, Screwtape? Hätten Sie gewusst, dass ich noch am Leben bin, hätten Sie sich geeilt, um diese verachtenswerte Intrige zu Ihren Gunsten und denen meines Bruders zum Abschluss zu bringen?«

»Nein, Sir. Ganz und gar nicht.«

»Nimrod?«

»Ja, Sir?« Der Hausdiener stand noch immer abwartend auf der Türschwelle zum Studierzimmer.

»Es war ein langer Tag und ich habe eine mühselige Reise hinter mir. Ich werde mich also so bald wie möglich für die Nacht zurückziehen. Wenn du wohl so nett wärst, mir einen Cognac als Schlaftrunk zu bringen, sobald du meinen Bruder und unseren ehemaligen Familienanwalt von meinem Anwesen geleitet hast.«

»Mit Vergnügen, Sir.« Nimrod führte beide, Bartholomew und Screwtape, aus dem Raum.

»Mr. Quicksilver, ich muss doch *protestieren*«, beharrte der Anwalt und wirkte lächerlich in seiner Verzweiflung.

»Ja, Mr. Screwtape, so mag es Ihnen erscheinen. Aber ich bestehe darauf. Und ich kann *sehr* nachdrücklich sein, ebenso Nimrod hier. Also schlage ich vor, Sie gehen einfach, bevor mein Wohlwollen erschöpft ist. Denken Sie auch nicht einen Augenblick daran, dass ich Ihnen dieselbe Gnadenfrist gewähre, wie ich es für meinen missratenen Bruder tue, die er lediglich allein durch die Tatsache verdient, mein Blutsverwandter zu sein, um Himmels willen. Und nun noch einmal, *gute Nacht*, Mr. Screwtape.«

Der Anwalt brachte es dennoch fertig, in wütendes Gezeter auszubrechen, bis eine starke Hand ihn mehr oder weniger freiwillig dazu ermutigte, das Studierzimmer zu verlassen.

Ulysses Quicksilver blieb allein zurück. Das erste Mal, seit er vor einem Jahr fortgegangen war, um sich in den Himalaja und noch weiter zu wagen; zu einem Unternehmen, das ihn beinahe das Leben gekostet hätte.

Er lehnte seinen Gehstock an den Schreibtisch und ließ sich in dem gepolsterten Lederstuhl dahinter nieder; er lächelte, als seine Augen über dieselben Papierschnipsel wanderten, die sein Bruder zuvor durchgegangen war. *Himalaja-Abenteuer endet mit Doppeltod*, lautete einer. Immerhin hatte es Davenports Leben gekostet – der arme Unglückswurm.

Suche nach vermisstem Millionär vertagt, lautete ein anderer, und *Quicksilver: Entkommen oder tot?*

Nun, diese Frage würde offensichtlich beantwortet werden. Ulysses Quicksilver war zurückgekehrt. Und gleich morgen würde London daran erinnert werden, was ihm so lange entgangen war.

ERSTER AKT

DER DARWIN CODE

APRIL 1997

KAPITEL 1

ÜBER DIE ENTSTEHUNG DER ARTEN

Die Nacht, in der Alfred Wentwhistle starb, begann wie jede andere auch. Die kühle Scheibe des Mondes schien durch die Rundbogenfenster des Museums und tauchte die unzähligen Vitrinen in bleiches Licht. Die elektrischen Straßenlampen in der Cromwell Road waren nicht mehr als ein orangefarbenes Flackern, das durch die Fenster schimmerte.

Alfred Wentwhistle, seit sechsunddreißig Jahren Nachtwächter des Museums, fegte mit dem Schein seines Punktstrahlers über die glänzenden Schränkchen. Schimmernde Augen, hakenförmige Schnäbel und ausgebreitete Schwingen materialisierten sich für einen kurzen Moment unter dem harten weißen Lichtstrahl seiner Lampe. Der Weg über den Querbalken war ihm vertraut, die immer wiederkehrenden Bewegungen des ewigen Balletts stroboskopischen Lichtes. Der gewundene Pfad führte Alfred durch unendlich lange Korridore, Hallen und Galerien, die er nur allzu gut kannte, schließlich machte er die Runde bereits seit sechsunddreißig Jahren. Auf diese Route hatte ihn einst Suttleworth mitgenommen, als er ein Junge von gerade einmal sechzehn Jahren und der alte Suttleworth nur noch zwei Monate von seinem Ruhestand entfernt gewesen war. Eine Route, wie sie der Alte selbst fünfundvierzig Jahre lang gegangen war. Nie war es nötig gewesen, den Weg zu ändern. Nachtwächter des Natural History Museum in South Kensington zu sein, war nun einmal kein anspruchsvoller Beruf.

Alfred trug seinen Schlagstock und die Taschenlampe jede Nacht, doch Gebrauch machen musste er von Ersterem noch nie in all den Jahren und Zweitere benötigte er wohl auch nicht wirklich. Selbst in mondlosen Nächten und während eines Stromausfalles hätte er seinen Weg durch die Galerien mit geschlossenen Augen gefunden, das zumindest erzählte er Mrs. Wentwhistle gerne mit einem Kichern.

Die Taschenlampe trug er einfach aus Macht der Gewohnheit. Es hatte auch noch nie ein Einbruch stattgefunden, seit es das Museum gab. Und abgesehen von den gelegentlichen Umbauten der sonderbaren Schränkchen hie und da oder dem Stellplatzwechsel eines Artefaktes ab und an … die altbekannte Gestaltung des Museums hatte sich kaum bedeutsam verändert, seit der Ankunft des *Diplodocus carnegii* im Jahre 1905, vor zweiundneunzig Jahren also.

Alfred Wentwhistle hatte Freude an seinem Job. Ihn entzückte es, zahlreiche Stunden zwischen Exponaten wie den ausgestopften Bestien und Dinosaurierknochen zu verbringen. Natürlich konnte man sich diese heutzutage auch real ansehen, seit der Eröffnung des eingezäunten Kampfgeheges des Londoner Zoos, aber es lag doch etwas Zeitloses und Magisches auf all den fossilen Gestalten, ausgegraben von Hobbyarchäologen, gewissermaßen die ersten Paläontologen; als Beweisstücke für die Existenz von Meeresungeheuern, Drachen oder gar dem Zyklopen.

Von Zeit zu Zeit, ungestört von all dem regulären Publikum, hatte Alfred seine Freude daran, die handgeschriebenen Etiketten zu studieren, auf denen Erklärungen zu jedem Objekt angegeben waren; wo es entdeckt und ausgegraben worden war, wer es zu einem Ganzen wiederherstellte und einige andere sachdienliche Informationen, die der Beschaffer des Exponats mitzuteilen für nötig befunden hatte. Nach sechsunddreißig Jahren gab es nicht viele Etiketten, die Alfred noch nicht gelesen hatte.

Das Wissen um seine Rolle als Hüter des bedeutsamsten Museums für Volksgeschichte des Landes – und infolgedessen des ganzen Königreiches und demnach, faktisch, der gesamten Welt! – bereitete ihm große Befriedigung. Und auch wenn er sich seit seinem Amtsantritt noch keiner Herausforderung in seinem friedvollen Wächteramt im Dienste der unzähligen Schätze von Mutter Natur hatte stellen müssen, Alfred Wentwhistle war zur Stelle, jede Nacht des Jahres – sogar am Weihnachtsabend – nur für den Fall, dass das Museum ihn jemals brauchen würde.

Hin und wieder stieß er auf einen der Museumsforscher, die noch bis spät in die Nacht arbeiteten. Sie tauschten dann einige Nettigkeiten aus und manchmal wurde ihm sogar ein warmes Getränk angeboten. Sie alle kannten den alten, zuverlässigen Alfred, und auch er kannte sie alle beim Namen. Über die Jahre hatte Alfred Professoren kommen und gehen sehen – Botaniker, Zoologen, Naturforscher und Kryptozoologen – doch manche Dinge blieben stets dieselben, wie das Waterhouse-Gebäude selbst und sein nächtlicher Hüter.

Alfred wusste, wo sein Platz war. Die Wissenschaftler waren hochgradig intelligente und gelehrte Berühmtheiten der Museumseinrichtung und er nicht mehr als ein einfacher Wachmann. Ihm reichte es vollkommen aus, sich stundenlang zwischen den Ausstellungsstücken in den Vitrinen aufhalten zu dürfen. Es wurde das *Haus der Naturkunstwerke* genannt; Sir Richard Owens nachhaltiges Vermächtnis an die Welt.

Alfreds langsame, unaufhaltsame Schritte trugen ihn zurück in die Haupthalle und zum Museumseingang. Er verweilte kurz neben dem gereckten, skelettierten Hals eines Diplodokus, um im Schein der Lampe seine Taschenuhr zu lesen, so wie in jeder vorangegangenen Nacht, fünf Minuten, nachdem er seinen Gang begonnen hatte – pünktlich wie ein Uhrwerk.

Er sah auf. Der Strahl seiner Lampe traf direkt in das Innere der Augenhöhle eines Giganten. Der glotzte teilnahmslos direkt auf den Museumseingang, um dort täglich 20.000 Besucher unter dem Torbogen hervorkommen zu sehen.

Alfred hörte Metall an Metall schlagen, bemerkte aus dem Augenwinkel einen Lichtschimmer und realisierte zu spät, dass eine der Türen offen stand. Zweifellos war die Tür zuvor verschlossen gewesen. Es war stets das Erste, was er bei Dienstantritt tat. Falls einer der Wissenschaftler oder Katalogisierer noch zu nächtlicher Zeit arbeitete und auch erst zu später Stunde das Museum verließ, schloss Alfred stets eigenhändig für sie auf – und verriegelte die Tür sogleich wieder hinter ihnen.

Nein, er hatte keinen Zweifel, dass hier etwas nicht in Ordnung war. Er durchschritt die Tür und konnte sogleich erkennen, dass sie aufgebrochen wurde.

Das Geräusch von berstendem Glas schallte von einer der oberen Galerien durch die Museumshalle. Da lief ganz eindeutig etwas gehörig schief! Zum ersten Mal seit sechsunddreißig Jahren wurde er von seinem Museum gebraucht.

Der Wachmann watschelte geschwind von der Tür aus durch die Eingangshalle und flog geradezu an dem fünfundzwanzig Meter langen Diplodokus vorbei auf die Haupttreppe zu. Dort angelangt, warf er einen raschen Blick über seine Schulter, direkt in den Schlund des gewaltigen

Gewölbes zum ersten Stockwerk, in das der prunkvolle Treppenaufgang führte. Über ihm hüpften geschnitzte Affen in den oberen Teilen der Rundbögen hinauf in die Dunkelheit, mitten hinein in das mit Schnörkeln verzierte, eiserne Dachgebälk.

Definitiv kam der Lärm aus der Galerie, gleich dort, wo auch die privaten Büros des Museumspersonals lagen. Eine Hand auf der polierten Steinbalustrade tat Alfred Wentwhistle einen tiefen Atemzug und erklomm die Stufen – immer zwei auf einmal. Auf dem ersten Absatz, unter dem strengen, bronzenen Blick von Sir Richard Owen, wandte er sich nach rechts. Er eilte die Galerie parallel zur Eingangshalle entlang, passierte ausgestopfte Dreifinger-Faultiere und die drapierten Skelette von prähistorischen Meeresreptilien und sprang den dritten Treppenabsatz hinauf. Völlig außer Atem nahm er sich einen Moment, um zu verschnaufen. Er spitzte die Ohren, um auszumachen, von wo genau das Geräusch gekommen war. Plötzlich tönte ein Krachen durch die verhältnismäßige Stille des schlafenden Museums, als wenn ein Tisch umgestoßen würde. Der Lärm kam von irgendwoher aus diesem Stockwerk, aus dem westlichen Flügel, der allein Darwin zustand.

Alfred wandte sich den Galerien zu und lief unter einem geschnitzten Bogengang hindurch, auf dem *Der Aufstieg des Menschen* geschrieben stand. Er beschleunigte seine Schritte, als er die mondbeschienene Galerie betrat, in der sich einige aus Wachs gefertigte Nachbildungen der zahlreichen Vorfahren des Menschen befanden. Für alle Zeiten starr und in den buckeligsten Posen, konnte man hier die verschiedenen Arten bestaunen, vom *Australopithecus afarensis* bis zum *Homo Neanderthalensis*. Der schweifende Strahl der Lampe wurde von gebleckten Zähnen, verzerrten Mäulern, gläsernen Knopfaugen und schwarz geränderten Feuersteinklingen zurückgeworfen.

In jeder anderen Nacht hätte Alfred innegehalten, um durch die Musterstücke und die dazugehörigen Erklärungen zu schmökern, die den Besucher durch die Evolution vom primitiven Affenmenschen bis hin zur Entwicklung des denkenden Menschen führten. Er wäre ebenso fasziniert und verblüfft gewesen wie damals, als er das erste Mal *Die Entstehung der Arten* gelesen hatte; die unglaubliche Geschichte über den Aufstieg der menschlichen Rasse, um die mächtigste und am meisten verbreitete Spezies der Welt – und darüber hinaus – zu werden.

Als Charles Darwin die Entstehung der Arten erklärte, ihre natürliche Selektion und das Überleben des Stärkeren, wurde er zuerst von den weltbesten wissenschaftlichen Gehirnen jener Tage verspottet und als Scharlatan und Ketzer dafür denunziert, dass er sich gegen die einst weltweit verbreitete christliche Kirche und deren Kernglauben aussprach, dass allein Gott sowohl alles Leben, als auch die schlussendliche Version der Welt am Anbeginn der Zeit erschaffen hatte.

Mit der Wiederentdeckung der verlorenen Welten in den Tiefen des kongolesischen Dschungels, oberhalb des Tafelbergplateaus des südamerikanischen Binnenlandes und auf halbversunkenen Inseln inmitten des Indischen Ozeans, traten jedoch auch andere – viele davon Männer der Kirche – zum Vorschein, um Darwins Behauptungen erneut anzufechten. Lautstark untermauerten sie die Annahme, dass die Theorie von der Entwicklung einer Spezies in eine völlig andere haarsträubend und aberwitzig war, schließlich existierten Dinosaurier und andere prähistorische Kreaturen ja immerhin bis in die gegenwärtige Zeit. Und diese tosende

Debatte hielt sich hartnäckig und zornig – wie eh und je – unermüdlich über viele Jahrzehnte.

Doch mehr als einhundert Jahre nach seinem Tod wurde Darwin dann posthum von allen Anschuldigungen der bestialischen Ketzerei und wissenschaftlichen Idiotie entlastet und zu jenem Punkt erhoben, an dem man ihn praktisch als den Vater des Wissenschaftszweigs der Evolutionsbiologie vergötterte, und so erhielt er einen eigenen Flügel im Natural History Museum; seinen Fortschritten und Entdeckungen gewidmet, die er seit seiner Veröffentlichung im Jahre 1859 machte. Tatsächlich arbeiteten Wissenschaftler bis heute in diesem Fachgebiet, wie die Professoren Galapagos und Crichton.

Bei mehreren vorangegangenen Gelegenheiten hatte Alfred Wentwhistle so manche Zeit durch das Anstarren seiner Vorfahren vertrödelt, während sich sein Antlitz im Glas der Vitrine spiegelte, die eingesunkenen Augen von den ausgeprägten Brauen überdeckt. In solchen Augenblicken wunderte er sich über Darwins Vermächtnis für die menschliche Rasse und welche Implikation eine solch anerkannte Theorie wohl für Ihre Majestät, Königin Victoria, gehabt haben mochte, da doch durch diese Hypothese vorausgesetzt wurde, dass die britische Monarchin ebenfalls vom urzeitlichen Affenmenschen abstammte.

Der vertraute Geruch von Kampfer und Bodenpolitur drang durch Alfreds Nasenhaare. Mondlicht tauchte die Galerie in ein monochromes Licht und enthüllte die grauen Umrisse von ausgestellten Säugetieren, Reptilien und Amphibien, die so angeordnet waren, dass sie deutlich den Evolutionsweg des Menschen aufzeigten, von dem Moment an, da sie aus dem steinzeitlichen Morast gekrochen kamen, bis zum heutigen Tage, an dem er den Globus dominierte.

Der Mensch als die herrschende Rasse, welche die Erde und die näheren Planeten des Sonnensystems beinahe vollständig bevölkerte.

Angrenzend an diese Galerie befanden sich die Arbeitsbereiche der Wissenschaftler. Eine große Anzahl von Türen auf jeder Seite erstreckte sich vor Alfred und auf jeder einzelnen befand sich ein Messingschildchen mit den Namen wichtiger Menschen.

Alfred konnte nun klar und deutlich die Geräusche einer Auseinandersetzung hören. Im Strahl seiner Taschenlampe sah er Glasstücke auf dem Boden glitzern wie Wolfsmilch an einem ersten Wintermorgen. Der flackernde Schein einer elektrischen Lampe schien von einem Büroraum in die Galerie, bis es plötzlich erlosch. Da erklang das brachiale Bersten von noch mehr Glas und umstürzenden Möbeln. Am nächsten Morgen würde er Mrs. Wentwhistle bei Ei und Speck sicherlich eine äußerst dramatische Geschichte erzählen können, dachte Alfred plötzlich unpassenderweise.

Als der Wachmann sich dem Büro näherte, fielen ihm schwache Rauchfähnchen oder eine Art Gas auf, die unter dem Türspalt hervor sickerten. Ein Geruch – ähnlich dem von Anis mit einer unerquicklichen Note verrotteten Fleisches – machte sich breit und ließ ihn die Nase rümpfen.

Mit einem Mal brach die Tür auf. Es hagelte Glasstücke in die Galerie, die gegen die Schaukästen prasselten. Eine männliche Gestalt sprang aus dem Büro, prallte gegen den in die Jahre gekommenen Nachtwächter und stürzte zu Boden. Alfred taumelte zurück und konnte rein gar nichts dagegen tun, dass er in die Szene einer Familie wächserner Neandertaler stolperte, die um ein lebloses Feuer kauerte. Die Taschenlampe glitt ihm aus der Hand. Ihr Strahl erstarb.

»Sie da! Was glauben Sie eigentlich, was Sie da tun!« Alfred schaffte es gerade noch, dem Eindringling hinterherzurufen, bevor dieser sich aufrappelte und mit einem Satz in die Galerie sprang. Er hielt etwas in seinen Armen, das von Umriss und Größe her einem Umzugskarton glich. Bevor Alfred wieder auf die Beine kommen konnte, war er bereits verschwunden.

Alfreds Herz raste, hämmerte in seiner Brust. In all den sechsunddreißig Jahren hatte er so etwas noch nicht erlebt. Adrenalin durchflutete seinen Körper und er hätte beinahe die Verfolgung aufgenommen und die Bobbys zur Unterstützung gerufen, als ihm bewusst wurde, dass der Dieb sich ja nicht allein in dem Büro aufgehalten hatte. Alfred hatte mehr als eine Stimme ausmachen können, deren Tonfall bei seinem Näherkommen immer ärgerlicher wurde, und er hatte eindeutige Anzeichen einer Auseinandersetzung wahrgenommen.

Behutsam näherte er sich dem Zugang zum Büro. Der ranzige Dunst hatte sich fast verflüchtigt. Alfreds Schuhsohlen zermahlten zerbrochene Glassplitter. Innerhalb des stockfinsteren Büros hörte er ein raues Atmen, das an das Schnauben eines Tieres erinnerte. Dann, plötzlich, war es still.

Alfred tat noch einen Schritt nach vorn. »Was in drei Teufels Namen …«, war alles, was er hervorbrachte, bevor eine Explosion aus Glassplittern und geborstenem Holz auf ihn niederging und die Tür aus ihren Angeln gerissen wurde. Der Nachtwächter konnte gerade noch vor Schmerz aufjaulen, als kleine Glasstückchen ihm ins Gesicht und die Hände schnitten, die er zum Schutz erhoben hatte, und bevor ein klobiger Schatten massiver dunkler Muskelmasse über ihn kam. Er bekam für einen Augenblick einen Eindruck von dickem, verfilztem Haar und scharfen, viehischen Ausdünstungen – da war er wieder, der widerliche Geruch nach Anis, gemischt mit einer ekelerregenden Note verrotteten Fleisches – breiten Schultern und einer plumpen Nase, die tief zwischen den Schultern in einem scheinbar halslosen Kopf saß. Silbrig, wie ein Blitz, brach sich das Mondlicht in etwas, das dem Ding um den Nacken baumelte. Alfred hatte so etwas noch nie gesehen – niemals in all den Jahren.

Dann attackierte ihn die affenähnliche Kreatur, die Zähne zu einem animalischen Schrei entblößt, mit ohrenbetäubendem Brüllen, das seine Ohren förmlich bluten ließ, und Fäusten gleich Vorschlaghämmern, die auf ihn eindroschen.

Geschwächt hob Alfred seine Arme, um sich zu schützen, doch es gab nichts, was er gegen die rohe Gewalt dieses Untieres tun konnte. Es griff seinen Kopf so gewalttätig bei den Haaren, dass er spürte, wie ganze Büschel aus seiner Kopfhaut gerissen wurden. Dann, mit einer einzigen ruckartigen Bewegung, zertrümmerte die aufgebrachte Bestie seinen Schädel an einem Schaukasten. Bereits mit dem zweiten Hieb zerbarst das Glas der Vitrine und die Welt von Alfred Wentwhistle explodierte in eine dunkle Vergessenheit.

KAPITEL 2

IM TEUFELSKREIS

Ulysses Quicksilver erwachte mit der mittäglichen Sonne, als diese durch einen Spalt der schweren Samtvorhänge seines Schlafgemaches strömte. Das warme Licht erreichte ihn und wischte eine unruhige Nacht mit all ihren Fieberträumen hinfort, verbannte und ersetzte die flüchtigen, verstörenden Gedanken mit greifbaren Erinnerungen an die alten Verletzungen, die sein ermatteter Körper noch immer in sich trug.

Er streckte die Glieder unter den steifen Laken seines Himmelbettes und bereute es augenblicklich wieder. Ein stechender Schmerz schoss durch seine rechte Schulter, ein ekelhafter Krampf stieß augenblicklich in sein linkes Bein, und er fühlte ein dumpfes Pochen in seiner linken Seite. Er hatte lang und fest geschlafen, in überfließenden Träumen aus teils wahren Erinnerungsfragmenten die Ereignisse der vergangenen achtzehn Monate passieren lassen.

Da war der rapide Abhang, der sich plötzlich in den gefrorenen Nebelschwaden oberhalb der schneebedeckten Gipfel auftat, das brachiale Taumeln der Kollision, als das Seil der Gondel in dem unbarmherzigen Gebirge riss. Er erwachte im Schnee, die Zähne klapperten so heftig in seinem Mund, dass er fürchtete, sie würden abbrechen. Davenports Körper erkannte er gleich neben sich, das Blut seines Kameraden zu schwarzem Frost erstarrt, in dieser gefrorenen Hölle.

Sein Traum wurde mit einem Mal von sonorem Singsang erfüllt, wie er ihn aus dem Kloster kannte, der Empfindung von Wärme, die langsam in seine Glieder zurückkehrte, von weicher Luft, geschwängert vom Geruch nach Talg und Jasmin. In nächsten Augenblick fand er sich bei den Tempelmeistern wieder, wie er an einer ihrer Trainingseinheiten teilnahm, in denen sein frisch verheilter Körper mit Staken aus Bambus und stumpfen Holzwaffen traktiert wurde; ebenso jene mentalen Herausforderungen, in denen er danach strebte, allein durch den bloßen Willen körperliche Überlegenheit zu erlangen. Zu guter Letzt war da noch der Abschluss des Ganzen: Das Duell mit dem Schneemonster, in welchem er seinen Körper inmitten der Arena zuerst in Luft auflöste, um sogleich zurückzukehren, körperlich und mental völlig wiederhergestellt, und – unglaublicherweise – so die Bestie zu besiegen.

All seine Erinnerungen an die Vorkommnisse der letzten Zeit waren im Schlaf wieder und wieder in einer Unschärfe abgespielt worden, frei von Raum und Zeit; eine Dunstwolke aus Halluzinationen und Erinnerungen. So auch die Rückreise von Shigatse nach Bombay, auf welcher er die Kontinente mit dem Zug durchquerte, bis ihn der sogenannte Thames-Tunnel zurück nach England, nach London und zu guter Letzt, nach Hause gebracht hatte.

Und hier lag er nun. In einem Bett, in welchem er seit über einem Jahr keine Nacht mehr zugebracht hatte. Doch war es wirklich noch sein Zuhause, fragte er sich, während er die Risse betrachtete, welche die Zimmerdecke über ihm durchzogen. Eine Weile noch sagte er sich, dass er erfreut war, wieder heimgekehrt zu sein, doch bei allen Annehmlichkeiten – der Kissen mit weichen Gänsedaunen und der gefederten Matratze – sehnte sich sein Körper zurück nach der harten Holzpritsche im Kloster und zu den Schlägen der gezahnten Bambusprügel, die auf seinen Rücken niederprasselten.

Ein zurückhaltendes Klopfen an der Tür holte Ulysses aus seinem Tagtraum zurück.

»Herein.«

Die Klinke senkte sich, die Tür schwang auf und Nimrod betrat den Raum. Der Hausdiener sah wie immer tadellos aus, gekleidet in seiner grauen Livree, jedes Haar an seinem Platz. Auf den gespreizten Fingern einer Hand balancierte er ein silbernes Tablett. Über den anderen Arm hatte er sorgfältig ein gestärktes Leinentuch drapiert.

»Guten Tag, Sir.«

»Guten Tag, Nimrod.«

»Da es bereits Nachmittag ist, habe ich mir die Freiheit genommen, Mrs. Prufrock um ein Frühstück für Sie zu bitten.«

»Nun, ich danke dir, Nimrod.«

»Nichts zu danken, Sir«, entgegnete der Butler, platzierte das Tablett auf Ulysses Schoß und legte die weiße Serviette aus Leinen entfaltet vor ihn. Neben dem silbernen Gedeck stand eine schlanke Kristallvase auf dem Tablett, darin eine einzelne rote Nelke, eine Cafétiere mit heißem Kaffee und passender Tasse, ein silberner Toastständer mit vier Dreiecken von hellem und dunklem Brot und eine aktuelle Tagesausgabe der *Times*.

Mit einer überschwänglichen Geste lüpfte Nimrod den Deckel der Speiseplatte. Eine Duftwolke nach Eiern, geräuchertem Rückenspeck, Cumberlandwürstchen, Black Pudding, gegrillten Tomaten, gedünsteten Pilzen und Hash Browns bestürmte Ulysses' Nasenlöcher.

»Ich dachte mir, Sie könnten nach Ihrer langen Reise etwas hungrig sein.«

Ulysses griff beherzt zu und scheute sich nicht, jegliche Manieren außer Acht zu lassen, als er mit dem Mund voll Wurst murmelte: »Richte Mrs. Prufrock doch bitte meine Komplimente aus, für das sicherlich beste Frühstück, das ich je gegessen habe.«

»Mit Vergnügen, Sir.«

Ulysses fühlte eine wohlige Wärme in sich aufsteigen und wusste, dass es nicht nur an der heißen Hausmannskost lag, die er sich gerade in den Bauch schlug. Dieses Gefühl, zu Hause zu sein, umgeben von Menschen, denen man etwas bedeutete und auf die man zählen konnte. Plötzlich war das alles wieder sehr vertraut, er fand das tröstlich. »Es ist gut, wieder daheim zu sein, Nimrod.«

»Und wenn ich das anmerken dürfte, Sir: Es ist gut, Sie wieder zurückzuhaben. Wenn Sie mich nun entschuldigen würden?« Nimrod verließ den Raum und zog die Tür sorgfältig hinter sich ins Schloss.

Ulysses entfaltete die *Times* auf der Tagesdecke und ließ sich sein Frühstück weiter schmecken. Es war Zeit, sich auf den neuesten Stand über die Geschehnisse in der sogenannten zivilisierten Welt zu bringen. Die Ausgaben der *Times*, die er im Orient Express hatte ergattern können, waren bedauerlicherweise völlig veraltet gewesen.

Die Schlagzeile dieser Ausgabe hingegen, datiert auf den 16. April 1997 (das Papier war noch immer warm von dem Bügeleisen, mit dem Nimrod die Seiten geglättet hatte), war äußerst aktuell. Da stand: *Buckingham Palace bestätigt Jubiläumsfeierlichkeiten*, wobei es sich offensichtlich um das 160. Thronjubiläum von Königin Victoria handelte. Der Anlass sollte außerdem noch der Enthüllung einer kolossalen Statue der Britannia im Hyde Park dienen, direkt vor Paxtons grandioser Konstruktion des zweiten Crystal Palace. Das alles sollte am 23. Juni stattfinden, in weniger als zwei Monaten. All die Politiker, Speichellecker, feinen Pinkel und Blaublütigen würden es wieder einmal als die glorreichste Zeit in der Geschichte des britischen Empire bezeichnen.

Tatsächlich waren es unglaubliche eineinhalb Jahrhunderte gewesen, in welchen die Visionäre jener Zeit von den Anfängen des Industriezeitalters und der einfallsreichen Nutzung der Dampfleistung aufgestiegen waren, um sich die Welt gefügig zu machen und sogar die Sterne zu bezwingen. Raumfahrt, eine Selbstverständlichkeit in der heutigen Zeit, war einst reine Science-Fiction gewesen, heraufbeschworen von Autoren wie H.G. Wells und Jules Verne. Mit der Beherrschung des interplanetarischen Reisens, der Inbetriebnahme der kapitalen Raumfahrtstation in Gatwick-Süd, der Einführung jeglicher Klassen von Staatsbürgern in die Reichskolonien Ihrer Majestät auf dem Mond und den umliegenden Planeten, munkelte man nun in gewissen geheimniskrämerischen Zirkeln über das Vorhaben, die einzig bestehende Grenze zu brechen, die der Menschheit nun noch blieb – die Zeitreise. Was einst absonderlich klang, gehörte nun zum Alltag, das Unmögliche schlicht zum neuen Durchbruch von Morgen. Es gab beispiellose Fortschritte in der Medizinwissenschaft, den Differenzmaschinen und dem neueren Feld der Kybernetik.

Das Imperium von Magna Britannia – seinerzeit als Großbritannien bekannt – wäre nicht das, was es war, ohne die Fortschritte in diesen Bereichen. Ohne sie wäre die Witwe von Windsor nicht dort, wo sie nun war und die Nation nicht feldführend in einer Menge von Projekten, welche auf der Uhrwerk-Kybernetik beruhten, seit Charles Babbage der bahnbrechende Erfolg gelungen war, einen ersten vollautomatischen Rechenapparat zu konstruieren. Doch während die Welt sich weiterdrehte und die technischen Entwicklungen förmlich explodierten, verschlechterten sich die Lebensumstände der Menschen im Empire auf beschämende Art und Weise.

Zu dieser Zeit waren Londons Slums düsterer, verschmutzter und überfüllter, als es sich sogar der große Visionär Charles Dickens je in einer seiner verzweifelten Stunden hätte vorstellen können. In diesen dunkelsten Zeiten des Empire waren die Straßen überfüllt mit den Ärmsten der Armen, die ihrem Schicksal im Gin-Rausch harrten. Viele von ihnen verdingten sich als Sklaven der Maschinen einen kärglichen Unterhalt; gezwungen, unermüdlich in den riesigen gotischen Fabrikhallen zu arbeiten. Doch immer öfter waren sie den Maschinen zugunsten *ausgemustert* worden und Robotersklaven nahmen stattdessen ihren Platz in den industriellen Werkstätten ein.

Die Tatsache, als *Werkstatt der Welt* zu gelten, hatte einen hohen Preis. Ganze Landstriche der britischen Insel waren nunmehr verdorbenes Brachland, dessen Flora und Fauna mutiert oder von den Verunreinigungen der vielen tausenden Fabriken gänzlich zerstört worden war. Während die schrecklich hohe Kindersterblichkeitsrate, Prostitution, Mangelernährung, Cholera und Syphilis das Leben der verarmten Unterklassen zunichtemachten, genossen die oberen Zehntausend die Vorzüge des elektrischen Lichtes, der Automobile und jener denkenden Maschinen, die ein Vermächtnis Babbages waren.

Gerade als Ulysses Messer und Gabel auf dem leer geputzten Teller kreuzte, pochte es erneut an der Tür.

Auf einen Wink hin trat abermals Nimrod ein.

»Sir, wenn Sie so weit sind, erwartet Sie eine Kutsche, um Sie in den *Inferno Club* zu bringen.«

»Tatsächlich?«, meinte Ulysses. »Schon? Wormwood hat nicht besonders lange dafür gebraucht, herauszufinden, dass ich wieder in der Stadt bin, nicht?«

»Nein, Sir.«

»Ich gehe davon aus, dass er eine Einsatzbesprechung abhalten möchte. Da lasse ich ihn wohl besser nicht warten«, sagte Ulysses mit einem Zwinkern und fuhr sich durch das vom Schlaf zerzauste Haar, »so was macht ihn nur reizbar. Ich halte es bestenfalls für eine lästige Pflicht, sich auch nur kurz mit ihm abgeben zu müssen, und wenn er gereizt ist, macht es das noch zehnmal schlimmer. Eine kurze Warnung wäre nett gewesen; vielleicht ein Begrüßungskärtchen mit einem verschnörkelten *Willkommen zu Hause* oder ein Bouquet mit Chrysanthemen.«

Binnen einer halben Stunde hatte Ulysses Quicksilver seine Morgentoilette beendet. Angekleidet und mit seinem Gehstock in der Hand saß er auf dem Rücksitz der stattlichen, wenn auch holpernden Kutsche, war auf dem Weg zum *Inferno Club* und ertrug geduldig das weltgewandte Geplänkel des Kutschers.

Die Droschke scherte in den St. James Square ein und hielt vor Nummer 16A, gleich neben dem *East India Club* mit seiner prunkvollen, von Säulen getragenen Fassade. Nummer 16A wirkte dagegen eher anspruchslos mit seiner Front aus der Regentschaftszeit, die jedoch keineswegs darüber hinwegtäuschte, was hinter den geschlossenen Türen vor sich ging.

Einigermaßen verstimmt darüber, dass man ihn nicht nur am ersten Tag nach seiner Rückkehr in die Hauptstadt zu solch früher Stunde störte, sondern, dass auch noch die Fahrt nicht im Voraus bezahlt worden war, stapfte Ulysses die Stufen zu der großen Tür aus Palisanderholz empor, während die zweirädrige Droschke qualmend davon tuckerte.

Er klopfte dreimal mit dem Knauf seines Spazierstocks gegen die Tür.

Die Tür öffnete sich einen Spalt. Dahinter stand ein gedrungener, livrierter Portier mit dem Gesicht einer kampferprobten Dogge, der trotz des hoch auf seinem Kopf sitzenden Zylinderhutes Ulysses gerade einmal bis zur Schulter reichte. Dank seiner zwergenhaften Größe schätzten viele die Robustheit von Max Grendel, seinerzeit als Kirmesattraktion *Grendel, der Monstermann - Der stärkste Zwerg der Welt* bekannt, falsch ein.

»Guten Abend, Mr. Quicksilver, Sir«, sagte der Portier mit dem unverwechselbaren Akzent der niederen Stände; ohne jeden Zweifel war er einst inmitten der City von London geboren worden. Er schenkte Ulysses ein breites, zahnloses und daher wenig ansprechendes Lächeln. »Es ist lange her.«

»Hallo Max, alter Knabe. Wie geht es dir denn so?«

»Hm, kann nich' klagen. Beehren Sie uns heute beruflich oder zum Vergnügen, Sir?«

»Höchstwahrscheinlich beruflich. Bei letzterem würde ich dich um eine Empfehlung bitten, nicht wahr, Max?«

Der Portier kicherte dreckig. »Da haben Sie recht, Sir. Wenn Sie mir nun bitte hier entlang folgen wollen.«

Ulysses steckte dem Portier eine halbe Krone zu und durchschritt erneut eine Flügeltür. Oberhalb dieser, direkt in den Türrahmen geschnitzt, prangte Dantes schicksalhafter Ausspruch *Lasciate ogni speranza voi ch'entrate*, was jedoch im italienischen Original unpassend und in dieser Bastion des englischen Charakters deplatziert wirkte.

Uriah Wormwood hatte in einem von zwei gewaltigen ledernen Armsessel vor dem knisternden Feuer im *Quartermain-Raum* Platz genommen. Trotz der Jahreszeit und der Nähe zum Feuer wirkte der dürre Mann durchgefroren, die langen Hände und Finger bleich, das blaue Venengeflecht schimmerte durch seine porzellanartige Haut. Das zunehmend dünner und grauer werdende Haupthaar wich bereits stark zurück und deutete eine beginnende Glatze an, wobei ihm die fettigen Strähnen bis auf die Schultern hinabfielen. In seinem aus der Mode gekommenen, gehrockähnlichen schwarzen Anzug, dem gestärktem, weißen Hemd und der schlichten schwarzen Seidenkrawatte sah er genauso aus, wie ein in die Jahre gekommener Staatsmann eben aussehen musste. Hinter ihm stand ein stiller, ernster Berater, der aussah, als wäre er durchaus in der Lage, sich ebenso wie Max Grendel in einem Kampf problemlos zu behaupten.

Ulysses nahm in dem Sessel gegenüber von Wormwood Platz. Der ältere Mann fixierte ihn mit stechendem Blick.

»Ich hörte, Sie seien tot«, sagte er.

»Nun, wie Sie sehen, Minister, waren die Nachrichten über mein Ableben in höchstem Maße übertrieben.«

Ein Diener, steif wie ein Bock, tauchte von irgendwoher auf und reichte Wormwood ein Glas Whisky. »Sir?«, fragte er und wandte sich Ulysses zu.

»Einen Brandy für mich – Cognac«, entgegnete er, als Wormwood den Lakaien bereits wieder herrisch fortwinkte.

Ulysses nahm sich einen Moment Zeit, um die Umgebung in sich aufzunehmen. Es war einige Zeit her, seit er das letzte Mal hier gewesen war, doch in all den Monaten schien sich nicht wirklich etwas verändert zu haben.

Der blaue Dunst von den viel zu vielen Pfeifen und Zigarren, welche die Klubmitglieder ständig pafften, hüllte den Raum völlig ein. Dem zufälligen Beobachter musste dieser Ort lediglich wie ein Klub von alternden Gleichgesinnten erscheinen, von pensionierten Offizieren, die einst die Streitkräfte Ihrer Majestät befehligten, und ehemaligen

Vorstandsvorsitzenden multinationaler Konzerne. Dennoch gesellten sich auch einige jüngere Männer hinzu, die sich bereits das Gehabe der Älteren anzueignen versuchten, jederzeit bereit, die Zügel der Macht in die Hand zu nehmen, sobald sie ihnen angeboten wurden. Ulysses Quicksilver wusste, dass in diesen Bastionen der Frauenfeindlichkeit – und die ehrlichsten und verborgensten Vertreter waren wohl die Mitglieder des *Inferno Clubs*, wenn es um dieses Thema ging – die wirkliche Macht lag. Hier wurden die wichtigen Entscheidungen getroffen; jene, die das Schicksal der Nation beeinflussten. An diesem Ort trafen Vertreter aller Organisationen und Interessen ihre Abkommen, und von hier aus wurden ihre häufig widerwärtigen Beschlüsse an ihre obskuren Meister übermittelt. Ulysses Quicksilver wusste bestens darüber Bescheid, immerhin gehörte er selbst dazu.

»Nun«, sagte Wormwood und beäugte Ulysses über seine Fingerspitzen hinweg, die er wie ein spitzes Dach aneinandergelegt hatte. »Da haben Sie sich keinen Gefallen getan mit Ihrer … Berichterstattung. Was ist passiert? Haben Sie das Artefakt?«

»Es gibt wirklich keinen geeigneteren Weg, es Ihnen mitzuteilen«, meinte Ulysses und nahm von dem Lakaien den Brandy entgegen. »Nein.«

»Wie erwartet«, sagte Wormwood vernichtend und seine Worte trieften vor Geringschätzung für sein Gegenüber. »Und Ihr orientalischer … Freund? Was ist mit ihm?«

»Wir stürzten zusammen ab«, entsann sich Ulysses des schrecklichen und dramatischen und beinahe verheerenden Abgrundes, der sich erneut vor seinen Augen auftat. »Er versuchte, zu mir in die Gondel zu steigen. Wir kämpften. Er fiel. Seitdem habe ich ihn nicht mehr gesehen, Sumatras grünäugigen Affengott.«

»Sie hätten uns über Ihre Rückkehr informieren müssen.«

»Das war zu riskant. Ich hoffte, die Schwarze Mamba selbst aufstöbern zu können. Ich nehme an, dass keiner Ihrer anderen Agenten etwas über sein erneutes Auftauchen an einem seiner Lieblingsplätze gemeldet hat?«

»Nein. Wir können nur hoffen, dass er sich noch immer irgendwo in den südlichen Gefällen des Mount Manaslu befindet, zu Eis erstarrt wie ein Relikt aus der Vorzeit. Aber manchmal bezweifle ich das. Zudem liegt es auch nicht mehr in unseren Händen.«

»Was?«

Ulysses war verblüfft.

»Ich habe eine andere, dringlichere Angelegenheit, die Sie für mich erledigen werden.«

»Und um was genau handelt es sich bei diesem neuen Unterfangen?«

»Letzte Nacht wurde im Natural History Museum eingebrochen.«

»In der Cromwell Road?«

»Kennen Sie noch ein anderes? Ein Nachtwächter wurde getötet. Jemand plünderte ein Labor. Würden Sie das wohl … untersuchen?«

Beiläufig nahm Ulysses noch einen weiteren Schluck aus seinem Glas. »Sicherlich unterliegen doch Einbruchsdiebstahl und Mord noch immer der Zuständigkeit von Scotland Yard.«

»Und Ihre Zuständigkeit ist es, der Königin und dem Land zu dienen. Und das, solange es die Abgeordneten der königlichen Regierung für nötig befinden. Außerdem könnte es hier um mehr gehen, als es auf den ersten Blick scheint. Natürlich werden Sie Ihren üblichen Vorschuss erhalten.«

»Willkommen zu Hause, Ulysses«, brummte der jüngere Mann leise und leerte sein Glas.

»Gibt es da ein Problem?«

»Nur, dass sich manche Dinge wohl nie ändern werden, nicht wahr, Minister?«

Ulysses Gegenüber blinzelte ihn finster an, die messerscharfen Gesichtszüge traten für einen Moment noch schärfer hervor, noch bedrohlicher.

»Ich kann Sie nicht leiden, Quicksilver, aber in meinem Metier muss ich das auch nicht. Ich bin, wenn Sie so wollen, ein ... Bewunderer dessen, was Sie tun, und Sie sind höchst versiert, meistens zumindest. Aber es ist allerlei im Gange in dieser Welt. Wir sind alle nur noch wenige Jahre von einem neuen Millennium entfernt und Magna Britannia war noch nie in einer besseren Verfassung. Doch auch waren ihre Gegner noch nie so erpicht darauf, sie fallen zu sehen und würden sich sicherlich gern und reichlich an ihrem Verderben ergötzen. Das chinesische Reich ist eine Bedrohung, die ständig zunimmt und die ebenso die Probleme ihrer eigenen Überbevölkerung lösen muss. Auch können wir uns nicht länger auf Russlands Sicherheitsleistungen von einst verlassen, auch wenn es noch immer ein Prinzenstaat Britanniens ist. Es wird über uralte Blutlinien in Osteuropa gesprochen, die ihre selbsternannten Ahnenrechte durchzusetzen versuchen. Nicht zu vergessen die widerborstigen Ambitionen der Deutschen und ihrer aufrührerischen Anführer. Dann sind da auch noch diejenigen innerhalb des Empire, die ihre Gründe zu haben glauben, um das glorreichste aller Reiche, das Ihrer Majestät, anzufeinden. Zuletzt hätten wir noch das Dauerproblem auf dem Mars. Die Bewegung der Separatisten und Abtrünnigen gewinnt täglich an Stärke und Popularität. Keiner von Ihnen alleine zählt zu einer ernsthaften Bedrohung für unsere Standfestigkeit oder die Standfestigkeit des Thrones Ihrer Majestät. Aber zusammen? Die Geier kreisen schon über uns, Quicksilver, und nur herzlich wenige können etwas dagegen unternehmen. Merken Sie sich meine Worte. Die Geier kreisen … und sie sind hungrig.«

»Kommen Sie schon, frischer Wind tut immer gut.«

»Wie bitte?«, entgegnete Wormwood scharf.

»Gar nichts, Minister«, seufzte Ulysses.

»Worauf genau warten Sie dann noch? Machen Sie sich auf den Weg.«

»Wahrhaftig? Der Tatort wird wohl warten und das Spiel läuft sowieso schon.«

KAPITEL 3

SZENEN EINES VERBRECHENS

Die Kutsche scherte in die Cromwell Road ein und hielt vor dem stattlichen Gebäude des Natural History Museum. Obwohl sie von den umstehenden modernen Bauten und den ausufernden Netzwerken der Überlandbahnen, die den Himmel beinahe ausfüllten, in den Schatten gestellt wurde, bot die gotische Fassade doch einen furchteinflößenden und zugleich beeindruckenden Anblick. Der mächtige Pfeiler der Haltestelle South Kensington ragte an der rechten Ecke des Museums empor. Das architektonische Design und die Umsetzung des Museums – es galt als Sir Richard Owens *Kathedrale für die Natur* und man betrachtete es als sein Vermächtnis an alle Naturwissenschaftler auf der ganzen Welt – raubten Ulysses jedes Mal erneut den Atem, wenn er es erblickte, trotz all der Wunderwerke und allen Grauens, das er bereits in seinem Leben als königlicher Agent erlebt hatte.

Monster längst vergangener Zeiten, eingeschlossen in Stein, Pterosaurier, Quastenflosser, Katzen und Primaten, sie alle starrten durch den rußigen Dreck, der das wundervolle Gebäude vollständig bedeckte, auf ihn herab.

Ulysses überquerte die Straße und nahm die Stufen hinauf, die ihn direkt in das Museum führten. Noch immer waren überall die Anzeichen der Polizeiarbeit sichtbar, die er wohl auch im Inneren wiederfinden würde. Ein Constable-Automat ließ seinen Schlagstock wieder und wieder mit rhythmischen Bewegungen in seine künstliche Handfläche fallen. Ulysses durchquerte eiligst das Haupttor, kam in der Eingangshalle zum Stehen und fand sich inmitten des geschäftigen Treibens der Belegschaft wieder. Scotland Yards Crème de la Crème der Inkompetenz und bestürzte Museumsbesucher schwirrten unter dem gelassenen Blick des Diplodokusskelettes umher, das die gewölbte schiffsgleiche Halle dominierte.

Wenn man berücksichtigte, was genau hier in der vorherigen Nacht geschehen war, war es umso erstaunlicher, dass das Museum für seine Besucher dennoch geöffnet hatte, grübelte Ulysses, während er über die Haupttreppe nach oben in den Darwin-Flügel ging. Er hoffte, dass sich ihm, wenn er schon einmal hier war, ein paar Geheimnisse offenbaren würden, in erster Linie beispielsweise, warum man ausgerechnet ihn schickte, um einen Einbruchsdiebstahl und Mord im Natural History Museum zu untersuchen.

Die Polizei hatte bereits vor Ort Einzug gehalten, um am Tatort umherzutrampeln. Der gesamte Darwin-Flügel war mit gelb-schwarz gestreiften Bändern mit dem üblichen Schlagwort *Polizeiabsperrung* als Tatort gekennzeichnet worden. An jeder Seite hielt ein Constable die Stellung, ihre schwarzen Körper schimmerten matt in dem faden Licht, das durch die Fenster drang.

Ulysses näherte sich der am nächsten stehenden Polizeidrohne. Der Constable wandte sich ihm sogleich zu.

»Verzeihen Sie, Sir, aber diese Räume sind für Besucher geschlossen.« Von irgendwo hinter seiner Brustplatte drang die knackende Stimme hervor; eine nette Imitation des Cockney-Akzentes. Flink zog Ulysses seine Hand aus der

Manteltasche, brachte eine lederne Visitenkartenhülle zum Vorschein und klappte sie mit einer lässigen Bewegung des Handgelenkes auf.

»Ich bin kein Besucher«, stellte er klar und ein schiefes Grinsen kräuselte dabei seine Mundwinkel, »Constable Palmerston«, fügte er nach einem Blick auf das Namensschild an der Brust des Automaten hinzu. Es war eine sonderbare Angewohnheit der Metropolitan Police, ihre kybernetischen Beamten mit Namen verstorbener Persönlichkeiten auszustatten. Konnte es vielleicht sein, dass die Kybernetiker von Scotland Yard etwas wussten, das dem Rest der Welt verborgen blieb?

Der Constable scannte die Visitenkarte in ihrem Etui mit seinem Visual-Empfänger, das rote Glühen hinter seiner Augenblende surrte von rechts nach links.

»Verzeihen Sie, Sir«, bat er um Entschuldigung. »Was kann ich für Sie tun, Mr. Quicksilver?«

»Ich würde äußerst gern den Tatort besichtigen.«

»Natürlich, Sir.« Der Constable löste das Band und bat Ulysses in den Flügel. »Hier entlang, Sir. Wenn ich sonst noch etwas für Sie tun kann …« – »Werde ich sicherlich auf Sie zurückkommen«, beendete Ulysses seinen Satz.

In der Haupthalle des Flügels stieß er auf mehr Polizisten – mechanische und menschliche – ebenso auf Männer ohne Uniform. Ein Team in starren weißen Laborkitteln pinselte routiniert diverse Vitrinen und hölzerne Bänke ab. Ulysses beachtete sie nicht weiter und wandte sich dem Eingang einer der weiterführenden Galerien zu, die ebenfalls von Automaten-Constables flankiert wurden und wo ein ständiges Kommen und Gehen unter den forensischen Arbeitskräften herrschte. Im Licht der Nachmittagssonne, das durch die hohen Dachfenster strömte, tanzten

Staubpartikel. Ulysses betrachtete die Ausstellungsbehälter, die dahinterliegenden Türen zu den Büroräumen und Arbeitsbereichen und die Gruppe Männer, die im Zentrum des Raumes an etwas arbeiteten. Er konnte eine Gestalt ausmachen, die ungelenk inmitten einer zerschlagenen Vitrine lag.

»He! Bleiben Sie sofort stehen!«, erklang ein Schrei direkt hinter ihm. Ulysses wandte sich um und sah einen Ausdruck des Entsetzens über das Gesicht des sich nähernden Mannes huschen. »Verflucht noch mal! Ich dachte, Sie seien tot!«

»Und Sie haben mir ebenso gefehlt«, meinte Ulysses zu dem bleichen Wiesel in Männergestalt vor ihm, dessen rötlicher Haarschopf wie gewohnt in widerspenstiger Aufruhr von seinem Kopf abstand. »Vielleicht sollten Sie nicht alles glauben, was Ihnen die Zeitungen weismachen wollen, Inspector«, fügte er mit einem Lächeln hinzu.

Einen Augenblick lang schwieg der Polizist in seinem weiten Trenchcoat. Der menschliche Sergeant, der ihn begleitete, blickte immer wieder verwirrt zwischen seinem Vorgesetzten und dem Fremden hin und her.

»Soll ich diesen Mann entfernen, Inspector Allardyce?«

»W-was?«, brachte der Inspector heraus. »Ja. Nein. Später«, schnappte er, ohne die Augen auch nur einen Moment von Ulysses zu nehmen. »Was wollen Sie hier, Quicksilver?«

»Oh, das wissen Sie genau. Ich war gerade in der Stadt angekommen, als man mir mitteilte, dass ich mir auf keinen Fall die *Aufstieg-des-Menschen*-Ausstellung im Darwin-Flügel hier im Museum entgehen lassen dürfte.«

»Kommen Sie mir nicht mit einem solchen Scheiß!«, knurrte Allardyce. »Was haben Sie *wirklich* hier verloren?«

»Ich untersuche einen Mord.« Ulysses Stimme klang finster, sein Gesicht verwandelte sich urplötzlich in eine starre Maske. »Und Sie?«

»Oh, haha … sehr witzig. Und warum zum Henker glauben Sie, Sie könnten meinen Mord untersuchen?«

»Ihren Mord? Oh, verzeihen Sie, das hat mir niemand gesagt. Mein Beileid. Wohin soll ich die Blumen senden?«

»Sie wissen genau, was ich meine, Sie arroganter Bastard.«

»Und Sie wissen doch, wie es läuft. Anweisungen sind Anweisungen.«

»Nun, Sie sind auf jeden Fall zu spät. Wir sind hier so gut wie fertig. Sie sollten gelegentlich einmal versuchen, vor der Mittagsstunde aus dem Bett zu kommen. Hier gibt es *nichts* für Sie zu tun.«

»Ich glaube, das beurteile ich lieber selbst, wenn Sie erlauben.«

»Nun, ich erlaube nicht. Die Typen von der Forensik haben hier bereits alles mit äußerster Sorgfalt untersucht«, spöttelte Allardyce. »Falls man etwas hätte finden können, haben sie es bereits gefunden. Ich bezweifle, dass Sie hierzu etwas beitragen könnten. Wie ich bereits sagte, es gibt hier nichts für Sie.«

»Ja, und wir alle wissen, wie gründlich Ihre Jungs sein können, nicht wahr, Allardyce?«

Der Blick, den der Polizist ihm zuwarf, kündigte einen Vulkanausbruch an. »Ihr Ton gefällt mir nicht! Ich könnte Sie wegen Verschwendung meiner Zeit und Behinderung von Polizeiarbeit einsperren, wissen Sie das?«

»Ich glaube eher, dass Sie es sind, der meine Zeit verschwendet«, schoss Ulysses zurück.

»Hören Sie, Quicksilver. Muss ich Sie daran erinnern, dass ich ein Inspector der Metropolitan Police Ihrer Majestät bin? Ich verbitte mir diesen Ton!«

»Und ich muss Sie sicher auch nicht daran erinnern, welcher Autorität ich unterstehe.« Ulysses griff erneut in seine

Manteltasche. In weniger als einer Sekunde hatte er das Lederetui hervorgeholt und aufgeklappt. »Meine Karte. Sie beeindruckt Ihren Constable sicherlich genug, um mich auf der Stelle hier hereingehen zu lassen.«

»Gut, in Ordnung. Packen Sie es weg. Sie haben fünf Minuten, dann will ich, dass Sie von hier verschwunden sind, egal wer Ihr Strippenzieher ist.«

»Das sollte mehr als genug Zeit sein«, sagte Ulysses, schritt an dem Inspector vorbei und ließ ihn und seinen Sergeant grummelnd zurück. Er näherte sich den Männern, die sich um den Körper versammelt hatten. Die Leiche war die eines behäbigen Mannes in seinen besten Jahren, bis die Ereignisse der letzten Nacht ihm einen vorzeitigen Tod beschert hatten. Er lag ausgestreckt inmitten der Überreste eines zersplitterten Schaukastens. Die Wachskonstruktionen, die sich zuvor darin befunden hatten, waren herausgenommen worden und lehnten nun an der Galeriewand, ihre wächsernen Zähne gegen jeden gefletscht, der den Tatort betrat.

»Verzeihen Sie bitte, Gentlemen.« Ulysses bahnte sich einen Weg durch die Weißkittel und winkte dabei lässig mit dem Kartenetui. Angesichts einer solchen Überlegenheit und großbürgerlichen Selbstvertrauens machten die forensischen Techniker sogleich Platz.

Blut, das meiste davon getrocknet, bedeckte die gezackten Glasscherben neben dem Kopf des toten Mannes, und Ulysses konnte erkennen, dass es ebenfalls im Haar und an der Kopfhaut des Opfers klebte. Winzige Glassplitter hatten das Gesicht und die Hände des Toten zerschnitten, einige davon waren noch immer in dem nun lehmähnlichen Fleisch eingebettet.

Doch noch schlimmer als das Blut und die Sauerei, die aus einer keilförmigen Öffnung an seinem Hinterkopf sickerte, war der Ausdruck auf seinem Gesicht. Der Nachtwächter war in blankem Entsetzen gestorben. Seine Gesichtszüge waren zu einer Maske des Schreckens erstarrt, die Lippen von den Zähen zurückgezogen, der Mund weit offen, in einem stillen Schrei maßlosen Gräuels.

»Wie ist er gestorben?«, fragte Ulysses, obwohl er die Antwort bereits vermutete.

»Ein Schlag auf den Kopf; einige davon, um ehrlich zu sein«, entgegnete einer der Weißkittel.

»In der Tat«, grübelte Ulysses. *Doch wer oder was hatte ihn getötet?*, wunderte er sich. *Was konnte nur Schuld daran haben, dass dieser arme Wicht mit einem solchen Ausdruck des Entsetzens im Gesicht hatte sterben müssen?*

»Zu welcher Uhrzeit starb er?«

»Vom Eintritt der Leichenstarre her würde ich sagen … so gegen Mitternacht«, antwortete der Pathologe, der den Körper zuvor begutachtet hatte. »Vermutlich kurz danach.«

»Wurde etwas von der Leiche entfernt?«

»Nein«, warf ein weiterer Techniker ein, »wie es scheint, nicht.«

Ulysses trat zurück und überließ es den Weißkitteln, ihre Arbeit zu beenden. Er hatte zwar sein Mordopfer gefunden, doch wie Wormwood sagte, sollte es auch einen Einbruch gegeben haben. Was also war entwendet worden?

Hinter ihm hingen die Reste einer zerstörten Tür in den Angeln und gaben die Sicht auf ein ebenso zerstörtes Büro frei. Polizisten beschäftigten sich bereits mit diesem Abschnitt. Ulysses näherte sich mit vorsichtigen Schritten, winzige Glasscherben knirschten unter seinen Absätzen. Am Eingang des Büros hielt er inne, um den Schlamassel vom Türrahmen aus etwas genauer betrachten zu können. Dann, in dem gedämpften Sonnenlicht, das in die Galerie floss, erhaschte Ulysses einen Blick auf etwas, nicht mehr als ein Fädchen – etwas, das Inspector Allardyce's Leute übersehen hatten. In dem gesplitterten Holz hingen drei rötlich-braune Haare. Auf den ersten Blick erinnerten sie Ulysses an grobes Tierhaar. Keineswegs hatten sie einst dem ermordeten Nachtwächter gehört; dafür hatten sie die falsche Farbe.

Die Polizisten und Wissenschaftler um ihn herum waren so mit ihrer eigenen Arbeit beschäftigt, dass ihm keiner auch nur die leiseste Beachtung schenkte, als Ulysses ein Beweismitteltütchen aus seiner Manteltasche zog, eine Pinzette aus einer anderen, die Haare aus dem Türrahmen fischte, ohne sie mit der bloßen Hand zu berühren, das Tütchen sorgfältig versiegelte und zurück in seine Tasche steckte. Dann erst betrat er das Bürolabor.

Der Raum war ein einziges Chaos. Der Grad der Verwüstung deutete an, dass mehr als ein bloßer Raub stattgefunden haben musste. Außerdem hatte es offensichtlich einen Streit gegeben.

Trotz der Überbleibsel, die nun den gesamten Raum und den Boden bedeckten, konnte sich Ulysses ein Bild davon machen, wie das Labor wohl ausgesehen haben mochte, bevor dort eingedrungen wurde.

Einst waren darin wohl Bücherbretter und Regale gewesen, die alle möglichen Wissenschaftsjournale und Nachschlagewerke enthielten, Tische über und über mit Destillationsapparaten, wo nun nur noch eine große Menge zerbrochenen Glases lag. Einer der Tische war umgedreht worden und eines seiner Beine abgebrochen. Schief an der Wand hing der gerahmte Druck eines Cartoons aus einem der klassischen Punch-Magazine, auf dem Darwin verunglimpft wurde. Flecken bedeckten Teile der

Möbel und ebenso die Wände, was darauf hinwies, dass ein Behälter mit einer Flüssigkeit zerschmettert und in dem Raum verspritzt worden war. Inmitten dieses Durcheinanders entging Ulysses' geübten Augen dennoch nicht, dass tatsächlich etwas fehlte. Mit Bedacht, damit er nicht den Halt in all dem Müll auf dem Boden verlor, bahnte er sich seinen Weg zur am weitesten entfernten Ecke des Raumes. Hier stand ein Schreibtisch mit einem umgedrehten Tintenfässchen darauf, dessen blau-schwarze Flüssigkeit über die meisten Papiere gelaufen war. Inmitten der Sauerei von Unterlagen erkannte er jedoch seltsamerweise eine saubere Stelle, als hätte etwas auf dem Tisch gestanden und wäre erst fortgenommen worden, nachdem die Papiere in diese Unordnung gebracht worden waren.

Ulysses räumte die Blätter fort. Dort, in dem brüchigen grünen Leder der Schreibtischoberfläche, prangte eine deutliche Kerbe, wo zuvor etwas Kantiges und relativ Schweres gestanden haben musste. Auch an den Wänden selbst fand er Beweismittel in Form von Verfärbungen in der Wandfarbe, die auf langfristige Hitzeeinwirkung hindeuteten. Ulysses inspizierte die Größe und die Position der Verfärbungen. Etwas Heißes und Kastenförmiges; etwas wie eine kleine Differenzmaschine, das war es wohl, was der mysteriöse Dieb aus diesem Hort des friedlichen, wissenschaftlichen Erforschens entwendet hatte.

Ulysses' Blicke überflogen den Raum noch einmal, doch er war sich sicher, dass er genug gesehen hatte. Zudem legte er Wert auf eine private Meinung zu dem Inhalt in seiner Tasche. Vorsichtig trat er den Rückweg durch das Büro an. Doch noch etwas war hier, nagte es am Rande seines Unterbewusstseins. Es handelte sich nicht um etwas, das er gesehen hatte, sondern um etwas, das er roch, eine ranzige

Ausdünstung, die sich in seiner Kehle festsetzte und die seinen Kopf mit nur noch mehr Fragen vollpumpte.

Er schnupperte und für einen Moment erhaschte er eine Spur von Ochsenfleisch und Fencheleintopf, die ihre besten Zeiten hinter sich hatten. Das war es – Anis und verdorbenes Fleisch; eine wirklich widerwärtige und ungewöhnliche Kombination und sicher nicht das übliche Aroma eines modrigen Museums. Er hielt im Türrahmen inne und sah sich die zerbrochene Tür noch einmal genauer an. Das Messingschild hing noch immer daran. Darauf stand: *Professor Ignatius Galapagos*, und darunter: *Evolutionsbiologische Abteilung*.

Ulysses verließ die Galerie und ließ Scotland Yards arbeitende Prachtkerle hinter sich zurück. Mit ziemlicher Sicherheit würde er hier nichts mehr zu sehen bekommen. Es war an der Zeit, die Untersuchungen andernorts fortzusetzen. Am Eingang zur Galerie stand Inspector Allardyce und sprach mit einem verängstigt aussehenden Museumsangestellten. Ulysses konnte ihm leider nicht ausweichen.

»Ich dachte, ich hätte Ihnen fünf Minuten gegeben, zähle aber sieben.« Der Inspector sah auf seine Taschenuhr.

»Es tut mir leid, wenn ich länger geblieben bin, als ich eigentlich willkommen war.«

»Sie bleiben immer länger, als Sie willkommen sind. Sobald Sie auftauchen, strapazieren Sie die Nerven Ihrer Gastgeber. Nun, was haben Sie aus Ihrer Zeit gemacht, Quicksilver? Haben Sie etwas, das Aufschluss über den Fall geben könnte?«

»Oh, ich bin sicher, Sie haben selbst die ein oder andere Theorie. Sie brauchen mich nicht, um hier alles zu verkomplizieren.«

»Die habe ich ohnehin und natürlich tue ich das nicht«, bestätigte Allardyce. »Es ist eigentlich eher unkompliziert, wenn man weiß, wonach man suchen muss und wie die Zeichen zu deuten sind.«

»Ach wirklich?« Obwohl Ulysses bereits im Gehen begriffen war, war die Aussicht darauf, den wichtigtuerischen Inspector noch ein bisschen mehr zu provozieren, doch zu verlockend – immerhin hatte er im letzten Jahr wenig Gelegenheit dazu gehabt.

»Würden Sie das wohl genauer ausführen?«

Wie gewohnt konnte Inspector Allardyce nicht widerstehen, seine meisterhafte Fertigkeit, schwierige Schlussfolgerungen zu ziehen, genauestens darzulegen, um diesem vornehmen Alleswisser zu zeigen, wo der Hammer hing.

»Eigentlich ist es sehr simpel. Alle Anzeichen können von denen gesehen werden, die Augen im Kopf haben.« *Wie wahr*, dachte Ulysses. »Unser Dieb wurde von dem Nachtwächter gestört, woraufhin er den armen Kerl tötete, um zu entkommen.«

»Und wissen Sie schon, was er mitgenommen hat?«

»Noch nicht, aber das werden wir bald, wenn wir erst einmal Professor Gapalago aufgestöbert haben und die komplette Inventurliste seines Arbeitsraumes bekommen.«

»Galapagos«, stellte der Museumsmitarbeiter richtig.

»Wie bitte?«

»Es heißt Galapagos.«

»Ist das von Bedeutung?«, schnappte Allardyce.

»Ja, ich glaube wirklich, dass es das ist«, murmelte Ulysses vor sich hin.

Und dann, sodass Allardyce ihn laut und deutlich hören konnte: »Wenn Sie noch keine vollständige Bestandsaufnahme der Gegenstände in diesem Raum haben, woher wollen Sie wissen, dass überhaupt irgendetwas entwendet wurde?«

»Ist das nicht offensichtlich?«, fragte Allardyce ungläubig. »Warum sonst sollte hier jemand einbrechen? Offensichtlich nicht, um diesen armen Hund kaltzumachen, der da drüben mit eingeschlagenem Schädel liegt.«

»In der Tat«, sagte Ulysses. »Was mich zurück zu dieser bestimmten Sache bringt. Die Verletzungen, die dem Opfer zugefügt wurden, sehen mir sehr nach einem Amoklauf aus. Warum sollte ein Einbrecher innehalten, um etwas so Brutales mit einem alternden, übergewichtigen Sicherheitswachmann anzustellen? Und was ist mit Professor *Galapagos*« – er ließ es sich nicht nehmen, den Namen mit der ihm zustehenden Richtigkeit auszusprechen – »der Mann, in dessen Büro eingebrochen wurde?«

»Hören Sie, ich habe Ihnen doch bereits erzählt, dass er bisher nicht wieder aufgetaucht ist. Sie wissen doch, wie diese Akademiker sind.«

»Besser als Sie, das garantiere ich Ihnen.«

»Wollen Sie mich etwa darüber belehren, wie ich meine Polizeiarbeit machen soll?«, forderte ihn Allardyce heraus und stieß seinen Finger gegen Ulysses' Brust. »Denn genau darum geraten die Dinge hier in letzter Zeit immer mehr außer Kontrolle.«

»Bewahre, Inspector.«

»Mit diesem Gapalogo befasse ich mich noch früh genug. Doch für mich ist klar, was hier letzte Nacht passiert ist. Ich habe Ihnen gesagt, dass es hier nichts für Sie zu sehen gibt, Quicksilver«, spie er aus, seine Stimme triefte vor unverhohlener Verachtung. »Ulysses, wenn Sie mir keine verblüffenden Erkenntnisse offerieren können, würde ich sagen, dass Sie hier fertig sind, nicht wahr?«

Ulysses hielt inne. Sollte er seine eigene Theorie mit Allardyce teilen, und zwar die, dass der Inspector nach zwei

Schuldigen suchen sollte, die sicherlich in irgendeiner Verbindung zueinanderstanden, wenn auch nicht so, wie man es zuerst erwartet hätte? Es war verführerisch, und wenn auch nur, um den verbitterten Ausdruck in Allardyces rotem Gesicht zu sehen. Doch solange die Polizei den falschen Spuren folgte, die sie selbst gelegt hatten, solange würde er sie nicht im Weg haben und seinen eigenen Untersuchungen folgen und Dingen auf den Grund gehen können, auch dem, warum Wormwood ihn von vornherein auf diesen Fall angesetzt hatte. Außerdem, das musste sich Ulysses eingestehen, hatte er Feuer gefangen. An diesem Fall war weitaus mehr dran, als lediglich ein Einbruch und ein zufälliger Mord. Da war noch etwas anderes im Gange, da war er sich sicher.

»Da kann ich Ihnen nur zustimmen, Inspector. Guten Tag.«

»Und schnüffeln Sie ja nicht wieder in meinem Mordfall herum, verstanden?«

»*Ihrem* Mordfall?«

»Verpissen Sie sich einfach!«

»Mit Vergnügen.«

Auf seinem Weg durch die Galerie hielt Ulysses noch einmal inne. Er spürte jemandes Augen auf sich ruhen. Er sah sich um, doch mit einem Mal war das Gefühl verschwunden. Er strich es aus seinen Gedanken und verließ mit seinem Spazierstock in der Hand und den Beweisen in der Tasche das Museum. Er würde Methuselah mit einem Anruf belästigen müssen, befand jedoch, dass das auch bis nach dem Dinner warten konnte. Es war bereits viel zu lange her, seit er zuletzt das *Ritz* besucht hatte.

Noch ein anderer Gedanke lenkte Ulysses ab, als er aus dem Museum trat und eine Hansomkutsche herbeirief. In dieser Welt gab es viele ungeklärte Mysterien – wie jene, wer einst wohl die gigantischen Köpfe auf den Osterinseln geschaffen hatte und das Geheimnis der Meerjungfrau von Whitby – und Ulysses hatte seinerseits einige von ihnen aufzuklären vermocht, doch wie genau es Maurice Allardyce zum Inspector gebracht hatte, das würde er wohl nie enträtseln können.

Aus der dunklen Nische einer Dachstrebe beobachteten ungesehen Augen den Schlagabtausch zwischen dem hellhäutigen, rothaarigen Mann und dem hochgewachsenen, selbstbewussten Eindringling. Der Beobachter hatte seine Zuflucht hier in den abgedunkelten hochgelegenen Tunneln des Ventilationssystems im Museum gefunden und folgte nun den Vorkommnissen, welche die letzte Nacht mit sich brachte. Nach der Attacke war er etwas verwirrt gewesen. Sein Verstand war nur mehr eine zerbrochene Ansammlung vorhandener Erinnerungen, die immer weniger Sinn zu ergeben schienen, da sein rationales Denken von seinem zunehmenden Instinkt übernommen wurde. Er hatte fliehen wollen, doch etwas Vertrauliches und Schützendes in diesen heiligen Gewölben hielt ihn zurück. Er fühlte sich seltsam heimisch hier. Außerdem trieben sich noch immer zu viele Leute herum. Sie wären wohl eher beunruhigt, wenn er sich ihnen zeigen würde; noch mehr Geschrei, noch mehr Panik und noch mehr Angst.

Nein, er würde warten. Hier war es ungefährlich. Hier war er sicher. Hier war sein Zuhause.

KAPITEL 4

EIN UNERWARTETER BESUCHER

Nachdem er ein exquisites abendliches Mahl mit gebratenem Fasan, saisonalem Gemüse und Kartoffelauflauf genossen hatte, das er mit einer halben Flasche bestem Rotwein hinuntergespült hatte, verließ Ulysses Quicksilver das *Ritz* und war gerade damit beschäftigt, eine Kutsche herbeizurufen, die ihn zurück zu seinem Haus in Mayfair bringen sollte. Außerhalb des Hotels erwachten die Gaslichter und Natriumleuchten zum Leben und die Gebäude des Piccadilly glichen in dem Schein düsteren Monolithen, die sich gegen das Rostrot der untergehenden Sonne am grauvioletten Himmel abzeichneten. Ulysses nahm einen tiefen Atemzug. Der vollmundige Nachgeschmack des letzten Glases Rotwein vermischte sich mit der rauchigen Luft der Stadt, den bitteren Ausdünstungen der Gaslampen und dem Geruch von Pferdedung. Zwar mochten Automobile, angetrieben mit Verbrennungstechnik, seit mehr als neunzig Jahren in London Usus sein, Bahnen und Züge sogar sehr viel länger, dennoch gab es noch immer einige Firmen und Privatpersonen, die Pferde dazu gebrauchten, sie von hier nach da zu befördern.

Mit dem Gehstock in der Hand hielt er einen Moment inne, um die bekannten – tröstlichen – Gerüche der Stadt zu genießen und den endlosen Hintergrundgeräuschen zu lauschen, die ihm versicherten, dass London lebte und es immer schon getan hatte. Da waren die lautstarken Rufe der Zeitungsjungen, die versuchten, noch die letzten Exemplare der Neuausgaben unter die Leser zu bringen, und die Rufe der Straßenhändler. Da war das Klappern von Hufen und Wagenrädern auf Kopfsteinpflaster und das Poltern von Benzinmotoren, der Lärm von Schellen und das Zischen der Überlandbahnen, wenn die Waggons über die Köpfe hinweg polterten. Das Netzwerk der Bahnen an der Cross-Town umflocht London wie das schwarze Netz einer Spinne in scheinbar endloser Verworrenheit.

Ulysses wandte sich nach links und anstatt eine Kutsche anzuhalten, folgte er dem Geländer entlang des Green Parks und spazierte durch die sich ausdünnende Menschenmasse entlang des Piccadilly hinein in das schummrige Halbdunkel. Es fühlte sich gut an, Londons Straßen wieder unter den Sohlen zu spüren. Es erinnerte ihn daran, wo sein Zuhause war und was es bedeutete.

Inzwischen war jene seltsame Zeit angebrochen, in der die Sonne sank und den Arbeitstag verabschiedete – zumindest für die Meisten – und die Nacht ihr wahres Gesicht mit all ihren wüsten Gelagen zeigte. Es würde also nicht lange dauern, bis *Andere* die Stadt zu der *ihren* machten. Vor nicht allzu langer Zeit war auch Ulysses noch einer von ihnen gewesen. Flüchtig dachte er daran, zurück zum *Inferno Club* zu gehen, um den Abend dort mit Port und Zigarren zu vertrödeln, verwarf den Gedanken aber schnell wieder. Sein Körper schmerzte noch immer und plötzlich musste er sogar ein Gähnen unterdrücken. Sicherlich würde es noch eine Weile dauern, bis er sich von den Verletzungen seiner Reisen erholt haben würde und der Zivilisation entgegentreten konnte, zudem wirbelten Fragen über Fragen in seinem

Gehirn umher. Das Dinner allein einzunehmen hatte ihn nur dazu gebracht, immer und immer wieder die Ereignisse im Natural History Museum durchzugehen und abzuwägen, um welche Art von Verbrechen es sich dabei nun genau handeln konnte, zu dessen Aufklärung man ihn verpflichtet hatte. Da waren eine ganze Menge Fragen, die nach Antworten verlangten. Warum sollte ein Dieb, der von einem Nachtwächter gestört wurde, diesen auf so brutale Art und Weise beseitigen und dabei lediglich seine bloßen Hände benutzen? Und was sollte ein schonungsloser Killer mit der Differenzmaschine aus dem Labor eines Professors der Evolutionsbiologie anfangen? Je mehr er darüber nachdachte, desto überzeugter war er, dass man ihn geschickt hatte, um zwei unterschiedliche Verbrechen, ausgeübt von zwei verschiedenen Tätern, zu untersuchen. Doch wo verkrochen sie sich? Arbeiteten sie gar zusammen? Und was war mit Professor Ignatius Galapagos? Welche Rolle spielte er in alledem? Wo war er überhaupt?

Mit einem Wirrwarr von Fragen und aufreibenden Gedanken in seinem Kopf fand sich Ulysses auf den Stufen zu seinem eigenen Haus wieder. Er klopfte und wurde von seinem getreuen Nimrod eingelassen.

»Hatten Sie einen guten Abend, Sir?«, erkundigte sich der Hausdiener höflich.

»Wir leben in einer verblüffenden Welt, Nimrod.«

»Darf ich damit annehmen, dass Sie wieder arbeiten, Sir?«

»Allerdings. Und zwar an einem äußerst kuriosen Fall.«

»Und wie geht es Mr. Wormwood?«

»Missgelaunt wie stets«, gab Ulysses zu. »Und als wäre das nicht schon genug, hatte ich auch noch eine Auseinandersetzung mit Inspector Allardyce von Scotland Yard.«

»Wie unerfreulich für Sie, Sir.«

»In der Tat.«

»Soll ich Mrs. Prufrock bitten, ein leichtes Nachtmahl für sie zuzubereiten? Ich glaube, wir haben noch Haxe oder etwas Räucherlachs in der Vorratskammer.«

»Nein danke, Nimrod, ich habe bereits gegessen. Lass uns Mrs. Prufrock doch für die Nacht freigeben«, fügte Ulysses hinzu, als ihm auffiel, dass er seine Köchin, die zugleich als Hausdame fungierte, seit seiner Ankunft nicht gesehen hatte. Allerdings war er noch nicht einmal seit vierundzwanzig Stunden zurück, nachdem er ein Jahr lang weg gewesen war. Nun jedoch wollte er einfach einen Moment für sich allein mit einem Glas herzerwärmenden Brandys in der gewohnten Umgebung seines Studierzimmers, um darüber nachzudenken, was er bisher herausgefunden hatte.

»Sehr wohl, Sir. Dann sollte ich vielleicht anmerken, dass Sie Besuch haben. Er erwartet Sie bereits.«

»Im Ernst, Nimrod?« Ulysses warf dem Butler einen erstaunten Blick zu. Wer sollte wissen, dass er so bald schon wieder zurück war? Dass die Neuigkeit von seiner Rückkehr bereits wie ein Lauffeuer die Runde gemacht hatte, war zwar zu erwarten gewesen, doch wer mochte wohl dermaßen unverblümt auf ihn zukommen, und dann auch noch so bald?

»Es ist ziemlich spät für einen unangekündigten Besucher, um Audienz zu fordern, nicht?«

»Genau das dachte ich auch, Sir. Ich legte ihr nahe, sie solle am Morgen wieder hierherkommen, doch sie blieb äußerst hartnäckig dabei, Sie noch heute Abend zu sehen, auch wenn das bedeuten sollte, dass sie warten müsse.«

»Sie?«

»Eine Miss Geneviève Galapagos«, sagte Nimrod. Trotz seiner gewohnt hochnäsigen Ausdrucksweise hätte er nicht weniger beeindruckt klingen können. Aus dem Tonfall seines Hausdieners konnte Ulysses heraushören, dass sein weiblicher Besucher vermutlich jung und mit Sicherheit attraktiv sein musste. Wie genau es Londons begehrtester Junggeselle mit den Damen hielt, war zwar allein seine Angelegenheit – oder, wie gewöhnlich, eher mehrere laufende Angelegenheiten – doch es war eine andere, wenn der getreue Butler so offensichtlich seine Position in der Familie Quicksilver kundtat.

»Galapagos?«

»Sicherlich ein ungewöhnlicher Name, Sir.«

»Und einer, auf den ich heute bereits in einem anderen Zusammenhang gestoßen bin. Wie lange wartet sie schon?«

»Ich glaube, es wird wohl eine halbe Stunde sein, Sir.«

»Dann lassen wir Miss Galapagos nicht länger warten.«

»Ich habe mir die Freiheit genommen, sie im Salon unterzubringen, Sir.«

»Sehr gut, Nimrod.«

Damit machte sich Ulysses auf den Weg durch die Räume, die voll mit von Tüchern bedeckten Möbeln standen, die sie steril wirken ließen und ihnen eine gewisse Formlosigkeit aufzwangen. Anders als die bekannten Räume seines Studierzimmers und vielleicht noch seines Schlafgemaches, sah das Haus derzeit eher weniger nach einem Zuhause aus. Er war einfach zu lange fort gewesen und in dieser Zeit war zu viel geschehen. Er würde noch etwas Zeit brauchen, um sich wieder einzugewöhnen, und der bestmögliche Weg dorthin war, sich wieder in das Londoner Leben zu stürzen und sich in ein Mysterium zu verwickeln, an dessen Lösung er sich festbeißen konnte. Und es schien, als hätte ihm Wormwood genau das gegeben, was er brauchte. Mit weit ausholenden Schritten, den Stock in der Hand, betrat Ulysses den Salon und erschreckte dabei die junge Dame, die sich sichtlich unbequem auf der Ecke eines ausnahmsweise unbedeckten Stuhles niedergelassen hatte, eine Teetasse in ihrem Schoß. Kein Zweifel, Ulysses Quicksilver wusste, wie man einen starken Auftritt hinlegte. Die letzte Nacht hatte das bereits bewiesen. Ein solcher entwaffnete seine Gegner und ebenso seine potenziellen Verbündeten und übertrug ihm die Kontrolle in beinahe jeder Situation.

»Miss Galapagos, wie ich vermute.« Seine Stimme klang wie Samt, als er ihr die Hand entgegenstreckte.

»Sie müssen Mr. Quicksilver sein«, meinte sie schüchtern durch den Schleier ihres Haares. Sie sah aus, als laste das Gewicht der ganzen Welt auf ihren Schultern, Sorgenfalten lagen auf ihrem ansonsten makellosen Gesicht.

Sie war auf jeden Fall attraktiv, noch in der Blüte ihrer Jugend – Ulysses schätzte sie auf Anfang zwanzig. Sie hatte klar definierte Züge mit elfenbeinfarbener Haut, ihre mandelförmigen Augen blickten ihn mit ihrem braunen Glanz an. Die Lippen, die wie Rosenblüten anmuteten, waren geschürzt. Sie hatte erstaunlich wenig Schminke aufgelegt, nur etwas Puder um die Augen, ein wenig Rouge auf den Wangen und ein zarter Schimmer auf ihren Lippen hoben ihre natürliche Schönheit hervor. Ihr Haar war lang und von einem satten Rotbraun, das in dem Licht des elektrischen Kronleuchters golden schimmerte. Auch ihre Garderobe war bemerkenswert. Sie trug einen modern geschnittenen Tweed, ihre wadenlange Hose endete unter dem Knie, wo sie in wildlederne Stiefel überging, welche die straffen Kurven ihrer Waden noch hervorhoben, die Jacke war leicht geöffnet, sodass man den mit Rüschen besetzten Kragen ihrer weißen Bluse, die sie darunter trug, sehen konnte. Obwohl sie saß, konnte man erkennen, dass ihr

Mantel ziemlich sicher ihren Hüften und den Rundungen ihres Busens schmeicheln dürfte, wenngleich sie durchaus züchtig gekleidet war. Das gesamte Outfit wurde noch von einem purpurnen Schal veredelt, den sie lose um ihren Hals geschlungen hatte.

»Zu Ihren Diensten. Und bitte, nennen Sie mich Ulysses. Das tun all meine Freunde.«

Die junge Dame wich seinem Blick aus, sah auf die Tasse in ihrem Schoß hinunter, während sich das Rot ihrer Wangen noch etwas vertiefte und die Andeutung eines Lächelns ihre Mundwinkel erreichte. Ulysses war es, als höre er ein missbilligendes Geräusch von Nimrod hinter seinem Rücken.

»Ich glaube nicht, dass das angemessen wäre, Mr. Quicksilver«, sagte sie geziert.

»Oh, aber ich bestehe darauf.«

Bedächtig ergriff seine unerwartete Besucherin seine Hand. »Dann müssen Sie mich Geneviève nennen.« Sie hob den Blick und für einen Moment verlor sich Ulysses in den unendlichen Tiefen ihrer wunderschönen Augen.

»Sehr gern, Geneviève. Es freut mich außerordentlich, Ihre Bekanntschaft zu machen.«

»Gleichfalls, Ulysses.«

Sie gehörte ihm, da war er sich sicher.

»Nun, Geneviève, was kann ich zu dieser späten Stunde für Sie tun?«

Mit einem Mal war das Gesicht der jungen Frau wieder ernst. »Ich halte nichts von Umschweifen, daher möchte ich gleich auf den Punkt kommen, Mr. Quicksilver«, sagte sie nervös, »ich meine, Ulysses.«

Sie hielt inne und es schien ihm, als glänzten ihre Augen vor mühsam zurückgehaltenen Tränen.

»Erzählen Sie«, sagte er.

»Es geht um meinen Vater. Ich bin entsetzlich in Sorge um ihn. Heute erfuhr ich, dass es einen Überfall auf das Natural History Museum gegeben hat.«

»Und Ihr Vater ist Professor Galapagos?«, erkundigte sich Ulysses. »Professor Ignatius Galapagos?«

»Das stimmt.« Geneviève klang mit einem Male eher überrascht als besorgt. »Sind Sie mit ihm bekannt, Mr. Quicksilver?«

»Ulysses, bitte«, schalt er sie sanft. »Ich bin sozusagen während meiner ... Arbeit auf seinen Namen gestoßen. Gehört er zur festen Belegschaft des Museums?«

»Ja. Er arbeitet für die evolutionsbiologische Abteilung. Er arbeitet sehr oft noch spät, oftmals sogar bis in die Nacht, meist sogar bis in die frühen Morgenstunden. Wenn es die Angelegenheit erforderte, war er dafür bekannt, ganze Nächte im Museum zu verbringen.«

»Dann widmete er sich wohl sehr hingebungsvoll seiner Arbeit.«

»Wie kein Anderer. Es ist seine Leidenschaft.«

Wo also war er dann heute? Wenn er so leidenschaftlich für seine Arbeit lebte, warum war er dann an diesem speziellen Tag nicht dort aufgetaucht?

»Und arbeitete er auch in der letzten Nacht?«

»Das tat er. Und seitdem habe ich ihn nicht mehr gesehen.«

Bei dieser Aussage sanken Genevièves Schultern herab und sie wandte ihr tränennasses Gesicht wieder der leeren Tasse in ihrem Schoß zu.

»Entschuldigen Sie bitte, Miss Galapagos – ich meine, Geneviève. Sie sagten sogar selbst, dass es für ihn nicht ungewöhnlich war, die ganze Nacht in seinem Büro zu verbringen.«

»Ja, doch irgendwann kam ich dorthin, um nach ihm zu sehen, und die Polizei schickte mich fort. Die Museumsmitarbeiter sagten, er wäre den ganzen Tag nicht dort aufgetaucht – nicht seit die Polizei zu dem Vorfall mit dem Nachtwächter gerufen worden war – und dann erzählte man mir, dass es sein Büro war, in das eingebrochen wurde …« Sie musste erneut abbrechen, als Kummer und Sorge sie überwältigten. Ulysses legte eine tröstende Hand auf ihren Arm. »Ich habe Angst, dass mein Vater entführt wurde«, schluchzte sie.

»Haben Sie Ihr Anliegen an die Polizei weitergegeben?«

»Ich habe es versucht, doch sie haben sich nicht dafür interessiert.« Das klang vertraut. »Da war ein Inspector Alla … Allardiss?«

»Allardyce.«

»Ja, das war er. Kennen Sie ihn?«

»Kann man so sagen.«

»Das dachte ich mir. Er sagte, ich müsse vierundzwanzig Stunden warten, bevor ich eine Person als vermisst melde. Und Ihren Namen hat er auch erwähnt.« Geneviève wirkte plötzlich angespannt, reckte ihre Schultern und rutschte unruhig in dem unbequemen Stuhl umher.

»Reden Sie weiter. Sie können mir ja erzählen, was Sie für wichtig halten. Ich bin Ihnen nicht beleidigt; nicht wenn es darum geht, was Allardyce Ihnen gesagt hat.«

»Nun«, fuhr Geneviève fort, sie kämpfte noch immer gegen beides an, gegen ihre Besorgnis und ihre Verlegenheit. »Er klang eher … verächtlich. Aber er gefiel mir nicht wirklich und ich beschloss, wenn er Sie nicht mag, wären Sie vielleicht eher bereit, mir zuzuhören und mir zu helfen. Es ist mir klar, dass ich Ihre Dienste nur für eine angemessene Bezahlung in Anspruch nehmen kann. Ich habe etwas Geld gespart …«

»Machen Sie sich über ein Entgelt im Moment keine Gedanken«, unterbrach sie Ulysses.

Sie lächelte plötzlich unter ihren Tränen. Geneviève nahm Ulysses Hände in die ihren und er bemerkte mit einem Mal eine berauschende Duftnote nach Jasmin, als sie sich bewegte.

»Oh Ulysses, Sie wollen mir also helfen?«

Vielleicht lag es daran, dass er ein Quicksilver war, doch Ulysses konnte einfach keinem hübschen Gesicht widerstehen, und wenn dieses hübsche Gesicht einer jungen Frau in Nöten gehörte, machte es jegliches Bemühen um Abwehr nutzlos.

»Ich werde tun, was ich kann.«

»Wann können Sie anfangen?«

»Nun, wie man so schön sagt: *Was du heute kannst besorgen, das verschiebe nicht auf morgen.*« Ulysses wandte sich seinem Hausdiener zu. »Nimrod, wir gehen aus.«

»Sie wollen, dass ich den *Phantom* anwerfe, Sir?«

»Ja. Ich denke, unser Gast hat zu dieser Stunde etwas Besseres als eine Hansomkutsche verdient, nicht wahr?«

»Miss Galapagos wird uns begleiten, Sir?«

Ulysses blickte zu Geneviève. Sie sah ihn unter langen, üppigen Wimpern hervor an, lächelte ihm schwach zu und nickte unmerklich.

»Ja, wird sie.«

Er geleitete die junge Dame aus dem Raum, wandte sich seinem mürrisch dreinblickenden Hausdiener zu und grinste ihn an. »Das Spiel hat begonnen, Nimrod.«

»So scheint es wohl, Sir.«

»Oh ja, das Spiel hat auf jeden Fall begonnen. Es fühlt sich gut an, wieder mitmachen zu können. Genau das habe ich vermisst.«

KAPITEL 5

GALAPAGOS

Das Automobil schnurrte sanft durch die gelb beleuchteten Straßen. Flackernde Bildschirme übertrugen Neuigkeiten an jeder Straßenecke und überall befanden sich riesige Werbeplakate der Großkonzerne. Das Spinnennetz der Überlandbahnen hob sich schwarz gegen das versmogte samtene Blau der Nacht über ihren Köpfen ab. Der *Phantom* überholte tuckernde Kutschen, deren glatte versilberte Fahrwerke inmitten der Lichtreflexionen der Stadt glitzerten. Der Motor lief beinahe geräuschlos, als das Auto zwischen die schmiedeeisernen Zäune von Queen's Gate glitt, die das *Royal College of Music* umschlossen. Die Strahlen der Frontscheinwerfer streiften für einen Moment die Bettler und Straßendirnen, welche die Straße säumten, bevor sie sich wieder in der Dunkelheit verloren.

Es gab wenig Verkehr zu dieser Zeit und würde auch erst wieder bei Tagesanbruch geschäftiger werden, wenn die letzten Nachtschwärmer die Straßen verließen.

Nimrod lenkte den *Mark IV Silver Phantom* in die Cromwell Road. Ulysses betrachtete die kathedralenähnlichen Türme des Museums aus seinem Fenster heraus, ein schattenhafter Ausschnitt von South Kensington breitete sich dahinter aus.

Das Auto kam außerhalb des Haupttores zum Stehen und Nimrod schaltete den Motor ab. Ulysses öffnete seine Tür und stieg aus, bevor er sanft Genevièves Hand ergriff und ihr heraushalf. Er konnte sich einen zögerlichen Blick auf ihre Beine nicht verkneifen, als sie anmutig aus dem Wagen stieg. Geneviève sah hoch und kurz trafen sich ihre Blicke. Ulysses lächelte vertrauensvoll. Das Lächeln, das sie ihm dafür entgegenbrachte, war betont zurückhaltend und einen Moment später unterbrach sie den Augenkontakt. Während sie ihr Jäckchen drapierte, bückte sich Ulysses hinab in das Auto, um ein paar Worte mit seinem Hausdiener zu wechseln.

»Nimrod, ich möchte, dass du hier auf mich wartest, nur für den Fall.«

»Sie denken, der Mörder könnte noch dort drin sein?«

»Es ist nur eine Ahnung – ein Gefühl, das ich habe.«

»Sind Sie sicher, dass das eine gute Idee ist, Sir?«

»Nimrod, du klingst wie eine alte Nanny«, schalt ihn Ulysses. »Uns wird schon nichts passieren. Ich passe auf uns auf«, fügte er hinzu und tätschelte seinen Gehrock. »Und nebenbei bemerkt, die Metropolitan Police Ihrer Majestät wird wohl ebenfalls ein Auge auf uns haben.«

Zwei Roboter-Bobbys standen vor dem Eingang. Nimrod sah zu Ulysses, sparte sich zwar jeglichen Kommentar, hob jedoch eine Augenbraue in unverhohlener Skepsis.

»Keine Sorge, altes Haus«, lächelte Ulysses. »Wenn ich die Grauen von Kathmandu und die Hänge des Mount Manaslu überleben konnte, kann mir das Natural History Museum von South Kensington nichts bieten, mit dem ich nicht fertig werden würde.«

»Gibt es ein Problem, Mr. Quicksilver?«, fragte seine neue Klientin und blickte ihm über die Schulter.

»Überhaupt nicht, Miss Galapagos.« Mit einem dramatischen Aufwirbeln seiner Rockschöße wandte sich Ulysses von dem Fahrerfenster ab. »Und bitte, nennen Sie mich Ulysses, ich bestehe darauf.«

»Aber natürlich. Gibt es ein Problem, Ulysses?«

»Sie wissen ja, wie das ist, ständig muss man sich mit dem Personal herumschlagen«, sagte er und führte sie in Richtung Eingang.

Als sie die Stufen zum Eingang hinaufgingen, zögerte Geneviève mit einem Mal. »Was tun wir hier nur zu dieser späten Stunde?«, fragte sie.

»Was?« Ulysses war aufrichtig überrascht. »Ich denke, weil Sie mich angeheuert haben, um Ihren vermissten Vater zu finden. Und da er hier zuletzt gesehen wurde, wie Sie auch selbst sagten, ist es der logischste Platz, um mit unseren Untersuchungen zu beginnen. Und was die Uhrzeit betrifft, sollten wir so schnell wie möglich mit unserer Suche beginnen.«

Geneviève sah ihn an. Ein glitzernder Schimmer trat in ihre Augen, eine Vorankündigung erneuter Tränen. »Das war es nicht, was ich meinte.«

Ulysses blieb stehen und nahm ihre Hände in die seinen. »Wenn irgendjemand Ihren Vater finden kann, dann ich. Das verspreche ich Ihnen.«

»Davor habe ich ja solche Angst.«

»Sie sind hierhergekommen, um die Wahrheit zu finden.« Er sprach diese bedeutungsschwangeren Worte ruhig aus.

»Ja, das ist richtig«, stimmte sie ihm zu.

»Dann erinnern Sie sich daran, dass die Wahrheit nicht immer auch zugleich das ist, was wir für uns am besten halten.«

»Es wird schon gut werden.« Fest drückte Geneviève Ulysses Finger. »Wird es?«, fragte sie herausfordernd.

Nun war es Ulysses, der schwieg. Geneviève lächelte ihn mit noch immer feuchten Augen an. »Ich danke Ihnen«, sagte sie.

»Wofür?«

»Dafür, dass Sie es mit meinen Emotionen aufnehmen.«

»Kommen Sie«, entgegnete er, »die Wahrheit erwartet uns.« Ulysses sprintete die Stufen hinauf, ließ sein Visitenkartenetui im vollen Lauf aufschnellen, gerade als ihn einer dieser automatischen Kartoffelschäler mit folgenden Worten in seine Schranken weisen wollte: »'tschuldigung, 'tschuldigung, 'tschuldigung. Wie kann ich Ihnen helfen, Sir? Das Museum ist heute Nacht für Besucher geschlossen.«

In der umgebenden Beleuchtung der Straßenlampen konnten Ulysses' Adleraugen das Namensschild der Drohne sehr viel einfacher ausmachen, als der Roboter die angebotene Karte in dem kleinen Lederetui scannen konnte.

»Ah, Constable Palmerston. So sehen wir uns wieder.«

Die zweite Drohne – ein Constable Disraeli – sagte nichts, fixierte mit seinem rubinroten Leuchtblick jedoch Geneviève, die ein oder zwei Stufen hinter Ulysses stehen geblieben war.

»Das tun wir tatsächlich, Mr. Quicksilver, Sir.«

»Und ich glaube, unter diesen Umständen können Sie sich sicher auch dank ihres Datenspeichers an Ihre Worte mir gegenüber erinnern.«

»Aber natürlich, Sir«, entgegnete Constable Palmerstons künstliche Sprachausgabe. »Ich sagte, wenn es irgendetwas gäbe, womit ich Ihnen helfen könnte …«

»Und ich sagte Ihnen, ich würde auf Sie zurückkommen. Nun, hier bin ich.«

»Wie kann ich Ihnen also helfen, Mr. Quicksilver?«

»Mein Gast und ich würden gern noch einmal den Tatort besichtigen.«

»Inspector Allardyce ordnete an, dass Sie hier nicht wieder eingelassen werden dürfen, Sir«, klärte ihn der Constable ohne jegliche Emotion auf.

Kurzfristig war Ulysses verblüfft. Geneviève blickte mit sorgenvollem Gesicht zu ihm hinauf.

»Tat er das?«

»Ja, Sir.«

»Sie haben meinen Ausweis gescannt, Constable. Dabei werden Sie sicher auch bemerkt haben, in wessen Auftrag ich handle.«

»Ja, Sir.«

»Dann werden Sie doch sicher nicht versuchen, mich aufhalten, wenn ich nun dieses Museum betrete und den Tatort nochmals untersuche, nicht wahr?«

»Nein, Sir.«

»Sehr gut, Constable. Machen Sie weiter so«, sagte Ulysses erfreut, während er an den beiden Drohnen vorbeimarschierte und schwungvoll die Tür aufstieß. Geneviève warf noch einen nervösen Blick auf die beiden gewaltigen Automaten, als sie ihm nacheilte. »Keine Sorge, die sind im Grunde genommen auf unserer Seite«, sagte Ulysses und grinste finster.

Nach außen hin mochte er jovial erscheinen, doch in seinem Inneren kochte er. Wie konnte es dieser kleine Prolet Allardyce wagen, seine Rückkehr hierher zu untersagen! Was war es, dass er verstecken wollte?

Ulysses' Schritte hallten von dem polierten Steinboden der Eingangshalle wider. Über ihm starrte ihn der fossile Diplodokus aus seinen bereits seit Jahrtausenden leeren Augenhöhlen an. Was versuchte Allardyce vor ihm zu verbergen? Wahrscheinlich gar nichts. Dazu war er nicht clever genug. Er schien sich wohl dafür entschieden zu haben, dass der beklagenswerte Nachtwächter von dem Einbrecher, den er gestört hatte, gemeuchelt worden war und der Fall somit auch gleich zu den Akten gelegt werden konnte.

Dennoch, was war es wohl Allardyce' Meinung nach wert, von einem Professor der Evolutionsbiologie gestohlen zu werden? Offensichtlich nichts, was ihn noch mehr Polizeiarbeit hätte verschwenden lassen, so viel war sicher.

Ulysses passierte den skelettierten Meeresgiganten und stieg die Treppe in den ersten Stock hinauf, um sich erneut auf den Weg in den Darwin-Flügel zu machen. Er war menschenleer. Keine Polizeipräsenz war zurückgeblieben. Noch nicht einmal Licht brannte irgendwo in dem Museum. Ulysses vermutete, dass man sich nach dem Mord an dem Nachtwächter und dem möglichen Verschwinden einer ihrer Leute dazu entschieden hatte, dass es durchaus in Ordnung war, früher nach Hause zu gehen. Nicht, dass künstliches Licht nötig gewesen wäre, sich umzusehen. Hier in der Galerie reichten der monochrome Schein des Mondes und der orange Schimmer der Lichter der Stadt, der durch die riesigen Fenster sickerte, völlig aus. Ulysses lenkte seine Schritte in die Galerie. Zwar hatte die Polizei den Körper des Nachtwächters entfernt, doch Flecken getrockneten Blutes zierten noch immer das zerschlagene Glas der Vitrine. Ulysses hielt inne, bevor er sich dem zerstörten Büro zuwandte.

»Das ist das Büro Ihres Vaters, fürchte ich.«

Geneviève keuchte und presste eine Hand auf den Mund. Allardyce' Männer hatten sich wahrlich wenig Mühe gemacht, den Tatort abzusichern. Die Teile der zertrümmerten Tür waren noch immer gegen die Wand gestützt und Fetzen von schwarzem und gelbem Absperrband waren beiläufig am Eingang zum Büro angebracht worden. Ulysses ergriff das Band und zerrte es mit einem verächtlichen Knurren hinfort.

»Sollten Sie das wirklich tun?«, fragte Geneviève besorgt.

»Sollte die Metropolitan Police untätig bleiben, obwohl Ihr Vater als vermisst gilt?«

Er holte eine Taschenlampe von irgendwo aus seinem Mantel hervor und richtete den harten weißen Lichtstrahl in das Büro. Das Licht wurde von zerbrochenem Glas zurückgeworfen. Augenscheinlich war die Forensik hier fertig, und sie hatte sich zudem bemüht, alle Überbleibsel zu beseitigen, die den Boden beinahe unbegehbar gemacht hatten. Glas und zerbrochene Möbelstücke waren in jeder Ecke des Raumes zu Haufen gekehrt worden. Vorsichtig stieg Ulysses in Professor Galapagos' *zweites Zuhause* hinein, welches er neben seinem eigentlichen Zuhause besaß. Noch immer lag ein feiner Geruch von Anis und verdorbenem Fleisch in der Luft. Geneviève blieb kurzatmig luftholend auf der Türschwelle stehen.

»Ist schon gut«, sagte Ulysses, »es ist alles in Ordnung. Vertrauen Sie mir.« Er leuchtete in eine entfernte Ecke des Labors. Noch immer konnte man erkennen, wo die Differenzmaschine von dem Schreibtisch entwendet worden war. Es schien, als habe sich jemand einige Mühe gemacht, die Papiere zusammenzutragen, die überall verteilt gewesen waren. Waren einige dieser Papiere etwa von der Polizei zur näheren Prüfung mitgenommen worden? Welche Geheimnisse würden sie offenbaren? Noch wichtiger allerdings war, welche Informationen sich auf der entwendeten Rechenmaschine finden würden.

»Ihr Vater benutzte eine Differenzmaschine für seine Arbeit?«, fragte Ulysses, während er pingelig jeden Zoll der Wand und der Flächen um den Schreibtisch herum inspizierte.

»Ich glaube«, antwortete Geneviève. »Tut das nicht jeder?«

»Gewiss.« Der Lichtstrahl glitt über diverse kleine und nun zerbrochene Vitrinen, in jeder davon war eine ausgestopfte

Kreatur enthalten, von Taxidermisten konserviert für die Ewigkeit. Da waren ein Quastenflosser, ein Kaiman und einige kleinere Arten von Primaten, deren Gesichter zu aggressiven oder entsetzten zähnefletschenden Grimassen verzerrt waren.

»Können Sie feststellen, ob mein Vater von hier entführt wurde?«, fragte Geneviève.

»Es gibt Anzeichen eines Handgemenges, soviel steht fest. Aber sind sie zugleich auch Zeichen einer Entführung?«

War der Professor etwa zur gleichen Zeit verschleppt worden, als der Dieb seine Differenzmaschine stahl? Falls dem so war, müssten allerdings mehr als ein Übeltäter am Werk gewesen sein, und einer von ihnen war bereit, zu töten, um den Fluchtweg freizuhalten und gegebenenfalls eine Geisel zu nehmen. Mit was für Männern hatten sie es hier zu tun? In Ermangelung jeglicher Ahnung trotz seines sonst unfehlbaren sechsten Sinnes war Ulysses klar, dass es in Galapagos' Büro nichts weiter Wissenswertes für ihn geben konnte. Ohnehin gab es hier zu viel Ablenkung; das Durcheinander der Papiere wies auf mehrere unaufgeklärte Mysterien der wissenschaftlichen Welt hin, ebenso die leblosen Exponate inmitten ihres zerbrochenen Glases, Geneviève …

»Wo ist die Antwort? Was fehlt hier?«

Ulysses war allmählich frustriert. Gab es hier in diesem Tohuwabohu denn wirklich nichts mehr, woraus er noch Schlüsse ziehen konnte? Das Ausmaß eines Verbrechens kann immer aufgrund des Trümmerhaufens seiner Beweismittel zurückgeführt werden, die es zurückließ. Ein Verbrechen hinterließ immer Spuren, ein Verbrecher seine Fingerabdrücke, auch wenn die Ermittler ihn nicht immer erkennen konnten. Was also war es, dass Ulysses hier fehlte?

Mit einem enttäuschten Knurren wandte er sich plötzlich auf dem Absatz um und verließ das Büro.

»Ulysses?« Genevièves besorgte Stimme folgte ihm.

Dann fühlte er es; ein unangenehmes prickelndes Gefühl bereitete ihm Gänsehaut und ließ die Haare in seinem Nacken zu Berge stehen. Er festigte den Griff um seinen Gehstock, die Fingerknöchel traten weiß hervor. Es war dieselbe Empfindung, die er bereits bei seinem ersten Betreten des Tatortes verspürt hatte; das Gefühl, als würde jemandes Blick ihm folgen, in der Stille und der Leere des Museums nunmehr verstärkt, so als würden Fingernägel im Inneren seines Schädels entlang schaben.

Handelte es sich um den Killer? War er zurückgekehrt? Oder war Ulysses' Verdacht von Anfang an richtig und der Killer nie fort gewesen?

»Ulysses, was ist los?«

Er starrte ausdruckslos vor sich hin, die Taschenlampe deutete auf den Boden. Geneviève stellte sich an seine Seite.

»Bleiben Sie nah bei mir«, flüsterte er.

»Hier ist noch jemand, nicht wahr?«

»Da bin ich mir ziemlich sicher.«

Dunkle Augen beobachteten, wie die beiden Gestalten die Galerie unterhalb der Ruinen des durchwühlten Raumes erkundeten. Ein Lichtstrahl schnellte in all die düsteren Tiefen der zahlreichen Nischen und hinter glitzernde Vitrinen. Der Beobachter erkannte den Mann; groß gewachsen, selbstsicher, seine Schritte so entschlossen, als ob ihm die Galerie und das ganze Museum gehören würden. Er erinnerte sich, ihn schon früher am Tage gesehen zu haben. Allerdings war ihm die kleinere Frau fremd, die ängstlich neben ihm herhuschte. Sie roch nach Angst und nach etwas … Verborgenem.

Der Beobachter zog sich hinter den gusseisernen Deckenbalken zurück. Sein primitives Gespür verriet ihm, dass er es wohl war, nach dem gesucht wurde, und dass der Eindringling hartnäckig sein würde. Er würde nicht nachlassen, bis er gefunden hatte, wonach er suchte; bis er den Beobachter zur Strecke gebracht hatte. Es war nur eine Frage der Zeit, bis der umherfegende Lichtstrahl auch sein Versteck aufdecken würde.

Langsam, aber sicher frustrierte auch ihn seine Zwangsunterbringung in dem Museum. Ständig wechselte er seine Position. Er wollte seine Glieder strecken, seinen Körper … entdecken, wozu er fähig war. Auch sein Verstand veränderte sich. Es war es inzwischen leid, nur zuzusehen, während andere sein Territorium durchquerten. Die Begierde, die Eindringlinge von der Galerie zu stoßen, ihnen zu zeigen, wer hier die dominante Spezies war, wuchs stetig. Er zog die Lippen von den zusammengebissenen Zähnen zurück und ein böses Grollen drang tief aus seiner zurückgebildeten Kehle.

Schattengestalten flackerten und krümmten sich an den Wänden. Ulysses' suchender Lampenschein fokussierte sich plötzlich auf blanken Zähnen, die in wütendem Knurren gebleckt waren, Augen starrten ihm in offensichtlichem Trotz entgegen. Das Gesicht, das in dem kalten Licht auftauchte, hatte wenig Menschliches, sein Ausdruck verzerrte es zum Sinnbild bestialischer Wut.

Ulysses lehnte sich vor und lenkte den Lichtstrahl direkt in die Glasaugen hinein. Die Kreatur blinzelte nicht einmal.

»Alles klar«, sagte er und las von einem Schild laut vor: »Homo Neanderthalensis, beheimatet in der Mitte der Altsteinzeit. Obgleich vor 29.000 Jahren ausgestorben, wurde diese Inzestfamilie im Ural um neunundsechzig gefunden.«

Geneviève spähte hinter seinem Rücken auf die starre Figur. Ihre Hand lag auf Ulysses Schulter. Die wächserne Nachbildung des Neandertalers, den man seinem zerschlagenen Schaukasten entnommen hatte, lehnte nun an der Wand der Galerie, um unaufhörlich zurückzustarren, einen Arm erhoben, eine Keule aus irgendeinem Geweih drohend in der anderen Hand.

»Der hier macht uns sicher keinen Ärger«, meinte Ulysses.

Plötzlich flackerte in seinem Kopf ein Warnlämpchen auf. Ulysses fuhr herum und stieß Geneviève gerade noch rechtzeitig aus dem Weg, bevor sich etwas Großes aus der Dunkelheit löste und direkt in ihn hinein stieß. Ulysses wurde krachend zu Boden geschickt, gerade als er im Inneren seiner Jacke nach der Pistole griff. Die Lampe fiel ihm aus der Hand und die Luft wurde aus seinen Lungen gepresst, als das Biest auf ihm landete. Er wand sich, versuchte sich von dem Gewicht des Dings zu befreien. Währenddessen zerrte er seine Pistole ganz aus der Jacke und richtete sie auf den Schatten, der sich deutlich über ihm abzeichnete. Eine große Faust sauste herab, direkt auf seinen ausgestreckten Arm. Unter diesem unerwarteten Schlag verkrampften sich die Muskeln in seiner Hand und er ließ die Waffe los, die nun weit über den Boden der Galerie schlitterte. Das Biest brüllte siegessicher. Geneviève schrie.

Unbewaffnet musste Ulysses sich etwas anderes einfallen lassen. In dem schauerlichen Mondschein ragte die Kreatur wie ein zerlumpter Schatten vor ihm auf. Ulysses konnte nicht viel mehr als das schimmernde Funkeln ihrer Augen und den nassen Schein der entblößten Fänge erkennen. Der Gestank des ranzigen Atems ließ ihn würgen, als die Kreatur ihm einem heißen Schwall ins Gesicht blies. Er fühlte sich nach Tibet zurückversetzt, als Teile des Kampfes mit dem

Schneeungeheuer in dem versteckten Kloster aus seinem Unterbewusstsein nach oben drangen. Er hatte diese Begegnung überlebt und das würde er auch hier tun, zum Teil war das auch den Kampfkünsten zu verdanken, die ihn die tibetischen Mönche gelehrt hatten. Er kickte mit aller Kraft mit seinem rechten Bein nach oben. Die Spitze seines Schuhs traf die Kreatur im Nacken. Das Ding heulte auf, krümmte seinen Rücken, und somit verschwand endlich das Gewicht von Ulysses' Beckenknochen. Er zog sein Bein zurück, warf seinen Körper nach vorne und erhob sich. Als er endlich seine Arme freihatte, stieß er sie vorwärts, die Handflächen aneinandergelegt. Er hieb ihr direkt ins Brustbein und stieß die Kreatur so von sich. Einen Moment später jedoch machte sie sich wieder zum Sprung bereit. Auf ihren muskulösen Beinen ragte sie vor Ulysses empor, die behaarten Arme erhoben, bereit, ihn in die gepflegten Marmorplatten des Galeriefußbodens zu hämmern. Ohrenbetäubend brüllte das Monstrum seine Wut heraus und trommelte mit den Fäusten auf seine Brust, um offenkundig darzulegen, auf wessen Territorium sie sich hier befanden.

Ohne einen Moment des Zögerns sprang es Ulysses erneut an. Doch dieses Mal war er darauf gefasst. Gerade als die affenartige Kreatur direkt vor ihm war und mit ledrigen Pfoten nach ihm griff, packte er zu, ließ sich nach hinten und unter dem Angriff der Bestie hindurchfallen und riss mit beiden Fäusten große Büschel aus dem Fell, während er einen seiner Füße mit voller Wucht in das Zwerchfell des Angreifers stieß. Wieder einmal landete er mit seinem Rücken auf dem kalten Steinboden, doch dieses Mal nahm er die taumelnde Kreatur mit sich, die nun völlig aus dem Gleichgewicht geraten war. Er spürte, wie das ganze Gewicht des Dings auf ihm landete, und zog beide Füße zu sich heran, um mit der ganzen Kraft seiner Beine das Biest von sich zu stoßen.

Die Kreatur segelte über Ulysses Kopf hinweg. Er konnte noch hören, wie sie protestierend aufheulte und dann folgte nur mehr ein einziges mächtiges Getöse. Eilig sprang Ulysses auf und drehte sich um, bereit, dem Angreifer erneut entgegenzutreten.

Glasscherben glitzerten im monochromen Licht der Halle. Unfähig, seinen Sturz aufzuhalten, war das Monster in einen der Schaukästen gekracht. Mit verärgertem Schnauben versuchte das Biest, sich von den zersplitterten Überbleibseln der Vitrine zu befreien. Ulysses vermutete, dass es sich bei dem Zusammenstoß verletzt haben musste, doch ganz gleich, welche Verletzungen es sich zugezogen hatte, sie trugen nicht zu seiner Verlangsamung bei.

Die grelle Punktleuchte der am Boden liegenden Taschenlampe umfing die Kreatur, die die Augen gegen die plötzliche Helligkeit zusammenkniff. In diesem Augenblick konnte Ulysses seinen Angreifer zum ersten Mal klar erkennen. Es handelte sich um einen Affenmann, gekleidet in einem Arrangement aus schlecht sitzenden Anzugteilen. Alles, was Ulysses unterhalb der seltsamen Kleidung erkennen konnte, war – abgesehen von seinen Händen, den Füßen und dem Gesicht mit der stumpfen Nase – mit rötlich-braunem Haar bedeckt. Das Tweedjackett und seine Hosen waren überall dort zerrissen, wo die schiere Größe des Biestes deren Ausmaße sprengte. Von einem weißen Hemd waren die Knöpfe geplatzt, ebenso von der einstmals paisley-gemusterten Weste. Für einen Moment wunderte sich Ulysses darüber, wie es wohl vonstattengegangen sein mochte, diesen Wilden in einer solchen Art und Weise zu kleiden, als er dem kurzen Aufflackern einer Silberkette gewahr wurde, die um dessen Hals hing und sich ihm plötzlich die einzig logische Antwort offenbarte.

Ulysses stemmte sich hoch. Er nahm seinen Gehstock auf, umfasste den Blutstein an dessen Ende und drehte ihn einmal kurz. Mit einer fließenden Bewegung zog er ein Rapier aus dem Stock. Noch, als das schwerfällige Atmen des Affenmannes in ein kehliges Knurren umschwang, nahm Ulysses bereits die Haltung eines versierten Fechters an. »En garde«, forderte er das Biest voller Überzeugung auf.

Die Kreatur kletterte aus den Bruchstücken des Schaukastens und Ulysses fiel auf, dass deren schwerfällige Bewegungen und der tief zwischen den Schultern sitzende Kopf für eine offensichtliche Verwandtschaft zu den untergeordneten Primatenarten sprachen. Auf den menschenähnlichen Gesichtszügen des Monstrums formte sich ein bestienartiger Ausdruck und es preschte vorwärts, indem es seine Vorderpfoten wie ein weiteres Paar Beine benutzte und dabei ein schreckliches Kreischen ausstieß. Mit dem Rapier fest in der Hand war Ulysses bereit für den zweifellos fuchsteufelswilden Angriff seines Kontrahenten.

Ein Schuss knallte gleich einer Kanone durch die Galerie, vielfach verstärkt durch die Akustik der Halle. Mit einem Male wurde der Affenmann zurückgeschleudert. Eine erhebliche Menge Blut spritzte aus seiner linken Schulter und ein schmerzverzerrtes Wimmern drang zwischen seinen deformierten Lippen hervor. Dann, als sich der bläuliche Pistolenqualm legte, stand das Biest schon wieder auf den Beinen, dieses Mal jedoch eher zur Flucht gewandt denn zum Angriff übergehend.

Ulysses fuhr herum.

Geneviève stand direkt hinter ihm, seine Pistole verkrampft in der Hand haltend.

»Hübscher Schuss«, sagte er und ein verhaltenes Lächeln schlich sich in sein Gesicht, »aber ich hatte die Situation bereits unter Kontrolle.«

Geneviève senkte die Waffe. »Ich dachte nur, das … Ding wollte Sie umbringen.«

»Ihre Sorge rührt mich.« Ulysses steckte das Rapier zurück in den Stockdegen und setzte, Geneviève im Schlepptau, zur Verfolgung durch die Galerie an. »Dennoch sollten wir dieses zurückentwickelte Was-auch-immer lieber noch etwas am Leben lassen.«

Sie wandten sich nach links, zur Hauptgalerie des Darwin-Flügels. In dem trüben Licht des fahlen Mondscheins erkannte Ulysses einige schwarze Blutsprenkel auf dem glatt polierten Boden.

»Denken Sie, dieses Ding hat etwas mit dem Verschwinden meines Vaters zu tun?«, fragte Geneviève.

Die beiden passierten den steinernen Bogen, auf den die Worte *Der Aufstieg des Menschen* gemeißelt waren. Ulysses' Sohlen glitten nur so über den polierten Steinboden. Das Klatschen der ledrigen Hände und Füße des affenähnlichen Wesens war weit vor ihnen zu hören.

»Darauf würde ich setzen. Und darum dürfen wir es auch nicht entkommen lassen.«

Ulysses legte noch einmal an Geschwindigkeit zu, ließ Geneviève hinter sich zurück und sprintete durch den Säulengang in Richtung Haupteingangshalle. Dort erspähte er das Ding, wie es sich auf allen vieren wie ein Hund voranbewegte. Er stieß einen unterdrückten Fluch aus. Wäre Geneviève nicht noch immer in Besitz seiner Pistole, hätte er einen halbherzigen Schuss auf die Kreatur abgeben können. Nun würde er sich wohl etwas anderes einfallen lassen müssen, um den Affenmann aufzuhalten. »Constable

Palmerston!«, schrie er lauthals. »Constable Palmerston, wenn ich je Ihre Hilfe in Anspruch nehmen müsste, so wäre das wohl jetzt! Palmerston!«

Mit einem Mal machte der Affenmann kehrt. Seine Füße verloren für einen Moment den Halt auf dem glatten Boden, dann sprang er mit einem ungelenken Hüpfer auf einen Säulenvorsprung. Nun konnte Ulysses auch die Kette um seinen Hals genau erkennen und etwas, dass wie ein silberner Anhänger aussah.

Das Biest blickte Ulysses einen Moment an. In seinen Augen glänzte eine Mischung aus gehetzter animalischer Angst und bösartigem Hass. Dann schleuderte die Kreatur herum. »Palmerston!«, brüllte Ulysses.

Der Affenmann landete gerade mit einem klirrenden Getöse auf der Wirbelsäule des Diplodokusskeletts, als die Museumstür aufbarst und die beiden Polizeidrohnen in das Gebäude marschierten.

»Halt! Im Namen des Gesetzes!«, hörte Ulysses die künstliche Sprachausgabe von Palmerston verkünden. Die Kreatur hingegen dachte gar nicht daran, sich im Namen des Gesetzes oder wem auch immer etwas sagen zu lassen. Der Diplodokus schwankte gefährlich, während der Affenmann ihn umklammerte und haltsuchend nach Rippen und Wirbeln griff, die ihm bei seinem Flug durch die Halle Halt geben konnten. Ein weiterer Schuss hallte durch das Museum und ein prähistorisches Schulterblatt explodierte in einer Wolke aus Staub und Knochenfragmenten.

»Wir wollten ihn doch lebendig!«, schrie Ulysses.

Die beiden Constables standen nun unterhalb des Diplo-dokus, den strampelnden Affenmann auf dem Skelett kreisend über sich. Die Kreatur fand mit einer Hand Halt im Nacken des Fossils, schwang sich über die Köpfe der

Automaten und schleuderte sich selbst auf die Eingangstür zu. Gerade als sie den Boden berührte, gaben die Kabel nach, die mit dem Kopf des Relikts verankert waren, und der Schädel des Dinosauriers krachte zu Boden, wobei der Kiefer auf dem harten Steinboden zerbarst.

Mit einem Sprung war der Affenmann durch die Tür verschwunden. Nur einen Moment später taumelte Ulysses durch die verblüfften Androiden und stürmte ebenfalls durch die Tür, der Kreatur nach, nur, um sie in die Nacht entschwinden zu sehen, von Laterne zu Laterne schwingend wie ein Affe durch den Dschungel. Mit durchdrehenden Reifen preschte der *Silver Phantom* hinterher und wich einem schleichenden Omnibus aus, als Nimrod die Verfolgung aufnahm.

»Haben wir es erwischt?«, japste Geneviève. Sie hatte sich mit den Händen auf den Knien abgestützt und rang nach Atem. Ein irrer Glanz funkelte in ihren Augen, der so gar nicht zu der sittsamen jungen Dame passen wollte, die Ulysses gerade einmal eine Stunde zuvor kennengelernt hatte.

»Das haben Sie mit Sicherheit.« Der Dandy konnte nur schwerlich die Missbilligung in seiner Stimme verbergen.

»Ja, doch wo ist es jetzt hin?«

»Was is' hier los?« Die beiden Roboterpolizisten traten nun zu ihnen auf die Stufen.

»Ich glaube, wir haben Ihren Mörder verschreckt«, murmelte Ulysses.

Ein statisches Rauschen knisterte, als die Polizeidrohne ihr eingebautes Funkgerät benutzte, um die zuständige Stelle von Scotland Yard über die Flucht in Kenntnis zu setzen. Eine Hupe ertönte von irgendwoher und der *Silver Phantom* tauchte bei den eisernen Gattern des Museums auf.

Gerade als Nimrod ausstieg, war Ulysses bereits die Hälfte des Hanges hinuntergeeilt.

»Ich bitte um Verzeihung, Sir, doch wie ich befürchte, habe ich den Affen aus den Augen verloren.«

Ulysses seufzte. Sein erster richtiger Anhaltspunkt in diesem vermaledeiten Fall war ihm entwischt. Dennoch, erinnerte er sich selbst, als er die Tasche seines Jacketts tätschelte, war es nicht sein einziger Anhaltspunkt. »Keine Sorge, Nimrod«, sagte er.

Geneviève gesellte sich zu ihnen, die Drohnen dicht hinter sich.

»Haben Sie zufällig erkannt, was dieses Ding unter seiner Bekleidung um den Hals trug?«, fragte Ulysses sie.

»Aber ja«, meinte sie offensichtlich ein wenig aufgewühlt, der irre Ausdruck war aus ihren Augen verschwunden und einer naiven Betroffenheit gewichen. »Es war mein Anhänger.«

»Ihr Anhänger?«

»Nun, damit meine ich, es war der Anhänger meines Vaters, aber er hatte ihn von mir. Es war ein Geschenk. Dieses Ding muss es ihm weggenommen haben. Es muss also etwas mit seinem Verschwinden zu tun haben!«

Schwermütig blickte Ulysses Geneviève an und nahm ihre Hände erneut in die seinen.

»Geneviève«, sagte er behutsam, »Ich weiß nicht, wie ich es Ihnen sagen soll, aber ich glaube nicht, dass dieses Ding den Anhänger ihrem Vater weggenommen hat. Um ehrlich zu sein, glaube ich auch nicht, dass Ihr Vater entführt wurde.«

»W–was meinen Sie? Sagen Sie nicht, dass Sie annehmen er sei to…« Sie verstummte, völlig überwältigt von ihren Emotionen. Ihre Augen blickten nun flehend zu ihm auf, verzweifelt darum bittend, ihr verstehen zu helfen, was wirklich passiert war.

»Fragen Sie mich nicht, wie das geschehen konnte, aber ich glaube, dieses Ding ist – oder besser gesagt, *war* – Ihr Vater.«

KAPITEL 6

EIN TREFFEN MIT METHUSELAH

Von dem Klingelknopf rieselte Rost und er knirschte bedenklich, als Ulysses ihn betätigte. Nur einen Wimpernschlag später vernahm er irgendwo in den Tiefen des Hauses das Klirren der Glocke. Dann wartete er.

Der alte Mann beschäftigte keinerlei Personal; er bevorzugte es eher, nicht gestört zu werden, wenn er arbeitete, selbst wenn das hieß, dass er sich selbst um den Haushalt kümmern musste – und seine Arbeit war sein Lebensinhalt.

Das Debakel der vergangenen Nacht, das sich im Museum zugetragen hatte, veranlasste Ulysses nun dazu, den direkten Weg in der Sache um Professor Galapagos' Verschwinden zu verlassen. Ungeachtet dessen, dass Nimrod mit dem *Silver Phantom* sogleich die Verfolgung des fliehenden Affenmannes aufgenommen hatte und dem verwandelten Biest folgte, als es sich von Lampenmast zu Lampenmast die Cromwell Road hinunterschwang, hatte er dennoch die Verfolgung aufgeben müssen, als die Kreatur schließlich an einer Gebäudewand emporkletterte und auf einem Hausdach verschwand. Es gab keine Möglichkeit, das Auto zu verlassen und dem Affenmann zu Fuß zu folgen.

Nachdem Ulysses Geneviève die Nachricht überbrachte, dass sich ihr Vater auf irgendeine Weise in einen degenerierten Affenmann verwandelt hatte, war das Mädchen zusammengebrochen. Sie weigerte sich, zu essen und ein Bett im Anwesen der Quicksilver-Familie in Anspruch zu nehmen – anscheinend machte sie Ulysses ein stückweit mit verantwortlich für das, was ihrem Vater zugestoßen war – dennoch bestand er darauf, dass Nimrod sie nach Hause fuhr; mit dem Versprechen, er würde sie kontaktieren, sobald er etwas Neues herausgefunden hatte.

So geschah es also, dass sich der versmogte Himmel über London mit der Dämmerung bereits zu lichten begann, als Ulysses sich zu Dr. Methuselahs Haus begab. Obwohl er derzeit das Verschwinden von Professor Galapagos verfolgte, dessen Fall ihm Uriah Wormwood aufgetragen hatte, war nun auch das Mysterium der Verwandlung, die der Professor durchgemacht hatte, untrennbar mit seiner ursprünglichen Mission verbunden.

Je mehr Details Ulysses herausfand, die dazu geführt hatten, was mit Professor Ignatius Galapagos geschehen sein mochte, umso wahrscheinlicher war auch die Auflösung des Diebstahls im Museum. Es erschien ihm unwahrscheinlich, dass der affenähnliche Galapagos – sofern es sich wirklich um ihn handeln sollte – so wenig bei Verstand war, seine eigene Differenzmaschine aus irgendeiner unergründlichen Intention heraus zu stehlen. Es musste noch ein weiterer Verbrecher involviert gewesen sein und irgendwie waren die beiden miteinander verbunden. Könnte er die Spuren des umherirrenden Professors aufstöbern, würde er mit Sicherheit ebenfalls den Dieb finden, da war sich Ulysses Quicksilver sicher.

Das Knirschen von metallenen Bolzen, die zurückgeschoben, und mehreren Schlüsseln, die herumgedreht wurden, weckten Ulysses aus seinen Tagträumen. Die schwere schwarze Haustür öffnete sich quietschend einen Spalt.

Noch immer war sie mit einer Kette gesichert, unter der ein runzeliges bebrilltes Gesicht zu Ulysses aufblickte.

»Was wollen Sie?«, schnappte der alte Mann mit schriller Stimme, die sein Alter offenkundig machte.

»Dr. Methuselah, eine Freude, Sie wiederzusehen.« Ulysses grinste breit.

»Ist das so?« Methuselah blinzelte ihn hinter Brillengläsern, so dick wie Flaschenböden, an.

»Ich bin es, Doktor. Ulysses. Ulysses Quicksilver?«

Die buckelige Gestalt blickte kritisch an Ulysses hinab und wieder hinauf, sein Gesicht verfinsterte sich. »Ich dachte, Sie wären tot.«

»Ja, das höre ich so manches Mal.«

»Nun, da Sie wohl nicht tot sind, was wollen Sie hier?«

»Ihre Hilfe, Doktor, wie immer.«

Wie stets auf seine Anfragen bekam er auch diesmal dieselbe Antwort: »In dieser Welt bekommt man nichts geschenkt. Können Sie bezahlen?«

»Können Sie es sofort für mich erledigen?«

»Wenn Sie sofort bezahlen können, kann ich das, ja.«

»Sie wissen, ich bin kreditwürdig«, sagte Ulysses mit gespielt verletzter Stimme. »Zumindest hoffe ich, Sie können mir auch helfen.«

»Dann sollten Sie besser ins Haus kommen. Sie lassen ja die ganze Zugluft herein.« Die Tür ging zu und das Rütteln der Kette kündigte an, dass sie aufgehakt wurde; dann öffnete sie sich wieder und ließ Ulysses ein. Gerade als er die Türschwelle überquert hatte, zog ihn der gebeugte Dr. Methuselah hinein und schloss die Tür sogleich hinter ihm.

»Wissen Sie, wie spät es ist?«

»Ich hatte nicht angenommen, dass Sie sich an gebräuchliche Arbeitsstunden halten.«

»Tue ich auch nicht, aber darum geht es nicht«, grummelte der alte Mann und machte sich auf den Weg, den mahagonigetäfelten Korridor entlang. Passend zu der vermoderten Kulisse gesellte sich noch ein schimmeliger Geruch und bildete so den passenden Charakter zu dem steinalten Haus. Der ebenso alte Professor schlurfte den Gang entlang, und Ulysses nahm all die Eindrücke in sich auf.

Rein gar nichts hatte sich seit seinem letzten Besuch verändert. Methuselahs Kleidung stand vor Dreck, beschmutzt mit allerlei kuriosen Flecken chemischer Flüssigkeiten. Ein Dreitagebart zierte mit weißen Stoppeln sein knöchernes Kinn und die hohlen Wangen. Es schien beinahe so, als ginge er noch gebückter und ein ungewaschener Geruch hing an ihm wie ein alter Mantel. Ulysses folgte Methuselah durch das finstere Haus und in ein Hinterzimmer, das dem alten Griesgram als Labor diente. Nicht, dass es nach einem aussah, geschweige denn, roch. Vom Fußboden bis zur Zimmerdecke bedeckten Bücherregale beinahe jeden verfügbaren Zentimeter, bis zum Bersten gefüllt mit vergilbten Schinken, Folianten und Rollen aus Pergament. Noch mehr Bücher standen in schwankenden Türmen auf dem Boden. Es gab kein natürliches Licht in dem Raum. Falls es hier einst Fenster gegeben haben sollte, so waren sie nun mit Bücherregalen verbarrikadiert oder von Pinnwänden aus Kork verhängt, auf welchen peinlich genaue, mit Tinte geschriebene Autopsie-Aufzeichnungen ausgestellt waren. Die Luft war geschwängert von einer unerfreulichen Kombination aus Formaldehyd, Mottenkugeln und Tabakrauch.

Entlang des Raums stand ein gezimmerter Fachwerktisch. Allerlei kuriose, wissenschaftliche und medizinische Geräte häuften sich auf der Ablagefläche. Da waren Gefäße mit unnatürlich geformten Dingen, die in brackigen

Flüssigkeiten dümpelten und Ulysses erblickte eine teilweise sezierte Kreatur, die auf ein Holzbrett genagelt war und nach einer deformierten Kröte aussah, jedoch ebenso gut – oder ebenso fürchterlich – ein deformierter menschlicher Fötus sein konnte. Auf einem weiteren Tisch häufte sich ein Gewirr technischer Spielereien.

»So, was ist es, das ich mir ansehen soll?«, fragte der Doktor.

Ulysses griff in die Tasche seines Gehrocks und beförderte das Beweismitteltütchen mit den Proben hervor, die er aus Galapagos' Büro entwendet hatte. »Ich möchte, dass Sie einen Blick hierauf werfen.«

»Na schön.« Methuselah nahm das Tütchen an sich und glotzte die rötlich-braunen Haare darin durch seine dicken Gläser an. Leider entging Ulysses nicht, dass die Fingernägel des Doktors schwarz vor Dreck waren. Nachdem er zwischen dem Wirrwarr seiner Arbeitsmittel umhergekrabbelt war, fand der Doktor schließlich eine Pinzette und platzierte die Haare auf einer Folie, die er unter die drehbare Linse eines Mikroskops aus Messing schob. Methuselah legte ein Glas auf das zu betrachtende Stück und mit nicht ganz unbeträchtlichem Schnaufen und Keuchen und unverständlichem Gebrabbel drehte er an einer Vielzahl Messingrädchen, die das Gerät einstellten und die Linse über dem Objekt bewegten.

Der Doktor hielt kurz inne, während er sich ein Schemelchen unterschob, um seine Studie der Probe weitestgehend bequem fortführen zu können. Ulysses blickte sich ebenfalls nach einem Sitzplatz für sich um, doch es waren keine mehr verfügbar. Nicht, dass es keine Möbelstücke in dem Raum gegeben hätte, nur war jede benutzbare Fläche mit dem Krimskrams des Doktors bedeckt. Also lehnte er sich nun über die Schulter des Doktors, um zu beobachten, was dieser gerade tat. Der Geruch von Methuselahs kränklichem Körper stieg Ulysses in die Nase und setzte sich in seinem Hals fest. Er wich zurück, bevor die schwelenden Ausdünstungen ihn würgen ließen. Ehe er noch die Papierstapel mit seinem Stock umstieß, begutachtete er stattdessen einige Titel in Methuselahs Bücherregalen und warf einen genaueren Blick auf einige seiner daVinci-ähnlichen Anatomiezeichnungen.

»Bei Darwins Glupschaugen!«

»Was ist los, Doktor?« Ungeachtet der armseligen Körperhygiene des alten Mannes drängte sich Ulysses erneut an seine Seite.

Der Forensiker wandte sich ihm scharf zu. »Nein, ich bin noch nicht so weit, Ihnen meinen Befund mitzuteilen«, knurrte er zänkisch.

»Wie Sie wünschen, Doktor«, meinte sein Klient beschwichtigend, »nehmen Sie sich alle Zeit, die Sie brauchen.«

Damit wandte sich der Doktor wieder seiner Arbeit zu, die er nun noch zusätzlich mit lauten Schmatzgeräuschen begleitete. Er beförderte einen Cogitator, eine Art Rechenmaschine, von irgendwoher zutage, und erst jetzt erkannte Ulysses zwischen all den bis zum Bersten vollgestopften Borden in einem Regalplatz oberhalb von Methuselahs Kopf ein Kathodenstrahlaggregat. Als der Doktor begann, eine Folge von Nummern in die Maschine einzugeben, schaltete sich der Apparat mit ansteigendem Summen ein und in dem Schwarz des Bildschirmes glimmte ein leuchtendes Grün auf.

Wenig später schnappte der in seine Arbeit vertiefte Doktor erneut nach Luft. »Woher haben Sie diese Haare?«, fragte Methuselah und konnte dabei seine Überraschung und Erregung kaum verbergen.

»Das wissen Sie doch ganz genau, Doktor«, schalt ihn Ulysses.

Methuselah grunzte und murmelte etwas, von dem Ulysses annahm, dass es entweder etwas Blasphemisches oder eine gegen ihn gerichtete Beleidigung war. Inzwischen war eine Abbildung auf dem Bildschirm der Differenzmaschine aufgetaucht. Ulysses vermutete, es handelte sich um einen vergrößerten Querschnitt dessen, was Methuselah durch sein Mikroskop sehen konnte. Datenströme scrollten sich an einer Seite des Bildschirms in einem immer wiederkehrenden Schema ab. Da er nur wenig über die biologischen Wissenschaften wusste, erkannte er in den flackernden, smaragdgrünen Linien lediglich eine Zellenstruktur. Um mehr davon zu verstehen, würde er die Hilfe von Methuselah brauchen, der es ihm genau erklärte.

»Wenn wir die Angaben von ihrer ursprünglichen Quelle ableiten können«, dachte der Doktor laut nach, ohne sich direkt an Ulysses zu wenden, »und wenn ich mit meiner These richtig liege«, der Doktor tippte etwas in die Messingtastatur der Differenzmaschine und eine Salve verwirrender Darstellungen wurde auf dem Bildschirm sichtbar, »werden wir sicherlich … jawoll!«, verkündete er triumphierend. »Eine exakte Übereinstimmung!«

»Womit, Doktor?«

»Hmm?« Offensichtlich war Methuselah so in seine Arbeit vertieft, dass er tatsächlich vergessen hatte, dass Ulysses noch immer bei ihm war. »Wie bitte?«

»Eine exakte Übereinstimmung womit?«

»Oh, eine exakte Übereinstimmung mit der menschlichen DNS, natürlich.«

Eine Welle selbstgefälliger Rechtfertigung legte sich wie ein warmer Nebel um Ulysses. »Ich liebe es, wenn ich recht habe«, grinste er in sich hinein. Er konnte nicht gerade behaupten, überrascht zu sein; es war natürlich genau das, was er vermutet hatte, bereits seit er den Tatort betreten und von Professor Galapagos' Verschwinden erfahren hatte. Nur hatte er noch jemanden benötigt, der ihm mit seinen wissenschaftlichen Kenntnissen bestätigte, dass seine Ahnung mehr als nur das gewesen war. Wenngleich er noch immer keine Idee hatte, was eine solche Rückentwicklung bei dem Evolutionsbiologen bewirkt haben könnte.

»Doktor, ich weiß Ihre Offenheit sehr zu schätzen, doch würde ich es noch mehr zu schätzen wissen, wenn Sie Ihre Entdeckungen für einen Laien verständlich offenlegen könnten. Und beginnen Sie von vorn.«

Methuselah seufzte gereizt bei dem Gedanken daran, sein geistiges Niveau herunterschrauben zu müssen, nur um diesem Dandy seine Untersuchungsergebnisse darzulegen. »Sehen Sie sich das hier an«, sagte er müde und nickte zum Monitor der Maschine. Er gab noch etwas anderes in die Babbage-Maschine ein und die vergrößerten Zellenprofile tauchten erneut auf dem Bildschirm auf. »Was Sie hier sehen können, ist eines der Haare, das Sie mir gegeben haben, aber auf zellularer Basis.«

»So viel habe ich auch erkannt, Doktor«, warf Ulysses ungeduldig ein. »Aber was genau offenbart sie Ihnen Außergewöhnliches?«

»Wenn Sie mich ausreden lassen, erkläre ich es Ihnen.«

»Natürlich, Doktor. Verzeihen Sie. Bitte, fahren Sie fort.«

»Also gut«, sagte Methuselah widerwillig. »Es ist eine Haarzelle aus der Familie der Primaten. Es gibt nichts wirklich Verwunderliches, was besonders auffiele, bis man es auf molekularer Ebene untersucht.«

Die Anzeige auf dem Bildschirm flimmerte und verschwamm, um sich sogleich wieder zu klären und Ulysses etwas zu zeigen, was er noch nie zuvor in seinem Leben gesehen hatte. »Was genau sehe ich mir da gerade an?«, fragte er und starrte verständnislos auf die spiralförmigen Bänder aus verbundenen Molekülen.

»Das hier«, entgegnete Methuselah, unfähig seinen selbstgefälligen Tonfall zu verbergen, »ist der Stoff des Lebens selbst. Sie haben sozusagen die einzig wahren Bausteine jedweden Lebens in diesem Universum vor Augen. Das hier ist die Doppelhelix der Desoxyribonukleinsäure. Auch DNA genannt.«

»Das ist DNA?«, stieß Ulysses skeptisch hervor.

»Ebenjene. Ketten von nur vier unterschiedlichen Nukleotiden, kombiniert in einer endlosen Anzahl von Möglichkeiten resultieren in einer enormen Artenvielfalt, die wir die Ehre haben, auf diesem Planeten zu erleben. Von der Schlange bis zum Wal, vom schwerfälligen Meeresungeheuer der Steinzeit, das noch heute unter uns lebt, bis zum Moskito, der sich von Blut ernährt, jedes lebende Wesen ist das Resultat der Stränge einer gentechnisch kodierten Information, die von den DNA-Strängen, eingehüllt in unserem Körper, getragen werden.«

»Aber Sie sagten, Sie hätten auch menschliche DNA gefunden und jetzt erzählen Sie mir, dass das hier Haare von irgendeinem Affen sind.« Nicht, dass Ulysses dem Doktor nicht geglaubt hätte; nur wollte er alles in Gänze verinnerlichen, um zu verstehen, was möglicherweise passiert war in dieser verzwickten Sache.

»Dazu wäre ich gleich gekommen. Die Probe dieser DNA ist in ihrem Inneren instabil.«

»Instabil? Wie soll ich das verstehen?«

»Sie löst sich auf, sozusagen.«

»Doktor, ich verstehe noch immer ni…«

»Wie kann ich das nur noch einfacher ausdrücken?«, überlegte Methuselah, die Frustration war seiner Stimme deutlich anzuhören. »Dies hier sind momentan die Haare eines Primaten, gehörten jedoch einst zu einem Mann, einem menschlichen Wesen wie Sie und ich. Diese Haare wurden irgendwie dem der menschlichen Vorfahren angeglichen. Und dieser Prozess ist noch nicht beendet.«

Nun war Ulysses aufrichtig überrascht. »Er findet noch immer statt?«

»Die Erbanlagen dieser Probe fallen stetig weiter zurück auf die nächstniedrige evolutionstechnische Form. Stellen Sie sich das vor! Die völlige Lebensessenz entwirrend, sich zurückentwickelnd, wenn Sie so wollen, bis zurück zu Aminosäuren und Bakterien, aus denen sie einst entstand. Was wir hier sehen, ist eine wahrhaftige Geschichtsstunde über die Bildung der menschlichen Rasse von ihrer niedrigsten Form, seit sie diesen Planeten betrat. Wenn jede einzelne Schicht dieser Geschichte sich erst abgelöst hat, werden sich diese Zellen hier in ihre einstige Ursprungsform zurückentwickeln, die reine DNA in jeder dieser Zellen eingeschlossen, wird unaufhörlich neu gestaltet werden auf gleicher genetischer Höhe.«

»Gut, und wann wird diese Metamorphose fertiggestellt sein?«

»Das werde ich ohne weitere Beobachtungen nicht mit Sicherheit sagen können.«

»Schätzen Sie.«

»Nun, wenn ich mir die Probe ansehe, so habe ich keinen Grund zur Annahme, dass es stoppen wird, bevor es seinen Anfang erreicht hat.«

»Sie könnten ebenso gut Songhai sprechen, Doktor.«

»Damit meine ich den Zustand, der am Beginn allen Lebens herrschte. Diese Proben hier beginnen bereits damit, Charakteristika eines Reptils zu zeigen. Es gibt keinen Hinweis darauf, dass sie sich nicht noch weiter zurückentwickeln

werden, bis die biologische Materie unter diesem Mikroskop sich in seine Bestandteile aufgelöst hat, dem alles Leben hier entspringt – richtiggehend in eine protoplasmische Suppe.«
Für einige Zeit sprach keiner der beiden Männer, während sie die ganze Tragweite dieser Enthüllung zu verdauen versuchten.

»Quicksilver, wer ist der arme Wicht, von dem diese Haare stammen?«

»Ich wünschte, ich wüsste es«, sagte Ulysses aufrichtig.

»Er muss studiert werden, vielleicht auch unter Quarantäne gestellt.«

»Um seziert zu werden, *Doktor*?«, forderte Ulysses ihn heraus und legte so viel Sarkasmus, wie er nur konnte in das Wort *Doktor*.

»Nein, zu seiner eigenen Sicherheit.«

»Nun, wenn ich ihn wieder treffen sollte, werde ich ihm berichten, dass Sie ihn zum Tee erwarten. Also, was bin ich Ihnen für Ihre Leistung schuldig?«

Mit offenem Mund gaffte Methuselah Ulysses an, bis die Erwähnung der Bezahlung ihn daran erinnerte, dass Moral eine feine Sache für Geistliche ist, jedoch weder Spielschulden tilgt, noch für Opiumnachschub sorgt.

»Sagen wir zehn Guineen – auf die Hand.«

Ulysses klappte lässig sein Portemonnaie auf, nahm die verlangte Geldsumme heraus und reichte sie dem alten Mann, der jeder seiner Bewegungen mit dem habgierigen Blick eines Goldgräbers folgte. »Ich danke Ihnen für Ihre Zeit, Doktor.« Ulysses steckte seine Börse wieder ein und wandte sich zum Gehen.

»Was ist mit der Probe?«, wollte Methuselah wissen.

»Behalten Sie sie.« Ulysses wandte sich an der Tür noch einmal um. »Ebenso bezahle ich Sie weiterhin für alle

Informationen, die Sie mir nach jeder weiteren Untersuchung übermitteln. Ich finde selbst hinaus.«

Wieder auf der Straße nutzte Ulysses die Gelegenheit, seine Lungen mit frischer Luft zu füllen und so den galligen Geschmack des Konservierungsfluids loszuwerden. Er forschte in seinen Taschen nach seinem Kommunikator aus Teakholz und Kupfer. Er klappte ihn auf und zog die Antenne heraus, wartete, bis einer der Züge über ihm vorbei gerattert war und tippte dann Genevièves Nummer ein. Es klingelte dreimal, bis ein Klicken ihm signalisierte, dass am anderen Ende abgehoben wurde und er Genevièves Stimme hörte. »Hallo«, sagte sie lediglich, doch allein schon dieses simple Wort jagte einen Schauer der Erregung durch Ulysses' Brust. Er war selbst überrascht von dieser psychosomatischen Reaktion. Noch nie war ihm so klar gewesen, wie sehr es ihm leidtat, dass ihr nur wenige Stunden zuvor so viel Schreckliches zugefügt worden war und wie unglücklich er sich selbst bei ihrem übereilten Abschied gefühlt hatte.

»Hier ist Ulysses, Geneviève. Bitte legen Sie nicht auf.«

»Ich habe Ihnen nichts zu sagen.«

»Aber ich habe Neuigkeiten«, brabbelte er.

Vom anderen Ende des Hörers kam keine Antwort. War sich noch immer in der Leitung? »Geneviève?«

»Welche Neuigkeiten?« Sie klang nüchtern und er hörte unterdrückte Emotionen in ihrer Stimme.

»Das besprechen wir lieber nicht am Telefon. Wir sollten uns treffen.«

Erneut schwieg sie.

»Wo?«

Ulysses dachte schnell nach. Seine Gedanken waren noch immer im Aufruhr seit ihrer letzten Begegnung inmitten von prähistorischen Ausstellungsstücken und seinem

Gespräch mit Dr. Methuselah über seltsame DNA und evolutionäre Erbschaftsgenetik. Nur ein Ort kam ihm augenblicklich in den Sinn, doch er entschied sich, das Natural History Museum bis auf Weiteres erst einmal zu meiden. Er wollte nicht, dass sich Scotland Yard wieder in seine Sachen einmischte und ein öffentlicher und übersichtlicher Platz eignete sich ohnehin besser, um keine Aufmerksamkeit zu erregen.

»Der London Zoo«, schlug er vor. »Am Haupteingang. Dort kann ich Ihnen meine Entdeckungen mitteilen.«

»Sehr gern«, sie klang zumindest besänftigt. »Ich treffe Sie dort um zehn Uhr morgen Früh.«

Die Verbindung brach ab.

Ulysses klappte den Kommunikationsapparat zu und verstaute ihn wieder in seiner Tasche. Schon bald würde er Geneviève von der grauenvollen Wahrheit bezüglich des Verschwindens ihres Vaters unterrichten und zweifellos ein weiteres Mal an ihren Emotionen rütteln.

KAPITEL 7

ENTSETZLICHE ECHSEN

»Danke, dass Sie eingewilligt haben, mich zu treffen«, sagte Ulysses.

Geneviève wich seinem Blick aus und ließ den ihren auf den Boden gleiten; erneut dieselbe demonstrativ züchtige Haltung, die sie bereits bei ihrem ersten Treffen an den Tag gelegt hatte.

»Wenn man bedenkt, dass ich Ihre Klientin bin und ich Sie für Ihre Hilfe in dieser Angelegenheit bezahle, wäre ich wohl töricht, es nicht zu tun. Sie sagten, Sie hätten Neuigkeiten?«

»Das ist richtig.«

»Ich war überrascht, so früh von Ihnen zu hören«, gab sie zu. »Tatsächlich war ich überrascht, überhaupt wieder von Ihnen zu hören.«

»Warum? Was meinen Sie?«

»Nachdem ich so … überreagiert hatte. Ich war wohl allzu emotional.«

»Das ist nur schwerlich überraschend, wenn man bedenkt, was Sie alles erlebt haben. Ich hätte taktvoller sein müssen.«

»Ich mag Sie noch nicht sonderlich lange kennen, Mr. Quicksilver, doch ich weiß bereits, dass Sie ein heilloser Lügner sind.«

»Ist das so?« Ulysses schenkte ihr ein entwaffnendes Lächeln und Geneviève gab den Ausdruck auf seinem Gesicht exakt wieder, ebenso den durchdringenden Blick aus ihren braunen Augen, der den seinen traf.

»Sie sind ein Kämpfer für die Wahrheit. Und kein Zweifel, so schmerzhaft die Wahrheit auch sein mag, man soll ihrer gewahr werden und ihr ins Gesicht blicken.«

»Aber vielleicht habe ich nicht unbedingt den günstigsten Moment gewählt, um Ihnen meine Vermutungen zu übermitteln, besonders, da es sich von keinerlei Beweisen bestätigten ließ.«

»Doch nun haben Sie den Beweis.«

Das war keine Frage. Geneviève Galapagos war keinesfalls eine Närrin. Die abenteuerlichen Ereignisse der vergangenen Nacht überzeugten Ulysses definitiv von dieser Ansicht. »Gehen Sie ein Stück mit mir«, sagte er.

Als sie seinen Arm nahm, umfing ihn ihr betörender Duft erneut, wie eine warme Brise; der Duft nach Jasmin. Für einen Augenblick glaubte er sich nach Tibet zurückversetzt, in seinen Zufluchtsort der Gärten von Shangri-La. Schweigend schlossen sich die beiden den anderen Spaziergängern durch die Gehege an.

Die Menagerie des Regent's Park war gefragt bei den Müßiggängern und somit war sie bereits gut besucht, seit der Zoo vor einer Stunde seine Tore geöffnet hatte. Unzählige turtelnde Paare spazierten an den Dinosaurierpferchen vorbei. Die Damen führten zu diesem Anlass Sonnenschirme bei sich, auch zum Schutz gegen das grelle Licht. Nannys schoben Kinderwagen, während sie ihr Bestes gaben, die ungebärdigen Bälger unter Kontrolle zu bringen.

Geneviève hatte sich verspätet. In Gesellschaft von blökendem und furzendem Riesengetier und dem Geratter der Bakerloo-Bahn direkt über seinem Kopf, hatte Ulysses eine halbe Stunde auf sie gewartet, bis er sie schließlich nochmals mit seinem Kommunikator zu erreichen versucht hatte. Es hatte unermüdlich geklingelt, ohne dass jemand abnahm. Nach einer Stunde in der kontinuierlich anwachsenden Besuchermenge fragte er sich, ob sie überhaupt noch kommen würde und warum zur Hölle er diese verstörte Miss Galapagos nicht zu selbiger schicken sollte, um mit seiner Arbeit fortzufahren. Doch dann tauchte sie inmitten der Menge schlendernder Zoobesucher auf, in einem langen, grünen Samtmantel, das üppige goldbraune Haar zu einem kunstvollen Dutt unter einem kleinen Zylinderhütchen frisiert, einen sorgenvollen Blick in ihren Augen.

Sie ließen sich vom Gedränge der Besucher mitziehen, als ob sie die wundersamen Wesen in den Gehegen ebenso amüsieren würden, wie all die schaulustigen Paare. Für einen Moment schien es, als wären die Kümmernisse dieses Auftrages beiseitegeschoben worden.

Während sie umherschlenderten, gelangten einige Gesprächsfetzen an Ulysses Ohr.

»Wenn sie in der Wildnis sind, können sie all die köstlichen Kleingewächse der Savanne genießen, doch hier im Zoo müssen sie sich mit einer Diät aus Heu, Gemüse und frischen Früchten begnügen«, erklärte gerade ein Zoowärter einer Gruppe die aufgezwungenen Ernährungsgepflogenheiten des Stegosaurus. »Unserer Mabel hier haben es besonders die Bananen angetan, nicht wahr, mein Mädchen?«

»Sind sie denn nicht gefährlich?«, wollte eine junge Frau wissen.

»Nur wenn sie Angst haben und man ihnen während einer Massenpanik in den Weg kommt. Ansonsten sind sie wirklich sehr friedlich. Richtig gefährlich werden sie nur während der Balz, wenn die Männchen um die Aufmerksamkeit der Weibchen kämpfen; bis auf unseren alten George hier, er macht sich nicht mehr viel aus solchen Dingen. Heute kann er nur mehr ganz passabel brüllen. Leider fehlt es uns an anständigen männlichen Jungtieren hier im Zoo, die seine Position als Platzhirsch anfechten könnten.«

Sie gingen weiter in Richtung einer Schulklasse, die ihrer geplagten Lehrerin stoische Ignoranz entgegenbrachte, während sie verzweifelt versuchte, ihnen den Styracosaurus zu erklären. »Sie produzieren nicht weniger als acht Eier in nur einem Gelege«, erklärte die Schulmeisterin gerade, »Gregory Pike, wirst du wohl sofort damit aufhören!«

»Doch womit verhindert man, dass die Tiere entkommen?«, wollte eine beleibte Dame, die einen grellbunten Hut mit Straußenfedern trug, mit bangem Tonfall von einem anderen Besucher wissen, während ihr buckelnder Pantoffelheld von Ehemann völlig vom Anblick der wohlgestalteten Begleitung eines jüngeren Mannes abgelenkt war.

»Haben Sie keine Sorge, Madam«, versicherte der Zoowärter freundlich, »jedes Gehege wird von einem tiefen Graben oder einem Wassergraben wie diesem hier umgeben, sodass die Tiere nicht herausklettern können. Oder sie werden hinter einer sechs Zentimeter dicken, verstärkten Stahlstrebe gehalten, so wie die Fleischfresser im Abschnitt *Prähistorische Killer* dort hinten. Und als ob das noch nicht genug wäre, gibt es noch die Elektrozäune.«

»Du meine Güte. Hast du das gehört, Stanley?«, richtete sich die Dame an ihren Gatten.

»Wie war das, mein Herz?«, gab er abwesend zurück, als ob er gerade einen sehr entzückenden Traum genossen hätte.

»Die haben hier Elektrozäune. Ach, ich wünschte, du würdest einmal zuhören!«

»Ja, Schatz.«

»Sie haben also nichts zu befürchten, Madam. Sie sind absolut sicher, ebenso wie ganz London«, kicherte der Wärter.

Die beiden gingen weiter, ließen das Gehege mit den Pflanzenfressern hinter sich zurück und schlugen ihren Weg in den Abschnitt ein, den der Wärter als den Prähistorische-Killer-Bereich bezeichnet hatte.

»Nun, sie sind auch nichts anderes als gewöhnliche Vögel«, gab ein kinnloser Geck mit Monokel und großzügig geöltem Schnauzer von sich, um das knollennasige Mädchen an seiner Seite zu beeindrucken, das verdächtig dem Resultat einer Inzuchtbeziehung anmutete.

»Und selbstredend hat die Arbeit, die wir hier verrichten, ebenfalls einen umweltschützenden Aspekt«, erklärte gerade ein Zooangestellter, der sich eher wie ein Sekretär denn ein Wärter gekleidet hatte, einer Gruppe von Geschäftsleuten. »In der Wildnis werden diese Tiere zu sportlichen Zwecken bis zu ihrer Ausrottung gejagt oder ihre natürliche Umgebung fällt nach und nach der menschlichen Ausbreitung zum Opfer. Die Plünderung dieses Planeten erfolgt völlig gedankenlos. Entweder, um sich Farmland zu verschaffen, um Feldfrüchte anzubauen und eine ständig steigende Bevölkerungszahl zu füttern, oder um Tagebauwerke für die unaufhörliche Suche nach Kohle zu bauen, die all die monströsen Maschinen versorgen muss, von denen wir uns alle abhängig machen. Sie sehen also, Gentlemen, Ihre Investition ist von lebenswichtiger Dringlichkeit, um unsere gute Arbeit hier fortführen zu können.«

Ulysses und Geneviève betraten einen großen Kuppelbau, der einem gigantischen Vogelkäfig glich. Auf dem Ast eines Baumes, der im Inneren wuchs, hatte sich eine Schar Pterosaurier mit ihren Lederschwingen niedergelassen.

»Seht her, Templeton Trench hat diese Art aus dem Kongo mitgebracht, als sie noch nicht ausgebrütet war.«

Ein gebräunter älterer Herr mit einem gewaltigen weißen Zwirbelbart beugte sich zu den beiden albern kichernden Mädchen hinab, die sich an seine Arme klammerten – beide jung genug, um als seine Nichten gelten zu können, und dennoch standen sie wohl eher in keiner familiären Verbindung zueinander.

Ihre *Ohs* und *Ahs* und ihr Gekicher setzten jedes Mal neu ein, wenn er mit seinem Monolog fortfuhr. Dennoch verbargen beide kaum ihr mäßiges Interesse an dem monströsen, rothäutigen Allosaurus, der gerade vor ihren Augen eine tote Sau verschlang.

»Natürlich ist der Megasaurus Rex unser bestes Exemplar.« Die Geschäftsleute und ihr Führer mit dem Talent für Kapitalbeschaffung hatten Ulysses und Geneviève eingeholt. »Der wahre König der Megasauren, und somit auch der unsere hier, ist weiblich. Die Wärter nennen sie Glenda. Sie verspeist bis zu drei Kühe pro Tag.«

»Wie entsetzlich!«, rief Geneviève plötzlich aus und Ulysses fühlte, dass sie seinen Arm noch fester umfasste. Im Schatten einer Magnolie bat sie ihn, innezuhalten.

»Sie sagten, Sie hätten Neuigkeiten.«

Abrupt umfing ihn wieder die reale Welt mit all ihren dazugehörigen Sorgen und ergebnislosen Problemen. Ulysses blickte Geneviève direkt in die Augen. Gern hätte er sich in diesen klaren Tiefen ertränkt.

»Womit hat sich Ihr Vater beschäftigt? Was war der Inhalt seiner aktuellsten Arbeit?«

Ein Hauch von Schuld flackerte für einen Wimpernschlag über ihr Gesicht und sie senkte den Blick. Das garstige Gekrächze der Saurier durchbrach die Stille.

»Die Wahrheit ist, dass ich es nicht weiß«, gab Geneviève schließlich zu. »Ich habe ihn schon seit einiger Zeit nicht mehr gesehen. Er wurde von seiner Arbeit förmlich aufgesogen, um was auch immer es sich dabei gehandelt hat. Und Sie glauben, dass dieses *Was-auch-immer*, an dem er arbeitete, bewirkte, dass er …«

»… sich verwandelte?«, beendete Ulysses den Satz für sie. »Ja, das tue ich.«

Angestrengt sah sie ihm in die Augen, wieder mit diesem flehentlichen Blick, der ihr so eigen war, und Ulysses fühlte, wie das Herz in seiner Brust aufgeregt sprang.

»Helfen Sie mir, meinen Vater zu finden«, sagte sie. »Ich bitte Sie. Helfen Sie mir.« Plötzlich lag ihre Hand auf seiner Schulter, die andere glitt an seinem Arm hinab und um seine Taille. Vier Stockwerke über ihnen pfiff eine Überlandbahn, als sie die Luftbrücke der Albany-Street-Station erreichte.

Kein Zweifel, sie war wunderschön – ihr athletischer, schlanker Körper, mit Kurven an den richtigen Stellen – und auf seine Hilfe angewiesen. Mehr konnte sich ein Mann von einer Lady nicht wünschen. Und dennoch durfte Ulysses sich nicht ablenken lassen. Ein anderer Teil seines Verstandes grübelte darüber nach, wo genau sich wohl ein verbrecherischer Affenmann in London verstecken würde, wenn nicht im naturhistorischen Museum oder im Londoner Zoo? Abgesehen davon, dass die Probe, die er dem alten Griesgram Methuselah vorgelegt hatte, Anzeichen einer Verwandlung aufwies, die ähnlich den Schuppen von etwas Echsenartigem war, was die Vermutung, dass sich Professor Galapagos derselben unsagbaren Prozedur unterziehen musste, nur bestärkte. Somit war die Frage nun nicht mehr, wo sich ein Affenmann in dieser überlaufenen Hauptstadt aufhalten würde, sondern wo eine Echse ihr Versteck bauen würde – und im weiteren Sinne, wie zur Hölle Ulysses Quicksilver, Dandy und Abenteurer mit detektivischem Intellekt, dieses finden sollte?

Die ganze Zeit über, da ein Teil von ihm darüber nachgrübelte, war der andere umgarnt von Genevièves glänzendem Blick, ihren kirschroten Lippen, dem Jasminblütenduft und ihrem warmen Atem auf seiner Wange, und sich nur allzu bewusst, wie nahe sie sich beide hier standen. Er nahm sie in die Arme, neigte seinen Kopf und lehnte ihn gegen den ihren. Ihre weichen Lippen teilten sich leicht, um die seinen zu berühren.

Doch dann verlangte plötzlich ein weiterer unterbewusster Teil seines Gehirns, den er als seinen sechsten Sinn bezeichnete, nach seiner Aufmerksamkeit. Und dieser Teil schrie laut und deutlich: »Gefahr!«

Das donnernde Getöse einer Explosion zerriss die friedliche Morgenstimmung. Viele der Spazierenden wurden durch die Wucht der Stoßwelle von den Füßen gerissen. Instinktiv warf sich Ulysses über Geneviève, als sie beide umgeworfen wurden. Teile verbogenen Metalls und andere Trümmer regneten auf sie nieder. Ein Mann ging mit blutendem Gesicht zu Boden, ein anderer schrie kurz auf, als ein verformter Gegenstand seinen Torso durchbohrte. Dann war er still.

Ulysses richtete sich schnell auf, um einen Blick auf die Überlandbahn zu werfen, die den Himmel über dem Londoner Zoo durchquerte. Sein Körper war angespannt, zu allem bereit. Dicker schwarzer Rauch, durchsetzt von schmierigen, orangefarbenen Flammen, bedeckte den Himmel über dem Regent's Park und dem mehr als zwanzig Meter hohen Netz aus Gleisen der Bakerloo-Linie. Soweit Ulysses erkennen konnte, brach mit einem ohrenbetäubenden, metallischen Kreischen der Teil eines dicken, gusseisernen Pfostens unter seinem eigenen Gewicht – und fiel. Aufgrund seiner durch das Adrenalin aufgeputschten Sinne wirkte es auf ihn, als würde das Bahngleis in Zeitlupe in einer Wolke öligen Qualms und kohlschwarzer Eisenbahnschienen auf die Menschenmenge am Besuchereingang stürzen.

Überall schrien Menschen. Viele rannten durcheinander, in dem Versuch, der Katastrophe zu entkommen, die sich um sie herum auftat.

Gleisstücke krachten in die Grube mit den Stegosauriern, wo sie einen Aufseher mitsamt einer in Panik geratenen Dame zerschmetterten, die er noch zu retten versucht hatte. Während weitere Trümmerstücke kontinuierlich von der verwüsteten Bakerloo-Station herabregneten, fiel die Wand des Pferches ein.

Ulysses hörte die Lehrerin hysterisch kreischen, in dem Versuch, ihre jammernden Schüler zu beschützen, die nun in völliger Verzweiflung bedingungslos ihren Anweisungen folgten. Tumult brach bei den wilden Tieren los. Die Pflanzenfresser tröteten, beziehungsweise heulten vor Angst. Die Fleischfresser durchschritten brüllend ihre Käfige und sogen gierig den Geruch nach Angst ein, der ihrer natürlichen Beute entströmte. Dieser moschusartige Duft weckte eine animalische Raserei in ihnen, all die panischen Tiere zu jagen – und all die verzweifelten Menschen.

Wärter aus den anderen Teilen des Zoos zwängten sich durch hysterische Trauben von Besuchern, um denen an der vordersten Front des Desasters Hilfe zu leisten. Es sah ganz danach aus, als sei Ulysses der Einzige, der erkannte, dass es sich hier erst um den Beginn eines noch größeren Unheils handelte, und dass noch schrecklichere Katastrophen geschehen sollten. Die Bahn war noch immer in Betrieb und die Verantwortlichen der Bakerloo-Station nach wie vor ahnungslos, was den Unfall oder die Sabotage – oder was auch immer geschehen sein mochte – betraf.

Schon fuhr ein neuer Zug ein. Das Kreischen der Bremsscheiben machte deutlich, dass der Lokführer erst jetzt die aufsteigenden Rauchsäulen und das klaffende Loch in den Schienen wahrnahm, und da der Zug mit hoher Geschwindigkeit unterwegs war, bestand keine Hoffnung, dass er rechtzeitig stoppen würde. Der voll besetzte Personenzug raste über das gebrochene Gleis und rauschte direkt hinab in den Zoo. Die Lok schlug mit tödlicher Kraft auf dem Asphalt auf. Ihr gusseiserner Dampfkessel zerriss und der Schornstein ging in Flammen auf.

In einem Umkreis von dreißig Metern wurden all jene, die nicht direkt unter dem fallenden Zug zu Tode gekommen waren, verbrüht von dem kochend heißen Dampf, der dem Kessel entströmte, oder sie verbrannten bei lebendigem Leib in dem Inferno, welches unmittelbar danach folgte.

Allerdings hielt der Zug noch immer nicht an. Er pflügte weiter durch die Anlage, vorangeschoben von den zehn anhängenden Waggons. Mauern barsten wie bei einem Kometenschauer unter der brennenden Lokomotive, Gitterstäbe verbogen sich und Stahl riss wie dünnes Papier. Während der Zug funkensprühend weiterbrauste und die Waggons auf die Seite kippten, schrien die im Inneren gefangenen Passagiere, als das Feuer durch das Wrack tobte. Weitere Dinosaurierpferche wurden durchbrochen, die Gehege der Fleischfresser niedergerissen und das Gehäuse der Pterosaurier zertrümmert. Schlussendlich verwüstete das Zugwrack die Wasseranlage der Apatosaurier und tötete dabei eine junge Frau, als es durch die elektrische Barriere preschte und eine riesige Furche in die Rasenanlage pflügte, die an das Wasserloch der Herde grenzte. Die Waggons stauten sich wie ein metallener Berg hinter der Lok auf. Ulysses sah, wie ein weiterer Zug durch den Himmel über ihm und Geneviève geschleudert wurde. Für einen Atemzug erblickte er flüchtig die von Schrecken gezeichneten Gesichter der Insassen hinter dem geborstenen Glas der Fenster, als die Lok mitsamt ihren Anhängseln scheppernd durch die Luft trudelte. Dann krachte sie in die hochgezogene Mauer, die rund um den Zoo verlief, und glatt hindurch – durchbrach in einer Wolke aus Mörtel und Ziegelstaub die einzige Barriere, die sich zwischen der vorgeschichtlichen Welt der Gehege und der realen Welt dort draußen befand.

Unter dem erneuten Kreischen von Bremsen und dem ohrenbetäubenden Lärm der Kollision, als weitere Waggons in den Durchgang jenseits der Abgrenzung des Zoos pflügten, meinte Ulysses plötzlich, die Hupe eines Autos herauszuhören.

Die Menschen flohen in Panik und mit ihnen die wertvollen Exponate des Zoos; die Dinosaurier brachen aus ihrer langjährigen Einkerkerung aus! Einer der Wärter rief nüchtern, dass der elektrische Zaun nicht mehr funktionierte.

»Wir sollten hier schnellstmöglich verschwinden«, brüllte Ulysses Geneviève über die Schreie der fliehenden Menschenmasse und das Geröhre der Dinosaurier hinweg zu, während er sie auf die Füße zerrte. Geneviève war zu schockiert, um zu antworten, und stolperte mehr oder weniger hinter ihm her. Er zerrte sie durch das Chaos, dabei hielt seine Hand die ihre so fest umschlossen, dass sie fürchtete, sein harter Griff würde ihre Finger zerquetschen.

Die ersten Velociraptoren rannten bereits durch die Umzäunung. Ihrem Instinkt folgend ergriffen sie die Gelegenheit, in dieser allumfassenden Verwirrung auf die Jagd zu gehen. Aus dem Augenwinkel verfolgte Ulysses, wie eine der geschmeidigen Echsen von dem Dach eines Kiosks, in dem wohl Eis verkauft wurde, auf ein Kindermädchen hüpfte und mit seinen rasiermesserscharfen Reißzähnen nach dem Baby schnappte, welches sie verzweifelt an sich presste.

Geneviève wimmerte neben ihm. Sie rannten weiter. Falls sie es bis zum Ausgang schaffen würden, wusste Ulysses, dass Nimrod dort auf sie warten würde; bereit, sie sogleich außer Reichweite der Gefahr zu bringen.

Ulysses strauchelte, als er ein knirschendes Geräusch hinter sich vernahm und sich der Boden unter seinen Füßen plötzlich wellte. Auch Geneviève stolperte. Während sie zu Boden ging, rutschte ihre Hand aus Ulysses verschwitztem Griff. Er kam schlitternd zum Stehen und drehte sich sogleich zu ihr um, nur um direkt auf die schreckliche Gestalt des Megasaurus Rex zu blicken, der sich in diesem Moment über sie beugte.

Der zweibeinige Saurier war so groß wie ein ganzes Haus, ein einziger drahtiger Muskelberg. Seine kräftigen Hinterbeine glichen pumpenden Kolben aus Knochen und Fleisch, kräftig genug, um eine Geschwindigkeit von 40 Stundenkilometern zu erreichen. Im Gegensatz dazu waren seine Vorderbeinchen kaum mehr als kleine Klauen – dennoch bereit, zuzupacken und nicht wieder loszulassen. Angesichts des übergroßen Kiefers, gefüllt mit Zähnen, welche die Größe und Schärfe von frisch gewetzten Fleischermessern hatten, war auch keine weitere Bewaffnung notwendig. Die kleinen, schwarzen Augen des Riesen – erbarmungslose Punkte, denen man die rohe Wildheit der Urzeit ansah – fixierten die am Boden liegende Geneviève.

Ulysses packte sie um die Taille und zog sie gerade noch rechtzeitig fort, als sich der riesige Kopf des Sauriers mit weit aufgesperrtem Rachen niedersenkte und die Zähne wie eine Bärenfalle zusammenklappten. Durch die Wucht seiner gierigen Bewegung krachte er gegen den Asphalt, genau dorthin, wo Geneviève noch vor einem Moment gelegen hatte. Die beiden rannten, ihre Beine wurden von reiner Angst angetrieben. Durch die panische Menge konnten sie das reich verzierte Eingangsportal des Zoos erkennen, vor dem Nimrod die Hupe des *Silver Phantom* betätigte und den Motor auf Touren hielt, um einen zügigen Abgang zu machen. Gerade als sie über die Drehkreuze sprangen, brach eine Herde Apatosaurier durch die Lücke in der Mauer, welche den zerquetschten Waggons zu verdanken war, die nun die Straße außerhalb blockierten.

Dann, in weniger als einem Augenzwinkern, erhaschte Ulysses einen Blick auf ein Gesicht in der Menge – ein äußerst ungeliebtes Gesicht, das sein Blut augenblicklich vor Wut zum Kochen brachte – und mit einem Mal begriff er, was hier passierte. Er knallte gegen die Seite des Autos und riss die hintere Wagentür auf. »Da sind wir wohl in eine kleine Schwierigkeit geraten«, keuchte er und schob Geneviève auf den Rücksitz.

»Erwiesenermaßen, Sir.« Trotz ihrer misslichen Lage war Nimrods Stimme kaum ein Anzeichen von Emotion zu entnehmen.

»Und ich glaube, ich weiß, wer dafür verantwortlich ist.« Ulysses knallte die Tür zu.

»Was haben Sie vor, Sir?«, rief ihm Nimrod durch das offenstehende Beifahrerfenster zu.

»Ulysses, steigen Sie in das Auto!«, schrie Geneviève.

Ulysses blickte zu der aufgeregt fliehenden Menschenmasse hinüber. Ein Einzelner stand wie eine Insel inmitten der panischen Menge, vollständig in Schwarz gekleidet, kahlköpfig, unrasiert. Seine dunklen, stattlichen Gesichtszüge waren von einer dunkelvioletten Narbe durchbrochen, die sein Gesicht mehr oder weniger in zwei Hälften teilte. Die Gestalt starrte zurück, einen grimmigen Ausdruck im Gesicht, die Lippen fest zusammengepresst, die Augen nur mehr zutiefst hasserfüllte Schlitze. Es war ein Gesicht, das in Ulysses' Vergangenheit gehörte; eines, das wiederzusehen er nicht erwartet hätte, das einem Feind gehörte, bei dem er geglaubt hatte, ihm schon vor langer Zeit ein Ende bereitet zu haben. Das Gesicht gehörte Jago Kane, einem Aufwiegler, Revolutionär und Terroristen.

Die Gestalt wirbelte plötzlich herum und floh in Richtung der Albany-Street-Station, zu einer der Säulen mit den Aufzügen.

»Nimrod, schaff Miss Galapagos von hier fort«, befahl Ulysses.

»Und was ist mit Ihnen, Sir?«

»Steig in das Auto, bitte!«, flehte ihn Geneviève an und stieß die hintere Tür auf.

»Das geht nicht«, entgegnete er mit einem fiebrigen Grinsen. »Ich habe einen alten Freund von früher entdeckt, welchem ich auf jeden Fall *Guten Tag* sagen sollte.«

»Jetzt?«

»Nun, was du heute kannst besorgen …«, lachte er freudlos und warf die Autotür erneut zu. »Fahr los, Nimrod!«

Mit quietschenden Reifen flitzte der *Silver Phantom* die Prince-Albert-Road entlang und ließ dabei nichts als eine Wolke verbrannten Gummis hinter sich zurück. Ulysses hingegen sprintete über die Straße, auf die Aufzugsäule zu und Jago Kane hinterher.

KAPITEL 8

OBERIRDISCHES SPEKTAKEL

Ulysses stürmte aus dem Aufzug und direkt auf den Hauptbahnsteig der Bakerloo-Linie zu. Der Bahnsteig war brechend voll, die Menschen schwirrten verwirrt herum. Einige schrien vor Angst, die meisten versuchten, sich hinter Ulysses in den Fahrstuhl zu drängen, während wiederum andere sich ihren Weg zum Ende der Plattform zu seiner Linken freischubsten. Ulysses reckte seinen Kopf in diese Richtung und versuchte, über die Köpfe der Menge hinwegzublicken.

Er konnte nun die leere qualmende Stelle sehen, das Resultat des Zugunglücks. Das Ende eines Waggons ragte noch immer über die sichtbaren Überreste der Gleise hinaus.

Bahnangestellte und selbstlose Passanten halfen, die Passagiere aus den hinteren Türen des letzten Wagens in schwindelerregender Höhe auf die Gleise zu ziehen; nur einige wenige waren mehr daran interessiert, in morbider Faszination über den Rand des Abgrunds auf die Verheerung unten zu spähen. Linkerhand endete in etwas mehr als fünfundzwanzig Metern die Plattform mit einer Barriere. Das Einzige, das Ulysses in keiner der Richtungen entdecken konnte, war sein gejagtes Objekt: Jago Kane.

»Nach oben«, tönte die blecherne Stimme eines automatischen Liftbegleiters hinter ihm. Ulysses kehrte um und schubste sich seinen Weg zurück zu der Kabine des

Fahrstuhls eilig frei. »Nächster Halt, Bakerloo-Line-Süd.« Kane musste sich auf der nächsten Ebene befinden, weitere zwei Etagen über den Straßen der Stadt. *Aber natürlich*, schalt sich Ulysses selbst, *warum sollte sich ein erfahrener Unruhestifter wie Jago Kane auf einer Gleisstrecke, die er außer Kraft gesetzt hatte, selbst in die Enge treiben?* Sicherlich hatte er diesen Fluchtweg bereits geplant. Wenn er sich für eine Flucht über das Oberland entschieden hatte, tat er dies bestimmt über die südliche Strecke.

»Sie da, was glauben Sie, was Sie hier tun?«, protestierte ein rotwangiger Mann, als Ulysses ihn aus dem Weg stieß, um in den Aufzug zu gelangen.

»Seien Sie vorsichtig, Sir, es ist nur zwölf Passagieren gestattet, zur gleichen Zeit zu fahren«, erklärte der Lift-Droide.

»Genau, und ich war zuerst da, Sie Lump«, beklagte sich der rotgesichtige Mann übertrieben laut.

Ulysses fluchte frustriert und kramte sein ledernes Kartenetui aus der Jackentasche hervor. »Du da, taste das ab«, wies er den Droiden an. »Und Sie«, sagte er zu der protestierenden roten Rübe, »hierbei handelt es sich um eine Angelegenheit der nationalen Sicherheit. Wenn Sie mir jetzt nicht augenblicklich aus dem Weg gehen, wird Sie der Großkanzler höchstselbst des Verrates bezichtigen. Und nun verpissen Sie sich!«

Nicht einmal vierundzwanzig Stunden war er zurück in London und bereits jetzt schon hemmten ihn die Bürokratie und die Kleingeistigkeit der Bürgerschaft zum zweiten Mal innerhalb nur eines Tages.

»Nein, so was!« Ulysses Gegenüber tobte, wankte jedoch aus dem Lift. Die meisten der anderen Passagiere, die mitbekommen hatten, was Ulysses gesagt hatte, folgten ihm nach. Ulysses wandte sich wieder dem Liftbegleiter zu. »Und jetzt fahr diesen Lift auf die nächste Ebene, oder ich sorge dafür, dass du als geschmolzenes Stück Schrott endest.«

»Schon unterwegs, Sir«, gab die künstliche Stimme des Automaten freundlich zurück.

»Hat noch jemand gesehen, was da unten los ist?«, warf ein Mann an jeden gerichtet ein, der zuhören musste.

»Die Dinosaurier sind los! Jeder ist jetzt auf sich alleine gestellt!«

Umstehende Männer fluchten ungläubig, Frauen keuchten auf und eine von ihnen fiel sogar in Ohnmacht, wurde jedoch von ihrem Partner aufgefangen.

Es war schon beengt innerhalb der Kabine gewesen, als sie das erste Level erreichte, als sich aber erneut Personen hinzuzwängten, in dem Versuch, dem Chaos zu entkommen, das rund um den Zoo aufgekommen war, war das Chaos endgültig perfekt. Kane befand sich irgendwo in dem Lift über Ulysses, dessen Tür sich gerade eben noch vor seiner Nase geschlossen hatte. Seine Kabine folgte der anderen in den Schacht des Pfeilers und er konnte nichts weiter tun, als frustriert vor sich hin zu fluchen. Für eine Sekunde hatte er sogar den Weg über die Wartungsstufen in der Aufzugsäule in Betracht gezogen, um schneller auf die nächste Ebene zu gelangen, so anstrengend das auch gewesen wäre. Doch dann öffnete der Aufzug seine Türen und Ulysses wollte flink aussteigen, aber natürlich war nichts von Kane zu sehen.

Ulysses war sich sicher, dass sein Widersacher die Hände bei diesem Chaos im Spiel hatte, das in der Hauptstadt entfesselt worden war. Es trug alle Kennzeichen seines willkürlichen Terrorismus und seiner revolutionären Philosophien, demzufolge war es ihm schon immer egal gewesen, wie viele unschuldige Menschen dafür starben, dass er an sein verrücktes Ziel, welches auch immer er gerade zu erreichen versuchte, gelangte, denn der Zweck heiligte für ihn immer die Mittel. Und wahrhaftig, wenn man Ulysses' Begegnungen mit Kane in der Vergangenheit betrachtete, erschien es als durchaus möglich, dass dieser dachte, je mehr unschuldige Tote es gab, desto effektiver würde sein reaktionärer Hieb auf die führenden Klassen von Magna Britannia und die Anhänger des britischen Throns ausfallen.

Die meisten Passagiere verlangten nun, aus dem emporfahrenden Fahrstuhl aussteigen zu dürfen, denn die Gerüchte und die halbwahren Informationen übten bereits ihre wirre Magie auf sie aus, und sie begannen anzunehmen, dass es nun ebenso unsicher auf den höheren Etagen sein musste, wie dort unten bei den Dinosauriern. Der Aufzug knackte sacht, als er erneut anhielt. »Alle Fahrgäste zur Bakerloo-Linie-Süd bitte aussteigen«, kündigte der Fahrer freudig an. Das Tor des Lifts öffnete sich in bester Ziehharmonika-Manier und Ulysses preschte aus der Kabine auf die Plattform hinaus. Hier oben lag die Station auf gleicher Höhe mit den Spitzen der Dächer der großen Stadthäuser, die in den Straßen entlang des Regent's Parks aneinander angrenzten. Trotz ihrer luftigen Höhe wirkte sie dennoch zwergenhaft gegen die gewaltigen Wolkenkratzer des Finanzviertels im Herzen der Stadt, das weiter im Süden lag.

Unglaublicherweise war die Bakerloo-Bahn noch immer in Betrieb. Doch andererseits hatten die Zugunglücke, der Ausbruch aus dem Zoo und die Verfolgung seines alten Feindes nicht mehr als fünf Minuten gedauert.

Ein einzelner Zug wartete an der Station, Dampf zischte zwischen seinen Radkolben hervor. Jene, die ausstiegen, sahen sich verwirrt um, blickten in den Rauch, der von den zerstörten Zügen unter ihnen aufstieg, oder spähten über die Sicherheitsgeländer auf das Chaos hinab, das sich auf der Prince Albert Road entfaltete.

Etwas pfiff. Der Zug war zur Abfahrt bereit und da entdeckte Ulysses seinen Kontrahenten, als er drei Waggons weiter die Plattform hinunterstürmte.

»Stop!«, brüllte Ulysses just in dem Moment, als die Pfeife ertönte und der Zugführer eine gewaltige zischende Dampfwolke aus dem Boiler entließ. Er schrie erneut, doch außer den Reisenden, die ihm am nächsten standen, nahm niemand Notiz davon, manche blickten ihn sogar empört an. Die Ohrrezeptoren der automatischen Stationsschaffner waren taub für seinen Schrei, sein verzweifelter Ruf ging in dem Lärm des Zuges unter. Die Flagge wurde geschwenkt, zum Zeichen, dass er nun sogleich losfahren würde.

Inmitten aufgeschreckter Reisender rannte Ulysses die Plattform hinunter, dem ausfahrenden Zug hinterher, wühlte sich seinen Weg durch die Massen, die ihn zurückwarfen und an der Verfolgung hinderten. Er konnte nicht mehr verhindern, dass er in eine großgewachsene, matronenhafte Dame prallte, die zwei große Taschen mit sich schleppte, und brachte gerade noch ein »Pardon, Madam!«, heraus, während die arme Frau auf ihrem gut gepolsterten Hinterteil landete und sich ihre Einkäufe überall um sie herum verteilten.

Endlich passierte er den letzten Reisenden und vor ihm lag der Bahnsteig wie ein übersichtlich ausgestreckter Eisensteg, zum Greifen nahe war der sich entfernende Zug. Die Matrone hinter ihm ließ gerade eine Schimpftirade über diesen *unverschämten Fatzke* los, wie sie ihn nannte, da setzte Ulysses zu einem Spurt an, während ihm das Adrenalin durch den Körper jagte.

Gerade als der letzte Wagen parallel zum Ende des Bahnsteiges lag, sprang Ulysses ab und hievte sich auf den Zug. Er bekam die Griffe links und rechts der hintersten Tür zu fassen und seine Füße fanden auf einem schmalen Steg Halt. Noch immer den Gehstock in den Fingern, zerrte er die Tür auf und schwang sich in den Zug – um sogleich von aufgeschrecktem Keuchen und überraschten Ausrufen empfangen zu werden.

»Verzeihen Sie bitte, Ladies und Gentlemen«, sagte er lässig und bahnte sich seinen Weg durch die sitzenden Passagiere. »Es gibt nichts, um das Sie sich sorgen müssten. Wenn Sie mir jedoch den Weg freimachen würden, wüsste ich das überaus zu schätzen.«

Sein Weg öffnete sich, gerade, als der Zug weiter an Fahrt aufnahm. Er wusste genau, dass Kane ihm nur drei Wagen voraus war. Am anderen Ende des Waggons öffnete Ulysses die Tür zum nächsten Abteil, der Wind zerrte an seinem Haar und seinem Mantel. Darauf bedacht, zumindest mit einem der beiden Wagen ständig verbunden zu sein, tat er einen Schritt über die Kluft dazwischen. Als er so das Ende des dritten Wagens erreichte, noch immer den Gehstock fest umklammert und die oberen Stockwerke der großen Apartmenthäuser vor seinen Augen, die draußen an den Fenstern der Abteile vorbeirasten, legte er die Hand auf den Griff der nächsten Einstiegstür und verschnaufte einen Moment. Direkt vor sich, inmitten der anderen Passagiere, erkannte er Kanes unverwechselbares Profil.

Ulysses drückte den Knauf beherzt nach unten, entschlossen, seinen alten Feind zu fassen. Er platzte in den Waggon und rief: »Ergreift diesen Mann!«

Kanes Kopf fuhr herum, ihre Blicke trafen sich. Ulysses erkannte puren Hass im Blick des Kontrahenten. Kane reagierte sofort und schubste sich einen Weg durch das Gedränge frei.

»Haltet ihn auf!«, schrie Ulysses.

Mit einem Mal flackerte sein sechster Sinn auf und er duckte sich in dem Moment, als Kane sich mit einer Pistole in der Hand herumdrehte. Der Schuss hallte entsetzlich laut durch das dicht gedrängte Abteil. Wie ein Mann wichen die Passagiere zurück, als das Glas hinter Ulysses in kleine Stücke zersprang.

Sofort rempelte sich Kane weiter durch den Wagen, nun mit deutlich weniger Widerstand, vorbei an wimmernden Menschen, die sich eilten, ihm aus dem Weg zu gehen. Nicht einer von ihnen versuchte, ihn aufzuhalten. *Das große Volk der Briten*, dachte Ulysses, *verlässlich wie eh und je.*

Seine eigene Waffe befand sich in ihrem Holster unter seiner Jacke, doch er wagte nicht, sie in dem vollen Zug einzusetzen. Es war eher zweifelhaft, dass er einen gezielten Schuss würde abgeben können, und das kontinuierliche Rütteln der Bahn, die über die Hochbahnschienen raste, schloss eine solch tollkühne Unternehmung gänzlich aus. Es war eine Sache, als gefühlloser Revolutionär mit terroristischer Neigung achtlos unschuldige Bürger niederzuschießen, doch es war eine völlig andere, wenn man als Agent im Auftrag des Thrones von Magna Britannia handelte. Abgesehen davon wollte er es so kurz und schmerzlos wie möglich hinter sich bringen. Kane war schon einmal entkommen. Ulysses wollte ihm das nicht noch ein zweites Mal durchgehen lassen.

Obwohl die verängstigten Passagiere ihr Äußerstes taten, Kane auszuweichen, verlangsamten sie dennoch sein Vorankommen und Ulysses holte auf. Zur selben Zeit, als er die mittlere Verbindungstür erreichte, war Kane bereits am

Übergang zum nächsten Wagen angelangt. Ulysses spielte kurz mit dem Gedanken, die Notbremse zu betätigen, um den Zug anzuhalten, entschied dann jedoch, dass eine solche Aktion wohl eher die Flucht des Terroristen begünstigen würde. Dann war Kane verschwunden – jedoch nicht im nächsten Wagen, sondern auf der mit der Waggonwand verschraubten Leiter nach oben, hinauf auf das Dach.

Ulysses eilte auf die Tür zu, die heftig auf und zu schlug, als der Zug erneut Geschwindigkeit aufnahm und durch die Upper City jagte. Wenige Sekunden später kletterte Ulysses ebenfalls die Leiter des schwankenden Waggons hinauf. Der genagelte Absatz eines Schuhs tauchte über der obersten Sprosse auf, direkt über Ulysses Fingern. Er spannte sich auf einer Sprosse darunter an, stieß sich kräftig mit beiden Füßen ab, um mit einem sportlichen Sprung nach oben zu schnellen.

Eine Hand noch immer an der Leiter, schwang Ulysses seinen Gehstock nach Kanes Beinen, doch sein voreiliger Hieb brachte ihn für einen Moment selbst aus dem Gleichgewicht. Als der Zug über ein Verbindungsstück in den Gleisen holperte, erfasste der Ebenholzstock sein Ziel. Kane fiel zurück und landete hart auf dem Dach des Waggons. Das war alles, was Ulysses gebraucht hatte, um nun selbst auf das Dach zu steigen und seiner gefährlichen Lage zu entkommen.

Er verschaffte sich einen festen Stand, als Kane nach hinten weg und außer Reichweite rutschte. Ulysses befand sich nun zwischen Kane und der Spitze des Zuges. Dicker Rauch aus dem Schornstein der Lok peitschte über das Wagendach und umkreiste sie wie Wolkenfetzen.

»Ich hätte ahnen sollen, dass du den Tod überlisten würdest. Ich weiß nur nicht, wie du das angestellt hast«, sagte

Ulysses, mit dem Kinn auf die lange Narbe zeigend, die Kanes Gesicht entzweiteilte.

»Du wirst mich niemals zu Fall bringen«, spottete der Revolutionär, wobei die Narbe seine Lippen zu einem grotesken Lächeln verzerrte. Kanes gebildeter Akzent stand in einem seltsamen Widerspruch zu seiner Erscheinung und seiner aufrührerischen Politik.

»Dieses kleine Debakel, in dem wir uns gerade verheddern, trägt doch schon wieder alle Anzeichen einer Kane'schen Meuterei.« Ulysses Worte trieften geradezu vor Gehässigkeit und Zorn.

»Beweise es doch!«, spie Kane zurück.

»Wie genau bist du über das Verschwinden eines Professors Galapagos aus dem Natural History Museum informiert?«

»Besser, als du es je sein wirst und als ich es dir mitteilen werde!«

»Oh, da bin ich aber froh«, erwiderte Ulysses, ein herzloses Lächeln auf den Lippen. Für einen kurzen Moment flackerten Zweifel in den dunklen Augen des Terroristen auf. Langsam zog er die Schwertklinge aus der Ummantelung seines Stockes und beendete die Bewegung mit einer fulminanten Geste. »Denn das bedeutet, ich muss mir keine Sorgen machen, dich lebend für die Befragungen abliefern zu müssen, kann unser flüchtiges Wiedersehen beenden. Schließlich haben wir uns nichts mehr zu sagen.«

»Vielleicht nichts, was du hören möchtest. So viel kann ich dir versichern!«, giftete der Terrorist. Die Pistole lag plötzlich wieder in seiner Hand – und er schoss.

Nimrod riss das Lenkrad hart nach rechts, um einem weiteren Apatosaurus auszuweichen, der in den Weg des *Silver Phantom* trampelte, und schleuderte Geneviève über die weißen Lederpolster. Hupen ertönten, während sie die

Straßenseite wechselten und so knapp verhinderten, einen Omnibus zu rammen. Markerschütterndes Krachen drang an ihre Ohren, als der Doppeldecker mit den säulenartigen Beinen des Giganten kollidierte. Außerhalb der verhältnismäßigen Sicherheit im Inneren der Autos glichen die Straßen Marylebones dem reinsten Chaos. Die Dinosaurier stampften inzwischen in Richtung Portland Place weiter.

»Was tun Sie da?«, kreischte Geneviève. Ihre Hände umklammerten die Rückenlehne des Fahrersitzes. »Ulysses hat Ihnen befohlen, mich von hier fortzuschaffen!«

»Ja, Ma'am«, stimmte ihr Nimrod ruhig zu, während er einem Mann auswich, der auf die Straße gestürzt war, um der Begegnung mit einem schwerfälligen Ankylosaurier zu entgehen. »Das ist exakt, was ich zu tun versuche.« Er starrte angestrengt zu der nur wenige Meter entfernten, kurvenreichen Strecke der Bakerloo-Linie hinauf, wo der Zug in voller Geschwindigkeit seiner nächsten Station entgegenraste. Dieser Abschnitt der Bakerloo folgte dem Straßenverlauf relativ genau und trotz der stampfenden Dinosaurier und des allgemeinen Chaos, das sie nun langsam hinter sich zurückließen, schaffte Nimrod es, mit der Bahn Schritt zu halten. Er steuerte den *Phantom* zurück auf die linke Straßenseite. Geneviève quiekte überrascht auf und Nimrod erfasste mit einem blitzschnellen Blick aus dem Beifahrerfenster den Velociraptor, der neben ihnen den Bürgersteig entlang rannte und dabei ohne Schwierigkeit das Tempo hielt. Für einen Moment erwiderte der Saurier Nimrods Blick mit seinen kaltblütigen, reptilhaften Augen, die schlangenartigen Pupillen geweitet, als ob er in eben diesem Moment das Auto mitsamt seiner Insassen als potenzielle Beute erkannte. Die Motorgeräusche schwollen an, als Nimrod das Gaspedal durchtrat und der *Silver Phantom* den sprintenden Raptoren hinter sich zurückließ.

Sie rasten durch Langham Palace in die Regent Street, wobei Nimrod das Vehikel über einen Gehsteig setzte und dabei zahlreiche Fußgänger auseinanderjagte.

»Wo haben Sie denn fahren gelernt?«, keuchte Geneviève.

»Auf den Straßen Kalkuttas«, antwortete er rundheraus. »Sie täten gut daran, Ihren Sicherheitsgurt zu schließen, Ma'am.«

Das Quietschen von Bremsen war zu hören und ein Transportwagen schoss an ihnen vorbei, kollidierte mit einem weiteren rennenden Dinosaurier und schickte die Kreatur geräuschvoll durch das Schaufenster eines Juweliers. Sie befanden sich nun inmitten des Ansturms, wo die Straßenverläufe die Tiere wie in einem Trichter mitten durch den Oxford Circus auf die Regent Street führten. Trotz der für sie fremden Umgebung fielen viele der Dinosaurier in ihre ursprünglichen und instinktgesteuerten Verhaltensweisen zurück. Apatosaurier jagten hinter aufgeschreckten Passanten her und zermalmten die unaufmerksamen unter ihnen mit ihren elefantengleichen Füßen oder machten Jagd auf sie. Weiter entfernt von Nimrod und Geneviève schlug der Megasaurus Rex seinen Weg in den überfüllten Piccadilly Circus ein. Ein überforderter Busfahrer riss heftig das Steuerrad herum, um diesem urzeitlichen Hindernis auszuweichen, doch sein Gefährt taumelte zur Seite und direkt in den Weg einer stattlichen Kutsche, die munter Dampf ausstieß. Die beiden Fahrzeuge kollidierten mit einem grässlichen Geräusch und der Bus stürzte auf die Seite. Der Megasaurus stellte einem seiner riesigen klauenbewährten Füße auf den zerbeulten Bus und pflückte danach den Fahrer aus der Kutsche.

Ein alter Triceratopsbulle, gezeichnet von zahlreichen Kämpfen, lief indessen in Langham Place Amok und zog dabei zerrissene Markisen der umliegenden Geschäfte hinter sich her, wobei ihm sein kleines erzürntes Hirn jedwedes Hindernis, das vor ihm lag, als einen potenziellen Herausforderer weismachte, woraufhin er sich natürlich genötigt fühlte, seine Position als Alphamännchen zu verteidigen. Noch nicht einmal die Fassade des Langham Hilton Hotels konnte ihn aufhalten und er zerschmetterte mit seinen Hörnern die gläsernen Drehtüren. Die Polizei war inzwischen über das sich entfaltende Desaster informiert worden und mobilisierte sich. Erste Funkstreifenwagen rasten mit blinkenden Blaulichtern und heulenden Sirenen die Straße hinauf auf Nimrod und Geneviève zu.

Mit einem unschönen metallischen Knirschen landete einer der klauenbewährten Unholde auf der Kühlerhaube des *Silver Phantom.* Zuerst wollte Nimrod instinktiv auf die Bremse treten, doch der aufgebrachte und noch immer rational arbeitende Teil seines Gehirns riet ihm davon ab, denn wenn er es tun würde, standen die Chancen gut, unter den Hufen panischer Kreaturen zermalmt zu werden.

Für den Bruchteil einer Sekunde begegnete Nimrod dem schlangenhaften Blick eines Velociraptors durch die Windschutzscheibe und im selben Moment wusste er, dass es ebenjene Kreatur war, die kurz zuvor auf gleicher Höhe mit dem Auto gewesen war. Das Monster sperrte seinen schrecklichen, mit Fangzähnen bewehrten Kiefer auf – gewährte Nimrod damit einen genauen Einblick bis tief in seine Kehle hinab – und kreischte ohrenbetäubend, während es mit dem Kopf gegen das Glas der Windschutzscheibe stieß, um sich die Leckerbissen im Inneren zu greifen.

Nimrod drehte wie besessen an dem Lenkrad, versuchte, den Raptoren aus dem Gleichgewicht zu bringen und dennoch nicht die Kontrolle zu verlieren. Die Kreatur scharrte wütend über die Motorhaube, in dem Versuch, sich mit ihren tödlichen Klauen in das dünne Metall einzuhaken. Nimrod gab noch einmal ordentlich Gas und der Raptor fiel auf die Straße, direkt in den Weg der Polizeiwagen. Einer von ihnen erfasste die Bestie und holperte mit verzogener Kühlerhaube über das Raubtier. Damit nicht genug, traf gleich darauf ein dampfender Kohletransporter den Tierkörper und schleuderte ihn in eine Gruppe von Apatosauriern. Einer der pflanzenfressenden Giganten stolperte und seine Vorderbeine verhedderten sich in den Wrackteilen des Dampflastwagens. Der Schwung schickte das Tier zu Boden, knickte seine Beine wie Holzstäbe um und der Apatosaurus krachte nur wenige Meter vor dem *Silver Phantom* auf die Straße.

Das Auto gewann wieder an Geschwindigkeit, ließ die Geräusche berstender Fensterscheiben, schreiender Menschen und verunglückender Vehikel hinter sich zurück.

Eine von Pferden gezogene Kutsche erschien plötzlich vor ihnen, Auge in Auge mit einem hungrigen Allosaurus. Die Gäule wieherten panisch und bäumten sich vor dem Gespann auf. Dann hatte sie der Fleischfresser erreicht. Er erdrückte eines der ängstlichen Tiere unter seinem massigen Fuß und riss den Kopf des anderen mit einem einzigen Biss seiner Zähne ab, welche eher an ein Tellereisen, denn an ein Kauwerkzeug erinnerten. Andernorts hatten Polizeidrohnen einen Ankylosaurus umzingelt und bemühten sich, ihn in Schach zu halten. Einer der Automaten redete mit unverhohlener Zuversicht auf den Saurier ein. »Also, 'tschuldigung, 'tschuldigung, 'tschuldigung, was geht'n hier vor, hmm?« Der Ankylosaurus gab ein schwerfälliges Stöhnen von sich, das von tief unten aus seiner Kehle drang; er fühlte sich offensichtlich bedrängt von den Bobbys, die unerschütterlich ihr Spalier um ihn herum aufrechterhielten.

Dann beschloss der Saurier, dass er genug hatte. Mit einem einzigen, gut gezielten Schlag seines tonnenschweren, gepanzerten Schwanzes schlug er der einen näherkommenden Drohne den Kopf von den mechanischen Schultern und schickte drei weitere wie Bowlingkegel zu Boden. So wie es schien, war wohl mehr nötig, die Situation wieder unter Kontrolle zu bringen, als lediglich Scotland Yards Leute.

Über das Lenkrad gebeugt blickte Nimrod hinauf zu den Spitzen der Gebäude, die sich wie ein Canyon zu jeder Seite der Regent's Street türmten, und zupfte sich eine Haarsträhne aus den Augen. Den Zug, bei dem er sicher war, dass Ulysses sich darin befand, hatte er aus den Augen verloren, als die Bakerloo-Linie in die Victoria abzweigte. Eine Familie von Pterosauriern flatterte weit über den Dächern hinweg. Nimrod konnte nur hoffen, dass sein Dienstherr mehr Glück darin hatte, der Gefahr zu entkommen, als sie beide.

Vor ihnen lag der Oxford Circus, dahinter, in einem einzigen Gewusel, der zum Jagdrevier erkorene Piccadilly Circus. Es gab nichts, was die ungestümen Dinosaurier und dieses Blutbad aufhalten konnte.

Ulysses beugte sich zurück und rettete so seine Taille gerade noch vor Kanes Bowiemesser, mit dem der Anarchist nach ihm stieß. Kane drängte nach vorn und ließ einen Stoß aus der Rückhand folgen. Die beiden Kämpfer wussten, dass sie sich absolut ebenbürtig waren. Noch hatte es keiner von ihnen geschafft, Blut zu vergießen, obwohl Ulysses einen Schlag gegen Kanes Kinn hatte landen können, wohingegen dieser ihn schmerzhaft am Schienbein getroffen hatte. Beide hatten es jedoch geschafft, die Balance auf dem dahin rasenden Zug zu halten, ungeachtet des unregelmäßigen Geholpers. In Gedanken schickte Ulysses ein Dankgebet an die Mönche von Shangri-La, die ihre Kenntnisse an ihn weitergegeben hatten. Kane hingegen setzte auf reines Glück und Hartnäckigkeit. Beide gaben alles in diesem Duell.

Gerade als Kane zu einem weiteren Schlag ansetzte und mit einem verärgerten Knurren nach vorn stieß, erkannte Ulysses eine Chance. Um der Klinge auszuweichen, musste er seinen sicheren Stand für einen Moment aufgeben, also sprang er auf, drehte sich auf dem Absatz außer Reichweite und brachte sich dadurch selbst in die richtige Position, indem er sich direkt an der gewölbten Kante des Wagendaches platzierte, den Rücken zu den abschüssigen Hängen, über denen die Hochbahn fuhr. Als Kanes Klinge das Etikett auf Ulysses Jackett entzweischnitt, packte dieser den ausgestreckten Arm seines Gegners mit der linken Hand und zerrte ihn mit aller Kraft zu sich heran, das Rapier seines Schwertstocks hielt er fest in seiner rechten. Der Revolutionär stolperte nach vorn, fing sich mit seinen Händen auf und fiel auf die Knie.

Ulysses verschwendete nicht einem Moment, doch Kane reagierte ebenfalls blitzschnell. Als Ulysses mit seinem Schwert zu einem Schlag ausholte, der mit Sicherheit tödlich gewesen wäre, wirbelte Kane herum und parierte das Rapier mit seinem Bowiemesser. Ulysses Schwert rutschte an der Klinge des Messers ab, und als er versuchte, seine Waffe wieder unter Kontrolle zu bekommen und das Gleichgewicht zu behalten, schaffte er es dennoch, die Spitze des Schwerts in Kanes Handgelenk zu jagen. Vor Schmerz und völlig überrascht schrie der Verbrecher auf und konnte nicht verhindern, dass seine Hand sich öffnete und das Messer auf das Dach des Waggons glitt. Ulysses schwankte kurz, als der Zug über eine Schwelle ratterte. Kane ignorierte seine Verletzung und stürzte auf das Messer zu. Gerade als seine Fingerspitzen den geschnitzten Horngriff berührten, rutschte es über den Rand des Daches, schlitterte klappernd zwischen die Gleisabschnitte und hinunter auf die weit entfernt liegende Straße.

Kane warf Ulysses einen Blick puren Hasses über seine Schulter zu, den Ulysses gelassen erwiderte. Doch plötzlich breitete sich ein höhnisches Grinsen auf dem Gesicht des Schurken aus, welches Ulysses mehr beunruhigte, als alles, was er in letzter Zeit erlebt hatte. Bevor er den Anarchisten aufhalten konnte, zog dieser sich nach vorn und sprang über den Rand des Zugdaches.

Ulysses griff nach ihm, landete dabei schmerzhaft auf dem Bauch und ragte mit Kopf und Schultern über die Kante des Daches, einen Arm noch immer nach Kane ausgestreckt. Er konnte es sich nicht erlauben, den Schurken schon wieder zu verlieren. Von seiner erhöhten Position aus hatte er einen freien Blick auf das weitere Schicksal seines Feindes. Unter ihm fiel Kane gute fünf Meter tief, Arme und Beine von sich gestreckt, doch dann geschah etwas Unvorstellbares; die Linie Bakerloo-Nord brauste ihnen entgegen und Kane traf auf eins der Wagendächer auf, gerade noch dem sicheren Tod auf den Gleisen darunter entrissen. Ulysses sah fassungslos, wie sein Widersacher hinfort getragen wurde.

Er kletterte auf die Seite des Waggons hinunter und klammerte sich mit einer Hand an die Kante des Daches, tat einen tiefen Atemzug und beobachtete genau die Eisenbahnwaggons, die unter ihm dahin rauschten, um seinen geplanten Sprung nicht zu verpatzen.

Doch dann war der Moment vorbei. Der Zug war fort und hatte Kane mit sich genommen. Ulysses fühlte sich wie ein Verlierer.

Das Klingeln in seiner Tasche überrumpelte ihn völlig. Er entnahm ihr den Kommunikator und klappte ihn auf. »Ja«, bellte er in den Hörer.

»Verzeihen Sie, dass ich Sie belästige, Sir«, erklang der kultivierte Tonfall seines Butlers. »Ich hoffe, ich komme nicht ungelegen?«

»Nein, schon in Ordnung.«

Die Fahrgäste beobachteten ihn erschrocken und fasziniert zugleich durch die Fensterscheiben, wie er telefonierte, während er sich an die äußere Haltestange des Waggons klammerte.

»Das freut mich zu hören, Sir. Ich wünschte wirklich, wir könnten hier unten dasselbe sagen, doch die Umstände entwickeln sich wahrhaft ungünstig im Moment.«

In seiner verzweifelten Entschlossenheit, seinen alten Widersacher Jago Kane in die Enge zu treiben und zu erledigen, hatte Ulysses tatsächlich eine Zeit lang den Ausbruch aus dem Zoo verdrängt. Nun, hoch über der Stadt, den tobenden Wind in seinen Ohren, war er sich der Dinosaurier nur allzu bewusst, die 30 Meter unter ihm auf den Straßen randalierten. »Was ist passiert?«, war alles, was er herausbrachte. »Ist Geneviève wohlauf?«

»Ja, Sir, Miss Galapagos ist bei mir.« Ulysses hörte einen dumpfen Aufschrei durch die Sprechmuschel, begleitet von einem urzeitlichen Gebrüll.

»Was war das nun wieder?«

»Das waren die Umstände, die ich zuvor ansprach, Sir. Es scheint wohl, als würde ein Megasaurus Rex in der Mall Amok laufen. Es ist alles überaus beunruhigend. Es muss etwas unternommen werden, Sir.«

Ulysses blickte an der Lokomotive vorbei, um den aktuellen Standort der Bahn bestimmen zu können. Durch den Qualm des Schornsteins nahm er die Upper City in Augenschein. Langsam begann er, einzelne Gebäude zu erkennen – das Regent Palace Hotel und das Criterion Theater. Er befand sich also irgendwo oberhalb von Piccadilly. Entfernt drangen kehlige Rufe, hupende Autos und schrille Schreie von Menschen an sein Ohr. Vor ihm bog die Bakerloo-Linie um eine Kurve und überquerte den Trafalgar Square.

»Wo ist das Biest jetzt?«, rief er in das Telefon.

»Hat gerade den Triumphbogen der Admirality Arch durchquert und ist nun auf dem Weg in Richtung Trafalgar Square.«

»Keine Sorge, Nimrod, ich bin nahe dran.«

So schnell er konnte, verstaute er sorgfältig den Kommunikator. Er blickte auf die nur wenige Meter unter ihm dahin rauschenden Gleise, die durch die Geschwindigkeit verschwommen wirkten, und erkannte zwischen ihnen das kuppelförmige Dach der National Gallery und die turmhoch emporragende Säule mit dem Bildnis Lord Nelsons, der Nelson's Column, als die Bakerloo-Linie sich nach unten zu senken begann und die Station zum Trafalgar Square anpeilte.

Und dann sah er den Auslöser allen Schreckens: die Gestalt des riesenhaften Fleischfressers. Menschen flohen in Panik vor dem Titanen, der inzwischen die Herrschaft über sein neues Territorium beanspruchte. Das Herz schlug ihm bis zum Halse, als Ulysses feststellte, dass er genau dann den Trafalgar Square überquerte, wenn sich der Megasaurus unter den Bahnschienen befinden würde. Er tat einen tiefen Atemzug, um seine Nerven zu beruhigen, und zog die Haltung seines Schwertes fest. Gleich würde er entweder den mutigsten oder den aller dümmsten Plan seines Lebens in die Tat umsetzen.

»Nun, wird schon schiefgehen«, sagte er zu sich selbst – und sprang.

KAPITEL 9

SO SOLL ES WERDEN - ERWARTUNGSHALTUNG AN DIE EVOLUTION

Ulysses fiel. Der Wind zerzauste sein Haar und zerrte an seiner Gesichtshaut. Gerade als er sich fragte, ob er diese Aktion doch unterschätzt hatte und erst aufgehalten werden würde, wenn er von der Flagge des Trafalgar aufgespießt würde, fand sein Sturz ein jähes Ende – und zwar auf dem Rücken des Dinosauriers.

Er rutschte, doch dann fand er einen festen Griff in der knubbeligen Haut des Monsters. Die Schuppen waren rau wie Sandpapier und seine Wange wurde von der Kollision aufgeschürft, aber es schien so, dass Ulysses, soweit es den Megasaurus Rex betraf, gar nicht anwesend war, so wenig störte er sich an ihm.

Die Kreatur stampfte weiter mitten durch die Löwen-Statuen des Square hindurch, und für Ulysses ergab sich ein kurzer Moment, in dem er etwas zu Kräften kommen konnte. Er spürte die Bewegungen des Tieres unter sich, fühlte, wie die seltsame Beschaffenheit der Haut gegen die seine scheuerte. Der leichte Schmerz der Abschürfung stach in seiner Wange, doch auch andere Teile seines Körpers teilten ihm ihr Leiden mit. Der Kampf mit Kane hatte in hohem Maße seinen Zoll verlangt, mehr als er wahrhaben wollte. So erpicht war er darauf gewesen, die Pläne seines Feindes zu vereiteln, dass das Adrenalin noch immer durch seine Blutbahnen jagte. Mit seinem dramatischen Landeplatz hatte er sich einen Platz gewählt, so hart und unnachgiebig wie Asphalt, und alte Verletzungen waren zurückgekehrt, um ihn heimzusuchen.

Seine linke Wade schmerzte stark, doch das würde vorbeigehen und sollte nicht weiter hinderlich sein. Wie dem auch sei, er war sich ganz sicher, dass er seine Schulter erneut überstrapaziert hatte, zudem hatte er seinem Körper eine ganze Heerschar Blutergüsse hinzugefügt. Besonders die Rippen seiner linken Seite protestierten energisch, schmerzhafte Stiche ließen ihn zusammenzucken und riefen erneut die Erinnerungen an vergangene Schlachten hervor. Später würde er noch Zeit genug haben, sich darüber zu sorgen, in diesem Moment jedoch musste er zusehen, dass er die ganze Sache zu einem Abschluss brachte.

Glücklicherweise – und außerdem unglaublich – hatte er es irgendwie geschafft, seinen Schwertstock in der Hand zu behalten. Ebenso war der Kommunikator noch in seiner Tasche, genau wie die Brabinger Pistole. Er hob den Kopf, behielt den Körper jedoch weiter dicht an den Saurierrücken gepresst.

Sie befanden sich nun mitten auf dem Trafalgar Square. Lord Admiral Nelson und die dazugehörige Gefolgschaft von Tauben beobachteten ohne jegliches Interesse, wie der Megasaurus die Menschenmenge aufscheuchte. Jene, denen die Flucht nicht gelang, schaufelte das Monster mit seinen baggerähnlichen Kiefern auf und schluckte sie hinunter, um seinen neuentdeckten Appetit auf menschliches Fleisch zu befriedigen.

»Was habe ich mir dabei gedacht?«, fragte sich Ulysses laut selbst, als der rationale Teil seines Gehirns die Führung übernahm und der draufgängerische, nach Nervenkitzel hungernde Teil in einer Wolke aus Logik verdampfte. Die dringlichste Frage war nun, da er zwischen den riesigen Schulterblättern des Sauriers lag, wie er dessen blutrünstigen Amoklauf aufhalten konnte.

Er fühlte, wie das Gewicht der Pistole in ihrem Holster gegen seine schmerzenden Rippen drückte. »Das könnte funktionieren«, machte er sich selbst Mut, was jedoch noch nicht einmal in seinen eigenen Ohren allzu überzeugt klang. »Sollte es besser.« Doch wenn er schießen wollte, würde er sich in eine geeignetere Position bringen müssen. Irgendwie müsste er es schaffen, auf die Füße zu kommen, oder zumindest auf die Knie. Während er sich also mit seiner Linken hochstemmte, krampften sich seine Finger in eine der teilweise hervorstehenden Hautschuppen, und es gelang ihm, langsam sein Schwert zu ziehen. Mit einem einzigen kräftigen Stoß versenkte er die Spitze der Klinge in die Haut der Kreatur. Er schaffte es, sie beinahe bis zur Hälfte hineinzutreiben. Nun war er sich der Aufmerksamkeit des Monsters auf jeden Fall gewiss.

Ein urzeitliches Brüllen voller Schmerz und wilder Raserei drang aus der Kehle des Dinosauriers. Er riss seinen Kiefer auf, legte den Kopf in schierer Höllenpein zurück und ließ dabei den Kinderwagen mitsamt dem Baby fallen, den er sich gerade zu Gemüte führen wollte, obwohl das Kleine wohl niemals erfahren würde, wie nahe es einem verfrühten Tode gewesen war.

Der Megasaurus machte einen Buckel, doch Ulysses klammerte sich fest an sein halb versenktes Schwert. Er hockte auf dem Biest wie ein amerikanischer Rodeo-Reiter. Das Monster ließ endlich davon ab, die kleinen, kreischenden Lebewesen zu jagen und stürmte auf seinen massigen, muskelbepackten Kolbenbeinen von dem Schlachthof, zu dem es den Trafalgar Square gemacht hatte. Der Saurier stampfte in Richtung Whitehall, wobei er knapp fünf Meter mit jedem Schritt zurücklegte.

Während er sich noch an den Griff seines Schwertes klammerte, die Beine wegen des schwankenden Ganges des Fleischfressers haltsuchend in die Schuppen gestemmt, zog Ulysses seine Pistole aus dem Holster. Er hatte keine Zeit mehr, zu überprüfen, ob sie geladen war, und zudem ohnehin keine Ruhe, sie jetzt nachzuladen. Er konnte nichts tun, ohne seine Position auf dem Saurierrücken zu gefährden; er fühlte sich, als müsse er das Gleichgewicht auf einem vom Sturm gebeutelten Boot halten. Also legte Ulysses die Mündung an die schwankende Flanke der Kreatur an und feuerte fünf Schüsse in kurzer Folge nacheinander ab.

Das Biest drückte den Rücken durch und steuerte direkt auf einen dampfbetriebenen Omnibus zu – Ulysses nahm erneute Schreckensschreie und erstaunte Ausrufe wahr, die von der Straße zu ihm hinauf drangen, das Quietschen von Bremsen und den dumpfen Schlag des Zusammenstoßes – dennoch wurde der Megasaurus nicht langsamer, ganz zu schweigen davon, endlich tot niederzusinken.

Zu seiner Linken konnte Ulysses verschwommen The Admiralty ausmachen, an der sie vorbeirauschten. Die Gardisten mit ihren Federhelmen, die eigentlich für die Horse-Guards-Parade Wache schieben sollten, waren völlig außer Rand und Band geraten, ein erschrecktes Pferd warf seinen Reiter ab, ein anderes galoppierte reiterlos in Richtung Trafalgar Square.

Ulysses stellte nun fest, dass es nicht mehr als eine dumpfe Hoffnung gewesen war, die ihn dazu veranlasst hatte, seine Munition in die Kreatur zu pumpen. Wäre er fähig gewesen, sich in eine Position zu bringen, aus welcher er in das Auge des Megasaurus hätte schießen können, Auge in Auge sozusagen, hätte er ihn mit einem einzigen Schuss erledigen können. Aber die Chance, dass er sterben würde, bevor er überhaupt zielen konnte, war weitaus höher; entweder weil er bei lebendigem Leib von dem Monster verspeist oder weil sein Gehirn über die Fahrbahn von Whitehall verteilt werden würde, wenn ihn sein kurioses Reittier abwarf.

Der Megasaurus raste in Richtung Downing Street, die knatternden Gewehrsalven der Wachmänner pfiffen ihm hinterher. Zwar trugen ihre Patronen nicht wirklich dazu bei, das Monster aufzuhalten, doch sie verfehlten glücklicherweise auch Ulysses.

»Verflucht noch mal!«, polterte er, als sie über das Ehrendenkmal hinwegfegten.

Durch die Wucht der rasenden Bestie unter ihm wurde Ulysses auf die linke Seite geworfen, sodass er den Bürgersteig klar und deutlich unter sich hinwegrauschen sehen konnte und als der Dinosaurier den behauenen Stein unter seinen massigen Rammbockbeinen zermalmte, zerrte Ulysses unbeabsichtigt an dem tief im Fleisch steckenden Schwert. Der Megasaurus brüllte vor Schmerz, als sich die Klinge noch ein wenig tiefer in sein Fleisch bohrte.

Plötzlich wich das aussichtslose Wirrwarr in Ulysses' verzweifelten Gedanken etwas, dass sich als logische Idee herauskristallisierte: Nicht nur die kleinen Augen waren ein Schwachpunkt im Kopf eines Tieres. Ein Gegenstand, dünn wie die Klinge eines Rapiers, könnte durch die Basis des Schädels gestoßen werden, wo es auf das Genick treffen, einen Weg bis zur Wirbelsäule finden und das Rückenmark durchtrennen – oder aber in das winzige Gehirn des Monsters fahren könnte.

»Alles recht nett in der Theorie«, meinte Ulysses erneut zu sich selbst. Eine solche Heldentat wäre mal etwas ganz anderes, doch ihm fehlte einfach die Zeit, sich noch weiter über die Umsetzung seines Plans den Kopf zu zerbrechen. Es blieb nur noch Zeit zu handeln. Der Palace of Westminster als auch der sich drohend gegen den Himmel abhebende Turm des Big Ben lagen vor ihm. Es musste jetzt enden.

Mit einer geschickten Bewegung zog Ulysses den Schwertstock aus dem Fleisch des Biestes, während er ihn noch dazu nutzte, seinen Stand auf dem Rücken des Megasaurus zu stabilisieren. Im selben Moment, da er auf den Nacken der Kreatur stieg, landete er seinen Hieb und die scharfe Spitze des Rapiers spaltete die Schuppen. Ulysses legte sein ganzes Gewicht in den Stoß, der tief zwischen die Wirbel drang, dabei das Rückenmark durchschnitt – und direkt hinein in des Monsters Kleinhirn.

Jegliche Muskelaktivität des Sauriers fiel schlagartig aus. Die Beine gaben unter seinem Gewicht nach und er krachte zu Boden, dabei pflügte er mit seinem massigen Kiefer noch eine Schneise in die struppige Grünanlage des Parliament Square. Seine glasigen Augen fielen zu und die Kiefer schlossen sich, wobei er sich beinahe noch die gewaltige, purpurne Zunge zerbiss, die ihm seitlich aus dem Maul hing. Dann war der Megasaurus tot!

Dankbar über diesen Ausgang rutschte Ulysses vom Rücken des Biestes, wankte noch etwas hin und her, erlangte jedoch alsbald die Balance auf dem festen Boden nach seinem haarsträubenden Ritt zurück. Er war anständig lädiert und übel zugerichtet, blutete aus zahlreichen Schnitten und Abschürfungen. Die Schmerzen in seinem rechten Schultergelenk waren zu einem dumpfen Pochen abgeklungen, doch es fühlte sich ganz danach an, als habe er sich die Schulter ausgekugelt. Nur langsam sickerten die Laute der Panik um ihn herum in seine überlasteten Sinne zurück. Der stürmische Angriff des Megasaurus hatte die Straßen rund um den Parliament Square zum Stillstand gebracht. Eine Meute Schaulustiger umkreiste erwartungsvoll den Square. Die Mutigeren unter ihnen näherten sich dem gefallenen Monster und seinem Bezwinger. Fassungslosigkeit zeichnete ihre schlaffen und ermatteten Gesichter, als sie versuchten, aus dem Geschehenen klug zu werden. Auch Roboter-Bobbys waren unter ihnen. Als wäre nichts weiter geschehen, trudelte die Bahn der Northern-Line über ihren Köpfen dahin.

Ein Landstreicher mit einem verschmutzten, einstmals weißen Bart und einer zerknitterten braunen Papiertüte, die er an seine Brust gepresst hielt, näherte sich vorsichtig Ulysses und streckte tröstend seine Hand nach ihm aus. »Bist du in Ordnung, Sohn?«, wollte der alte Kauz wissen.

»B-Bin ich?«, stotterte Ulysses. »Das ist eine sehr gute Frage. Geben Sie mir einen Schluck von was-auch-immer Sie in Ihrer Papiertüte haben, und ich kann Ihnen mehr sagen.«

Ulysses hob die verschmierte Flasche an seine Lippen und fühlte starken Alkohol auf seiner Zunge. Aus den Augenwinkeln sah er die schnittige silberne Kontur des *Mark IV Phantom*, der sich seinen Weg durch die glotzende Menge bahnte. Big Ben schlug zur Mittagszeit.

Plötzlich erfüllte ein misstönendes Heulen wie von hundert synchron schrillenden Nebelhörnern den Platz. Die Menge hielt angespannt inne, und Ulysses versuchte trotz der starken Schmerzen in seiner Schulter, seine Ohren zu bedecken.

Die leinwandgroßen Übertragungsbildschirme rund um den Parliament Square erwachten mit einem epileptischen

Flackern brummend zum Leben. Doch statt der üblichen Propagandanachrichten und Werbung für Großkonzerne wurde alsbald auf dem körnigen Geflacker das Bild eines sich kräuselnden Union Jack sichtbar. Nur, dass er anstelle der Silhouette Britanniens von einem Dinosaurierschädel umschlossen wurde. Eine Stimme dröhnte aus den Lautsprechern: »Einwohner Londons und Volk von Londinium Maximum!«

Es war unmöglich, sie zu ignorieren und mit einem Mal waren alle Blicke wie hypnotisiert auf den riesigen Bildschirm gerichtet.

»Sie hören die Stimme von *Darwinian Dawn* – der Darwindämmerung! Das Britische Empire von Magna Britannia gleicht in allem den veralteten Dinosauriern einer früheren Ära und hätte schon vor langer Zeit zugrunde gehen sollen. Die Städte sind überbevölkert und in ganz besonderem Maße gilt das für das Juwel des Empire, welches Londinium Maximum ist. Die dreckigen Slums quellen schier über vor Verarmten, Brotlosen, den Mittellosen und Unterdrückten.«

Die Stimme fuhr fort in ihrer Tirade von Anschuldigungen, fällte wie eine rachsüchtige Gottheit Urteile über das britische Empire. Das Bild der verunstalteten Flagge verblasste und wurde ersetzt durch eine unerbittliche und anklagende Montage aus Wochenschauen und anderen Medienquellen. Darauf waren dem Hungertod nahe, hoffnungslos unterernährte Kinder in den mit Dreck verstopften Gassen zu sehen. Die automatischen Armeen von Magna Britannia marschierten zwischen unbewaffneten indischen Dörflern umher. Fabriken pumpten Abgaswolken umweltverunreinigender Giftstoffe, so groß wie die Stadt selbst, aus riesenhaften Schornsteinen in die Atmosphäre. Eine Gruppe

Straßenschläger prügelte eine von den Pocken gemarterte Prostituierte tot. Monströse Maschinen ernteten in ganzen Bahnen Regenwälder ab, um dann mit ihnen die gierigen Ölöfen der Produktionsbetriebe in aller Welt zu füttern. Viehbestand wurde unter haarsträubenden Zuständen in fabrikartigen Stallungen, welche die Ausmaße von Kathedralen hatten, aufgezogen, um dem habgierigen Appetit der dekadenten Elite gerecht zu werden, während die Armen nur wenige Straßen entfernt verhungerten. Doch was auch immer diese Darstellungen da ausstrahlten – unabhängig von Krieg, Armut, Sittenverfall oder dem achtlosen Roden der natürlichen Ressourcen dieser Welt – alle hatten sie eines gemeinsam; jedes einzelne Bild drückte Verachtung gegenüber der weltbeherrschenden Superkraft von Magna Britannia aus, dem gefräßigen Monster, welches das britische Empire in den letzten Tagen des zwanzigsten Jahrhunderts darstellte.

»Man hat Sklaven für die Maschinen aus uns gemacht«, gab die Stimme nun bekannt. »Die Konzerne dieser Welt sind zu den abscheulichsten Plünderern des Planeten geworden. Und jetzt sind die Machthaber des Empire bereit, denselben Fehler am Grund der Ozeane und in anderen Welten jenseits der unseren zu machen und damit das gesamte Sonnensystem zum Tode zu verurteilen.«

Die zu der Rede passenden Bilder flimmerten über die Bildschirme, nun allerdings auch zusätzlich mit Szenerien der Städte auf dem Mond und der Kolonien auf dem Mars.

»Zu jeder Minute und jeder Stunde eines jeden Tages begeht das Empire die abscheulichsten Verbrechen gegen diesen Planeten und gegen das eigene Volk. Großbürgerliche jagen Tiere, die sie jedoch nicht zu verzehren gedenken, während Kinder auf unseren Türschwellen verhungern.

Magna Britannia ist die fortschrittlichste Nation dieses Planeten und dennoch sind Leid und Krankheit in den misshandelten unteren Klassen weit verbreitet. Und was richten diese Verbrechen an, in ihrem Endloskreis des Missbrauches auf dieser Welt und seiner vom Aussterben bedrohten einheimischen Spezies? Wofür all das?«

Ein Bild Victoria Reginas aus ihrer Glanzzeit während des letzten Jahrhunderts erschien auf den Bildschirmen, und Flammen begannen, an der sepiafarbenen Fotografie empor zu züngeln.

»Um den an sich korrupten Status Quo zu erhalten. Magna Britannia ist moralisch und ethisch dem Untergang geweiht. Nach 160 Jahren unter dem Joch des verderbten, aufgeblähten Menschenfressers, den das Britische Empire darstellt, ist es nun Zeit für Veränderungen, und somit Zeit, die soziale und moralische Stagnation zu überwinden und die Korruption, die diese Nation wie ein Krebsgeschwür befallen hat, zu besiegen, um ein neues Zeitalter willkommen zu heißen, welches frei ist von den Fußfesseln des Industrialismus und der imperialen Herrschaft. Das Alte muss Platz für das Neue machen, damit die gesellschaftliche Evolution ihren natürlichen Verlauf nehmen kann.«

Die letzten Reste der Fotografie der Queen waren nun vollends verbrannt, um eine neue Flagge dahinter zu offenbaren, die, ausgenommen von dem weißen, schablonenhaften Dinosaurierschädel in ihrer Mitte, komplett schwarz war. Und die nun ebenfalls von den Flammen verzehrt wurde.

Die Proteste und auch der ein oder andere gelegentliche Jubel in der Menge konnten diese vor Verachtung triefende Stimme allerdings nicht einmal ansatzweise übertönen, die eine ganze Nation und ihren weltumspannenden Lebensweg ächtete. Die Stimme erscholl aus jeder Straßenecke der Hauptstadt und war auch in den umliegenden Städten des Vereinigten Königreiches zu hören, wo auch immer die Propagandabildschirme Magna Britannias aufgebaut worden waren, sodass wirklich jeder Bürger des Empire – Männer, Frauen und Kinder – die sich unter dessen Herrschaft beugen mussten, die schonungslose Nachricht über den Anschein einer Hoffnung, wie *Darwinian Dawn,* die Darwindämmerung, es verkündete, hören konnten.

Inzwischen waren Nimrod und Geneviève Galapagos aus dem ramponierten *Silver Phantom* gestiegen und zu Ulysses getreten. Gemeinsam starrten sie auf die brennenden Bildschirme vor ihren Augen.

»Die Zeit für einen Wandel ist gekommen und wir sind die Vertreter dieses Wandels, der längst notwendigen Dämmerung im Namen Darwins. Es ist Zeit, den alten Weg aussterben zu lassen. Unsere Bedingungen sind simpel. Wir verlangen, dass die Queen abdankt, und zwar augenblicklich, und der aufgedunsene Vielfraß Magna Britannia sich in seine Bestandteile auflöst. Bis zu dem Zeitpunkt, an dem man unsere Forderungen erfüllt, geloben wir feierlich, dass solche Zwischenfälle, deren Zeuge Sie heute geworden sind, sich ausweiten werden und Anarchie regiert.«

Als das dröhnende Echo der Stimme von *Darwinian Dawn* ausklang, schwammen deutlich sichtbar auf den nunmehr leeren Bildschirmen inmitten der anarchistischen Flammen vier Wörter. Und nur für den Fall, dass irgendjemand nicht fähig war, sie auch lesen zu können, sprach die Donnerstimme sie immer und immer wieder aus.

»Wir sind die Evolution!«

»*Wir sind die Evolution!*«

»WIR SIND DIE EVOLUTION!«

ZWEITER AKT

DAS ÜBERLEBEN DES STÄRKEREN

MAI 1997

KAPITEL 10

WORMWOOD

Uriah Wormwood betrat die Lobby hinter dem Empfangsraum für die Bürgerlichen des Palace of Westminster, die nur den Mitgliedern vorbehalten war, und gestattete sich ein Lächeln. Seine Ansprache anlässlich seiner Wahl zum Vorsitzenden der konservativen Partei und somit auch Premierminister der Regierung Ihrer Majestät, war ganz besonders auf Begeisterung gestoßen.

In kleinen gerissenen Schritten hatte er es vom Minister für innere Angelegenheiten zum Anführer der Loyalisten und First Lord des Finanzministeriums geschafft, welche wirklich alle, angefangen bei den Oppositionsführern bis hin zu seinen Amtsvorgängern, vollkommen überraschten. Andererseits jedoch war er auch ein Großmeister des Schachspiels und somit war es für ihn nicht allzu aufwendig gewesen, die machiavellistischen Manöver und intriganten Machenschaften des British Parliament zu bewältigen, sie umzudrehen und seiner ganz eigenen Geschäftsordnung anzupassen.

Nach der tatkräftigen Diskreditierung seines Vorgängers und den aktuellen Terroranschlägen auf die Hauptstadt war er nun die einzige und stärkste politische Instanz Magna Britannias – und infolgedessen praktisch auch der ganzen Welt. Angesichts dessen, dass sein Vorgänger eine ineffektive Handlungsweise gegen die terroristischen Akte von *Darwinian Dawn* an den Tag legte, war schnell klar geworden, dass dieser seine Position als Kopf der Landesregierung nicht weiterhin würde behalten können. George Castlemayne wurde die Entscheidung eines Rücktritts angesichts der neuerlichen Terroranschläge auf die Stadt somit abgenommen. Dem Überlandbahndisaster im Londoner Zoo und der darauffolgenden Freilassung der Dinosaurier aus ihren Gehegen waren Bombenanschläge in Marble Arch, Charing Cross und sogar während eines Konzertes in der Royal Albert Hall gefolgt. Viele Menschen verloren ihr Leben und die Strecken der Überlandbahnen waren in vielen Bezirken geschlossen worden, was sich lähmend auf die Wirtschaft in der Stadt auswirkte.

»Was wir nun brauchen, ist ein Mann der Tat und ebenso der Worte, der sowohl Londinium Maximum als auch diese Nation wieder auf den richtigen Kurs bringt. Zudem wird das Jubiläum Ihrer königlichen Majestät nicht nur den 160. Jahrestag ihrer noblen und weisen Herrschaft zelebrieren, sondern es wird auch Ausgangspunkt für ein neues imperiales Zeitalter sein, etwas, das die Welt so noch nicht gesehen hat, wenn das neue Millennium erwacht.«

Allein schon dieser kurze Gedanke entlockte ihm ein schiefes Grinsen. Er hatte all die nötigen schalen Versprechungen gemacht – der Armut ein Ende setzen, Jobs für alle, bessere Gesundheitsversorgung, die Auflösung der Slums, öffentliche Gespräche mit den marsianischen Separatisten – war sich aber stets bewusst, falls auch nur eines dieser Dinge tatsächlich geschehen sollte, dann würde dies das Ende des Empire bedeuten. Und das war so gar nicht in seinem Sinne; nein, überhaupt nicht. Bei dem Gedanken breitete sich erneut das kühle krokodilhafte Lächeln auf seinem Gesicht aus.

»Doch wie können Sie es ernsthaft billigen, dass die Vorbereitungen für die Jubiläumsfeierlichkeiten zu Ehren Ihrer Majestät dennoch stattfinden, in diesem Zustand des Terrors und des Schreckgespenstes dieser ganzen Gewaltandrohungen? Würden Sie, als frisch gekürter First Lord, es wirklich zu Ihrer ersten Amtshandlung machen, unser aller geliebte Monarchin in tödliche Gefahr zu bringen?«

»Mein ehrenwerter Freund unterliegt hier offensichtlich einem ernsthaften Irrtum«, hatte Wormwood unter dem Gekicher, das von den hinteren Bänken hallte, wo die Bürgerlichen saßen, geantwortet. »Natürlich nicht! Doch wird Magna Britannia nicht vor den Terroristen katzbuckeln. Dieses glorreiche Königreich, dessen zugehörig zu sein ich mich glücklich schätzen darf, hat über mehr als eineinhalb Jahrhunderte viel ertragen. Und dennoch ist es das stärkste und einträglichste Reich, das es jemals gegeben hat. Volle Zweidrittel der Weltbevölkerung sind damit beglückt, unter den wohlwollenden Schatten dieser großartigen Nation schlüpfen zu dürfen, erleuchtet von deren Erkenntnissen und Macht. Wir herrschen an Land, zu Wasser und darunter, und selbst der Himmel unterliegt unserem Befehl. Nein, ich gebe hiermit bekannt, dass die Feierlichkeiten, die zu Ehren Queen Victorias 160. Jubiläum geplant sind, nebst der Enthüllung der beinahe fertiggestellten Statue der Britannia im Hyde Park wie vorgesehen vorangehen werden. Und um sicherzugehen, dass dies auch alles so stattfindet, wie es soll, werde ich diese Gelegenheit dazu nutzen, jedes einzelne hier anwesende Mitglied zu ermahnen, zugunsten der neuen Anti-Terror-Gesetze abzustimmen.« Es wurden zustimmende Rufe aus seiner eigenen Partei laut, ebenso jedoch auch kritisches Gemurmel von der anderen Seite des Hauses.

»Das wird bedeuten, dass wir mehr polizeiliche Instanzen auf den Straßen haben werden, die effektivere Gewalt ausüben, verschärfte Kontrollen, die unsere Grenzen überwachen und, am allerwichtigsten, ein sicheres Heim für die guten Leute von Britannien. Britannia regiert alles über und unterhalb der Wellen der Meere, die Länder, die Luft. Auch die Welten jenseits der unseren unterwerfen sich dem britischen Kommando. Britanniens Kinder sollten niemals – niemals! – Sklaven sein!«

Daraufhin war ein großer Jubel in den Bänken der Konservativen ausgebrochen und seine Redegewandtheit hatte sogar die Mitglieder der Opposition ihre Stimmen zur Befürwortung erheben lassen, bevor sie realisierten, dass sie sich von seiner eindrucksvollen Ansprache hatten übertölpeln lassen. Die Zuschauer in der Galerie waren völlig außer Rand und Band, obwohl es einfach nur Worte waren; Worte, die seine politischen Freunde hören wollten.

Uriah Wormwood hatte noch nie die Macht der Worte unterschätzt. Mithilfe von Armeen, Flotten und Fabriken war es jedem Mann ein Leichtes, die Menschheit zu führen, doch mithilfe von Worten konnte man sich ihrer Gedanken, ihrer Hoffnungen, ihres Verlangens, ja, sogar ihrer ganzen Seele bemächtigen. Die Armeen von Magna Britannia konnten eine ganze Nation in die Knie zwingen! Worte konnten ebenjene Nation dazu bewegen, sich selbst willentlich dem habgierigen Monster Britannien zu ergeben, ohne dass es nötig war, auch nur einen einzigen Schuss abzufeuern. Nein, er hütete sich, die Macht der Worte zu unterschätzen. Wer sie beherrschte, konnte die Welt nach eigenem Ermessen neu formen.

Das *Gesetz gegen terroristisches Verhalten* – zu welchem Wormwood höchstpersönlich riet – war so gut wie genehmigt, da war er sich sicher. Sobald das *House of Commons* zugunsten dieses Gesetzes abstimmte, bestand angesichts der derzeitigen Situation keine Chance mehr, dass die Lords später noch einmal wagen würden, es anzufechten. Bei den Edelleuten herrschte natürlich ein berechtigtes Interesse daran, London von Terroranschlägen zu bewahren. Fast alle von ihnen hatten die Nachbeben der Anschläge auf die nationale Wirtschaft zu spüren bekommen, da große Anteile ihres eigenen Vermögens mit den unterschiedlichsten Wirtschaftszweigen im ganzen Land und außerhalb dessen verbunden waren. Je früher die Überlandbahnen wieder geöffnet und fahrtüchtig waren, desto früher würde eine stattliche Anzahl der Lehnsherren es begrüßen, ihr Geld nicht weiter von ihren Konten fließen zu sehen.

Mit dem neuen Anti-Terror-Gesetz wäre Wormwood in der Position, persönlich den derzeitigen Zustand von Angst und Schrecken auszunutzen. Radikalere Maßnahmen könnten ergriffen werden, wie beispielsweise der Polizei grünes Licht zu geben, jedermann, der auch nur unter dem Verdacht terroristischer Aktivität stand, in Gewahrsam zu nehmen. Dieses Gesetz gäbe ihm die Macht, das Kriegsrecht zu verhängen. Dann würden ihm wahrhaftig alle Mittel, die Magna Britannia zu bieten hatte, zur Verfügung stehen, um das Empire so zu gestalten, wie er es wollte.

Wormwood bahnte sich seinen Weg durch die Führungsetagen zu seinem Büro. Die Angestellten, denen er dabei begegnete, neigten in Achtung ihre Köpfe oder gratulierten ihm zu seinem jüngsten Machtaufstieg. Er stieß die Tür zum Vorzimmer auf, wo seine persönliche Assistentin gerade nervös und nahezu aufgelöst die Papiere auf ihrem Schreibtisch ordnete. Sie war erst seit zwei Wochen für ihn angestellt und hatte noch immer Probleme damit, sich seinen drakonischen Gepflogenheiten anzupassen.

»Oh Sir, Sie sind zurück. Gott sei Dank.«

»Um was geht es, Blythe?«, forderte Wormwood sie mit schmalen Augen zum Sprechen auf, das unnatürliche Lächeln verschwand von seinen Lippen.

»S–Sie haben einen Gast, Premierminister.«

»Wo?«

»Nun, das ist es ja eben … er wartet in Ihrem Büro.«

Wormwoods Gesicht verzog sich zu einer düsteren Fratze, als er mit großen Schritten auf seinen privaten Raum zuhielt, ohne auf weitere Informationen zu warten.

»Er sagte, sein Name sei Mr. …« Der Rest des Satzes ging bereits unter, als Wormwood die Tür aufstieß.

»Guten Tag, Premier«, drang eine Stimme hinter der hohen Lehne des lederbezogenen Stuhles hervor, der vor seinem Schreibtisch stand. »Ich gratuliere zu Ihrer aktuellen Beförderung.«

»Quicksilver. Was haben Sie hier verloren?«

»Kann ein Freund denn nicht kurz vorbeischauen, um Sie zu Ihrem kurzfristigen Erfolg zu beglückwünschen? Jetzt haben Sie es geschafft, nicht wahr?«

Wormwood umrundete den Schreibtisch und setzte sich.

Ulysses Quicksilver grinste ihn an, in seiner Hand hielt er ein Glas mit Cognac. »Ich hoffe, das stört Sie nicht. Ich habe mich schon mal bedient.« Er hob das Glas wie zu einem Toast.

»Wie dem auch sei, auf Sie.«

»Was wollen Sie?«

»Wie ich schon sagte, ich wollte vorbeischauen, nun, da ich wieder auf den Beinen bin, Ihnen auf den Rücken klopfen und Sie ein wenig loben! Sicherlich bekommen Sie nun ein hübscheres Büro. So ganz nebenbei, wann ziehen Sie in Nummer 10?«

»Quicksilver«, presste Wormwood hervor, die Fingerspitzen vor seinem Gesicht zu Bögen aneinandergelegt, die Ellbogen fest auf der Tischkante, »mit meiner Geduld verhält es sich so wie mit der Zeit, die ich für solche spontanen und sinnlosen Zusammenkünfte wie diese hier im Moment erübrigen kann: sie ist äußerst begrenzt!«

Er starrte in das lächelnde Gesicht vor sich. Ulysses sah furchtbar aus, da seine übliche adrette Erscheinung sozusagen völlig umgekrempelt war. Seine Wange wies starke Abschürfungen auf, die Stirn zierten Schorf und zahlreiche Kratzer und er war noch immer mit den einst violetten und inzwischen gelblichen Prellungen eines stattlichen blauen Auges gezeichnet.

»Ich dachte, Sie würden es begrüßen, wenn ich Sie über die neuesten Begebenheiten auf dem Laufenden halte, da ich mich ja auf Mission für die Britische Krone befinde.«

»Warum arrangieren Sie dann kein Treffen an einer normalen Örtlichkeit, so wie es das Protokoll und ein gewisses Maß an Anstand vorschreiben?«

»Auch meine Zeit ist kostbar. Ich entschied, dass sofortiges Handeln die beste Vorgehensweise sei. Sie sind doch ein Mann des Handelns und ebenso der Worte, nicht wahr?«

»Warum sind Sie wirklich hier? Warum riskieren Sie, dass unsere … besondere … Beziehung auffliegt?«

»Nun«, sagte Ulysses und stellte das Glas auf der Tischplatte ab, das Lächeln verschwand nun ebenfalls von seinen Lippen. »Ich will Antworten.«

»Verstehe ich das richtig, dass Ihre Ermittlungen laufen, Sie jedoch noch keine wirklichen Schlussfolgerungen erreicht haben? Der Mord bleibt unaufgeklärt, der gestohlene Gegenstand aus dem Museum wird noch immer … vermisst?«

»In der Tat. Das haben Sie exakt richtig verstanden.«

Für einen Augenblick schwieg Magna Britannias frisch gekürter Premierminister, dann lehnte er sich steif in seinem Stuhl zurück, das Gesicht eine ungerührte Maske, die Lippen geschürzt. »Dann werde ich mein Bestes tun, Ihre Fragen zu beantworten, wenn das helfen kann, dass Sie Ihren Auftrag ohne weitere Handreichungen fortführen und mich in Frieden lassen.«

»Sehr gern. Warum haben Sie mich in erster Priorität mit der Untersuchung der Geschehnisse im Natural History Museum beauftragt? Sehe ich das richtig, dass die Behörde für Innere Angelegenheiten bereits über die Arbeit dieses Professors Galapagos in Kenntnis gesetzt worden war?«

»Das wird wohl der Fall gewesen sein. Ich kann das nicht weiter kommentieren.«

»Doch welche etwaige Bedeutung sollte das für Whitehall haben?«

»Selbstredend ist alles, was als eine Bedrohung für die Sicherheit unserer Nation und seiner Menschen gelten könnte, von Bedeutung für die höheren Mächte.«

»Also sagen Sie, dass dieser Galapagos eine biologische Waffe entwickelt haben soll?«

»Keinesfalls, so etwas würde ich nicht sagen. Das ist lediglich eine Annahme, die Sie allem Anschein nach selbst hegen. Sie wissen, was aus dem Museum entwendet wurde?«

»Ich habe da meine Vermutungen …«

»Ich verstehe. Nun gut.« Wormwood sog scharf den Atem ein. »Doch Sie haben bis dato noch keinen mutmaßlichen Täter verhaftet?«

»Nochmal, ich habe da meinen eigenen Verdacht.«

Ulysses nahm das Glas vom Tisch und genehmigte sich einen weiteren Schluck der Spirituose, die wärmend durch seinen Körper floss. »Wussten Sie, dass Jago Kane wieder in der Stadt ist?«

Ein nervöses Zucken huschte über die linke Seite von Wormwoods Gesicht. »Haben Sie nicht behauptet, er wäre tot?«

»Es ist wohl so, dass der Schein trügen kann. Ich glaube, ich entsinne mich einer Berichterstattung, dass er zumindest vermisst wurde, *mutmaßlich* tot. Passiert ständig.«

»Und nun glauben Sie, ihn erneut gesehen zu haben?«

»Mehr als das. Ich habe ihn gefunden, sehr nah und äußerst persönlich. Es besteht kein Zweifel, dass er es gewesen ist.«

»Und Sie glauben, dass er in den Raub im Museum involviert war?«

»Es würde mich nicht überraschen, doch eher glaube ich, dass er weitaus mehr im Schilde führt.«

»Ich vermute, Sie sprechen über die Angriffe dieser Gruppe, die sich selbst *Darwinian Dawn*, Darwins Dämmerung, nennt?«

»Das wissen Sie doch. Diese Gruppe hätte für Ihre Pläne doch keinen besseren Zeitpunkt wählen können, nicht wahr?«

»Ich hoffe doch sehr, dass Sie damit nicht behaupten wollen, dass ich diese tragischen Ereignisse, die zum Verlust menschlichen Lebens führten, dazu nutze, meine eigenen Pläne voranzutreiben?«, knurrte Wormwood, der den Köder nur widerwillig schluckte.

»Wenn Sie das glauben, werde ich es besser nicht kommentieren«, sagte Ulysses mit einem Lächeln. »Und wo wir schon dabei sind, wie hat es *Darwinian Dawn* fertiggebracht, die Kontrolle über jeden einzelnen Übertragungsschirm in der Hauptstadt zu übernehmen?«

»Dem gehen wir noch auf den Grund.«

»Mittels?«

»Alles, was Sie wissen müssen ist, dass diese Sache bereits untersucht wird.«

»Und Kane?«

»Diese Angelegenheit können Sie ebenfalls mir überlassen. Es wird auch ergründet werden. Machen Sie sich keine Sorgen seinetwegen. Sie haben bereits einen Job zu erledigen, indem Sie sich darauf konzentrieren, Professor Galapagos ausfindig zu machen.«

»Sagte ich, dass er vermisst wird?«

»Nun haben Sie meine Geduld für heute wirklich lange genug auf die Probe gestellt. Kommen Sie nicht noch einmal her, haben Sie verstanden?«

»Oh, das habe ich.«

»Dann betrachte ich unser Treffen als beendet. Einen guten Tag wünsche ich.«

Auf dieses Stichwort hin erhob sich Ulysses mit steifem Kreuz aus dem Stuhl und stellte das Glas zurück auf den Tisch. »Guten Tag, Minister«, sagte er und wandte sich zur Tür. Dann hielt er kurz inne, drehte sich noch einmal zu dem missmutigen Wormwood um und sagte: »Entschuldigung … Premierminister.«

Dann war er verschwunden.

KAPITEL 11

DAS FEHLENDE BINDEGLIED

Aus dem Schatten heraus blickte Ulysses von der anderen Seite der Straße an der Fassade des Stadthauses hinauf. Es sah ebenso baufällig aus wie sein Nachbarhaus – überall zerbröckeltes Mauerwerk und abgeblätterte Farbe an den Fensterrahmen.

Es sah nach der Art Häuser aus, die man eher mit orientalischen Opiumhöhlen oder Kaschemmen für fragwürdige Abtreibungen in Seitenstraßen vergleichen würde, als dem Heim eines angesehenen Professors der Evolutionsbiologie.

Nach den *Zwischenfällen mit beinhartem Herausforderer* – wie die öffentliche Presse den Vorfall nannte – und dem Auftauchen von *Darwinian Dawn*, waren beide Spuren, die er verfolgt hatte, erkaltet. Nach dem Kampf auf dem Dach des Zuges und Kanes Entwischen gab es keinerlei revolutionäre Zeichen mehr. Ulysses hatte all seine Kontakte aus der Unterwelt bemühen müssen, um auch nur den Hauch einer Spur über den Verbleib des Anarchisten herauszufinden. Darwins Dämmerung war eine neue Gruppe, von der – offensichtlich – zuvor noch nie jemand etwas gehört hatte, was es noch zusätzlich erschwerte, sie aufzuspüren. Abgesehen davon hatte Wormwood deutlich gemacht, dass Ulysses nicht weiter mit seinen Untersuchungen auf diesem Gebiet fortfahren sollte. Was den vermissten Galapagos betraf und soweit Ulysses es mitbekommen hatte, waren von dem Affenmann weder Haut noch Haar gesehen worden, seit der sich verwandelnde Professor vorige Woche aus dem Natural History Museum ausgebrochen war. London bot immerhin eine enorme Fläche, eine große und wuselnde Metropole, eine der größten – wenn nicht *die* größte Stadt – der Welt. Die Zahl ihrer Einwohner gipfelte in die Millionen und bedeckte eine Fläche, die hunderte Quadratkilometer umfasste. Inmitten dieses riesigen Kaninchenbaus befanden sich unzählige Orte, die ein Verschwinden mehr als einfach gestalteten, sofern sich jemand dafür entscheiden sollte.

Natürlich war es auch möglich, dass Galapagos bereits tot war, dass er seinem eigenen Ende auf eine von tausend möglichen Arten begegnet war – unter den Rädern eines Zuges, ertrunken in der Themse, oder eben den Folgen seiner morphologischen Verwandlung erlegen, die sich in seinem Körper eingenistet hatte. Wie dem auch sei, sein pedantischer Instinkt, der sich bisher nur sehr selten als unwahr erwiesen hatte, sagte Ulysses, dass diese Option noch nicht infrage kam. Er war sich beinahe sicher, dass Professor Ignatius Galapagos irgendwo in der Hauptstadt frei herumlief.

So kam es also, dass sich Ulysses nun mit seinem zuverlässigen Hausdiener in den baufälligen Straßen in Southwark und unterhalb des immerwährenden Schattens der direkt darüber hinwegrasenden Überlandbahn wiederfand. Beide Männer hatten sich dunkle, lockere Kleidung übergezogen, weit entfernt von der extravaganten Ausstattung, die Ulysses unter alltäglichen Umständen bevorzugte. Mit ihren schwarzen Rollkragenpullovern und wollenen Mützen – Ulysses hatte sogar auf sein Markenzeichen, den Stock mit dem Blutdiamanten im Griff, verzichtet – glichen die beiden einem Einbrecherpärchen.

»Viel gibt es hier wahrlich nicht zu sehen, oder, Nimrod?«, fragte Ulysses.

»Nein, Sir.«

»Sind wir wirklich am richtigen Ort?« Ulysses hatte es geschafft, Professor Galapagos' Adresse von einer biederen Sekretärin des Museums zu erbetteln, die sich erst als nicht sonderlich hilfreich zu erkennen gab, bis er sie mit seinem unwiderstehlichen Charme konfrontierte.

»Durchaus, Sir.«

»Dann sollten wir besser gleich fortfahren, nicht wahr?«

»Wenn ich kurz etwas deutlich sein dürfte, Sir?«

»Natürlich, Nimrod. Sei so deutlich, wie du es für richtig hältst.«

»Warum hat Miss Galapagos diesen Ort bisher nicht erwähnt, Sir?«

»Ich weiß es nicht, Nimrod. Ich weiß es nicht.«

»Wie, würden Sie vorschlagen, sollen wir uns Zutritt verschaffen, Sir?«

»Ich denke, ich überlasse es dir, dieses Problem zu lösen, Nimrod.« Ulysses schenkte seinem Butler ein kurz aufflackerndes teuflisches Grinsen. »Es sollte durchaus im Bereich deiner Kompetenzen liegen.«

»Wenn Sie mir bitte nachfolgen würden, Sir«, sagte Nimrod und sein affektierter Akzent ließ nicht für eine Sekunde nach.

Es schien nicht so, als sei an diesem Morgen noch jemand unterwegs, der sie bei ihrem Vorhaben beobachten könnte, als die beiden lässig über die Straße schlenderten, die Front des Hauses passierten und ihr dabei kaum mehr Beachtung als einen flüchtigen Blick schenkten. An der nächstgelegenen engen Gasse jedoch gingen sie blitzschnell in Deckung. Es war dunkel und kalt in diesem schmalen Durchgang. Der mehr als begrenzte Platz zwischen den Balkonen lag wohl für die Sonne außer Reichweite; wenn überhaupt, so bekam er nicht mehr als eine Viertelstunde pro Tag von ihr ab.

Die Einzigen, die sie bei ihrer dubiosen Aktion beobachteten, waren zwei Ratten, die Nimrod entdeckte, als er ein rußgeschwärztes Schiebefenster mit Gewalt öffnete. Jedoch waren die Tiere lediglich daran interessiert, in den äußerst ungenießbar aussehenden Küchenabfällen in dem Gässchen herumzuwühlen. Mit einem nicht gerade zurückhaltenden Maß an Geächze und Gestöhne schafften es die beiden Männer, sich durch das Fenster und in die dahinterliegende absolute Finsternis des Hauses zu drängen.

Im Inneren verfaulte das Heim des Professor Galapagos unter einem Leichentuch ewiger Düsternis. Jedweder Fensterladen, jede Jalousie und jeder Vorhang musste hier verschlossen, beziehungsweise zugezogen worden sein. Was es wohl war, dass der Professor zu verbergen suchte …? Welche Scheußlichkeiten hier wohl im Namen der evolutionären Biologie und wissenschaftlichen Entwicklung verübt worden waren?

Das einzige Geräusch war das schwerfällige, dumpfe Ticken einer Standuhr in der Halle. Ein Schauer kroch über Ulysses' Haut. Das Haus wirkte leer, hohl … tot. Was war hier geschehen? Jedenfalls war es keiner von jenen Orten, von dem er erwartete, dass die zierliche Geneviève in irgendeiner Verbindung zu ihm stand; schließlich hatte sie zugegeben, ihren Vater seit einiger Zeit nicht mehr gesehen zu haben. Ulysses fragte sich, welcher Zeitraum mit *einige Zeit* wohl gemeint war.

»Ich muss dir sagen, Nimrod, alter Knabe«, zischte Ulysses, und es drang kaum mehr als ein Wispern zwischen seinen Lippen hervor, »dass dieser Ort einen ziemlich gruseligen Eindruck auf mich macht.«

»Ich glaube, ich weiß, was Sie meinen, Sir«, gab Nimrod zurück und ließ das gekrümmte Ende der Brechstange auf seinen behandschuhten Handballen klatschen. »Wohin nun?«

»Ich überprüfe diesen Flur hier. Du siehst dir die obere Etage an«, wies Ulysses ihn an und die beiden trennten sich. Schleichend wie Katzen versuchten sie, sich auf den knarzenden Dielen so geräuschlos wie möglich zu bewegen.

Ulysses stieß auf ein Schreibzimmer, das mit schweren samtenen Vorhängen abgedunkelt worden war. Es unterschied sich mit seinen eingetopften Schattenblumen und Schusterpalmen auf einer gefliesten Fläche und den Porträts über dem Kamin, auf denen die Familienmitglieder des Professors dargestellt waren, nicht von anderen gewöhnlichen Schreibzimmern. Jedes einzelne dieser Bilder schien ältere Generationen im Stammbaum der Galapagos-Familie darzustellen. Die Luft im Raum stand wie in einem Kämmerchen, das niemals jemand benutzte, ausgenommen zu seltenen feierlichen Angelegenheiten.

Als Nächstes kam er an einem Speisezimmer vorbei, das in seiner Gestaltung dem Schreibraum ähnelte und offenbar ebenso selten genutzt wurde. Alles dort hatte seine penible Ordnung, wenn auch in einer etwas unpersönlichen Art, ohne jegliche Leidenschaft. Einzig durch die unheimlichen ausgestopften Vögel und allerlei steifes Getier, Meisterstücke der Präparation, spiegelte der Raum zumindest etwas von dem Charakter seines Besitzers wider. Von einigen Bücherregalen blickten Habichte auf Ulysses hinab – die Bücher waren der Reihe nach allesamt Klassiker, die nicht so aussahen, als seien sie jemals gelesen worden –, Füchse schienen ihn unter kleinen, sinnlos umherstehenden Tischchen hervor förmlich anzuknurren und eine Eule direkt auf der

Standuhr, die ihre Flügel bedrohlich spreizte, sah aus, als würde sie jeden Moment ihren Sturzflug starten.

Wann war wohl zuletzt überhaupt jemand hier gewesen? Das Haus wirkte so, als wäre es bereits seit einiger Zeit und vielleicht sogar schon vor dem Verschwinden des Professors unbewohnt gewesen. *Wann* genau hatte Geneviève ihren Vater zuletzt besucht?

In der Küche fand Ulysses ein Durcheinander aus schmutzigen Tellern und vergammelten Essensresten vor. Überall waren Fliegen. Sie surrten in einer schwarzen Masse innen an den schmuddeligen Fensterscheiben, von denen aus man in einen Hinterhof hinab spähen konnte. Obwohl in diesem Raum mit Abstand am meisten Leben anzutreffen war, hatte sich hier schon seit einer Weile niemand mehr sehen lassen.

In der Halle am Fuße der Treppe traf Ulysses wieder auf seinen Butler. »Irgendetwas?«, fragte Ulysses knapp.

»Abgesehen von einer Dachkammer, die wohl, wie es scheint, zu präparationstechnischen Zwecken zur Verfügung stand, nichts, das von Bedeutung wäre, Sir. Ansonsten fand ich nur Schlafräume. Meist in altmodischem Dekor gehalten und sicherlich seit langer Zeit nicht mehr benutzt. Auch der Hauptschlafraum wirkte nicht so, als sei er kürzlich genutzt worden.«

»Wie ich bereits erwartet hatte«, meinte Ulysses.

»Wohin gehen wir nun, Sir?«

Ulysses nickte in Richtung einer Tür, die offensichtlich in das Kellergeschoss führte. »Was uns noch als einzige Möglichkeit bleibt – nach unten.«

Ulysses schritt vorsichtig voran. Keiner von beiden hatte auch nur den Hauch einer Ahnung, was sie in den stygischen Tiefen dahinter finden würden.

Was sie dann sahen, hatte dem Professor augenscheinlich als Arbeitsraum gedient. Forsch legte Ulysses einen Schalter um und elektrische Lämpchen überall entlang der Wände erwachten flackernd zum Leben. Gelbliche Lichtpfützen ließen den Raum fleckig erscheinen. Winzige Quellen natürlichen Lichts sickerten durch die von Schmutz undurchsichtig gewordenen Fensterscheiben, die beinahe unmittelbar unterhalb der Decke des länglichen Raumes lagen und fügten dem künstlichen Licht ihren eigenen faden, gräulichen Schein hinzu. Ulysses sog scharf Luft ein. »Hierbei könnte es sich um das fehlende Teilchen unseres Puzzles handeln.«

Der Kellerraum nahm die gesamte Länge des Hauses ein. Er war in klar definierte Sektionen unterteilt worden und die erste davon war wohl der vornehmliche Arbeitsbereich des Professors gewesen, denn dieser Teil war im Stil eines Gentlemans einem Arbeitsraume angepasst. Es befanden sich ein Schreibtisch, vollgestopfte Bücherregale und ein kleiner Brennofen darin, der direkt in die Wand eingebaut war. Lithografien mit Studien über allerlei Tierarten in einem Rahmen aus Walnussholz hingen nebst einer beglaubigten Karte der Galapagos Inseln aus dem neunzehnten Jahrhundert an den Wänden, ebenso ein Aquarell von Darwins Forschungsseefahrzeug, der *Beagle*.

Ein Pärchen ausgestopfter Finken, dargestellt in jenem Moment, in dem sie sich von einem Ast in die Lüfte erheben wollten, saß auf einem schmalen Kaminsims über dem gusseisernen Herzen des Ofens. Seltsamerweise lag weder auf dem Schreibtisch noch auf den anderen Tischchen irgendwelcher Papierkram. Es schien, als habe es jemand gerade noch geschafft, alles sorgfältig beiseitezuschaffen, bevor er den Raum verlassen musste.

Als er die Szenerie etwas genauer in Augenschein nahm, erkannte Ulysses, dass sich deutliche Lücken in den Bücherregalen befanden. Er ging hinüber zu dem Feuerrost. Verkohlte, vom Feuer teils verzehrte Reste ledergebundener Notizbücher und anderer Papierstücke lagen in der erkalteten Asche. Er griff sich eines der geschwärzten Papiere aus der Feuerstelle, war jedoch unfähig, mehr als ein einziges seltsames Wort zu entziffern. Unzusammenhängende Bruchstücke wissenschaftlichen Jargons in sauberer Handschrift, die wenig bis gar keinen Sinn für ihn ergaben und bei denen es sich sicherlich um nicht mehr als Unsinn handelte, ihre sinngemäße Zusammenfassung war nun von den Flammen zerstört, die eben nicht genug Bildung besessen hatten, sie zu verschonen.

Ulysses äußerte seinen Gedanken laut. »Er ist hier gewesen.«

»Verzeihen Sie, Sir. Mit *ER* meinen Sie Professor Galapagos?«

»Natürlich tue ich das, Nimrod. Diese Aufzeichnungen, sie wurden verbrannt. Und nirgendwo ein Anzeichen, dass ein anderer Eindringling vor uns hier gewesen ist. Ich glaube, Galapagos hat diese Notizen selbst verbrannt und ist dann von hier verschwunden, um zum Museum zurückzukehren.«

»Sie glauben, er hat sein Möglichstes getan, jegliche Spuren seiner Arbeit zu eliminieren?«

»Ob ich glaube, dass er versuchte, dass, was er getan hatte, zu vertuschen? Ja, das tue ich.«

»Doch was einmal getan wurde, kann nicht mehr ungeschehen gemacht werden, Sir.«

»Ich weiß. Wie dem auch sei, es scheint, als habe sich Professor Galapagos entschieden, diesen einen speziellen metaphysischen Umstand zu ignorieren; zweifellos in einem Moment irrationaler Verzweiflung. Man kann einmal Erfundenes nicht mehr zurücknehmen, Entdeckungen können nicht ignoriert werden. Und nun erscheint es so, als sei er genau mit etwas in Konflikt geraten, was er selbst verschuldet hat.«

Ulysses ging weiter in den nächsten Teil des Raumes. Auf einer Reihe penibel gereinigter Eichentische standen unzählige gläserne Gebilde und blecherne Apparaturen – einige Tiegel, Kondensatoren und diverse Arten von Bunsenbrennern waren mit dem Gehäuse einer Gaszufuhr verbunden –, welche eine komplexe chemische Versuchsapparatur darstellten. Wenige Tropfen einer in den Glasgefäßen verbliebenen Flüssigkeit, bedeckt von einem pelzigen grauen Belag, der wie Staub auf ihr lagerte, waren noch übrig. Und auch dieses Equipment war schon seit langer Zeit nicht mehr berührt worden. Grausige Spritzen mit monströs langen Nadeln lagen auf einem Tisch, ebenso fein säuberlich arrangierte Skalpelle und weitere Operationsgeräte. Ulysses schnüffelte. Schwach konnte er die Spur eines Duftes ausmachen, der inmitten des beißenden Nachgeschmacks der Verbrennung zurückgeblieben und noch immer in dem stickigen Kellerraum eingefangen war. Sein Unterbewusstsein regte sich. Man sagte zwar, der Geruchssinn des Menschen wäre der zuverlässigste Antrieb, um an versunkene Erinnerungen zu gelangen, dennoch konnte sich Ulysses noch nicht wirklich besinnen, wo oder wann er das letzte Mal mit diesem bittersüßen Aroma in Berührung gekommen war.

»Und was haben wir hier nun wieder?«

Inmitten der einer Karikatur von Heath Robinson anmutenden Laborausstattung befanden sich etliche Regalablagen. Diese waren großzügig gefüllt mit Professor Galapagos' privater Sammlung biologischer Ansichtsexemplare, die in gläsernen Krügen und Töpfen unterschiedlichster Formen und Größen aufbewahrt wurden. Hier standen die üblichen Subjekte, die jedermann in dem Labor eines besessenen Evolutionsbiologen zu finden gedachte: Seeteufel aus der Tiefsee, Oktopoden, ein vorzeitig von seiner Entwicklung abgehaltener Elefantenfötus, der Kopf eines Kalbes. Dazwischen befanden sich auch andere Dinge, weniger deutlich zu identifizierende; aber ebenfalls konserviert in demselben urinfarbenen Formaldehyd. Vereinzelt handelte es sich um formlose Körper, mit kaum erkennbaren vorstehenden Merkmalen von bleicher, missgebildeter Anatomie; verkümmerte Gliedmaßen, ein starrendes Auge ohne dazugehöriges Lid, ein halbes Dutzend Zähne, ohne dass ein Mund dabei gewesen wäre, Flossen, fischähnlich anmutende Tierschwänze.

Was auch immer Ulysses sich ansah, es handelte sich stets um groteske Grässlichkeiten, die ein Affront gegen Gott und die Naturgesetze waren, nur zur Hälfte entwickelte beziehungsweise zurückgebildete fötale Dinge, deren schiere Existenz niemals vorgesehen war und die auf natürliche Art auch nie zum Leben würden erweckt werden können. Sie alle waren tot, dümpelten in ihren Gläsern umher wie Fischleichen in einem verseuchten Fluss. Einige sahen aus, als hätte man sie teils zergliedert und dann zurück in die Behältnisse gegeben. Was nur hatte dieser angesehene Professor hier getrieben, in seinem *Haus des Makabren*?

Direkt auf der gegenüberliegenden Seite des Regals mit den Abscheulichkeiten befand sich das andere Ende des Kellerraumes – und eine schwere eiserne Tür in einen massiven Rahmen, der in den nackten Stein der kalkigen Wand eingesetzt worden war. Ein Schlüssel steckte in der Sperrvorrichtung.

»Sollen wir fortfahren, Sir?«, fragte Nimrod.

»Nun, wir sind immerhin so weit gekommen, nicht?«, sagte Ulysses mit einem grimmigen Lächeln. »Und nachdem wir uns dieses morbide Museum ansehen durften, muss ich zugeben, dass ich äußerst gespannt bin, was sich möglicherweise hinter einer Eisentür verbergen mag, die wir im Haus eines fragwürdigen Evolutionsbiologen entdeckt haben.«

»Sehr gut, Sir. Soll ich mir selbst die Ehre erweisen?«

»Na, ich bitte doch sehr darum, Nimrod.«

»Mit Vergnügen, Sir.« Der Diener drehte den Schlüssel im Schloss herum und öffnete die Tür, sodass Ulysses bequem hindurchgehen konnte.

In das Fundament in diesem südlichen Teil des Hauses war eine steinerne Treppe geschlagen worden, die in eine enge, noch tiefer gelegene Kelleretage hinabführte. Durch einen Schlitz in dem ebenmäßigen Bodenbelag sickerte Licht, gerade genug, um ihnen den Weg zu zeigen. An den Wänden rann eine Flüssigkeit hinab und ein Flickwerk aus Moos wucherte in jeder Lücke. Ein starker, erdiger Geruch, versetzt mit einem Hauch von Ammoniak und feuchtem Stroh drang in ihre Nasen. Am Fuße der schlickigen Treppe führte sie der Gang zuerst eine Weile geradeaus und mündete bald in einer T-Kreuzung. Zu ihrer Linken befand sich eine weitere Eisentür. Auf der rechten Seite weitete sich der Durchgang zu einer etwas größeren unterirdischen Kammer.

»Taschenlampen an, würde ich sagen«, sagte Ulysses und holte seine eigene Lampe hervor.

Die Tür zu ihrer Linken war von außen verschlossen worden, auch hier steckte der Schlüssel noch im Schloss. Ulysses drehte ihn und öffnete die Tür. Erst da riet ihm sein sechster Sinn zur Vorsicht. Unwillkürlich machte er einen Satz zurück und nahm Abstand zu der offenen Tür. Starker

Gestank nach Kot stürmte seine Sinne und fegte in einer immensen Welle über ihn hinweg, während er die düstere Zelle mit dem Strahl seiner Taschenlampe ausleuchtete.

»Sei vorsichtig, alter Freund«, warnte Ulysses, »wir sind nicht allein.«

Eine vorsichtige Bewegung, das Geraschel von Stroh auf dem Boden. Etwas bewegte sich aus dem Fokus des forschenden Lichtstrahls heraus. Nimrod und Ulysses standen nun beide vor der Zelle, das Licht ihrer Stablampen durchdrang die Dunkelheit. Ein Winseln erklang aus dem Inneren und beiden Männern verschlug es bei dem Anblick, der sich ihnen bot, glatt die Sprache.

In eine Ecke der winzigen, steinernen Zelle drängte sich eine ungeschlachte, brachiale Kreatur. Sie mochte gut einen Kopf größer als Ulysses sein, doch sie hielt den Kopf gesenkt, ihre Körperhaltung ähnelte beinahe der eines Affen. Abgesehen von einem Lendenschurz war sie nackt. Die Haut war fahl, der Körper muskelbepackt, den Kopf bedeckte strähniges Haar, das bis auf die Schultern hinab hing. Geblendet von dem plötzlichen Lichteinfall bedeckte sie mit ihren großen Händen das Gesicht. Die wulstigen Augenbrauen und die stumpfe Rundung der Nase deuteten an, dass diese Kreatur ihren affenartigen Vorfahren näher war als dem *Homo sapiens*.

»In Deckung, Sir!«, schrie Nimrod und stieß Ulysses aus dem Weg. Der Butler stürmte mit dem Brecheisen in der Hand in die Zelle.

Die Kreatur zuckte ängstlich zusammen. Die improvisierte Waffe hoch über dem Kopf erhoben, starrte Nimrod in das Gesicht des halbmenschlichen Wesens. Ganz und gar menschliche Augen begegneten seinem Blick, eine tiefe Traurigkeit drang aus ihnen hervor.

Nimrod zögerte. Und genau diese Zeit nutzte Ulysses. Auch ihm war der Blick in den Augen der am Boden kauernden Kreatur nicht entgangen. »Nimrod, alter Knabe, ich danke dir für deine Fürsorge um mein Wohlbefinden, doch ich denke nicht, dass du die Brechstange einsetzen musst.«

»Aber es handelt sich um den Affenmann, Sir.«

Sehr langsam und bedächtig schob sich Ulysses zwischen Nimrod und die Kreatur, hielt dabei seinen Hausdiener mit einer Hand auf Abstand. Trotz dieser entwaffnenden Geste blieb sein Körper angespannt, zum Kampf bereit, wenn es sein musste.

»Da muss ich dich korrigieren, alter Knabe. Es handelt sich um *einen* Affenmann, nicht um Professor Galapagos.« Kühn tat Ulysses einen weiteren Schritt, seine Nase hatte er unabsichtlich gegen den Gestank gekräuselt. Er hatte solcherlei Kreatur bereits zuvor gesehen. »Genau genommen nehme ich eher an, dass wir es hier mit einem *Homo Neanderthalensis* zu tun haben.«

»Einem *was* bitte, Sir?«

»Ein Neandertaler, Nimrod. Evolutionstechnisch gesehen eine Sackgasse, nichtsdestotrotz ein Urahn der menschlichen Rasse. Ich glaube sogar, dass *das* hier unser Missing Link ist, sozusagen.«

»Dennoch könnte er gefährlich sein, Sir.«

Ulysses tat einen weiteren Schritt, senkte seine Taschenlampe und streckte die Hand nach der Kreatur aus. Langsam nahm der Neandertaler die Hände vom Gesicht und erwiderte die Geste, indem er sich Ulysses' Hand mit einer fleischigen Pranke näherte.

»Bisher sieht es wohl nicht danach aus, nicht wahr? Abgesehen davon, hast du die Fessel um seinen Fußknöchel nicht gesehen, die in der Wand verankert ist? Ich weiß, das ist ein Klischee – und dieser Kumpane hier könnte vermutlich unser beider Genick wie dünnes Geäst brechen – aber ich denke, er hat mehr Angst vor uns als wir vor ihm.«

Für einen Augenblick berührten sich ihre Fingerspitzen und Ulysses verspürte eine Art Gemeinsamkeit zwischen ihnen – die Menschlichkeit, die er mit dem gefangenen Neandertaler teilte. Irgendwie wunderte er sich, dass jemand, der ein so großmütiges Wesen wie Geneviève Galapagos gezeugt hatte, so grausam zu dieser Kreatur hatte sein können. Dennoch war der Neandertaler weniger das Haustier des Professors als vielmehr das Ergebnis irgendeines unmenschlichen und unmoralischen Experiments.

»Nimrod, wenn du bitte das Schloss dieser Fußfessel knacken würdest.«

»Sind Sie sicher, Sir?«

»Vertrau mir.«

Sein Pflichtgefühl überwand die sehr überzeugende Stimme allen gesunden Bedenkens und Nimrod näherte sich der Kreatur. Sie schreckte vor ihm zurück und seine unverzügliche Reaktion war es, dasselbe zu tun. Doch langsam, mit ebenso bedachten wie vorsichtigen Bewegungen, erlaubte die Kreatur ihm, sie von ihrer Kette zu befreien.

Ein schreckliches reptilhaftes Brüllen hallte dröhnend durch die Dunkelheit des Kellergewölbes; ein trotziges Gebrüll, wie von einem Krokodil in wilder, urzeitlicher Raserei. Es klang nach dem Versprechen eines grausigen Todes. Der Neandertaler heulte vor Angst jämmerlich auf. Ulysses gefror das Blut in den Adern.

»Nun, was genau war *das*?«

Die Lichter ihrer Taschenlampen stachen in das dunkle Loch gegenüber der Zelle, als ob sie versuchten, die undurchdringliche Finsternis zurück in die Eingeweide der

Unterwelt zu schicken, wohin sie gehörte. Stattdessen fanden sie einen eisernen, wie aus einem Guss geschaffenen Kanaldeckel.

Das reptilhafte Brüllen hallte durch den Raum. Es drang von unterhalb ihrer Füße durch die Schlitze der Eisenplatte herauf. War es der Schrei eines bösartigen Sauriers, der nach dem Ausbruch aus dem Londoner Zoo noch umherirrte oder gehörte es gar zu etwas ungeheuer Schrecklicherem?

Als das Echo verhallte, konnten sie das Geräusch fließenden Wassers hören, das ebenfalls von unten herauf drang und einen Schwall fauliger Luft mit sich brachte. Was auch immer dieses schreckliche Geräusch verursacht hatte, es lauerte irgendwo dort unten in dem widerlichen Labyrinth des städtischen Kanalisationssystems. Und das war es, wohin nun auch Ulysses Quicksilver gehen musste. Das Schicksal rief. Die Kreatur wartete bereits auf ihn.

KAPITEL 12

AB NACH UNTEN

Die verwinkelten, niedrigen Tunnel stanken fürchterlich, was nicht weiter verwunderlich war, da sich Ulysses und Nimrod auf Entdeckungstour im größten Kanalisationssystem der Welt befanden. Abfall, verursacht von Menschen, füllte das System mit fauligen Gerüchen, während braunes Wasser um ihre Fußknöchel wirbelte, manchmal auch bis zu ihren Knien hinauf, und ihre Hosenbeine und Stiefel durchnässte, als sie durch den Dreck stapften.

Ulysses atmete gerade so viel durch die Nase, wie er musste und konzentrierte sich darauf, seinen Blutdruck nicht allzu sehr ansteigen zu lassen. Er versuchte, möglichst wenig von dem fauligen Geruch aufzunehmen. Nimrod rückte schlicht mit einem permanent naserümpfenden finsteren Blick durch die Tunnel, der seine Gesichtszüge verzerrt wirken ließ. Mit jedem Schritt spürten sie feste Klumpen von was-auch-immer um ihre Beine schwimmen; jedes Mal, wenn sie mit einem ihrer durchnässten Stiefel auftraten, spürten sie, wie sich der schlammige Dreck darunter umwälzte.

Nach einem abwärtsführenden Schacht hatten sich die beiden Entdecker in einem beengten Betontunnel wiedergefunden. Der Schein ihrer Taschenlampen beleuchtete um die zwanzig Meter innerhalb des Tunnels in jede Richtung und offenbarte mit glitzerndem Schleim bedeckte Wände, währenddessen unaussprechliche Dinge und Getier durch die beharrliche Strömung des Abwasserkanals glitten. Sie stapften weiter vorwärts, darauf bedacht, möglichst leise zu sein. Jeder platschende Schritt, den sie, wie Betrunkene wirkend, in dem verdreckten Strom machten, jedes gesprochene Wort – sogar ihr Geflüster – wurde in unvorteilhafter Klarheit von der höhlenartigen Akustik des Ortes zurückgeworfen.

Ulysses fragte sich, ob es wohl eines von Professor Galapagos abgebrochenen Experimenten hier herunter verschlagen hatte. Obwohl es danach aussah, als habe er all seine Kreationen in seinem gottlosen Labor verwahrt, hatten eventuell einige degenerierte Dinge überlebt und waren in die Abwässer unterhalb der Stadt entkommen. Sicherlich gab es allerlei Mythen bezüglich der Lebewesen, die in der Kanalisation der größten Stadt des Empire vor sich hin vegetierten, sich versteckten und unbehelligt blieben; von gigantischen Albinosalamandern und Krokodilarten aus antiken Zeiten bis hin zu eher weit hergeholten Gerüchten um eine Sippe kannibalistisch veranlagter Höhlenbewohner. Es war jedoch nicht unwahrscheinlich, dass sich hier unten andere Dinge angesiedelt haben könnten – Dinge, wie beispielsweise die Nachzucht aus diversen Experimenten eines obsessiven Wissenschaftlers.

Sie hatten den malträtierten Neandertaler in der Kellerkammer zurückgelassen, da er unwillig schien, ihnen in die Kanäle zu folgen; möglicherweise, weil er wusste, was dort unten auf sie wartete, auch wenn er ihnen diesen Umstand nicht mitteilen konnte.

An jeder Gabelung verharrten sie achtsam in dem Bewusstsein, niemals ganz auf das gefasst zu sein, was ihnen begegnen könnte. Manchmal klang das Gebrüll so nah, dass es hinter der nächsten Ecke des verzweigten Tunnelsystems lauern konnte, und ein anderes Mal klang es sehr weit entfernt, dann wiederum hörten sie beinahe eine Viertelstunde gar nichts mehr.

War das Reptil oder der Dinosaurier – oder was auch immer es war – auf der Jagd nach ihnen? Witterte er ihr Blut sogar über den erdrückenden Gestank der Abwässer hinweg? Alsbald tat sich nörgelnd ein weiterer Gedanke in einem Winkel von Ulysses' Verstand auf, den er eigentlich nicht wirklich zu berücksichtigen gedachte: Jagten sie vielleicht nach dem transformierten Professor Galapagos, der sich erneut in etwas Fremdes, in eine absolut inhumane Gestalt zurückentwickelt hatte?

Endlich begann sich der Tunnel zu weiten, die Decke wurde höher, und sie konnten Seite an Seite gehen, ohne sich bücken zu müssen. Weitere dreißig Meter entfernt erschien ein Gang zu ihrer Linken, der sich aus dem Schmutzwasser erhob. Es war eine wahre Erleichterung, endlich die Füße aus dem stinkenden Klärschlamm heben zu können.

Ulysses hielt kurz inne. Vier Tunnel trafen an dieser Kreuzung zusammen, und jener, den sie sich ausgesucht hatten, wurde nach hinten breiter und höher, während die anderen Durchgänge in einem weiteren mündeten – dem größten von allen. Ein fernes Rauschen deutete an, dass sich in diesem Tunnel die tiefste Stelle der Abwasserkanäle befinden mochte und dieser womöglich in einem steilen Wasserfall münden könnte, der in noch unappetitlichere Tiefen des Kanalsystems hineinführte.

Ulysses interessierte sich nicht für diesen Tunnel. Er leuchtete mit seiner Taschenlampe in den Gang, welchem sie sich zugewandt hatten. »Was ist, Sir?«, fragte Nimrod. »Was haben Sie entdeckt?«

»Jemandes letzte Mahlzeit«, sagte Ulysses und betrachtete die angefressenen Überreste einer Ratte. Ihr Hinterleib war fort, der ölige Glanz ihrer bleichen Eingeweide wirkte im Licht der Lampe wie ein schmieriges Violett-Grau.

»Und hier ist noch eine.«

Etwas hatte sich offensichtlich einen Bissen direkt aus der Körpermitte des Nagetiers genehmigt. Der Kopf, der Schwanz und die Beine waren allesamt vorhanden, doch das Fleisch aus der Körpermitte war verschwunden, nur ein paar faserige Stückchen Knorpel erinnerten an ihre Zugehörigkeit mit der zerbissenen Wirbelsäule.

»Achte darauf, wo du hintrittst, alter Knabe.«

»Sir?« Nimrods Stimme hallte durch den Tunnel zu ihm. »Ich denke, das sollten Sie sich ansehen.«

Ulysses wandte sich um. Sein Butler hatte nur wenige Meter entfernt im Gang innegehalten. Der Strahl seiner Taschenlampe deutete einen kleinen Vorsprung hinab.

»Was ist da?«, fragte Ulysses und lief zu Nimrod, der gerade an der Kante des Tunnels in die Hocke ging.

Was auch immer es war, es sah aus wie ein Schnittmuster aus Leder, bis zur Unkenntlichkeit verfärbt von dem Dreck der Abwässer, die den Tunnel darunter halb überfluteten. Es hatte sich an einer rostigen Röhre verfangen, die aus dem Mauerwerk hervorragte. Nimrod löste es ab und legte es vorsichtig auf den verschimmelten Weg. Nun, da es aus dem Dreck befreit worden war, konnten die Männer sehen, dass das Material mit groben Haaren überzogen und in Falten gelegt war. Im Licht der Lampen begann Nimrod, die Falten zu glätten; er strich sie aus, in dem Versuch, das Objekt zu seiner vollen Größe auszudehnen.

»Großer Gott!«, keuchte Ulysses, als der Umriss des Dinges klar wurde. Was Nimrod aus dem Abwasser gefischt hatte, war ohne jeden Zweifel eine Haut. Sie war nicht vollständig, doch die Männer erkannten Arme, die Kontur von Beinen und ein Gesicht.

»Wie irritierend«, meinte Nimrod ohne ersichtliche Gefühlsregung. »Es scheint, als habe etwas den bemitleidenswerten Professor verspeist.«

Ulysses leuchtete mit seiner Lampe über die Affenhaut. »Das denke ich nicht, alter Freund«, stellte er richtig. »Ich glaube nicht, dass der verwirrte Professor zuerst gehäutet und dann gegessen wurde. Diese Reißstellen sehen nicht danach aus, als wären sie von Krallen verursacht worden, sie wirken auf mich eher wie Einrisse. Da sind weder subkutanes Fett, Blut noch die üblichen anatomischen Ferkeleien auf der Haut zu erkennen. Sie ist relativ sauber, sofern man es vorzieht, die Tatsache zu ignorieren, dass sie im Dreckwasser gedümpelt hat. Ich denke, Professor Galapagos hat sich gehäutet.«

»Ich bin gewiss kein Naturforscher, Sir, aber sofern ich weiß, häuten sich Säugetiere nicht.«

»Nein, nicht wahr?«

»Also«, sagte Nimrod, bemüht, ein wenig besser zu verstehen und sich darüber klarzuwerden, was sie beide in dieser stinkenden Dunkelheit noch alles zu erwarten hatten, »Sie glauben, dieser Schrei, den wir hörten, kam nicht vom Mörder des Professors, sondern von *dem*, wozu auch immer *er* geworden ist?«

»So in etwa, ja.«

Eine Art Vorahnung jagte in Schockwellen kribbelnd durch Ulysses Nervenenden. Er drückte sich gegen die Tunnelwand, als der Wasserlauf plötzlich explodierte und die beiden Männer mit dreckigem Nass übergoss. Eine ungeschlachte Gestalt stürzte sich auf die hockenden Männer.

Eine mächtige Klaue hieb in die Kante des Durchgangs, sodass das verrottete Mauerwerk zerbröckelte.

Ulysses brauchte einen Moment, um den Schock zu überwinden, den die abrupte Erscheinung des Monsters ausgelöst hatte, dann richtete er zeitgleich mit Nimrod seine Lampe darauf. Das Ding brüllte in wilder Raserei, sein echsenhaftes Fauchen schäumte beinahe über vor Zorn, hektisch hob es eine Klaue schützend vors Gesicht. Seine Augen hatten sich offensichtlich an die stickige Dunkelheit gewöhnt, und so war es nun geblendet von dem plötzlichen grellen Licht der Lampen.

Es hatte sich anderer Sinne bedient, um den beiden Jägern auf die Spur zu kommen; seinem verstärkten Gehör- und Geruchssinn, als auch der Fähigkeit, einen Körper allein durch dessen bloße Wärme wahrzunehmen. Für die Kreatur war es ein Leichtes, Ratten zu jagen. Die kleinen Nager hoben sich als herumhüpfende orangefarbene und grellgelbe Flecken gegen das dumpfe Schwarz des Schlickwassers ab. Doch als sie die Hitze der Körper der Männer in der Dunkelheit wahrnehmen konnte, verspürte sie einen animalischen Schauer der Befriedigung angesichts der noch lohnenderen Beute, an der sie ihren Heißhunger stillen und sich sättigen konnte. Es war lediglich Ulysses' Vorahnung zu verdanken gewesen, dass die Männer vor einem augenblicklichen Tod durch die Klauen des Echsenmannes bewahrt blieben.

In diesem Bruchteil einer Sekunde, in welchem die Bestie geblendet vom Licht der Taschenlampen zu jedweder Handlung außerstande war, absorbierte Ulysses' scharfer Verstand jedes anatomische Detail der unnatürlichen Kreatur. Ihr Rumpf glich dem eines muskulösen Menschen, war jedoch anstatt mit Haut von Schuppen überzogen. Das Schuppenmuster am Bauch war bleich, elfenbeinfarben, doch an den restlichen Stellen des Körpers glich die spröde Haut der Kreatur in Farbe und Beschaffenheit der von Baumrinde. Ihre Arme hatten ebenfalls menschliche Formen, auch wenn sich dicke Muskelstränge wie Schiffstaue darunter wanden und sie in scharfen Krallen endeten.

Das Gesicht und der Kopf des Monsters hatten alle Überbleibsel seiner ursprünglichen Form verloren, zeigten keinerlei Anzeichen menschlicher Ursprünge mehr; es war das Antlitz einer Echse. Völlig haarlos und mit einem Maul, das man einem Krokodil zuschreiben würde, einem starken Kiefer, strotzend vor nadelspitzen Zähnen, die Zunge ein schwarzer Muskel wie ein schnell umher zischender Speer, waren dennoch seine Augen am furchteinflößendsten von all den Schrecklichkeiten; bar jeglicher Menschlichkeit, die einst darin verweilt haben musste. Um seinen Nacken – so eng, dass sie tief in die Schuppen darunter schnitt – lag eine silberne Kette und daran das seltsame Medaillon, welches Ulysses zuvor am Hals des Affenmanns im Natural History Museum bemerkt hatte. Es bestand nun kein Zweifel mehr an der Identität dieses mutierten Halb-Echsen-Dinges.

»Professor Galapagos, nehme ich an.«

Die Kreatur stieß ein weiteres grauenerregendes Gebrüll als Antwort aus seinem klaffenden Maul aus, welches groß genug war, um den Kopf eines Mannes von den Schultern zu trennen – mit nur einem Bissen.

Die Wandlung, die der Professor durchgemacht hatte, war offensichtlich weitaus komplizierter, als ihn schlicht und einfach in eine bereits bestehende Lebensform seiner Ahnen zu verwandeln, in die sein Körper sich zurückbilden konnte. Mit jedem Wechsel, den sein Körper vollzog, behielt er einen umfassenden Teil seiner menschlichen Proportionen bei; tatsächlich so, als ob er mehr zu einem Hybridwesen aus dem Menschsein und einer weiteren Evolutionsform wurde, die der vorherigen voranschritt. Es schien, als kreierte der verflixte Professor mit jeder Wandlung eine neue Spezies oder Sub-Spezies. Der Gestalt, die er momentan angenommen hatte, würden die Akademiker wohl Namen wie *Homo Lizardus* oder *Lizardus Sapiens* verpassen. Dies war die göttliche Ahndung für die Selbstüberschätzung, die er demonstriert hatte, als er sich in die Geheimnisse der Evolution einmischte, indem er Darwins Code geknackt hatte. Gott allein wusste, wozu er sich als Nächstes entwickeln würde. Auch schien es Ulysses, als würde sich der Rückbildungsprozess des Professors beschleunigen.

Das Monster jaulte auf, seine Echsenstimme glich dem Kreischen einer Kreissäge. Es schlug erneut mit seinen Krallenhänden aus und diesmal erwischte es Ulysses Stablampe, schlug sie ihm aus der Hand und zersplitterte dabei die Glühbirne darin. Das Licht erlosch, doch da Nimrods Lampe die Kreatur noch immer blendete, suchte sich Ulysses schnell einen Platz, um sich zu schützen. Noch ehe er seine Pistole zur Hand nehmen konnte, warf sich das Echsen-Ding zurück ins braune Schlammwasser und verschwand unter der Oberfläche. Ulysses richtete seine Waffe auf die Stelle, an welcher der Echsenmann verschwunden war, doch er tauchte nicht wieder auf.

»Komm schon, wir können es nicht einfach so gehen lassen!«, schrie er und sprang ohne jede Rücksicht ebenfalls in den Abwasserkanal.

»Doch welchen Weg wollen wir nehmen, Sir?«, fragte Nimrod. Seine Lampe leuchtete Ulysses währenddessen den Weg.

Ulysses durchstöberte die Stelle, an der die Galapagos-Echse abgetaucht war, nach einem Zeichen, einem Blick auf das Wesen, einem Geräusch oder irgendeiner sonstigen

Ahnung aus dem übersinnlichen Teil seines Unterbewusstseins. »Hier entlang«, rief er, deutete auf das Rohr, in welchem die anderen Kanäle mündeten, und schleppte sich mit schweren Beinen durchs Wasser.

»Warten Sie, Sir!«, rief Nimrod seinem waghalsigen Arbeitgeber nach, doch Ulysses war über die Maßen erzürnt und ließ sich nicht zurückhalten. Während er die klaffende Höhle des Haupttunnels betrat, wurde er augenblicklich einer stärkeren Strömung gewahr. Nur wenige Meter vor ihm mündete die Abwasserpassage an der Kante zu einem abgründigen Wasserfall, dessen Rauschen dem Brüllen tausender Raubtiere glich.

»Sir!«

Ulysses vernahm die Warnung seines Butlers im selben Augenblick, da sein empfindlicher sechster Sinn sein Blut zum Stocken brachte. Er wirbelte herum und sah, wie sich der monströse saurierartige Schatten vor ihm erhob. Schmutziges braunes Wasser rann über die zerfurchte Haut. Zwar war er auf das Monster vorbereitet, doch die Drehung kostete ihn wertvolle Sekundenbruchteile. Etwas peitschte aus der Dunkelheit heran, wand sich um seinen Unterarm, schlug ihm die Pistole aus der Hand und riss das Fleisch an seinem Handgelenk auf.

»Ein Schwanz! Ein verfluchter Schwanz!« Ulysses schnappte nach Luft und umklammerte mit der anderen Hand die Wunde an seinem Arm. Entgegen seiner Annahme hatte sich Galapagos offenbar zu weit mehr als nur einem bloßen Urahn der Menschheit in Gestalt eines prähistorischen Reptils entwickelt. Als die Kreatur sich zu ihm hinab beugte, wurde Ulysses klar, dass er gar keine andere Möglichkeit hatte, als sie von Angesicht zu Angesicht zu bekämpfen. Und dann war der Augenblick vorüber, in welchem die

Zeit stehen geblieben zu sein schien, und somit auch der Moment, nochmals einen klaren Gedanken zu fassen. Nun war es Zeit für brutales, instinktives Handeln.

Der Echsenmann hieb mit seinen Krallen nach Ulysses, der sogleich nach dessen Armgelenken griff und die harten Schuppen über die Haut seiner Handflächen kratzen spürte. Die Galapagos-Echse überragte ihn um Kopfeshöhe und hatte zudem die imposantere Körpermasse, doch Ulysses war geschmeidig und zudem stark; mehr, als der zufällige Beobachter auf den ersten Blick erahnen würde. In den vergangenen Monaten, fern jeglicher Zivilisation, hatte er gelernt, wie man die Stärke und Kraft eines Gegners gegen diesen verwenden konnte. Und genau das tat er, indem er den Echsenmann zu sich heranzog, während er geschickt ein Ausweichmanöver inszenierte. Als die schuppige Kreatur an ihm vorbeistolperte, landete Ulysses einen harten Tritt mit seinem ausgestreckten Bein direkt in das Rückgrat der Echse.

Das Biest strauchelte, hielt sich jedoch auf den Beinen, indem es die krallenbewährten Klauen seiner Füße in den Boden des Tunnels unter dem dahin rauschenden Abwasser wie Widerhaken verankerte. Ohne einen Blick über die Schulter zu werfen, tat die Galapagos-Echse ein weiteres Mal einen unabwendbaren, harten Hieb mit dem Schwanz und erwischte Ulysses diesmal quer über der Brust. Ulysses stolperte zurück und versuchte verzweifelt, die Balance zu halten, da er die Folgen dessen fürchtete, was passierte, wenn er unter Wasser getaucht würde. Dann war das Biest über ihm und sie rangen an der Kante des schwindelerregenden unterirdischen Wasserfalls miteinander.

Ulysses blickte in das längliche Gesicht hinauf, welches einst Genévieve Galapagos' Vater gehört hatte, und in die Augen, die völlig *lacerta erectus* auf ihn hinab sahen. Diese eisigen Augen waren von gelblicher Färbung, wie man es auch von Schlangen kannte, die Pupillen grausame, sichelförmige Schlitze. Das Monster starrte zurück, seine Augenlider blinzelten rasend schnell.

Der scharfe Schuss aus einer Pistole ertönte und eine Kugel bohrte sich neben ihnen in die Wand des Tunnels.

»Versuchen Sie, es ruhig zu halten, Sir!«, schrie Nimrod über das Gebrüll der Echse und das des Wasserfalls hinweg.

Ulysses tat sein Bestes, dem vollen Gewicht der Bestie entgegenzuwirken, die versuchte, ihn von oben zu Boden zu drücken. Er verspürte einen stechenden Schmerz in seiner Schulter.

»Gerne doch«, stieß er hervor und schloss die Augen gegen das grelle Licht von Nimrods Lampe, das ihn immer wieder blendete, »und während ich das tue, frage ich den netten Professor Galapagos auch gleich, ob er für ein Porträt des *National Geographic Magazine* posieren möchte.«

Nun war Nimrods Ziel zum einen durch die verwirrenden Schattenspiele, die seine Lampe hervorrief, beeinträchtigt, und zum anderen durch die Tatsache, dass er keinesfalls Ulysses treffen wollte. Den eigenen Arbeitgeber zu töten, würde keinen guten Eindruck in seiner Vita machen, falls er sich nach diesen Ereignissen zukünftig für weitere Erwerbstätigkeiten würde umsehen müssen.

Ein weiterer Schuss ertönte und diesmal schrie der Echsenmann vor schmerzhafter Überraschung auf. Für einen Moment wandte er sich um, als ob er die neue Bedrohung ins Auge fassen wollte.

»Treffer, Nimrod! Ein äußerst passabler noch dazu!«

»Ich danke Ihnen, Sir.«

»Nicht, dass es einen großartigen Unterschied machen würde«, murmelte Ulysses zu sich selbst.

Der Schuss hatte den Echsenmann nun endgültig in pure Rage getrieben. Er packte Ulysses, schnappte mit seinem Alligatormaul nach ihm und drängte ihn immer näher an den Rand des kohlrabenschwarzen Abgrundes. Ulysses wehrte sich mit Tritten und Schlägen, doch die Echsenhaut des Gegners bewahrte diesen vor schlimmeren Verletzungen. Wann immer er Hiebe mit seinen Fäusten landen konnte, zuckte Ulysses vor Schmerz zurück, da die Haut an seinen Knöcheln aufplatzte.

Ein Platschen kündigte an, dass Nimrod nun ebenfalls in den Tunnel gesprungen war. Das Licht seiner Taschenlampe zuckte orientierungslos umher, als der Butler sein Bestes tat, um seinem Herrn zur Hilfe zu eilen.

»Aufgepasst, Sir! Ich bekomme dieses Biest schon noch zu fassen.« Zwei weitere Pistolenschüsse ertönten. Ein Schuss klang, als ob er von den knöchernen Wirbeln auf dem Rücken der Echse abprallen würde. Der andere traf ins Schwarze. Die Kreatur heulte auf. Fuchsteufelswild wirbelte sie herum, und brachte Ulysses dabei mit einem Stoß seiner Pranke gegen dessen Kopf ins Taumeln. Graugesprenkelte Supernovae explodierten in Ulysses Gehirn. Er torkelte zurück, griff nach allem, was seinen Fall aufhalten könnte. Seine Finger schlossen sich um etwas Kleines, Scharfkantiges und Hartes. Das *Pling* einer reißenden Kette war zu hören, dann spürte er das mächtige Gewicht von dem Schwanz des Monsters um seine Waden.

Es gab schlicht keine Möglichkeit, diese Attacke abzuwehren. Seine Beine wurden unter ihm fortgezogen und seine Füße rutschten auf dem ranzigen Schlick weg, der den Boden der Abwasserpassage gänzlich bedeckte. Ulysses fühlte die Wogen, die ihn sogleich erfassten und hinab in die Leere zogen. Das flackernde Licht von Nimrods Lampe erhellte das runde Maul des Tunnels, das sich rasend schnell entfernte und nach oben fortzufliegen schien, Pistolenschüsse verhallten mit einem unendlichen Echo in dem Kanalisationsrohr.

Er nahm nichts weiter als Luft unter sich wahr, seine Ohren waren stocktaub, allein das Getöse des Schmutzwasserfalls drang zu ihm hindurch. Dann verschlang ihn mit einem Bissen die gefräßige Dunkelheit des Abwasserkanals.

KAPITEL 13

SEIN GANZ PERSÖNLICHES WATERLOO

Ulysses tauchte auf und hustete sich die Lungen aus dem Leib. Der brandende Strom des Abwassers hatte ihn in dieser zweifelhaften Dunkelheit zu einem steinernen Vorsprung getrieben. Er scharrte nach einem festen Halt suchend über den Stein und versuchte, sich aus dem abscheulichen Wasser zu ziehen. Ihm hob sich der Magen und noch bevor er sich dessen überhaupt bewusst war, übergab er sich; eine natürliche Reaktion seines Körpers auf die schädlichen Abwässer, die so plötzlich sein Verdauungssystem aus dem Gleichgewicht gebracht hatten. Er keuchte zitternd auf und spie immer wieder aus, um den scheußlichen Geschmack aus seinem Mund zu bekommen, dabei rebellierte sein Magen erneut.

Schlussendlich schaffte es Ulysses, sich auf den Vorsprung zu hieven, auf dem er zuerst nichts weiter tun konnte, als mit hängendem Kopf dazusitzen, erschöpft durch dieses kräftezehrende Erlebnis und desorientiert durch seinen Sturz in die tiefsten Tunnel der Abwassersysteme. Er füllte seine Lungen mit Luft, was ihn erneut würgen ließ, war er doch unfähig, diesen ekelhaften Geruch zumindest an sich selbst loszuwerden. Diesmal jedoch konnte er nichts mehr von sich geben; sein Magen war leer. Ein dumpfer Schmerz von dem gewaltigen Schlag, den ihm der Echsenmann während ihres Handgemenges verpasst hatte, pochte noch in seinem Schädel.

Als er so da saß, wurde er sich seines eigenen rasselnden Atems bewusst. Er strengte seine Ohren an, um noch irgendetwas anderes zu hören, suchte nach allen Arten von Geräuschen in seiner Umgebung. Hier unten in der Finsternis, durchnässt bis auf die Knochen von übel riechendem Gebräu, ohne jegliche Lichtquelle und ohne seine Pistole, fühlte sich Ulysses plötzlich verletzlich und angreifbar.

Durch die Abwasserrohre konnte er das immerzu präsente Gurgeln des stetigen Stroms hören. Ebenso ein langsames Tropfen, wo sich die Feuchtigkeit an der Decke sammelte und heruntertropfte, sowie das helltönende *Pling*, wenn die Tropfen in den Pfützen landeten, die sich in dem unebenen Stein der Vorsprünge sammelten. Und dann war da noch vereinzelt das gehetzte Trippeln kleiner Füße zu hören, wenn die Ratten ihren ekelhaften Geschäften nachgingen.

Zwar konnte er nichts sehen, dafür aber umso mehr riechen. Es schien, als habe der strenge Geruch eine physikalische Form angenommen, um ihn zu ersticken und ihm das Sehvermögen vollends zu nehmen.

Ulysses konnte keine Pistolenschüsse mehr hören, doch er war sich auch nicht sicher, wie weit genau er nach seinem Sturz hinfort getragen worden war. Er fragte sich, was aus Nimrod geworden war. Hatte er den Echsenmann bezwungen oder war er zu Professor Galapagos' letztem Opfer geworden?

Allerdings war nun keine Zeit für Trauer. Schließlich hatte er, was das Schicksal seines Butlers betraf, nicht die leiseste Ahnung – Nimrod war immerhin bewaffnet. Ulysses' Priorität lag zuerst einmal darin, lebend aus den Abwässern herauszukommen, damit er seine Untersuchungen weiterführen und zu einem Abschluss bringen konnte – und falls das auch bedeuten sollte, Nimrods Tod zu rächen, so sei es eben.

Er fühlte den eigenartigen Anhänger des Professors, den er in seiner Faust fest umschlossen hielt. Erstaunlich, dass er es geschafft hatte, ihn während seines Sturzes und über die Zeit, die er durch die Dunkelheit getragen worden war, zu behalten. Er vernahm nichts, was einen Hinweis auf den Verbleib des unmenschlichen Echsenwesens geben könnte – weder, dass etwas die Oberfläche der fauligen Gewässer durchbrach, noch, dass sich etwas seinen Weg durch ebenjene zu ihm bahnte – doch auch, als das Monster ihn das letzte Mal attackierte, war dem kaum eine Warnung vorangegangen. Jagte der Echsenmann ihn vielleicht schon wieder in dieser widerlichen, übel riechenden Finsternis? Oder trieb seine Leiche bereits durch die Tunnel zur Themse, erschossen von seinem Butler?

Als die Übelkeit langsam abnahm, bemerkte Ulysses, dass er keineswegs in absoluter Dunkelheit saß. Seine Augen hatten sich an die Düsternis gewöhnt und er sah, dass die gekrümmten Wände und Decken des aus Ziegelsteinen gebauten Tunnels mit Flicken lumineszierenden Mooses bedeckt waren, welches hier unten in der fauligen methanverseuchten Atmosphäre prächtig gedieh. Im Vergleich zu einer Halogenlampe oder einer Sturmlaterne war es freilich eher lächerlich, doch es reichte aus, um die diversen schattenhaften Formen voneinander zu unterscheiden. Es war hell genug für Ulysses, um zu vermeiden, dass er sich den Schädel an dem niedrigen Gewölbe stieß oder von der Kante eines weiteren Vorsprungs fiel. Dennoch würde er weiterhin äußerst umsichtig vorgehen müssen, die Dunkelheit konnte Hunderte von Gefahren bergen.

Er erhob sich vorsichtig, nutzte dabei die bröckelige, mit getrocknetem Schleim verkrustete Wand als Stütze und machte sich auf den Weg, folgte dem Kurs, den das Brackwasser durch die unterirdische Welt nahm. Er sah wenig Sinn darin, dorthin zurückzukehren, wo seine furchtbare Reise begonnen hatte, da er keine Lust verspürte, durch Unachtsamkeit zu riskieren, von einem weiteren Vorsprung zu fallen. Abgesehen davon, würde das Wasser letztendlich in der Themse enden und ihm somit einen Weg nach draußen weisen.

Hier, in der nahezu völligen Dunkelheit, bis auf die öden grünlichen Glimmer der biolumineszenten Vegetation, fühlte er sich müde und erschöpft. Er war durchnässt und ihm war eisig kalt, auch konnte er nicht sagen, wie viel Zeit bereits vergangen war. Beinahe ohne jegliche Orientierungsmöglichkeit suchte sich Ulysses Quicksilver einen Weg durch die labyrinthartigen Tunnel.

Ganz sicher war er sich nicht, wie lange er schon die dunklen Tunnel durchforstete. Zwar hatte seine Uhr ein leuchtendes Zifferblatt, jedoch war sie stehen geblieben. Er ahnte bereits beim Fall ins Wasser, dass es seiner normalerweise äußerst zuverlässigen Uhr nicht gerade gutgetan hatte, ebenso verhielt es sich mit seinem Kommunikator.

Zum Glück waren die zerklüfteten Kanten der Vorsprünge trotz der stellenweise noch tintenschwarzen Dunkelheit erkennbar, und Ulysses konnte sie gut in der nahen, undurchdringlichen Masse aus Wasser und Düsternis ausmachen.

Etwas zu seiner Rechten zog seine Aufmerksamkeit auf sich, und Ulysses beschloss, dem nachzuspüren. Als er sich der Stelle näherte, konnte er eine neue Untiefe in der Finsternis ausmachen. Er streckte die Hand aus und seine Finger glitten über gebrochene, kantige Ziegelsteine. Ein Teil der Kloakenwand war hier eingestürzt. Zudem spaltete sich der Abwasserstrom an dieser Stelle. Das meiste des stinkenden Wassers floss weiter durch die gekachelten Rohre, doch ein kleiner Strom sprudelte durch das Loch und vermengte sich mit einem zweiten unterirdischen Wasserverlauf.

Ulysses verharrte und lauschte. Zuerst konnte er außer dem Rauschen und Brausen des Abwassers gegen die Wände nichts weiter vernehmen, doch dann hörte er ein widerhallendes Geräusch von der anderen Seite des Loches, ein Echo zu dem Rumoren hier auf seiner Seite, welches andeutete, dass die Ausmaße des Raumes dahinter von höhlenartiger Beschaffenheit sein mussten.

Dann hörte er einen weiteren Laut, der durch die Distanz dumpf an sein Ohr drang. Es klang wie das Klackern einer Maschinerie, ein rhythmisches Trommeln wie von einem mechanischen Herzen.

Kurz zog er in Betracht, dem Gang hier weiter zu folgen, doch der Abenteurer ihn ihm bestand darauf, den Tunnel hinter der Öffnung zu erkunden. Ohne jegliches Licht, um sich seinen Weg durch den dunklen Gestank zu bahnen, konzentrierte Ulysses sich auf die Echos, die ihn die Distanzen zumindest erahnen ließen.

Er kletterte durch die halb unterspülte Bruchstelle in der Tunnelwand und sogleich glitt der Boden unter seinen Füßen weg und er musste schwimmen. Das Wasser, das diesen neuen Tunnel füllte, roch alt und abgestanden, doch zu dem stinkenden Gebräu, durch das er bisher hatte waten müssen, glich es lieblichem Rosenwasser.

Ulysses richtete seine Sinne in dieser ungewohnten Umgebung neu aus, hörte, wie die sich kräuselnden Wellen, die seine Bewegungen auslösten, nur wenige Meter entfernt an diversen Barrieren abprallten. Ganze Teppiche aus lichtabsonderndem Moos wucherten auch hier als unregelmäßige Flecken an den Wänden und der Decke, sodass er allmählich sinnvolle Teile des Puzzles erkennen konnte und wahrnahm, dass der Raum, in welchem er sich nun befand, ungleich größer war als die Passage, aus der er kam. Obwohl der Tunnel geflutet war, lag das Wasser mehr oder weniger bewegungslos da. Ulysses folgte mit kräftigen Kraulbewegungen dem entfernten, rhythmischen Klirren, das wie der widerschallende Tumult einer Fertigungsfabrik klang. Nach einer Biegung im Tunnel wurde das Rumoren der unerbittlich arbeitenden Maschinerie klarer und wurde nun auch von anderen Geräuschkulissen begleitet – dem Pfeifen von Dampf, der unter Druck entwich, dem regelmäßigen dumpfen Aufschlagen eines Hammers, dem Heulen einer Sirene und sogar menschlichen Stimmen.

Die Geräusche waren nun so nah, dass Ulysses Wortfetzen ausmachen konnte, Bruchstücke von Konversationen zwischen dem lauten Klopfen, Stampfen und Rattern der noch unsichtbaren Produktionsstrecke.

Als er die Biegung umrundet hatte, veränderte sich die Architektur des Tunnels merklich, die Decke weitete sich über Ulysses aus und ein länglicher Umriss formte sich in der Düsternis zu seiner Linken. In diesem Moment stießen seine Füße auf Grund. Er glitt auf einem Hindernis aus, das sich unter Wasser befand. Es schien, als wäre der Boden mit Rillen zerfurcht oder … als wären Schienen darauf gesetzt worden.

Auf einmal fügten sich die Puzzleteile wie von selbst zusammen. Der Vorsprung vor ihm gehörte zu einem Fußweg. Er schob sich durch das Wasser darauf zu und zog sich daran aus der kalten öligen Brühe. Sitzend lauschte er für einen Moment auf das *Klick-Klack*, welches sowohl von über als auch von unter ihm erklang und fühlte dabei ein leichtes Vibrieren durch den Steinboden. Ulysses streckte eine Hand nach der Wand aus. Die Oberfläche, die seine Fingerspitzen berührten, war eisig und glitschig vor Nässe. Tatsächlich fühlte es sich an wie glasierte Fliesen.

»Kacheln«, murmelte er zu sich selbst. Nachdem er den Abwasserkanal verlassen hatte, musste er in die alten verlassenen und gefluteten Tunnel der Untergrundbahn gelangt sein. Das erklärte einiges – die zunehmende Größe der Tunnel, das Material, aus welchem sie beschaffen waren. Er saß auf einem Bahnsteig.

Der Untergrund war vor mehr als sechzig Jahren verlassen worden, seit den Ereignissen, welche als *Königreichs-Vorfall* bekannt wurden. Die unterirdischen Bahnnetze der Hauptstadt waren im Laufe der Jahre mit dem heute bevorzugten Überlandbahnsystem ersetzt worden. Ulysses hatte geglaubt, dass der Großteil der Tunnelröhren vollständig geflutet worden sei, doch wie sich nun herausstellte, war das wohl nur teilweise der Fall.

Er kam auf die Füße. Öliges Wasser rann an seinem Körper hinab und aus den Kleidern, vereinigte sich auf der schleimbedeckten Plattform unter den Sohlen seiner durchweichten Schuhe zu Pfützen. Er brauchte einen Moment, um sich zu sammeln, und strich sich dann das nasse Haar mit schmierigen Fingern aus seinem Gesicht.

Es hatte ihn in die vergessenen Tunnel des Londoner Untergrundes, einst der Stolz der Nation, verschlagen, angetrieben von dem Echsenbiest, zu dem der vermisste – um nicht zu sagen, der evolutionstechnisch degenerierte – Professor Galapagos mutiert war.

Was auch immer ihn nun hier, in dem vermutlich verlassenen Labyrinth der unterirdischen Bahnhofsstation erwarten mochte, wirklich unangenehm überraschen konnte es ihn wohl nicht mehr.

So sah eben die tägliche Arbeit aus, wenn man Ulysses Quicksilver war, Dandy-Abenteurer und Diener Ihrer Majestät.

»So etwas kann man nicht einmal erfinden«, murmelte er und grinste in sich hinein, trotz des erschreckenden Zustandes, in welchem sich seine Garderobe befand und der Umstände seines derzeitigen Dilemmas.

Wie er erkannte, befand sich in der Nähe ein kleiner Seitendurchgang, der zu einem schmalen Treppenaufgang führte. Ein flackernder orangefarbener Schimmer floss von dort oben herab und beleuchtete den obersten Absatz der Treppe. Ulysses blinzelte, seine Augen brauchten einen Moment, um sich an die ungewohnte Lichtquelle zu gewöhnen. Doch schon bald packte er das rostige Geländer und begann seinen Aufstieg.

Dicht an die glatte gekachelte Wand gepresst, tat Ulysses bedächtig ein paar tiefe Atemzüge und spähte argwöhnisch um die Ecke des Durchganges. Einst mochte dieser Ort ein Gewirr von mit schimmernden Kacheln bedeckten Durchgängen gewesen sein, welche eine prächtige Untergrundbahnhofshalle dargestellt hatten, doch nun war er überfüllt mit Maschinen und in eine Untergrundfabrik verwandelt worden.

Ulysses blickte auf das gewaltige Fließband hinab, welches auch zu den dampfbetriebenen Mühlen in den Kohleabbaugebieten gepasst hätte. Der ganze Platz war von einem Dunst aus Dampf und dem Rauch von Kohlen überlagert, während das Licht natriumbetriebener Lampen die versmogte Dunkelheit durchbrach, die wie von Nebel verzerrte Schiffslaternen anmuteten. Die Halle wurde vom Lärm und den Erschütterungen der arbeitenden Maschinen durchdrungen.

Zu Ulysses Linken, am anderen, weit entfernten Ende der Halle, produzierten massive Maschinen – sich wie verrückt drehende Schwungräder, krachende Hämmer und schmetternde Kompressoren – kugelförmige Stahlkästchen, die muschelähnlich aussahen und aus denen Dornen wie von Seeigeln herausragten. Dampf- und uhrwerkbetriebene Automatensklaven zerteilten jede dieser stählernen Kugeln in zwei gleiche Hälften, von denen sie eines der halbkugelförmigen Teile auf scheppernde Förderanlagen hievten. Diese Muschelteile wiederum fuhren mittels der Fließbänder an weiteren Roboterdrohnen vorbei, welche ihrerseits irgendetwas darin anbrachten. Die Luft war dick von schmierigem Öl und heißem Metall, einhergehend mit einem alles durchdringenden scharfen chemischen Geruch.

Weiter entfernt, im Schatten eines breiten Torbogens und am Ende des unerschöpflichen Fließbandmonsters, bauten noch mehr Drohnen die beiden Hälften der Metallkörper wieder zusammen, von wo aus sie durch einen Seitengang in fahrbare Gerüste eingespannt und fortgebracht wurden.

Durch den Dunst konnte Ulysses eine an der Wand angebrachte verrostete Beschilderung ausmachen, welche die Station benannte, an der er sich nun befand: Waterloo. Irgendwie war es leider allzu treffend.

Er zweifelte keinen Augenblick daran, dass er auf eine Bombenfabrik gestoßen war. Wie lange mochte man hier schon seinen Geschäften nachgehen, verborgen vor den neugierigen Augen der Welt dort oben?

Zwischen den Maschinen wuselten unzählige Arbeitssklaven herum, sodass die Maschinen ungehindert ihrer Tätigkeit nachgehen konnten. Diese Hilfskräfte gehörten zum absoluten Abschaum der Gesellschaft, welche sogar die Bettler auf den Straßen weiter oben glücklich aussehen ließen. Sicherlich waren diese Höhlenbewohner einmal menschlich gewesen, jedoch hatten sie nunmehr entstellte Körper, über und über mit schrecklichen Mutationen versehen. Sie alle trugen dieselben formlosen Overalls und torkelten mit aneinandergeketteten Fußknöcheln unbeholfen über den Platz. Sie waren Gefangene, dazu getrieben, eine Arbeit zu verrichten, die wahrscheinlich sogar für Automaten zu niederschwellig war. Keiner von diesen Kameraden hätte in einer Freakshow fehl am Platze gewirkt; jeder Einzelne sah aus, als wäre er ein Nachfahre John Merricks, des *Elefantenmenschen*. Entweder hatten sie ihr Haar oder ihre Zähne verloren, zweifellos eine der Nebenwirkungen der schrecklichen Verhältnisse, unter denen sie zu arbeiten gezwungen waren, ihre Gesichter und Körper scheußlich verformt, das bleiche, von dunklen Adern durchzogene Fleisch deformiert. In einigen Fällen waren sie gar so missgestaltet, dass es Ulysses unmöglich erschien, das jeweilige Geschlecht der hinkenden Kreatur zu bestimmen, die für die Herstellung bösartiger Gerätschaften versklavt worden war.

Ebenjene armen Schlucker waren es auch, die ätzende, blubbernde, grünliche Schmiere aus einem Eisenbottich in jede einzelne der Muschelhüllen löffelten. Schwaden stinkender Rauchfähnchen stiegen beharrlich aus dem giftigen Zeug auf. Ulysses Augen brannten und er hatte nicht den geringsten Zweifel daran, dass dies ein Resultat des toxischen Gebräus war, das sich in der Atmosphäre der Fabrik ausdehnte.

Über die Fließbänder hinweg sah er bewaffnete Männer auf Gerüsten stehen, sowie in den Öffnungen der Seitengänge. Sie waren in schlichte schwarze Uniformen gekleidet.

Das Einzige, das sie voneinander unterschied, war das Rangabzeichen ihrer verborgenen Organisation, von deren Existenz Ulysses bis vor wenigen Wochen noch nicht einmal eine Ahnung gehabt hatte. Jeder von ihnen trug das Zeichen eines Dinosaurierschädels, umgeben von einem Kreis auf dem Arm. Sie alle waren mit einer automatischen Maschinenpistole ausgestattet, ihre Gesichter hinter den Gummirüsseln von Gasmasken verborgen.

Eine übermächtige Wut stieg in Ulysses auf, als er hier sozusagen *in erster Reihe* Zeuge des Schicksals dieser bemitleidenswerten Mutanten wurde. Es brodelte und köchelte unter seiner nach außen hin ruhigen Oberfläche, bereit, jederzeit vulkanartig auszubrechen. Wie gerne würde er seine Wut an einem der bewaffneten Wächter auslassen, doch diese Art des Abreagierens wäre wohl derzeit sein eigener Untergang.

Noch immer war er unbewaffnet, und ungeachtet dessen, wie gut er auch ausgebildet sein mochte, in einem unbewaffneten Kampf würde er diese Sonderlinge wohl kaum besiegen können. Nein, er würde abwarten, und vielleicht würde sich dann eine passendere Handlungsweise finden lassen.

Als er seinen Blick durch die Fabrik wandern ließ, erblickte er einen Mann, der sich von den anderen Personen abhob. Dieser trug einen Laborkittel, der sicher einmal weiß gewesen sein mochte, seine Augen waren hinter einer dicken Schutzbrille verborgen. Sein Haar war verfilzt und starrte vor Schmutz, die Hände steckten in dicken Gummihandschuhen. Er griff sich ein verschmutztes Klemmbrett, auf welches er Notizen kritzelte, während er die Vorgänge auf dem Fließband überwachte. Eine Schar ähnlich gekleideter Wissenschaftler folgte ihm und dennoch bestand kein Zweifel daran, dass er ihr Vorgesetzter war.

Ulysses beobachtete den Wissenschaftler genau, als der seine Tour durch die zweckentfremdete Bahnhofshalle machte. Leider gab es für ihn derzeit keine Möglichkeit, den Terroristen das Handwerk zu legen, aber wenn er diese Person weiterhin ungesehen beschatten könnte, wäre es unter Umständen möglich, dem Herzstück der Operation einen Schritt näherzukommen. Offenbar planten sie einen Bombenanschlag gewaltigen Ausmaßes, wie schon damals in Whitehall.

Ulysses schlich hinter der Säule hervor und war mit nur zwei großen Schritten bei einem der Träger angelangt, welche die klackernden Fließbänder stützten. Dort ging er schnell in die Hocke.

Plötzlich erregte ein Aufrufen seine Aufmerksamkeit, das von der anderen Seite der Fabrik gellte. Er blickte flüchtig zu seiner Linken, spähte zwischen den einbetonierten Eisenträgern hindurch und – das Herz schlug ihm bis zum Hals.

Eine Person, ganz in Schwarz gekleidet, trat aus einem Durchgang auf der anderen Seite der Fabrikhalle hervor, begleitet von zwei bewaffneten Wächtern. Es war Kane – Jago Kane! Dank der charakteristischen Markierung, die ihm seine dunkle Narbe verlieh, war er auf Anhieb zu erkennen. Trotz der Überraschung zwang sich Ulysses schnell zur Ruhe. Also trieb sich der Schuft doch im Zentrum der irren Operationen von *Darwinian Dawn* herum. Hatte er es doch gewusst!

Der abscheuliche Aufrührer schloss sich dem Wissenschaftler und dessen Lakaien an. Augenblicklich entspann sich zwischen den beiden eine heftige Diskussion. Wenn Ulysses nur herausbekommen könnte, über was die beiden sprachen, wäre diese Information für ihn und die Magistraten in Whitehall äußerst wertvoll, doch um das bewerkstelligen zu können, müsste er näher an sie herankommen.

Er kroch gebückt hinter den Förderbändern entlang. In dem Dampf war er kaum zu erkennen und außerdem wurde jedes Geräusch, das er verursachte, von dem Getöse der Maschinen übertönt. Ulysses achtete lediglich darauf, den menschlichen Sklaven und ihren maskierten Aufsehern nicht in die Quere zu kommen.

Allmählich konnte er einige Fetzen der Unterhaltung aufschnappen. Der Wissenschaftler beteuerte Kane gerade, dass sie die Arbeit dem Zeitplan gemäß beenden würden. Kane seinerseits drängte darauf, dass die Geräte in der exakten Position stehen müssten, da … der Rest ging in Lärm unter, als sich ein automatisches Ventil mit einem heftigen Stoß Dampf über Ulysses' Kopf entlüftete. Die Gesprächsfragmente klangen in diesem Kontext nicht wirklich sinnvoll und nährten seine Frustration, ebenso wie das Bestreben, schleunigst mehr herausfinden zu müssen.

Er rückte näher. Beinahe konnte er die Hand ausstrecken und Kane berühren, so nahe war er. Ulysses war so stark auf das Gespräch konzentriert, dass er das Kribbeln in der hintersten Region seines Gehirns erst wahrnahm, als es bereits zu spät war. Das kalte Metall einer Gewehrmündung bohrte sich mit einem harten Stoß in seinen Nacken. Er war so bestrebt gewesen, seiner Nemesis einzuholen, dass er alle Vorsicht in den Wind geschlagen hatte und wie ein draufgängerischer und nicht sonderlich schlauer Jungspund gehandelt hatte.

»Sitzen bleiben«, hörte er eine ruppige, wenig kultiviert klingende Stimme hinter sich, »wenn du nich' willst, dass ich dir 'ne Kugel durch den Schädel jage.«

Eine zweite Gewehrmündung stieß ihn in die Rippen und eine weitere Stimme verkündete: »In Zeiten des zivilen sozialen Krieges kannst du dich als Geisel von *Darwinian Dawn* betrachten.«

KAPITEL 14

EIN UNGÜNSTIGER TAG ZUM STERBEN

»So treffen wir uns also wieder, Quicksilver.«

Ulysses blickte auf und direkt in das spöttische Lächeln Jago Kanes. Sie hatten ihn grob durchsucht, ihn vor die Füße seiner Nemesis und dieses Wissenschaftlers geschleift, wo er nun mit hinter den Kopf gehaltenen Händen kniete.

»Die Freude ist ganz auf deiner Seite.«

Ein harter Fausthieb traf Ulysses und sein Kopf wurde nach rechts geschleudert. »Schlagfertig wie immer, mit deinen *Ich-bin-ja-so-klug*-Erwiderungen und irrsinnig witzigen Bemerkungen«, knurrte Kane.

Bevor Ulysses mit einem seiner verbalen Glanzstücke zum Gegenschlag ausholen konnte, landete Kanes Faust erneut in seinem Gesicht. Etwas knackte und Ulysses spie Blut zwischen seinen zerschrammten Lippen hervor. Sein Kopf schmerzte höllisch.

»Da bleiben dir deine geistreichen Entgegnungen im Halse stecken, nicht wahr?«

»Wie ich sehe, hat nicht einmal der Sturz von dem Zug deine ewig optimistische Gemütsart gedämpft, welch ein Jammer.«

Kanes Augen schäumten über vor Wut, doch er sagte nichts, sondern trat stattdessen hart in Ulysses Magengegend. Ulysses konnte es nicht vermeiden, vor Schmerz aufzuschreien, sein Oberkörper knickte ein und seine Stirn berührte beinahe den Boden.

»Ich will dich gar nicht mit der Frage langweilen, wie du über unser Unternehmen gestolpert oder wie du an den Wachen vorbeigekommen bist.«

»Was? Nicht der kleinste Funke von Interesse?«, brachte Ulysses unter gequältem Keuchen heraus.

»Nicht wirklich. Solche Informationen sind irrelevant, nun, da du hier nicht mehr lebend herauskommen wirst.«

Trotzdem seine Augen noch immer feucht waren von dem Schmerz in seinem Magen, schaffte Ulysses es dennoch, sich so weit aufzurichten, dass er den Terroristen mit einem vernichtenden Blick fixieren konnte.

»Ich bin mir ganz genau darüber im Klaren, was hier unten vor sich geht, du verräterischer Bastard.« Seine Stimme war ein gepresstes Knurren und triefte nur so vor Geringschätzung. »Und wenn die Behörden erst einmal von mir informiert werden …«

»Ich sage es noch einmal: *ir-re-le-vant.* Du wirst keine Gelegenheit mehr haben, diesen eigennützigen Idioten, die so verzweifelt an ihrem unaufhörlich sinkenden Status quo hängen, auch nur *irgendetwas* zukommen zu lassen. Erbärmlich. Außerdem bist du zu spät.«

»Zu spät?« Er musste husten. »Ich könnte mir gut vorstellen, dass eine Handvoll Sondereinsatzkräfte hier bereits aufschlägt, während wir miteinander plauschen.«

»Leider haben deine Vorgesetzten in Whitehall keine Ahnung, was sich unter ihren Füßen befindet.«

»Ach, nein?«, säuselte Ulysses. »Bevor mich deine Rowdys hier aufgelesen haben, sendete ich ihnen eine kodierte Nachricht.«

»Wie das?« Kane streckte eine Hand aus.

Einer der *Rowdys*, die Ulysses durchsucht hatten, überreichte ihm seinen wassergeschädigten Kommunikator. »Ich bezweifle doch stark, dass dieses Ding noch zu gebrauchen war, nachdem es nass wurde.«

Wenigstens hatten sie nicht herausgefunden, wo er Galapagos' Anhänger versteckt hielt.

»Nun, einen Versuch war es wert.«

Kane schlug erneut nach ihm.

»Wirst du wohl damit aufhören?«, schrie Ulysses ungehalten.

Kane blickte mit zusammengekniffenen Augen auf ihn nieder. »Hier herunter wird sich niemand bequemen, um zu sehen, was aus dir geworden ist. Kein einziges Sondereinsatzkommando ist auf dem Weg, und uns wird nichts davon abhalten, unsere Pläne zeitgemäß fortzusetzen. Doch was sollen wir nun mit dir tun?«

»Deine Mutter wird sich täglich dieselbe Frage stellen, wie ich vermute.« Der Vorsicht halber wich Ulysses zurück.

»Was sollen wir mit ihm anstellen, Mr. Tesla? Irgendwelche Ideen?«, sinnierte Kane, Unentschlossenheit heuchelnd.

»Wir könnten ihn als Testobjekt nutzen, Agent Kane«, schlug der Wissenschaftler vor und glotzte Ulysses dabei unverhohlen an. »Gurtet ihn an eine der Gerätschaften, positioniert es in einem der niedrigeren Tunnel und lasst uns sehen, was passiert.«

»Hmm, so lustig das auch klingt, ich glaube nicht, dass es genügend Spaß bieten wird. Es wäre nur eine Verschwendung von Betriebsmitteln. Nein, obwohl ich die Geräusche in den unteren Tunneln sehr mag. Nehmt den Bastard und folgt mir«, sagte Kane und nickte den beiden Wächtern zu. »Und bringt auch ein Seil mit.«

Sie zerrten Ulysses die Stufen zu den gefluteten Untergrundtunneln hinab, durch die er zuvor gekommen war.

Die beiden Wächter hievten ihn in das übel riechende, kalte Wasser und zwangen ihn unter Kanes Anweisungen in den unterirdischen Kanal. Doch natürlich war Ulysses nicht bereit, freiwillig seinem dunklen Schicksal entgegenzutreten. Verzweifelt wehrte er sich, um sich zu befreien, bis Kane seine Bemühungen mit einem Tritt gegen seinen Kopf beendete.

Ulysses war sich bewusst, dass er rein gar nichts dagegen tun konnte, als die beiden Wächter seine Hände und Füße an den verrosteten Gleisen festzurrten, die von dem Wasser überflutet worden waren. Nur sein Kopf ragte noch über die schmierige Oberfläche. Als er sicher vertäut war, kam Kane an die Kante der Plattform und sah zu seinem Gefangenen hinunter, den Strahl seiner Taschenlampe in dessen Augen gerichtet.

»Möchtest du etwas Interessantes über diese Tunnel hier erfahren?«, fragte er mit einem düsteren Lächeln. »Das Wasser, das dieses Labyrinth flutet, kommt direkt aus der Themse, und da die Themse den Gezeiten unterworfen ist, verhält es sich mit diesen Tunneln ebenso. Nur, da das Wasser sich durch solch beengte Durchflüsse zwängen muss, kann sich der Pegel hier unten dramatisch verändern, sobald der Fluss steigt. Hier drin kann das Wasser bis zu dem höchsten Absatz der Treppe steigen, die wir gerade hinabgestiegen sind, bis sich die Gezeiten wieder ändern. Alle weiteren essenziellen Details lasse ich dich selbst berechnen.«

Kane stand auf, ignorierte Ulysses – der wie besessen mit seinen Armen und Beinen an dem Seil zerrte – und wandte sich an seine Mitverschwörer. »Der Spaß ist vorbei. Geht zurück an die Arbeit. Die Uhr tickt und der Tagesanbruch ist nicht mehr fern.«

Als sich die Wissenschaftler und Wächter zum Gehen wandten, fiel Kane zurück und gönnte sich einen letzten Blick auf den noch immer strampelnden Ulysses.

»Irgendwelche letzten Worte? Vielleicht eine schnittige Erwiderung? Eine letzte zackige Bemerkung, an welche sich die Nachwelt erinnern soll?«

»Ich hoffe, du brennst in der Hölle, die du erschaffen hast.«

»Oh ja, sehr geistreich. Sehr clever. Grüß die Ewigkeit von mir.« Damit drehte sich Jago Kane auf dem Absatz um und ging.

Alleingelassen in der Kälte und Dunkelheit betrachtete Ulysses sein Schicksal. Wenn er es schaffen sollte, die Fesseln nur ein wenig zu lockern, könnte er genügend Reibung zwischen ihnen und den verrosteten Schienen erzeugen, um sie durchzuscheuern. Er bündelte all seine Kräfte und fühlte den rauen Hanfstrick grob über das Fleisch seiner Handgelenke scheuern. Ähnliche Qualen musste er auch an seinen Fußknöcheln erleiden. Während er gegen seine Fesseln ankämpfte, fuhr ein starker Schmerz durch seinen Kopf, der noch immer von den harten Schlägen herrührte, die er hatte einstecken müssen. Wasser spritzte in sein Gesicht und er prustete, um es nicht zu schlucken. Bildete er es sich nur ein oder stieg der Wasserpegel bereits an?

Da er sich selbst nicht gerade als einen besonders gottesfürchtigen Mann bezeichnen würde, schien für Ulysses jetzt der perfekte Anlass gegeben zu sein, sein Verhältnis zum Allmächtigen zu verbessern, bevor sie sich tatsächlich von Angesicht zu Angesicht gegenüberstehen würden. Mit fest geschlossenen Augen, Arme und Beine noch immer angespannt, betete er für ein Wunder.

Langsam forderte der Kampf mit den Seilen seinen Tribut. Das Hämmern in seinem Kopf verschlimmerte sich, weiß-glühende Stiche zuckten schmerzhaft wie Blitze durch seine Muskelstränge. Mit knirschenden Zähnen heulte er vor Schmerzen auf; wütend, frustriert und absolut erschöpft. Öliges, dunkles Wasser strömte in seinen Mund. Ulysses hustete und würgte. Für einen Augenblick hörte er auf, an den Seilen zu zerren, und hob den Kopf, die Muskeln in seinem Nacken bis zum Zerreißen gespannt, um ihn über der Wasseroberfläche zu halten. Er vernahm ein leises Platschen – kaum mehr als ein Rieseln – als etwas Geschmeidiges die Oberfläche durchzog.

In dem kargen Licht der illuminierenden Moosflicken konnte Ulysses nicht erkennen, was genau sich ihm da näherte, umso besser jedoch konnte er es sich vor seinem geistigen Auge ausmalen. Sein sensibler sechster Sinn, der nun rabiat an der inneren Schädeldecke kratzte, schlug in seinem Unterbewusstsein kreischend Alarm.

Etwas streifte sein Bein und Ulysses trat aus, so gut er konnte. Plötzlich erhob sich direkt vor ihm eine Wand aus Wasser. Als sie abfloss, offenbarte sich ihm eine ungeschlachte, abscheuliche Form, ein dunkler Schatten, der in der beinahe undurchdringlichen Düsternis glänzte. Ulysses erkannte den Umriss breiter Schultern, leicht nach vorn gekrümmte, muskulöse Arme, dazu einen fassähnlichen Torso und einen breiten, krötenhaften Kopf, das Maul gespickt mit nadelscharfen Zähnen. Glatte Haut schimmerte dumpf. Eine Hand – die Finger eher saugnapfbewehrte Tentakeln statt Krallen – griff nach ihm und streiften sein Gesicht. Diese träge Bewegung ließ ihn vor Abscheu erschauern. Er fühlte, wie ein mit Flossen bewehrter Schwanz sein Bein berührte.

Ein Teil von Ulysses' Unterbewusstsein, kurzzeitig durch den Horror und die Verzweiflung der Situation abgekoppelt, erkannte, dass Professor Galapagos ihn zuletzt doch aufgestöbert hatte, und dass dieser seit ihrem Kampf in der Kanalisation erneut eine Wandlung vollzogen hatte. Der vermaledeite Biologe hatte sich diesmal in etwas

Weichtierähnliches, Amphibisches, Molchartiges verwandelt. Ulysses war sich gewiss, dass er nun sterben würde, und ergab sich seinem Schicksal.

Wie auch immer, offenbar hatte Gott entschieden, dass es noch nicht die passende Zeit war, um den Dandy zu holen, stattdessen erschien nun das ersehnte Wunder.

Ein Schuss hallte durch den gefluteten Tunnel. Die unwirkliche Akustik dieses Ortes verlieh dem Echo einen seltsamen und jenseitigen Klang. Schwerfällig wandte sich der Amphibien-Galapagos zu der unerwünschten Ablenkung um.

Ein zweiter Schuss fiel. Die Kreatur heulte auf – ein groteskes jammerndes Zischen; die grausige Parodie einer menschlichen Stimme drang aus seinem Rachen – und mit einem Mal war die Untergrundstation von Lärm erfüllt, dem Platschen von Wasser, menschlichen Rufen und halbmenschlichem Gebrüll. Etwas materialisierte sich aus der Dunkelheit, durchpflügte springend das Wasser in Ulysses' Richtung und jaulte dabei laut auf. Die fahle Haut des Neuankömmlings schimmerte in der Dunkelheit, strähniges Haar flatterte um seine Schultern. Er versuchte offensichtlich, die Amphibie davonjagen, und es schien beinahe, als würde das funktionieren.

Die Amphibie schreckte zurück, zischte dabei verärgert und machte sich zum Gegenschlag bereit. Aber da war der Neandertaler bereits mit fliegenden Fäusten über ihr. Die krötengleiche Kreatur wehrte sich, doch schon bald erwies sich das frühentwickelte Menschenwesen als deutlich überlegen. Es gelang der Galapagos-Amphibie, sich aus dem Griff des Affenmenschen zu winden, zurück ins Wasser zu gleiten und zu verschwinden, bevor er sie in einer ungestümen Umarmung erdrücken konnte.

Das Licht einer Taschenlampe flackerte über die Tunnelwände. Es platschte erneut und eine weitere Gestalt durchquerte das Wasser mit großen Schritten und kam schnell auf Ulysses zu.

»Sir«, rief eine äußerst kultivierte Stimme und ihr Klang erfüllte Ulysses mit dem Gefühl wohliger Fürsorge. »Es scheint, als könnten Sie Unterstützung gebrauchen.«

Ulysses öffnete den Mund, um zu sprechen, doch sofort sprudelte Wasser hinein, bevor er auch nur einen Ton herausbrachte. Die Flut stieg weiter an.

Nach nur vier Schritten hatte ihn sein treuer Butler erreicht und erkannte sogleich die Situation. Es dauerte nicht länger als einen Wimpernschlag, bis Nimrod sein Messer gezückt und die Knoten durchtrennt hatte, um seinen Meister zu befreien, ihn unter den Armen zu packen und auf die Plattform der Station zu hieven.

»Gerade im rechten Augenblick, hm, Nimrod?«, brachte Ulysses noch heraus, bevor sich sein Körper unter heftigen Hustenanfällen krümmte.

»Das ist meine Pflicht, Sir. Sie sehen ja, was dabei herauskommt, wenn man Sie sich selbst überlässt«, fügte Nimrod hinzu, während er Ulysses auf der kalten, nassen Plattform auf die Seite drehte.

Die letzten Reste öligen Schmutzwassers flossen aus Ulysses Mundwinkel. Einen Moment lag er einfach nur da und bündelte seine Kraftreserven. »Geht es dir gut, Nimrod?«

»Abgesehen von der Tatsache, dass ich geruchstechnisch kaum von einem verstopften Abfluss zu unterscheiden bin, ja.«

Nimrod sah ebenso zerzaust und ungepflegt aus, wie Ulysses sich selbst fühlte, der genaue Gegensatz zu seiner sonst so einwandfreien Erscheinung. »Nur ein paar mehr Schüsse aus meiner Pistole hier schickten dieses verabscheuungswürdige Echsending in seine Deckung zurück.«

»Sie haben hier unten eine Fabrik gebaut, Nimrod. Eine verfluchte Bombenfabrik!«, stieß Ulysses unter abgehacktem Husten hervor, als sein Körper das ranzige Wasser aus seinen Lungen würgte und er versuchte, sich auf seinen Händen abzustützen. »Wir müssen sie stilllegen.«

»Alles zu seiner Zeit, Sir. Nun sind Sie gerade erst einmal knapp dem Tod durch Ertrinken entkommen.«

Ulysses lenkte ein, da der Hustenreiz sich in seinem Körper festgesetzt zu haben schien und schloss wegen des Schmerzes für einen Moment die Augen. Sicher hatte Nimrod recht. Die *Operation Waterloo* konnte noch ein paar Minuten auf sich warten lassen. Kane und die selbst ernannten Jünger Darwins würden erst einmal gar nichts übereilen.

Es platschte wieder. Ulysses öffnete die Augen und wurde von einem kehligen Grunzen begrüßt. Das klobige Gesicht des Neandertalers blickte ihm von der Kante des Wasserkanals aus entgegen. Ulysses blinzelte. Seine Mimik glich einer stumpfsinnigen Maske, dennoch blinzelte der Vorzeitmensch zurück.

»Nimrod«, krächzte Ulysses, »es scheint, als hättest du einen Freund gefunden.«

»Ja, Sir.« Nimrod blickte zu dem Neandertaler und machte sich keine Mühe, seine Geringschätzung zu verbergen.

»Es scheint wohl so, dass er – es – uns die ganze Zeit über durch die Abwässer folgte. Er – *es!* – stieß erneut zu mir, als ich den Saurier vertrieben hatte, Sir. Seitdem konnte ich das verdammte Ding nicht mehr loswerden, und glauben Sie mir, ich habe mein Bestmögliches versucht!«

»Warum hast du es dann nicht erschossen?«, fragte Ulysses und brachte ein müdes Lächeln zustande.

»Es hat sich herausgestellt, Sir, dass ich das nicht übers Herz bringen konnte.«

»Zum Glück für mich, wie sich nun zeigt.«

»Wie Sie sagen, Sir, zu Ihrem Glück. Immerhin stöberte Sie dieser Barbar hier unten auf. Ich hege die Annahme, dass er es irgendwie schaffte, Ihren Duftstoffen zu folgen, trotz dieses höllischen Gestanks in den Tunneln.«

»Und er rettete mich erneut vor dem bemitleidenswerten Professor Galapagos. Konntest du erkennen, wozu dieser inzwischen geworden ist, Nimrod?«

»Nicht wirklich, Sir.«

»Er gleicht gar einer rötlichen riesigen Kröte oder einem Molch oder sonst etwas in der Art. Viel kann nun nicht mehr für ihn vorgesehen sein, wenn er die Evolutionsleiter weiter nach unten rauscht und die letzte Stufe nur noch eine Pfütze Schleim auf dem Boden ist.«

»So erscheint es derzeit, Sir.«

»Wie dem auch sei«, Ulysses machte sich daran, wieder auf die Beine zu kommen, »zurück zu den eiligeren Umständen: die Bombenfabrik.«

»Sehr wohl, Sir.«

Als Ulysses kurze Zeit später mit Nimrod zur Bahnhofshalle und seinen schnaufenden, ratternden Fließbändern zurückkehrte, war von Jago Kane oder dem Wissenschaftsingenieur Tesla nichts mehr zu sehen.

»Was nun, Sir?«, flüsterte Nimrod, als die beiden forschend zwischen den gefliesten Säulen hindurch spähten.

»Die Bauteile kommen über die Förderbänder dort hinten.« Ulysses deutete durch den Dunst aus schmutzigem Qualm. »Wenn wir herausfinden können, wo sie gelagert werden, würde ich sagen, ist es eine relativ unkomplizierte Sache, diese terroristenverseuchte Anlage auffliegen zu lassen.«

»Was schwebt Ihnen da vor, Sir?«, wagte Nimrod eine vorsichtige Frage.

»Nur ein kleines Feuerwerk, nichts Spektakuläres.«

»Und wie, meinen Sie, setzen wir Ihren Plan in die Tat um?«

»Oh, du kennst mich doch, Nimrod. Ich mache das so, wie es gerade passt. Wir brauchen ein Ablenkungsmanöver. Etwas, dass uns diese Wächter vom Leib hält.«

Im Schatten hinter ihnen grunzte es. Der Neandertaler krabbelte zu den beiden Männern hinüber.

»Bei Jupiter, Nimrod! Ich glaube, unser Kumpan hier hat die richtige Idee. Er versteht wohl ganz genau, was uns vorschwebt.«

»Sie denken, er versteht mehr als nur simple Phrasen?«

»Du solltest keine zu niedrigen Erwartungen an deinen neuen Freund haben, immerhin ist er kein Hund. Was meinst du dazu, Junge?« Ulysses wandte sich dem Neandertaler zu. »Denkst du, du könntest da drinnen ein bisschen Krawall für uns veranstalten?«

Der grobschlächtige Halbmensch nickte aufgeregt mit dem Kopf, seine Zunge baumelte aus dem Mund, wie die eines überglücklichen Kläffers.

»Dann ab mit dir.«

Auf allen vieren flitzte der Neandertaler davon und verschwand in dem alles verschleiernden Smog, der über dem Fabrikboden waberte.

»Und viel Glück, ähm … alter Knabe.«

Es war nur eine Sache von wenigen Augenblicken, bis die ersten überraschten Schreie an ihre Ohren drangen, augenblicklich gefolgt von dem Geratter automatischer Gewehre, als sich der Neandertaler aus dem aufgewühlten Rauch direkt mitten in die Wachmänner des *Dawn* schwang, nur um einen Moment später wieder in den dunklen Wolken zu verschwinden.

Genau darauf hatte Ulysses gewartet. »Komm schon, Nimrod, lass uns die Bande ordentlich aufmischen. Ich bin gerade in einer Bombenstimmung.«

»Sind Sie sicher, dass das eine gute Idee ist, Sir?«, fragte Nimrod und klang dabei wie ein missbilligender Schulmeister, als Ulysses mit seinen Händen über die hochexplosiven Vorrichtungen fuhr. Die harten Metallkörper maßen einen vollen Meter im Durchmesser.

Auf Ulysses Gesichtszügen blitzte ein teuflisches Grinsen auf.

»Keine Sorge, Nimrod. Bedenke, dass ich gesehen habe, wie sie diese Dinger konstruierten. Wenn ich nun diesen Knopf hier drehe und diesen Schalter umlege …«

Die Bombe, die in einem Gestell vor ihm hing, hatte sich über den ganzen Zeitraum, in welchem Ulysses sie betrachtet hatte, still verhalten. Doch das Betätigen der Taste leitete ein beunruhigendes Ticken von irgendwo innerhalb der mit Eisenspitzen versehenen Stahlkugel ein.

»Ah, ich denke, es wäre nun besser, wenn wir von hier verschwinden, Nimrod.« Ulysses sprang auf.

»Ich könnte Ihnen nicht eindringlicher zustimmen, Sir.«

Die beiden Männer spurteten aus der Seitenpassage und zurück durch die Wartehalle, ohne sich nun darum zu scheren, ob sie gesehen wurden oder nicht.

Die Station wurde von der Explosion geradezu zerrissen, ihre Grundfeste wie von einem Erdbeben erschüttert, als eine Zündung nach der anderen durch die Fabrik jagte und die riesige Fließbandkonstruktion zum Stillstand brachte, bevor sie die Maschinerie in tausend Stücke zerfetzte. Die Trümmer der monströsen Dampfpressen wurden umher geschleudert, zusammen mit den zerschlagenen Überbleibseln der Automatenarbeiter. Die mutierte Arbeiterschaft starb an Ort und Stelle oder floh in Panik. Auch den Soldaten der Darwindämmerung und den Wissenschaftlern erging es nicht anders.

»Hier entlang!«, brüllte Ulysses über die lautstarke Zerstörung, die ihre Ohren ordentlich zum Klingeln brachte. Sie rannten wie der Teufel durch die Bahnhofshalle und mitten hinein in den Torbogen unterhalb des Schildes mit der Aufschrift *Waterloo*. Dort fanden sie sich in einem etwas breiteren Tunnel wieder. Eine weitere erschütternde Detonation hinter ihnen ließ Staub und zerbrochene Fliesenteile von der Decke auf sie niederregnen. Und dann ließ Ulysses' sechster Sinn ließ ihm unmissverständlich eine Warnung zukommen. Er kam schlitternd zum Stehen.

»Nimrod, geh zurück!«, schrie er. »Das Dach wird gleich ein…« Noch bevor er seine Warnung ganz aussprechen konnte, klaffte die Decke des Tunnels auf und senkte sich direkt über ihnen hinab. Die beiden gaben Fersengeld und rannten den Weg zurück, den sie gekommen waren – zurück zu dem Inferno, das in der Fabrik Einzug gehalten hatte.

»Verflixtes Höllenfeuer!«, schrie Ulysses aus. »Wohin jetzt?«

»Dort drüben, Sir!«, rief Nimrod und deutete in den Torbogen, durch den sie die Fabrik zuerst betreten hatten. Der Neandertaler hatte sich dort zusammengekauert, sein Körper war mit Ruß beschmiert, Blut rann aus einer nicht unbeträchtlichen Anzahl von Einschnitten, immerhin war er am Leben. Für Ulysses war keine weitere Ermutigung nötig. Sie nahmen die Beine in die Hand und jagten durch die Halle – hielten fallendes Mauerwerk mit ihren erhobenen Armen davon ab, ihre Gesichter zu treffen und schützen sie vor der feurigen Hitze und den Granatsplittern der zerstörten Maschinen, die ihnen um die Ohren flogen.

Gerade als Nimrod den Neandertaler unter dem Torbogen erreicht hatte, blieb Ulysses Fuß an einem am Boden liegenden Wissenschaftler hängen und er strauchelte. In einer Hand hielt der Mann – der entweder tot oder ohnmächtig war – ein Klemmbrett umklammert, die darin eingespannten Notizen waren mit Staub und Ruß besudelt.

»Was haben wir denn hier?«, wunderte sich Ulysses.

»Sir, sputen Sie sich!«, rief ihm Nimrod über das polternde Getöse zu.

»Mach dir meinetwegen keine Sorgen«, rief er zurück und schnappte sich das Klemmbrett mit einem schnellen Griff. »Schafft euch beide hier raus. Ich bin direkt hinter euch.«

Dann stolperten die drei die Stufen in die geflutete Stationsplattform hinab. Ihre Füße versanken tief im Wasser. Wie Jago Kane es vorausgesagt hatte, war die Themse bis zu den oberen Stufen angestiegen. Hätte der Neandertaler ihn nicht hier unten aufgestöbert, wäre Ulysses in dem verdreckten Tunnel ertrunken.

Eine weitere Druckwelle erschütterte die Station und ein Feuerball raste mit immenser Heftigkeit hinter ihnen her die Stufen hinab.

»Ins Wasser!«, schrie Ulysses und sprang nach vorn. Dabei zog er den Untermenschen und seinen Butler mit. Die Flammen entzündeten den öligen Schmutzfilm auf der Oberfläche, als das Wasser über ihren Köpfen zusammenschlug.

Ein Stück weiter unten im Tunnel tauchte Ulysses wieder auf, umringt von brennenden Schmutzlachen. In seiner Nähe erhoben sich auch die Köpfe der anderen aus dem Wasser.

»Nimrod, bist du in Ordnung?«

Der Butler warf ihm einen triefenden, übel gelaunten Blick zu. »Ich sage es Ihnen gern noch einmal, Sir. Abgesehen davon, dass ich bis auf die Knochen durchnässt bin und wie eine Sickergrube rieche, bin ich das sehr wohl.«

Plötzlich legte sich eine starke, gummiartige Hand um Ulysses' Bein und zerrte ihn mit einem heftigen Ruck unter Wasser. Durch die brennenden Verunreinigungen auf der Oberfläche konnte er in der vor Dreck starrenden Dunkelheit die fischähnlichen Gesichtszüge des amphibischen Galapagos erkennen. Der Professor war hartnäckig, das musste man ihm zugestehen.

Einen Moment lang traf sein Blick auf die lidlosen gelatineartigen Glupschaugen dieses verformten Dings und reflexartig drang ein Schrei aus Ulysses Mund, der in einem Schwarm Blubberblasen fortgetragen wurde. Sogleich trat er wie von Sinnen nach der Kreatur. Sein Fuß landete direkt zwischen den Augen des Fischwesens und der Griff lockerte sich.

Ulysses tauchte auf und schnappte nach Luft. Jedoch folgte ihm das Galapagos-Ding beinahe auf dem Fuße, indem es die Oberfläche mit einem beeindruckenden Sprung durchbrach. Nimrod schrie etwas in seinem Rücken, der Neandertaler strampelte durch das Wasser in seine Richtung, doch Ulysses hatte die Kreatur bereits an der Kehle gepackt. Der Spieß hatte sich gedreht.

Noch eine Explosion rauschte durch den Tunnel und ein feuriger Wind fegte über die Wasseroberfläche. Durch den Körper der Kreatur, die er vor sich hielt, wurde Ulysses zwar weitestgehend davon abgeschirmt, doch nun wurde er Zeuge von etwas, was er in seinem bisherigen und zweifellos sonderbaren Leben noch niemals erlebt hatte.

Mit einem widerlichen schlürfenden Rülpser, dem Todesseufzer eines Fisches, hörte die Kreatur auf, nach ihm zu schlagen, und erschlaffte. Ulysses fühlte, wie seine Hand in dem widernatürlichen Fleisch einsank, als die Haut und alles andere weicher und weicher wurde. Er hatte das Gefühl, er würde seine Finger in einen Eimer voll kaltem Grießpudding stecken. Dann fiel Professor Galapagos' Körper ganz einfach in sich zusammen, das Fleisch löste sich in Schleim auf. Ulysses blickte in die schauerlichen wässrigen Augen. Auch als diese Augen wie heißes Wachs zu schmelzen begannen, war er noch unfähig, sich von dem Anblick loszureißen.

In nur einem Moment war alles, was von dem degenerierten Professor geblieben war, verschwunden, und Fäden klebrigen protoplasmischen Schleims brodelten wie Froschlaich inmitten der brennenden Überbleibsel, die überall herumdümpelten. Professor Galapagos – oder den sich evolutionstechnisch zurückentwickelten Freak, zu dem er geworden war – gab es nicht mehr.

KAPITEL 15

ÜBER DIE EVOLUTION UND DEN MODERNEN MANN

»Nun, Doktor?« Ulysses' Stimme hallte durch die Lobby des Hauses. »Wie geht es uns denn heute?«

Methuselah blinzelte ihn hinter den flaschenbodendicken Gläsern seiner Brille hervor an. Obwohl der Dandy-Abenteurer keine Mühen gescheut hatte, den gewohnheitsgemäß hohen Standard bezüglich seiner Bekleidung aufrechtzuerhalten, ähnelte er in seinem Gehrock aus blauem Samt, der moosgrünen Satinweste, der fliederfarbenen Krawatte und den schwarzen Hosen aus Moleskin, so gar nicht der Person, die ihn vor einem Monat besucht hatte. Er war ein gezeichneter Mann, müde und abgespannt, die Wangen hohl, die Augen eingesunken und von grauen Schatten umnebelt. Seine Haut wirkte wie mit Wachs überzogen.

»Besser als Ihnen, Ihrem Aussehen nach zu urteilen.«

Der alte Mann schlurfte durch den Flur auf den hinteren Teil des Hauses zu, der baufällig und heruntergekommen war. Ulysses folgte ihm. Nach seinem vorübergehenden Aufenthalt in den Abwässern konnte er gerade so den leichten Duft muffigen Tabakrauches ausmachen. Noch immer glaubte er, die Jauchegruben der Abwassertunnel riechen zu können.

Zwar mochte er wie der leibhaftige Tod in zweiter Auflage aussehen, doch immer noch besser, als sich auch wie der leibhaftige Tod in zweiter Auflage zu *fühlen*, was exakt seiner Gefühlslage der letzten Woche entsprochen hatte. Die Tage und ebenso die Nächte hatte er kotzend verbracht, alle paar Stunden musste er sich übergeben, und unerbittliche Sturzwellen von Durchfall hatten ihm arg zugesetzt. Von all den mentalen Schulungen zur physikalischen Heilung, die er in den Gipfeln des Himalaja erlernt hatte, half ihm auch nicht eine weiter, die qualvollen Martern der Verkrampfungen zu mildern, welche die Übelkeitsanfälle mit sich brachten. Damit nicht genug, hatte er beinahe ein halbes Dutzend Bäder genommen, seit er auf sein Anwesen zurückgekehrt war, und sich mit Industriereiniger abgeschrubbt, um den tief sitzenden Gestank der Abwässer loszuwerden, doch sogar nach dieser Prozedur konnte er manchmal noch den bitteren Geschmack des verseuchten Wassers in seinem Hals schmecken.

An diesem Morgen jedoch hatte er es tatsächlich geschafft, aus dem Bett zu kommen. Und – nachdem er erneut seine peniblen Waschungen durchgeführt und sich todschick zurechtgemacht hatte – den Stock mit dem Blutstein im Griff in der Hand, war er aufgebrochen, um den griesgrämigen Doktor Methuselah mit einem unangekündigten Besuch zu erfreuen. Doch sogar für dieses simple Bestreben fühlte er sich noch zu schwach, obgleich er es nicht zugeben wollte, am Allerwenigsten vor sich selbst.

»Genug des Geplänkels, welche Neuigkeiten haben Sie?«

»Ich nehme an, Sie meinen die Gewebeprobe.«

»Aber selbstredend.« Ulysses klopfte mit dem Ende seines Gehstocks ungeduldig gegen einen der überladenen Arbeitstische.

»Ein äußerst interessantes kleines Projekt, auf das Sie mich da angesetzt haben«, sagte Methuselah und schaltete seine Maschine an. Mit einem Summen erwachte die Bildschirmröhre zum Leben. »Sehen Sie sich das an.« Er deutete auf das körnige, grün-schwarze Bild, das sich auf dem Schirm fokussierte. Ulysses erblickte eine Petrischale, die bereits unter den Vergrößerungsgläsern von Methuselahs kupfernem Mikroskop stand. Bei der Abbildung auf dem Bildschirm handelte es sich offenbar um eine erheblich vergrößerte Darstellung des Inhalts dieser Schale. Bei seinem letzten Besuch war Ulysses immerhin fähig gewesen, den Umstand zu begreifen, dass er auf die Darstellung von Zellen blickte, die auf den Schirm projiziert worden waren. Diesmal konnte er nichts erkennen, woran auch immer das liegen mochte.

»Was genau sehe ich mir hier gerade an, Doktor? Ich kann rein gar nichts erkennen.«

»Genau.«

»Und was meinen Sie damit?«

»Dass es hier nichts zu sehen gibt.«

»Aber, ist das nicht die Probe, die ich Ihnen gegeben habe?«

»Ja, und das ist auch der Punkt.«

»Was ist der verdammte Punkt?« Plötzlich fühlte Ulysses eine unglaubliche Erschöpfung. Die Anstrengung, sich auf den Füßen zu halten, forderte mehr Tribut, als er angenommen hatte. »Sehen Sie Doktor, ich bin müde. Also erklären Sie's mir bitte.«

Der Alte grunzte, hustete etwas Schleim hervor und schob seine Brille mit dem stets verschmutzten Zeigefinger ein Stück nach oben.

»Es ist, wie ich es sage. Wie gewünscht, führte ich eine überaus genaue Untersuchung dieser Gewebeprobe durch und meine anfängliche Hypothese erwies sich bald als korrekt. Was zuerst lediglich wie ein paar Haare erschien, nahm alsbald die Eigenschaften echsenartiger Schuppen an, dann jedoch bildeten sich die Zellen zu etwas, das ich in amphibischen Proben erwarten würde – die größte Übereinstimmung konnte ich dabei in den Zellen des Axolotl finden, der in Mittelamerika beheimatet ist. Zum Ende meiner Beobachtungen hin beschleunigte sich der Prozess der Zellzersetzung äußerst dramatisch. Für einen kurzen Moment zeigte die Probe fischähnliche Charakteristika und dann – löste es sich einfach in Schleim auf. Sehen Sie.«

Methuselah nahm die Petrischale unter dem Mikroskop hervor und reichte sie Ulysses. Wo einst die rötlichen Haare platziert worden waren, befand sich nun etwas, dass schlicht und einfach wie ein Klecks Nasensekret aussah.

»Was Sie hier sehen, ist biologischer Schutt. Abfall. Die einzigen Zellen, die Sie hierin noch finden werden, gehören zu einer Bakterienart, die sich an diesem Schleim gütlich tut. Auch ist es längst kein protoplasmischer Schleim mehr, eher ein totaler zellularer Zusammenbruch.«

»Wissen Sie, was das verursacht haben könnte?«

»Nun, allerdings.«

Ulysses sah den Doktor voller Erwartung an.

»Akuter Genschwund. Und ich würde daraus definitiv schließen, dass ebendies auch mit jenem Subjekt stattfand, von welchem Sie diese Probe haben. Das ist doch der Fall, nicht wahr?«

»Die Evolution gegen den modernen Mann, hm?«

»Sie sind sicher, dass Sie mir nicht sagen wollen, woher Sie das haben?«

»Sie sollten sich hüten, mir diese Frage zu stellen«, schalt ihn Ulysses schmallippig. Zwar mochte Professor Galapagos unwiderruflich tot sein, war er doch in Ulysses' Händen buchstäblich zu Schleim zerronnen, dennoch eignete sich dieser Fall hervorragend, um die potenzielle Gefährdung der nationalen Sicherheit aufzuzeigen.

»Nehmen Sie es, wie Sie wollen«, grummelte Methuselah. »So, und was ist Ihnen widerfahren? Haben Sie Ihren verirrten Professor gefunden?«

»Woher wissen Sie davon?«, entfuhr es Ulysses scharf, Alarmglocken schrillten plötzlich in seinem Gehirn.

»Machen Sie jetzt bitte kein Theater. Sie sind nicht der Einzige, der Kontakte hat, wie Sie hoffentlich wissen. Und? Haben Sie?«

»Gewissermaßen.«

»Wie war es? Wie sind Sie auf ihn gestoßen?« Methuselah geiferte geradezu vor Neugierde, er wirkte etwas verschnupft, ungehalten, in seinen Augen leuchtete die Begierde auf, er wirkte beinahe jugendlich vor Aufregung.

Ulysses hielt inne, wählte seine nächsten Worte äußerst vorsichtig.

»Es war … unschön.«

»Das ist alles, was Sie mir dazu sagen?«

»Es ist vermutlich ohnehin mehr, als ich Ihnen hätte sagen sollen«, murmelte Ulysses, unfähig, das Bild des einst übergroßen Forellengesichts vor seinem inneren Auge noch länger zu erdulden, bevor es sich in milchigen Froschlaich verwandelte und aus seinem Gedächtnis floss. »Nun«, er griff in seine Manteltasche und holte den seltsam geformten, mit Stacheln versehenen Anhänger hervor, den er der Galapagos-Echse abgenommen hatte. »Was können Sie mir hierzu sagen?«

Geneviève Galapagos stand verborgen in dem schattenhaften Abguss des golden schimmernden Albert Memorial. Etwas überrascht realisierte Ulysses, dass sie ein enges bodenlanges Kleid in einem bleichen Cremeton mit fliederfarbenem Blumenmuster trug. Zum ersten Mal sah er sie in etwas anderem als einer Hose, vor allem in etwas anderem als Reithosen. Ihre prächtigen kastanienbraunen Locken steckten unter einem kleinen Bonnet. Er fühlte, wie Adrenalin in warmen Wellen durch seine Brust strömte und stieß einen Seufzer aus. Sie war unübersehbar wunderschön. Und dann begegneten ihre Augen den seinen. Sie sah so … unglaublich … weiblich … aus. Nicht, dass dies zuvor nicht auch schon der Fall gewesen war, doch ihre Erscheinung spiegelte nun noch mehr ihr verletzliches, feminines Wesen wider.

»Ulysses«, keuchte sie. Trotz der beengenden Kleidung trippelte sie auf ihn zu und schlang die Arme um ihn, hielt ihn in einer innigen Umarmung gefangen. »Es tut so gut, Sie wiederzusehen.« Sie drückte ihn erneut an sich und dann, als ob sie sich plötzlich ihrer Zutraulichkeit gewahr wurde, schob sie ihn auf Armeslänge zurück. »Äh, also, ich rief Sie an und kam Sie besuchen, doch Ihr Butler schickte mich fort.«

»Ja, das sagte er bereits. Es tut mir sehr leid, dass ich nicht in der Lage war, Sie zu empfangen, meine Liebe«, Ulysses hatte ernsthaft das Gefühl, sich entschuldigen zu müssen, »doch leider war ich … unpässlich.«

»Das verstehe ich natürlich. Nimrod deutete an, dass Sie einige Quälereien auszuhalten hatten.«

»Ja, so kann man das bezeichnen. Nun liegt alles glücklicherweise in den Händen der Polizei.«

So sehr er es sich auch verübelt hatte, die Angelegenheit in die Hände von Inspektor Allardyce zu geben, so wusste Ulysses, wenn eine Situation mehr einforderte, als er alleine bieten konnte. Zeitweise litt er noch immer an den Folgen der Amöbenruhr, die er sich während seines

Vorstoßes in Londons trübe Unterwelt eingefangen hatte, doch das Abenteuer in den Katakomben hatte auch Nutzen für ihn mit sich gebracht. Zum Beispiel die Papiere, die er aus der brennenden Fabrik bergen konnte, indem er sie von dem Klemmbrett nahm. Es war ein Wunder, dass er überhaupt etwas Brauchbares hatte bergen können, wenn man bedachte, dass die Unterlagen angesengt und dann noch in Wasser getaucht worden waren, als Ulysses, Nimrod und der Neandertaler aus dem überfluteten Untergrund flüchteten, was jedoch die unfreiwillige Nutzung der Überlaufrohre notwendig gemacht hatte, durch die sie gesaugt worden waren und die sie in die Themse ausgespien hatten.

Nachdem er vorsichtig einige Untersuchungen an den Dokumenten durchgeführt hatte, waren erschreckende Fragmente des grauenhaften Plans zum Vorschein gekommen, den *Darwinian Dawn* für die Hauptstadt vorgesehen hatte. Ihr Vorhaben war es gewesen, die alten Netzwerke im Untergrund zu nutzen, um dort die tödlichen und hochexplosiven Gerätschaften über die ganze Stadt verteilt zu platzieren. Wäre es ihnen gelungen, ihr Vorhaben durchzuführen, hätte das in der Stadt unermessliche Schäden angerichtet, von den katastrophalen Verlusten an menschlichem Leben ganz zu schweigen. Mit Leichtigkeit hätten sie die Todeszahl in die Tausende getrieben, wenn nicht sogar in die Zehntausende.

Dank Ulysses' rechtzeitiger Entdeckung waren diese Pläne unwiederbringlich vereitelt worden, obwohl vermutet wurde, dass zumindest ein Teil der Sprengvorrichtungen bereits angebracht worden waren. Jedoch waren bisher noch keine detoniert. Dadurch, dass die Obrigkeiten nun in Besitz jeglicher Informationen waren, die sie für eine Lokalisierung benötigten, war Scotland Yard eiligst dazu übergegangen, in erster Priorität ein Sicherheitskommando auszurüsten, um die vermuteten explosiven Gerätschaften zu bergen. Wie es schien, konnten die *alten* Zustände pünktlich zum Jubiläum der Queen wiederhergestellt sein.

»Wenn ich nur daran denke, was Sie durchgemacht haben!«, rief Geneviève aus.

Ulysses lächelte schwach. Obwohl vom Scheitel bis zur Sohle ein Frauenheld, lag doch etwas Unschuldiges und Entwaffnendes in der aufrichtigen Zuneigung und der Sorge, die sie ihm entgegenbrachte und das machte es ihm noch schwerer, ihr die Nachricht zu überbringen.

»Es geht mir schon viel besser, wenn ich Sie sehe. Gehen Sie ein Stück mit mir?«

»Aber natürlich.« Geneviève legte ihre Hand auf seinen dargebotenen Arm. »Was ist los, Ulysses? Ihr Verhalten veranlasst mich doch etwas zur Sorge.«

Sie machten sich langsam auf den Weg, flanierten unter den Buchen umher, schlossen sich anderen Spaziergängern und Hundeführern an und begegneten einigen Hochradfahrern auf ihrem Weg durch den Hyde Park.

»Ich habe Neuigkeiten bezüglich Ihres Vaters.«

Geneviève blieb stehen. »Ich wusste, Sie würden etwas herausfinden. Ich hatte nur Angst, Sie danach zu fragen.« Sie blickte erneut zu ihm auf, ihre Augen waren vom Rand ihres Sonnenschirms verdunkelt. »Es sind keine guten Neuigkeiten, nicht wahr?«

»Nein, ich befürchte, eher nicht.«

Genevièves Kinnlade fiel nach unten und das Schluchzen, das aus ihrem Mund drang, kam aus tiefstem Herzen.

»Es tut mir wirklich sehr leid, Geneviève. Hätte es etwas gegeben, das ich hätte tun können, ich hätte es getan, glauben Sie mir. Wir fanden ihn im …«

»Nein, sagen Sie es nicht. Ich will es nicht wissen. Mein Vater starb in dieser Nacht im Museum, in der Nacht des Raubes. Zu was auch immer er später geworden ist, es war nicht mehr mein Vater. Nicht mehr.« Dann brach sie in Tränen aus. Ulysses hielt sie fest in seinen Armen und Geneviève schluchzte herzzerreißend in das Revers seines Mantels.

Letzten Endes war es doch weniger dramatisch gewesen, als er befürchtet hatte. Immerhin, wie sie ihm selbst einst gesagt hatte, war er ein Kämpfer für die Wahrheit, und wie schrecklich diese auch sein mochte, man solle sich ihrer gewahr sein und ihr ins Gesicht sehen. Keiner von beiden scherte sich darum, dass die anderen Spaziergänger sie interessiert beäugten. Für sie zählte nur ihr geteilter Schmerz. Für Geneviève war es die Trauer um den Verlust eines Vaters, den sie nie wirklich gekannt hatte, für Ulysses die Gewissheit, dass er dafür verantwortlich war, ihre steinerweichende Traurigkeit hervorgerufen zu haben.

Schließlich machte sie sich von ihm los und blinzelte die Tränen aus ihren geröteten, verschwollenen Augen. Sie konnte ihm nicht ins Gesicht sehen.

»Hier«, sagte er, schob eine Hand in seinen Mantel und holte etwas aus seiner Tasche hervor. »Das ist für Sie.«

Er öffnete seine Hand. Darin lag der Anhänger, den Geneviève ihrem Vater einst zum Geschenk gemacht hatte, wie sie Ulysses bereits bei ihrem Kennenlernen erzählte. Ein freudiges Lächeln breitete sich auf ihrem Gesicht aus und durchbrach ihre von Sorge verzerrten Gesichtszüge. Ihre Unterlippe zitterte leicht, als sie das silberne Objekt an sich nahm, das inzwischen gereinigt und vom Dreck befreit war, der es auf seiner Reise durch die Abwässer befleckt hatte. Sanft legte sie eine Hand an Ulysses' Gesicht und liebkoste seine Wange mit ihren feingliedrigen Fingern.

»Dankeschön«, flüsterte sie.

Und dann, noch ehe Ulysses es überhaupt realisieren konnte, waren sie sich näher als je zuvor, ihre Lippen nur wenige Zentimeter von den seinen entfernt, ihr Atem warm auf seinem Gesicht. Die Luft war berauscht von dem Duft der Jasminblüte, der Boden unter ihren Füßen gesprenkelt mit goldenen Lichtflecken, die trotz des stets präsenten Smogs, der über der Stadt lag, durch das Blätterdach der Bäume tröpfelten.

Er hielt den Augenblick in seinem Kopf fest, diesen perfekten Moment, an dem nichts zählte, außer der Vorfreude auf einen Kuss.

»Dieses Mal ist kein gesprengter Bahnsteig in der Nähe, nicht? Oder wilde Dinosaurier?«

Geneviève lächelte, ihre von Tränen befleckten Wangen röteten sich und sie zog ihn näher an sich heran. »Nun, Mr. Quicksilver«, schalt sie ihn scherzhaft, »geben Sie immer dem Vergnügen Vorrang vor der Arbeit?«

Dann küssten sie sich.

KAPITEL 16

EIN HAUCH VON OPER

»Und? Hast du vor, diese Frau wiederzusehen?«, fragte ihn Bartholomew und schnitt dabei enthusiastisch an seinem Fasan herum, was zweifellos implizierte, dass es wohl das erste annehmbare Mahl war, das er in letzter Zeit hatte genießen dürfen.

»Ich weiß es noch nicht«, grübelte Ulysses und sah von seinem Teller auf. »Natürlich würde ich gern, letztendlich würde ich sagen, ich tue es, vielmehr schätze ich jedoch, dass der Ball, wie man so schön sagt, in ihrem Feld liegt. Aber jetzt genug von mir. Wie ist es dir ergangen, seit wir uns das letzte Mal gesehen haben, Bruderherz?« Die letzte bissige Bemerkung klang nicht ganz nach einer aufrichtigen Erkundigung nach dem Befinden seines Bruders, obwohl der Wortlaut dies zweifellos vermuten ließ.

»Ach *das.*« Bartholomews Gesicht bekam eine ungesunde Rötung.

»Und was wäre wohl *das*?«

»Pass auf, mach es mir nicht schwerer, als es bereits ist.«

»Warum nicht? Du bist ganz sicher bereits dabei, es noch ein wenig schwerer für mich zu machen, alles in allem.«

»Schau, glaub mir einfach. Ich wusste nicht, dass du noch am Leben bist.«

»Offensichtlich.«

Für eine Minute herrschte absolute Stille zwischen ihnen.

»Dann fahre fort … mit deiner Rechtfertigung, meine ich.« Ulysses musste sich eingestehen, dass es ihn durchaus amüsierte, zuzusehen, wie sein Bruder sich wand.

Bartholomew kämpfte tatsächlich einige Momente mit sich selbst, um die richtigen Worte zu finden. Von draußen drangen die Geräusche des Tumults herein, der zur Abendstunde immer vor dem Savoy entstand, und füllten die Leere ihrer Schweigsamkeit.

Der Gastraum glich einem diffusen Meer aus dunstigem Lampenschein, in welchem die runden Tische des Lokals vereinzelt dümpelten. Einen Augenblick lang konnte sich Ulysses beinahe selbst weismachen, dass er in sein altes Leben mit ausgelassenen Abendveranstaltungen und skandalösen Partys zurückgekehrt war.

Er verbannte diese Erinnerungen aus seinem Geist. Es war, als lägen mehrere Leben zwischen ihm und dieser Vergangenheit. Abgesehen davon fühlte er eine Zwiespältigkeit, ein Gefühl von Rivalität, gleichermaßen gezielte Entschlossenheit und nervöse Vorfreude zur selben Zeit: Die Entschlossenheit, die es nötig machte, seinem Bruder gegenüberzutreten, und Nervosität bezüglich den Nachwirkungen, die das schwere Essen, das vor ihm stand, wohl auf seinen Körper haben würde. Seit er sich aus seinem Krankenbett erhoben hatte, war dies seine erste richtige Mahlzeit.

»Hör zu, ich habe überstürzt gehandelt. Ich bin mir dessen jetzt bewusst, aber du solltest dir auch darüber im Klaren sein, dass du uns für mehr als achtzehn Monate weder ein Wort noch irgendein Zeichen hast zukommen lassen. Natürlich dachte ich, du wärst tot. Die ganze verdammte *Welt* dachte, du wärst tot. Hättest du gewollt, dass ich auf unbestimmte Zeit auf deine Rückkehr warte?«

»Und was würdest du sagen, wenn ich deine ganz offensichtlich rhetorisch gestellte Frage mit einem JA beantworten würde?«

»Ich würde antworten, dass du einen verdammten Dickschädel hast, genau wie damals, als wir noch Jungs waren und sich dir unsere Nanny in den Weg stellte, wenn du mal wieder deinen Kopf durchsetzen wolltest.«

Erneut saßen sich die beiden in vor Wut schäumender Stille gegenüber.

»Schau, wir sollten die Vergangenheit endlich ruhen lassen, nicht wahr?«, wagte Bartholomew einen Vorstoß, blickte aber doch der Tatsache ins Auge, das es letztendlich an ihm allein liegen müsste, den Friedenszweig zu schwenken. Er hatte in seinem Leben häufiger Kreide gefressen, denn einen gerösteten Fasan. Er erhob sein Weinglas, als ob er einen Toast aussprechen wollte.

»Auf dich, hm, Ulysses? Schwamm drüber?«

Nur widerstrebend erhob auch Ulysses sein Glas.

»Nein, auf uns, Barty, die Erben des geschätzten Familiennamens«, sagte er und kippte den Rest des Pinot Grigio auf Ex hinunter.

Der Tumult vor dem Savoy hallte erneut durch das Restaurant und die beiden Brüder beendeten ihren Hauptgang in weitaus erträglicherer Stille.

»Wie laufen die Geschäfte?«, fragte der Jüngere der beiden schließlich.

»Oh, wie immer. Ein täglicher Kampf auf Leben und Tod, wie du weißt. Was tut sich in der Welt der Ertragskonten, oh, und der Vermögensverwaltung?«

Bartholomews Blick begegnete dem seines Bruders mit Eiseskälte. *Vermögensverwaltung* war durchaus kokett gemeint und die beschönigende Umschreibung für das zwanghafte

Glücksspiel, welches zur Angewohnheit seines Bruders geworden und dessen sich Ulysses durchaus bewusst war. Ebenfalls war er darüber im Bilde, in welcherlei Situationen sich sein Bruder in den letzten Jahren *hineingezockt* hatte, was zudem der Grund dafür war, weshalb er selbst die Überbleibsel des Familienvermögens mit Umsicht bewachte.

Ulysses begegnete dem Blick des jungen Mannes entspannt, und der seines Bruders welkte unter seinem trockenen und scharfen Blick wie gewohnt schnell dahin; er schien sogar plötzlich irgendetwas auf der Tischplatte zu entdecken, dass seine Aufmerksamkeit auf sich lenkte.

»Nun?«

»Oh, du weißt ja, wie es so ist.«

»Ja, das weiß ich allerdings. Hast du noch immer vor, die Hauptstadt in absehbarer Zeit zu verlassen, oder gar den Planeten?«

»Hmm, dafür werden die finanziellen Mittel wohl nicht ganz ausreichen.«

»Warum nur überrascht mich das nicht.«

Ulysses Worte klangen vernichtend. Er schüttelte enttäuscht den Kopf über die Misswirtschaft seines nichtsnutzigen Bruders, die er mit seinem Anteil der Erbschaft betrieb.

»Ich hätte es nie zur Sprache gebracht«, sagte Barty mit dem altbekannten, unvorteilhaften und bettelnden Gejammer, das sich in solchen Situationen in seine Stimme schlich, »aber da du das Thema ja selbst anschneidest … wenn du mir etwas Geld besorgen könntest – betrachte es lediglich als geliehen – würde ich eine Überfahrt auf einem *Lunar Liner* erwerben und würde dir zumindest nicht mehr im Wege stehen, Bruderherz.«

»Und was genau würdest du auf dem Mond wollen?«

»Ich habe dort ein paar Jobangebote im Visier, eins draußen in Serenity und ein paar andere möglicherweise auch in Luna Prime. Du weißt schon, durch den Freund eines Freundes und so was in der Art.«

»Ja, ich weiß, in welcher Art. Außerdem kenne ich die Sorte von Leuten, die du kurioserweise Freunde zu nennen pflegst.«

»Fang' nicht schon wieder damit an, Ulysses.«

»Nun, du sagst es. Wenn du schon nicht fähig bist, auf dich selbst aufzupassen, wer sonst sollte das wohl tun, wenn nicht ich?«

»Du bist nicht unser Vater.«

Ulysses hielt einen Moment inne, der Gegenschlag seines Bruders hatte ihn eindeutig auf dem falschen Fuß erwischt. »Ich weiß.«

»Also, wie ist dein Dinner?« Offensichtlich fühlte sich Bartholomew erneut unwohl und versuchte, das Thema zu wechseln.

»Nun, der warme Salat mit gerösteter Ringeltaube in schwarzer Trüffelsauce war kaum lauwarm und das Täubchen bei Weitem nicht so zart, wie ich es bevorzugt hätte. Der Wein schmeichelt nicht gerade meinem Gaumen, die Begleitung ist ertragbar. Lass uns hoffen, dass sie zumindest für das Dessert etwas Besonderes auftischen. Wenngleich, was auch immer das Endresultat dieser allumfassenden Erfahrung in Sachen Speiseaufnahme sein möge, ist mir schon jetzt unzweifelhaft klar, dass ich für diese Ausschweifung morgen erheblich büßen werde.«

»Verzeih, dass ich gefragt habe«, jammerte Barty kläglich. Und schon war die unangenehme Stille zurück.

Bis der Kellner ihre Teller fortgeräumt und ihre Weingläser aufgefüllt hatte, sagte keiner von ihnen ein Wort. Dann kam das Dessert. Ulysses' Schokoladentorte war schon eher nach seinem Geschmack, obgleich er, gerade als er die letzte Gabel genossen hatte, sogleich bedauerte, sich für einen so fulminanten Nachtisch entschieden zu haben.

Er legte das Gäbelchen nieder und blickte seinen Bruder an. Obwohl er der Jüngere von ihnen beiden war und trotz allem, was Ulysses bereits hatte durchmachen müssen, sah Barty verhärmter und vom Leben gezeichnet aus. Eine Haarlocke hatte sich gelöst und hing ihm ins Gesicht. Seine Schultern waren gebeugt, als ob das Gewicht der ganzen Welt auf ihnen lastete. Eine ungesunde Blässe lag auf seinem Gesicht und die rotgeränderten Augen offenbarten einen Mangel an Schlaf. »Wann hast du zum letzten Mal ein Gericht wie dieses hier zu dir nehmen können? Wenn ich es mir recht überlege, wann hast du das letzte Mal eine Nacht zu Hause in deinem Bett verbracht?«, fragte Ulysses.

»Was kümmert es dich?« Barty war verärgert über den herablassenden Tonfall seines Bruders.

»Natürlich kümmert es mich, du undankbarer Kerl«, seufzte Ulysses. »Wie dem auch sei, das Dinner sollte unserer Versöhnung dienen. Lass uns die Streitigkeiten beilegen. Ich habe schon genug Feinde auf dieser Welt, ohne dass ich meinen Bruder noch zu ihnen zählen möchte. Was geschehen ist, ist geschehen. Ohnehin ist kein wirklicher Schaden entstanden. Friede?«

Ulysses streckte seine Hand über den Tisch. Bartholomew hingegen behielt seine mürrische Haltung noch ein wenig bei, ehe er nachgab.

»Friede«, stimmte er schließlich zu, und sie gaben sich die Hände.

»Dann lass uns die Rechnung begleichen oder wir versäumen noch den ersten Akt der Vorstellung.«

Ulysses winkte den Kellner herbei. »Darf ich Ihnen noch etwas bringen, Sir? Kaffee? Likör?«

»Nur die Rechnung, bitte«, entgegnete Ulysses.

»Äh, wo wir darüber reden.«

Ulysses warf seinem Bruder einen vernichtenden Blick zu. »Geht wie immer auf mich«, Bartholomew entspannte sich sichtlich, »genau wie die heutige Vorstellung von Puccini. Nichts wie weg hier.«

Nach dem Begleichen der Rechnung verließen die Gebrüder Quicksilver das Savoy und machten sich auf den Weg zum Covent Garden Opera House, um sich dort der Menge anzuschließen, welche auf die Nachtvorstellung von Madame Butterfly wartete. Die Oper dauerte über kaum erträgliche drei Stunden hinweg an, zum Ende hin zogen sich die beiden Brüder aus dem Zuschauersaal zurück, mit einer gewissen Vorstellung davon, wie man sich nach einem Gefängnisaufenthalt fühlen musste.

»Wie fandest du es?«, fragte Barty, als sie über den gepflasterten Platz vor dem Opernhaus spazierten.

»Ungefähr so erquickend wie das Essen zuvor«, antwortete Ulysses bissig.

»So schrecklich?«

Bartholomew lachte laut auf. Er wirkte erheblich entspannter, als er es während des Dinners gewesen war. Die beiden doppelten Whiskys in der Pause hatten natürlich ihren Teil dazu beigetragen.

»Unter Umständen doch nicht ganz so schlecht. Obgleich meiner Meinung nach der Charakter einer heiratsfähigen japanischen Geisha nicht wirklich von einer Sopranistin gehobenen Alters dargestellt werden sollte, die den Körperbau eines Sumo-Ringers hat, abgesehen von der dazu passenden Körperbehaarung.«

Sein Bruder lachte herzlich auf. »Ich verstehe, was du meinst. Und der ungestüme junge Leutnant sah aus, als ob er völlig außer Atem einem Bus hinterher geflitzt wäre.«

»Da stimme ich dir zu, Barty, alter Knabe.«

»Gibt es denn wirklich jemanden, der die Oper *genießt?*«

»Nein, das glaube ich nicht. Es gehört nur zu den ermüdenden Dingen, die man tun muss, um in der höfischen Gesellschaft anerkannt zu werden – ähnlich dem Zupfen der Augenbrauen oder einem Zahnarztbesuch. Ich partizipiere lediglich an solchen Veranstaltungen, weil sie Teil unseres sozialen Lebensstandes sind und es gut für uns ist, dabei gesehen zu werden. Ich wollte dorthin – ich war ewig nicht mehr dort – um mir selbst wieder vor Augen zu führen, wie schrecklich es doch ist. Und natürlich lieben es die Damen! Nun denn, wollen wir auf einen Nachttrunk zu mir? Nimrod sollte den *Phantom* hier irgendwo geparkt haben.«

»Gern, warum nicht?«

Die Warnung aus dem Unterbewusstsein barst wie ein Lichtblitz in seinem Gehirn, im selben Moment, als der Schuss erklang. Sein Echo hallte gleich einem Donnerschlag von den nahestehenden Häusern wider, die das Karree säumten. Er hatte keine wirkliche Idee, woher die Bedrohung kommen mochte, nur, dass er von hier fortmusste. Ulysses taumelte zur Seite. Ein zweiter Schuss fiel. Barty keuchte auf, als ob man ihn in eisiges Wasser geworfen hätte. Er sank nach vorn und Ulysses fing ihn auf, hinderte ihn daran, zu fallen, ehe er mit dem Gesicht auf die Pflastersteine prallen konnte.

»Barty? Barty!«, schrie er und ließ seinen Bruder zu Boden sinken. Nur schwach nahm er die Schreie und die Panik um sich herum wahr.

»I-ich wurde angeschossen«, keuchte Bartholomew. »Zum

Henker, ich wurde angeschossen!« Hektisch schätzte Ulysses den Zustand seines Bruders ein, sich völlig der Tatsache bewusst, dass der Heckenschütze sie noch immer von irgendwo auf den Dächern beobachtete.

Ein Zittern durchfuhr Bartholomew, während Blut aus einem Loch auf Schulterhöhe in seinem Jackett quoll.

»Versuch, ruhig zu bleiben.« Ulysses senkte die Stimme, um seinem Bruder nicht noch mehr Angst zu machen.

»Ruhig bleiben? Ich wurde verflucht noch mal angeschossen!«

»Du stehst unter Schock.« Ulysses schlug seinen Mantel zurück und legte ihn über den Körper seines Bruders.

»Natürlich habe ich einen Schock. Das versuche ich dir doch zu sagen, das liegt verdammt noch mal an meiner Schusswunde.«

»Wenn du nicht sofort den Mund hältst, erschieße ich dich höchstpersönlich.«

Ulysses suchte die Spitzen der Dächer mit den Augen ab, versuchte, einen Blick auf irgendetwas zu erhaschen, das den möglichen Standort des Attentäters preisgeben würde – die Spiegelung eines Gewehrlaufes in einer der Straßenlampen, eine Veränderung in der Lichtreflexion, sollte der Schütze seine Position ändern – irgendetwas eben.

Bestimmt war die Kugel für ihn vorgesehen gewesen, da war er sich sicher. Allerdings, wenn man den Abschaum an zwielichtigen Bekanntschaften bedachte, mit denen sein Bruder sich umgab, und die Schulden mit einbezog, die er zweifellos angehäuft hatte, war es durchaus möglich, dass der Scharfschütze tatsächlich ihn im Visier gehabt hatte, doch Ulysses' sechster Sinn hatte ihn vor der Gefahr gewarnt, der er ausgesetzt war.

Zwei Schüsse. Jemand, der ein Attentat verüben wollte, würde nicht mit nur zwei Patronen in der Kammer aufwarten. Er würde ein Nachladen nicht riskieren, sondern nach diesem Fehlversuch die Position aufgeben und verschwinden. Sicher war der Heckenschütze gerade dabei, seinen Fluchtplan in die Tat umzusetzen.

Ulysses hörte jemanden über das Kopfsteinpflaster auf sie zu rennen. Es war Nimrod.

»Ich hörte die Gewehrschüsse, Sir. Sind Sie wohlauf?«

»Ich schon, aber Barty wurde getroffen. Würdest du dich bitte um ihn kümmern?«

»Aber natürlich, Sir.«

»Ich muss den Schützen schnappen.«

Als Nimrod den Kopf des Angeschossenen auf seine Knie bettete, tätschelte Ulysses sacht die Schulter seines Bruders. »Nichts für ungut, Barty?« Mit diesen Worten sprang er auf.

Nachdem er den zweiten Schuss gehört und die Flugbahn des Projektils berücksichtigt hatte, das Bartholomew getroffen hatte, schätzte Ulysses, dass der Schütze auf den Hausdächern im Süden gekauert hatte.

Er rannte über die Pflastersteine und stürzte an angetrunkenen Passanten vorbei, da Londons elitäre Gesellschaft sich auf den Heimweg machte. Während er lief, spielte er in Gedanken mehrere Möglichkeiten durch, wohin der Schütze wohl geflüchtet war. Gleichzeitig überlegte er angestrengt, wer hinter dem Möchtegern-Attentat steckte. Wer könnte es sein, und wie lange schon war der Schütze ihm auf den Fersen? Handelte es sich um Jago Kane, der es seinem alten Gegner ein für alle Mal heimzahlen wollte? Er hatte so seine Zweifel bei diesem Gedanken; das war nun wirklich nicht Kanes Stil. Und auch wenn sich Ulysses einige Feinde während seiner bewegten Karriere als Glücksritter und Agent der Krone gemacht hatte, war er sich ziemlich sicher, dass wer immer auch der Schütze war, dieser so tat, als ob er nicht für *Darwinian Dawn* arbeitete. Ob er ein Agent dieser terroristischen Organisation oder ein einfacher Auftragskiller war, welcher auf ihn angesetzt wurde, nachdem er ihre Pläne durchkreuzt hatte, war sich Ulysses einer Verbindung zwischen beiden doch gewiss. Letzten Endes, als er die angrenzende Straße zum *The Strand* entlang sprintete, musste er sich eingestehen, dass diese Verfolgung sinnlos war. Er war sich noch nicht einmal sicher, *ob* er jemanden verfolgte. Ebenso gut könnte er gerade auch in die völlig falsche Richtung unterwegs sein. Leider standen dem feigen Schützen sowohl die verwinkelte Stadt als auch die Nacht helfend zur Seite.

Ulysses war sich bewusst, dass seine Schritte unangebracht laut von dem Gehsteig widerhallten. Passanten betrachteten seinen irren Kurzstreckenlauf skeptisch und mit vor Verwirrung offenstehendem Mund. Ein enttäuschtes Knurren entfuhr ihm, als er unter dem blassen Lichtschein einer Straßenlampe zum Stehen kam. Sein durchdringender sechster Sinn hatte sich wieder beruhigt. Die Gefahr war vorbei, bis auf Weiteres zumindest, doch Ulysses wusste, dass es nicht lange dauern konnte, bis seine Gefährten *Gefahr* und *Tücke* erneut anklopfen würden.

Das Blut kochte in seinen Adern und er verspürte eine furchtbare Wut in seinem Bauch. Zwar mochte sein Bruder ein nutzloser Tunichtgut sein, ein zwanghafter Spieler mit vielfältig vertretenen und unglücklich gewählten Charakterzügen, aber nichtsdestotrotz war er Ulysses kleiner Bruder und unterlag somit seiner Verantwortung.

Wer auch immer hinter dem geheimen Attentat steckte, seine Mission war gescheitert. Ulysses weilte noch immer unter den Lebenden. Doch solange das der Fall war, würde es zwangsläufig weitere, sein Leben gefährdende Bemühungen geben. Er würde jederzeit wachsam sein müssen – oder den ultimativen Preis bezahlen.

KAPITEL 17

OFFENBARUNGEN

»Verzeihen Sie, Sir, aber wäre da sonst noch etwas?«

Ulysses Quicksilver sah von seiner Ausgabe der *Times* auf, die er gerade durchblätterte. Nimrod stand – in überaus förmlicher Haltung – abwartend in der Türöffnung zum mit Mahagoni vertäfelten Studierraum.

Ulysses warf einen Blick auf das fast geleerte Brandyglas vor sich auf dem Tisch, dann blickte er prüfend auf seine Taschenuhr, obwohl eine vergoldete Bronzeuhr auf dem Kaminsims tickte.

»Nein, es ist alles in Ordnung. Ich danke dir, Nimrod.«

»Wenn es Sie nicht stört, Sir, würde ich mich dann für die Nachtruhe zurückziehen. Es scheint mir, als hätten wir einen ungewöhnlich langen Tag hinter uns.«

»Ich weiß, was du meinst, alter Freund. Ich weiß, was du meinst.«

Nicht nur Ulysses war nach den Streifzügen durch die Abwässer von Krankheiten befallen gewesen. Obwohl beiden die Genesung bescheinigt wurde, war dennoch eine gewisse Ermattung zurückgeblieben. Nimrod war noch nie einer von denen gewesen, die viel Aufhebens um ihren eigenen Gesundheitszustand machten, doch Ulysses entging die Abgeschlagenheit in seinen Augen nicht, obgleich seine Haltung so stramm und unbeugsam wie immer war.

Tatsächlich war der Butler mit dem silbergrau melierten Haar in Ulysses' Augen nie wirklich ein junger Mann gewesen, schon damals nicht, als er noch ein Kind war, welches im Mayfair-Stadthaus der Familie aufwuchs.

»Oh, Nimrod«, fiel ihm plötzlich ein, woraufhin sich sein Butler nochmals umwandte. »Ist Barty schon eingeschlafen?«

»Ja, Sir. Ich habe ihm sein altes Zimmer vorbereitet.«

»Gut. Ich glaube, dass er für die nächste Zeit erst einmal bei uns bleibt. Nur so lange, bis wir dieses ganze Chaos beseitigt haben. Zu seiner eigenen Sicherheit, verstehst du?«

»Wie Sie wünschen. Und nun, wenn es Sie nicht stört, Sir?«

»Überhaupt nicht, Nimrod. Geh zu Bett.« Ulysses richtete seine Aufmerksamkeit wieder auf die Zeitung vor sich.

Der Butler wandte sich um, um sich zu entfernen.

»Oh, wenn ich dir noch diese eine Frage stellen dürfte?« Ulysses sah erneut von seiner Lektüre auf. Einmal mehr hielt Nimrod inne, ein nasaler Seufzer entwich seinen bebenden Nasenflügeln.

»Wie kommt Simeon in der Stiefelkammer zurecht?«

»Sie meinen den Affenmann, Sir?«

»Exakt, Nimrod, unseren Gast. Hat er schon davon abgesehen, die Schuhpolitur zu verzehren?«

»Ich habe vorsorglich die letzten Dosen konfisziert, sodass ich Standards aufrechterhalten und die Schuhe weiterhin in gutem Zustand halten kann, Sir. Aber gewiss, der Affe hat es sich dort gemütlich gemacht, Sir.«

»Aber, aber, Nimrod, er ist doch kein simpler Affe. Eher ist er ein Vorfahr der menschlichen Rasse. Die Stiefelkammer liegt deinem Raum gegenüber, nicht?«

»Exakt, Sir. Es schien, als sei die Remise nicht nach seinem Geschmack gewesen, obgleich es ein weitaus besserer

Aufenthaltsort für ihn war, als jener, in dem wir ihn aufgestöbert hatten.«

»Ich glaube, du hast einen neuen Freund gewonnen, Nimrod.«

»Hmm«, gab der Butler unverbindlich zurück, »ich denke, dass man sich seine Freunde selbst aussuchen sollte, Sir. Nur mit der Wahl der Familie verhält es sich leider anders.«

»Nun, ich glaube, gewissermaßen gehört er durchaus zur Familie. Stell dir einfach vor, er wäre ein entfernter Verwandter«, entgegnete Ulysses mit einem Lächeln.

»Wie amüsant, Sir. Wissen Sie schon, wie lange unser Gast uns mit seiner Anwesenheit … beehren … wird, Sir?«

»Für eine absehbare Zeit, würde ich sagen.«

»Sehr gut, Sir«, räumte Nimrod verdrießlich ein. »Darf ich noch fragen, weshalb Sie darauf bestehen, den Primaten Simeon zu nennen, Sir?«

»Der Name schien mir gut zu ihm zu passen. Und abgesehen davon, falls er einmal Teil der feinen Gesellschaft werden soll, braucht er schließlich einen Namen, oder? Er wird ihm dabei helfen, etwas – wie heißt das Wort, nach dem ich suche? – *zivilisierter* zu erscheinen.«

»Ich möchte anmerken, dass er ebenfalls noch etwas zivilisierter erscheinen würde, Sir, wenn ich ihn davon überzeugen könnte, Kleidung zu tragen. Mrs. Prufrock schneiderte explizit zu diesem Zwecke einen alten Anzug ihres Gatten um. Nun, wenn Sie sonst nichts mehr haben?«

»Nein, ich denke, das war alles. Verzeih, dass ich dich aufgehalten habe. Du solltest dich zur Nachtruhe zurückziehen. Auch ich werde nicht mehr lange aufbleiben. Ich muss mich nach unserer aufregenden Nacht in der Oper etwas entspannen.«

»Das verstehe ich, Sir. Gute Nacht.«

»Gute Nacht, Nimrod.«

Der Butler zögerte einen Moment. Er blickte zu dem riesigen Porträt hinauf, das über dem Kaminsims hing, und ein entrückter Blick lag in seinen stechenden, saphirblauen Augen. Nie zuvor hatte Ulysses ihn so verletzlich und offenherzig gesehen.

»Was beunruhigt dich, Nimrod?«

»Ich habe nur nachgedacht, Sir. Sie gleichen Ihrem Vater so sehr.«

»Allerdings, das wurde mir schon öfter gesagt.«

Nimrod drehte sich um und verließ das Studierzimmer. Ulysses wandte sich erneut der Zeitung zu, die vor ihm auf dem Tischchen lag. Aber er war zu abgelenkt, da seine Gedanken zu Simeons Art zurückkehrten und darüber hinaus zur Menschheit in ihrem evolutionstechnischen Kontext abwanderten. Es war in der Tat irgendwie seltsam, sich in solch unmittelbarer Nähe zu dem eigenen Vorfahr zu befinden.

War Simeon schon immer das gewesen, was er darstellte, ein Beispiel für die einst vergessen geglaubten Stämme der Urmenschen, die noch immer in den abgelegensten Gegenden der Welt existierten? Oder war er nur das unglückselige Resultat eines von Galapagos' teuflischen Experimenten, wenn man bedachte, was dem Professor selbst widerfahren war? Wie es schien, gab es keinen Weg, das herauszufinden; und, wenn Letzteres der Fall sein sollte, würde es mehr als unwahrscheinlich sein, je die wahre Identität des armen Teufels aufzudecken, der sich irgendwie in die Kreatur verwandelt hatte, die nun Ulysses Hausgast war. Professor Ignatius Galapagos selbst hatte sich letztendlich ganz anders dargestellt als der engagierte Gelehrte und hingebungsvolle Vater, für den er ihn zuerst gehalten hatte. In der Tat völlig anders.

Die Geräusche von Nimrods ledernen Absätzen auf dem gebohnerten Boden verklangen in den schattigen Tiefen des Hauses. Ulysses lauschte dem Tap-tap-tap der Schritte seines Butlers, während sein Unterbewusstsein in Myriaden von Gedanken zerfloss, die aus den abgründigen Tiefen seines Geistes wie gewaltige Seeungeheuer emporstiegen, unermesslich erschreckend und düster.

Ulysses trank den letzten Tropfen seines Brandys, schloss die Augen und genoss den rauchigen Geschmack auf der Zunge, bevor er ihn die Kehle hinabrinnen ließ. Verträumt öffnete er die Augen wieder und sein Blick fiel auf die Seiten der *Times*, die sich vor ihm ausbreiteten. Über den Tisch verstreut, unter den sorgfältig ausgewählten Artikeln, befanden sich diverse Briefe der letzten Tage, einige noch ungeöffnet. Unter ihnen ein Anschreiben der Firma *Mephisto, Fanshaw & Screwtape*, eine offizielle Einladung zur Jungfernfahrt eines neuen Unterwasser-Kreuzfahrtschiffes, außerdem etwas von der *Cats Protection League*, des Bündnisses zum Wohle der Katzen, die ihn um finanzielle Unterstützung baten. Ulysses Augen jagten über die Artikel, sein Augenmerk wanderte von einer Rubrik zur nächsten, als er geistesabwesend mit der Klinge seines Brieföffners unter das versiegelte Etikett eines steifen, weißen Umschlages fuhr.

Eine fette Schlagzeile kündete an: *Wormwood gewinnt Terror-Debatte* und eine weitere: *Anti-Terror-Entwurf genehmigt*. So also, grübelte Ulysses, als er das gefaltete Stück Papier mit der dekadenten Überschrift dem Umschlag entnahm, hatte Wormwood nun seinen Weg gefunden. Nun also ging der Plan, den er so sehr verfochten und gewaltsam dem Parlament aufgedrückt hatte, bei beiden auf, der Masse des Volkes und dem *House of Lords*.

Und dennoch, wunderte sich Ulysses, realisierten jene, die zu seinen Gunsten gestimmt hatten, überhaupt die Konsequenz dieser neuen Verabschiedung, die es einem einzigen Mann gestattete, nicht nur die Regierungsgeschäfte zu übernehmen, sondern das komplette Land und damit das gesamte Königreich, sollte ein Notfall eintreten?

Natürlich mussten die Politiker das mitbekommen haben. Und in diesem Falle, was wäre ihr Vorteil in einer solchen Lage? Ulysses war sich der machiavellistischen Machenschaften der britischen Staatsgewalt durchaus bewusst, ebenso der Eigenschaften jener, die sich um die Wahlkämpfe dieses exklusiven Gentleman Clubs bemühten. Sie mussten schon einen guten Grund dafür haben, zu glauben, dass die Bestrebungen des Mannes, in dessen Gewalt ebenjene Regelung das gesamte Land überantwortete, ehrenhaft waren. Doch dann kannten sie Uriah Wormwood wohl nicht so gut, wie Ulysses ihn kennengelernt hatte. Oder vielleicht taten sie das doch und ihre Stimmen waren lediglich durch andere Mittel sichergestellt worden, wie beispielsweise durch die Bedrohung ihres Lebens, das Leben ihrer Lieben oder durch die Drohung, ihre schmutzige Wäsche in die Öffentlichkeit zu tragen.

Ulysses blickte auf den Brief, den er nun in seinen Händen hielt. Ein weiterer Bittbrief eines der Ableger des Women's Institute in Chelsea – die sich offensichtlich wieder seiner Existenz hinsichtlich des allgemein bekannten David-gegen-Goliath-Kampfes mit dem randalierenden Megasaurus entsannen – in welchem er angefragt wurde, ob er nicht auf einem ihrer bevorstehenden Kaffeekränzchen über seine Abenteuer im Himalaja berichten wolle.

Er blätterte ein paar Seiten der Zeitung durch, die vor ihm lag, und überflog sie kurz nach irgendetwas, dass von besonderem Interesse sein könnte. Nachdem sich der Fall Galapagos ja erledigt hatte, würde er baldmöglichst mit der Suche nach einem neuen bezahlten Auftrag beginnen müssen. Er bezweifelte stark, dass Wormwood seine Dienste weiterhin auf ebenjene Art und Weise benötigen würde wie zuvor.

Die Neuigkeiten, welche er der Zeitung entnahm, boten ihm kuriose Momentaufnahmen der Hauptstadt des Empire in den letzten Tagen des zwanzigsten Jahrhunderts. Offenbar versuchten noch immer einige der aus dem Zoo entlaufenen Dinosaurier ihrer Ergreifung zu entfliehen. Eine Petition war in der Downing Street 10 eingereicht und per Kopie an Scotland Yard weitergereicht worden, in welcher die Frage an den Prime Minister gestellt wurde, was er bezüglich des antisozialen Verhaltens der Reptilien zu tun gedenke. Für einen Moment fragte sich Ulysses, ob er es in Erwägung ziehen sollte, sich auf dem Markt der Großwildjagd zu verdingen, verwarf die Idee jedoch schnell wieder.

Eine weitere Anzeige bewarb den Luxusdampfer *Neptun*, der noch in diesem Sommer von Southampton aus seine Jungfernfahrt einmal rund um die Welt starten sollte – erneut schielte Ulysses auf die Einladung, die man ihm zukommen lassen hatte, es handelte sich um dasselbe Seegefährt – und ein weiterer Artikel nahm Bezug auf die gesundheitliche Situation des Industriellen und Amateurnaturforschers Josiah Umbridge.

Die Jubiläumsvorbereitungen schreiten wie geplant voran, hatte kürzlich noch ein Sprecher des Buckingham Palace einem Reporter mitgeteilt. Es schien, als wären die Sicherheitsvorkehrungen für das Spektakel um einiges aufgerüstet worden, seit Wormwood an das Amt des Premiers gelangt war und die Terrorattacken von *Darwinian Dawn* verfolgte.

Es war jedoch allemal amüsant, dachte Ulysses, unfähig, sich ein ironisches Lächeln zu verkneifen, dass es keine weiteren Übertragungen oder öffentlichen Durchsagen der terroristischen Gruppe, geschweige denn zusätzliche Attacken auf London gegeben hatte, seit er ihre Bombenproduktionsanlage zerstört hatte. Anscheinend sollte den Jubiläumsfeiern und Paraden, die den ganzen Tag anhalten würden, ein Gala-Dinner folgen, welches in dem neuerrichteten Crystal Palace im Hyde Park stattfinden sollte.

Unterhalb der verzierten Artikelzeile, wo die Arrangements für die Feierlichkeiten angegeben waren, die ein weiteres Dezennium von Victorias stattlicher Regentschaft über mehr als eineinhalb Jahrhunderte würdigen sollten, fanden Ulysses Augen einen beinahe unauffälligen Artikel. Genaugenommen war es weniger eine Schlagzeile als eine Frage: *Unsoziales Verhalten eine Sache der Vergangenheit?*

Ulysses las weiter. Allem Anschein nach führte ein *angesehener Wissenschaftler* eine Reihe *spannender und bahnbrechender Experimente* mit Insassen des Londoner Hochsicherheitsgefängnisses, dem Tower of London, durch, welche der *Regulierung der Verhaltensweise* dienten.

»Nicht noch so einer«, brach es aus Ulysses heraus. Er war sich sicher gewesen, dass Professor Galapagos' Experimente durchaus als *spannend* und *bahnbrechend* erachtet worden wären, im Gegensatz zu *unnötig* und *grauenvoll.* Er könnte schwören, man hätte den Spitznamen *angesehener Wissenschaftler* verwendet und nicht *arglistiges, irregeleitetes Genie* oder *finsterer Sadist.*

Unter den Postlieferungen war auch ein kastenförmiges Päckchen, welches Ulysses nun in die Hand nahm. In dem Moment fiel ihm ein kleiner Eintrag ganz unten auf dem Zeitungsausschnitt auf – sein Unterbewusstsein stellte die

Verbindung sogleich her – der nicht mehr als drei Zeilen umfasste. *Angesehener Evolutionsbiologe noch immer vermisst*, klagte der Titel an. Und wieder dieses Wort. *Angesehen*. Scheinbar benötigten die Reporter der *Times* ein neues Synonymwörterbuch.

Das Päckchen maß schätzungsweise acht Zoll am Scheitelpunkt und war in unaufdringliches braunes Papier gewickelt. Sein eigener Name und die Adresse standen obenauf geschrieben, doch ein Stempel oder eine Briefmarke fehlten. Es musste wohl eigenhändig zugestellt worden sein. Er würde Nimrod fragen müssen, wer an diesem Morgen vorbeigekommen war. Ulysses schüttelte die Box sacht. Gedämpftes Geklapper drang von innen heraus. Dem Gewicht zufolge, mit dem es in seinen Händen lag, schloss er, dass das sich darin befindliche Objekt aus Metall sein musste. Er stellte das Paket wieder auf den Tisch und begann, das braune Papier abzuwickeln. Während seine Finger sich an dem Paket abmühten, glitt sein Blick zurück auf den Artikel.

Dort wurde berichtet, dass Professor Ignatius Galapagos seit dem Einbruch in seinem Büro im Natural History Museum, bei welchem vor Wochen alles durchwühlt worden war, noch immer vermisst wurde. Zudem erwähnte der Artikel – ohne näher auf Details von Galapagos' Arbeit einzugehen – dass er Forschungen bezüglich der menschlichen Evolution durchgeführt haben soll.

Der Artikel legte zwar einige Fakten offen, doch dachte Ulysses – und ein wissendes Lächeln stahl sich dabei auf seine Lippen – dass er nicht die ganze Geschichte erzählte. Eines Tages würde er selbst all seine seltsamen und wunderbaren Abenteuer in seinen Memoiren niederschreiben, welche dann die Wahrheit hinter dutzenden von vermeintlich *ungelösten* Mysterien entschlüsselten. Zweifellos würden sie es zum Bestseller schaffen, falls sich irgendjemand dazu bereit erklärte, die Dinge, die er da zum Besten gab, für bare Münze zu nehmen. Fände sich überhaupt ein Herausgeber, der auch nur die Hälfte von dem, was er erlebt hatte, glauben würde? Vielleicht wäre es besser, seine Lebensgeschichte als Belletristik zu publizieren, nur für den Fall – wenn auch einige der Auftraggeber, für die Ulysses einst gearbeitet hatte, eine solche Freimütigkeit weniger begrüßen dürften. Er fragte sich, wie viel mehr wohl die heimlichtuerischen Herren in Whitehall wussten, als er es selbst tat.

Ulysses klappte das Umschlagpapier auf. Jemand hatte eine Karte zwischen die Falten des Päckchens geschoben. Die Nachricht darauf war von einer zarten, weiblichen Hand geschrieben worden. Ulysses Wangen röteten sich, als er die vier einfachen Worte las.

Von Geneviève, in Liebe.

Sorgsam legte er das Kärtchen beiseite; im selben Moment fokussierten sich seine Augen auf einen Satz in dem kleinen Artikel darunter, der dem vermissten Professor gewidmet war.

Da Professor Galapagos zeit seines Lebens unverheiratet war und ihm keine Erben nachfolgen, soll im Falle einer Bestätigung seines Todes sein Besitz veräußert und die daraus gewonnenen Gelder den Kuratoren des Natural History Museum vermacht werden, um seine bahnbrechenden Arbeiten fortführen zu können.

Plötzlich war er sich des Tickens der vergoldeten Bronze-Uhr auf dem Kaminsims in seinem Rücken allzu sehr bewusst. Ein Ticken aus dem Päckchen, das auf dem Schreibtisch lag, gab dumpf Antwort.

In dem Augenblick vor der Explosion erschien es ihm, als sei jegliches Geräusch erloschen. Dann, innerhalb eines

Wimpernschlages, tobte eine grauenhafte Katzenmusik durch den luftleeren Raum, als die Fenster im südöstlichen Teil des Hauses in einem Wirbelsturm aus Glas zerplatzten. Die schweren Vorhänge wurden von der Druckwelle nach außen geschleudert, die hölzernen Fensterrahmen zerbarsten in tausend Splitter und der Boden bebte, als Millionen winziger Glasfragmente wie diamantener Regen auf die Straße niedergingen.

Völlig regungslos und verborgen im Schatten der düsteren Gasse betrachtete von der anderen Seite der Straße eine einzelne Person das Spektakel, als die Explosion durch das Studierzimmer des Dandys stob. Als das Echo schließlich brüllend verklang, drang das Knacken abkühlender Steine durch die Nacht, gefolgt von dem knirschenden Geräusch erhitzten Glases und dem gefräßigen Knurren des Feuers.

Eine Limousine – ohne jegliches Kennzeichen und in amtlichem Schwarz – hielt in der Straße gegenüber der Gasse an und die Person trat aus dem Schatten hervor. Eine Locke goldbraunen Haares wippte losgelöst aus dem strengen Haarknoten an ihren Kopf. Das Tweedkostüm, dessen Schnitt der allerletzte Schrei unter Londons jüngeren, verwegenen modischen Kreisen war, akzentuierte die Kurven des straffen, weiblichen Körpers. Die vordere Beifahrertür des Automobils öffnete sich und die Frau stieg ein, wadenlange Hosen und wildlederne Stiefel definierten ihre athletischen Beine. Die junge Frau schloss die Tür. In der Dunkelheit des Innenraumes wandte sie sich dem Fahrer zu und ein siegreiches Lächeln blitzte in ihrem Gesicht auf. Jago Kane erwiderte es und seine Narbe formte es zu einer grausamen Maske des Spottes.

»Mission vollbracht, meine liebe Geneviève?«, erklang eine überaus kultiviert klingende Stimme von der Rückbank.

Sie triefte nur so vor Selbstgefälligkeit. »Oder soll ich Kitty sagen?«

Von irgendwoher erklang Sirenengeheul. Die städtische Feuerwehr war bereits auf dem Weg.

Geneviève Galapagos wandte sich in dem ledernen Sitz um und fixierte den in die Jahre gekommenen Staatsmann hinter sich mit einem durchdringenden Blick. »Aber natürlich doch, Mr. Wormwood«, erwiderte sie in bezirzendem Tonfall, sanft und seidig, schwer wie Schokolade. »Kitty Hawke bekommt doch immer, was sie will.«

Dann rollte das Automobil die Straße hinunter, fort von dem brennenden Stadthaus.

DRITTER AKT

DE-EVOLUTION: THEORIEN ZUR RÜCKENTWICKLUNG

JUNI 1997

KAPITEL 18

TOD EINES DANDYS

PHILANTHROP UND ABENTEURER STIRBT BEI HAUSBRAND

Mit dem größten Bedauern berichten wir über den Tod des Menschenfreundes Ulysses Lucian Quicksilver, der Donnerstagabend an den Folgen einer unerklärlichen Explosion in seinem Anwesen verstarb.

Quicksilver kehrte erst unlängst von einer anderthalbjährigen Reise nach London zurück. Während des Dinosaurier-Debakels vor wenigen Wochen, verursacht durch terroristische Anschläge der selbst ernannten Evolutionsrevolutionäre von Darwinian Dawn, trug Quicksilver wesentlich zur Aufhebung der Massenflucht bei und rettete unzählige Menschenleben, indem er einen voll ausgewachsenen Altmegasaurus im Alleingang besiegte.

Ulysses Quicksilver galt seit Oktober 1995 als vermisst und wurde infolge seines Verschwindens während des Versuchs, das Himalajagebirge mit einem Heißluftballon zu überqueren, für tot gehalten. Nur wenige Tage vor den Kampfgehege-Vorfällen, wie die Politiker neuerdings die Erste der vielen Schreckenstaten, die von Darwinian Dawn ausgeübt wurden, benennen, tauchte Quicksilver jedoch wohlbehalten in seiner Londoner Residenz auf.

Quellen mit Verbindung zu Scotland Yard gaben ebenfalls bekannt, dass Quicksilver den Behörden bei Untersuchungen betreffend des Todesfalles eines Wachmannes des Natural History Museum während eines Einbruches zur Seite stand, über den wir bereits berichteten. Ein Sprecher der Londoner Polizei, Inspektor Allardyce, informierte unseren Reporter darüber, dass es keinerlei verdächtige Umstände betreffend Quicksilvers tragischem Tod gegeben hat und dass Scotland Yard einen Zusammenhang mit dem Vorfall im Natural History Museum ausschließt. Zudem erklärte der Inspektor, dass es keine weiteren Nachforschungen in diesem Fall geben wird.

In der Nacht zum Donnerstag hielt sich Quicksilver in seinem Stadthaus auf, nachdem er ein Abendessen im Savoy genossen hatte und zuvor das Covent Garden Opera House besuchte, um sich Webbers Inszenierung der Madame Butterfly von Puccini anzusehen. Niemand sonst wurde in Folge der Explosion oder des darauffolgenden Feuers verletzt, obgleich sich zu dieser Zeit weitere Personen in dem Haus aufhielten, darunter Quicksilvers Bruder.

Ulysses Quicksilver, ältester Sohn des seligen Kolonialhelden Herkules Quicksilver und Lady Amelia Quicksilver, Tochter des Marquis von Malhembury, machte regelmäßig seine Aufwartung in der Londoner Oberschicht, bevor er im Himalaja verschwand. Er unterhielt gute Kontakte zu vielen heiratsfähigen Erbinnen der Londoner Gesellschaft, obgleich er stets unverheiratet blieb.

Zuerst wurde Quicksilver in Eton unterrichtet, danach studierte er an der Oxford University Ethnosoziologie, um in die Fußstapfen seiner Vorfahren zu treten, wie bereits viele vor ihm, sein Vater und Großvater eingeschlossen. Nach seiner Promotion in Oxford trat er den Royal Dragoons bei. Während dieser Zeit lernte er die Bewegungen in Indien und Krim kennen. Nach

Rückkehr von einer dreijährigen Reise durch das Sonnensystem lief er kurzzeitig Gefahr, sich durch diverse Frauengeschichten einen zweifelhaften Ruf aufzubauen, der weder seinen Heldentaten noch seinem Wagemut entsprach.

Nach dem Tod seines Vaters im Jahre 1975 erbte er allein das Vermögen der Quicksilver-Familie, welches, ebenso wie das Stadthaus in Mayfair, in dem er zu Tode kam, Residenzen im ländlichen Warwickshire, den schottischen Highlands sowie Villen in der Toskana und dem Süden Frankreichs einschloss.

Zu seinen zahlreichen Leistungen gehörte es unter anderem, dass er für stattliche acht Jahre den Rekord der Paris-Dakar-Rallye hielt und die einst vergessene Zivilisation des Stammes der Kuwato in Indonesien wiederentdeckte.

Ulysses Quicksilver, der im Alter von siebenunddreißig Jahren verstarb, hinterließ keine Nachkommen und somit nur seinen Bruder Bartholomew, der nun in Gänze den beträchtlichen Quicksilver-Nachlass erhalten wird.

Sorgfältig faltete Uriah Wormwood die Zeitung zusammen und platzierte sie mit äußerster Präzision auf dem Schreibtisch, an welchem er saß. Er lehnte sich in dem gepolsterten Ledersessel zurück, legte seine knochigen Finger vor dem Gesicht aneinander und sog scharf den Atem durch die Nase ein. Ein echsenhaftes Lächeln kräuselte seine Lippen, als seine Augen über die opulente Ausstattung seines privaten Raumes in der Downing Street 10 glitten. Seine Gedanken kreisten um Quicksilvers verfrühten Abgang.

Nun, letztendlich gab es ein Haar weniger, das in seiner Suppe umherschwamm. Allzu schnell war Quicksilver zu einem Stachel im Fleisch des frisch ernannten Premierministers geworden. Wormwood nahm sein Whiskyglas, schnüffelte daran mit der typischen Raffinesse eines Connaisseurs, der die erleseneren Dinge des Lebens zu schätzen versteht, und führte es an seine Lippen. Erneut blickte er auf die Zeitung hinab.

Direkt unterhalb der letzten Zeile des Leitartikels, der sich auf die wachsende Aufregung um die Vorbereitungen zum königlichen Jubiläum zentrierte, war eine Quelle direkt aus dem Haushalt der Queen angegeben worden, die belegte, dass die Monarchin höchstselbst einen unangekündigten öffentlichen Auftritt haben würde.

Die *Times* hatte einen großen Wirbel um Quicksilvers Einsatz an den *Kampfgehege-Vorfällen* veranstaltet. Wormwood nahm sich vor, dass dies eines der Dinge auf seiner Liste sein sollte, die er in Ordnung bringen würde, sobald sich die Möglichkeit ergab. Er konnte dieses ganze Heldengehabe mit seinen Beweihräucherungen und Lobpreisungen nicht ausstehen, mit denen die Presse sich so gern schmückte. Die *Times* war mutmaßlich einer der Stützpfeiler der britischen Gesellschaft, zusammen mit dem Nachmittags-Tee und Kricket, und das war der Maßstab, an welchem der Rest der Welt die eigenen Leistungen bewertete. In letzter Zeit erschien es Wormwood, als hätte das Blatt weniger Anspruch, dennoch blieb es die erste Wahl vor den anderen Schundblättern aus den Gossen der Fleet Street. Und sobald der Schlussakt in diesem Stück machiavellistischer Machenschaften – deren Regisseur und Hauptakteur er war – geschrieben wäre, würde sich ohnehin alles ändern.

Die Nachwirkungen, welche die Kampfgehege-Vorfälle wie ein Rattenschwanz nach sich zogen, klangen noch immer in den Zeilen der Kolumne mit. Einige der kleineren Saurier, die durch die Anschläge von *Darwinian Dawn* freigelassen worden waren, streiften noch immer in der Hauptstadt umher. Die letzte Pressenachricht diesbezüglich berichtete über eine sich fortpflanzende Kolonie von Pterodaktylen, welche aus ihrer Voliere ausgebrochen waren. Die flatternden Reptilien saßen seither wie die Hühner auf der Tower Bridge und attackierten die Passanten. Fragen waren laut und lauter geworden, was denn genau die Obrigkeit gegen dieses Problem zu unternehmen gedachte.

Auch wurde berichtet, dass wohl Monate nötig sein würden, um die wichtigsten Reparaturarbeiten im Zoo abzuschließen, da die meisten Käfige komplett neu errichtet werden mussten. Die üblichen Schwarzmaler, die eifrig das Gerücht verbreiteten, dass dieses Debakel den Zoo in den Bankrott treiben würde, waren sich zudem absolut sicher, dass er bis auf Weiteres würde schließen müssen, sollte die Regierung die Eigentümer nicht finanziell unterstützen. In der Zwischenzeit sollte ein Großteil der Tiere, inklusive gewisser prähistorischer Ausstellungsstücke, in andere zoologische Einrichtungen des Landes gebracht werden, sogar bis nach Whipsnade und Longleat.

Drei kurze Schläge erfolgten gegen Wormwoods Bürotür.

»Herein.« Die Stimme des Premiers klang herrisch.

Ein Roboter, dessen metallenes Fahrgestell so geformt und bemalt war, dass es schien, als trüge er den Anzug und das gestärkte weiße Hemd mitsamt dazugehörigem Kläppchenkragen eines Butlers, folgte augenblicklich seinem Geheiß.

»Ja, Harcourt?«

»Ihre Gäste sind eingetroffen, Mr. Wormwood, Sir«, tönte die automatische Hofschranze und pfiff dabei mechanisch.

»Dann führe sie herein.«

Der Roboterdiener verschwand und zog die Tür hinter sich zu. Wormwood lehnte sich in seinem Stuhl nach vorn, umfasste die Arme mit seinen porzellanhaften feingliedrigen Fingern, sodass die Knöchel hart und weiß hervorstachen.

Für einen kurzen Augenblick lockerte er seinen Griff, um eine vereinzelte Haarsträhne hinter sein Ohr zu streichen.

Die Tür öffnete sich und der unterwürfige Harcourt-Droide ließ die beiden Besucher ein.

»Kitty, mein Liebes«, sagte Wormwood, »ihr seid – wie könnte ich es taktvoll ausdrücken – spät. Ich hoffe nur, dass Säumigkeit nicht zu deinen Gewohnheiten gehört, Kane.« Er nickte dem Aufrührer zu, der dies mit einem höhnischen Grinsen quittierte.

Kitty Hawke, bis vor kurzem noch Geneviève Galapagos, Professor Ignatius Galapagos imaginäre Tochter, fixierte Wormwood mit ihren unergründlichen Pupillen, die Lippen zu einem streitlustigen Schmollmund verzogen.

»Nur für den Fall, dass es noch nicht bis in deinen Elfenbeinturm vorgedrungen ist, ich war ungemein damit beschäftigt, dass unsere gemeinsamen Pläne Früchte tragen«, protestierte sie störrisch.

»Das sind nur kleine Zahnrädchen, meine Liebe … kleine Zahnrädchen in einer großen Maschine. Und es wäre nett, wenn du mir etwas Respekt entgegenbringen würdest«, knurrte Wormwood. »Ich hatte genug von dieser Art von … *Trotz*, von diesem gebieterischen Emporkömmling Quicksilver.«

»Und ich dachte, dass du zu guter Letzt doch etwas verständnisvoller geworden wärest, nun, da Quicksilver tot ist.«

»Versteh mich nicht falsch, mein Herz. Ich bin erfreut, diesen allzu neugierigen Abenteurer los zu sein und außerdem müde, solchen anmaßenden und launischen Schlagfertigkeiten entgegentreten zu müssen. Ich kann es einfach nicht verzeihen, dass er uns durch seine unerwünschte Einmischung zwang, unsere Pläne zu modifizieren. Nun brauchen wir … drastische Fortschritte. Wo wir schon über Zahnrädchen in einer Maschine und die Bereitschaft zur rechten Zeit sprechen, wie geht es im Tower voran? Ist der gute Doktor für die nächste Stufe unseres Plans bereit?«

»Ich freue mich, dich darüber zu informieren, dass die Formel erfolgreich von der induzierten Einheit reproduziert wurde«, sagte Kitty und rang darum, ein wenig ihrer verlorenen Beherrschung wiederzuerlangen, in der Hoffnung, dass diese guten Nachrichten ihr dienlich sein würden, das Gesicht nach Wormwoods altväterlicher Zurechtweisung zu wahren. »Es ist uns gelungen, die Daten abzurufen, die in der Differenzmaschine des Professors abgespeichert waren.«

»So wie ich das verstehe, war der Anhänger der Schlüssel.« Wormwood sah demonstrativ zu dem schroff dreinblickenden Kane.

Jago Kane, dessen Erscheinung ein Paradebeispiel verdrossenen Missmuts war, da sein anfängliches Scheitern wieder auf ihn zeigte, mied den Blick des Premierministers. Stattdessen betrachtete er die Muster, die in den Teppich am Boden eingewebt waren. »Ja, so ist es.«

»Dann sollten wir dem seligen Mr. Quicksilver dennoch dankbar sein. Ich frage mich, wie er sich wohl fühlen würde, wenn er wüsste, dass er uns unbeabsichtigterweise half, unserem Ziel näherzukommen, trotz unserer anfänglichen … Problemchen.«

Ein selbstgefälliges Grinsen stahl sich auf Kitty Hawkes Gesicht bei dieser Geringschätzung, die Wormwood gegenüber Kane deutlich machte.

Wormwood konnte einfach nicht vergessen, dass es allein Kanes Versagen zu verdanken war, dass sie gleich zu Beginn ihrer Bestrebungen die Kartoffeln aus dem Feuer holen mussten und sie somit gezwungen waren, ihre Pläne auf drastische Art zu ändern und ebenfalls, dass diese durch die darauffolgenden Einmischungen von Ulysses Quicksilver beinahe zum Scheitern verurteilt waren.

Es war ein überaus gewagtes Spiel, welches Wormwood da begonnen hatte. Eines, das anfänglich lohnend erschien, bis zu dem Punkt, an dem es zu den ärgerlichen Zwischenfällen in der Waterloo Untergrundstation gekommen war. Er konnte Kane für dessen Misslingen einfach nicht vergeben. Zu dem Zeitpunkt, da ihr Komplott zu einem erfolgreichen Abschluss gelangt war, würde der Aufrührer für seine Fahrlässigkeit büßen; für seine planlose und halbherzig durchgeführte Mission, die beileibe nicht zu den schwierigsten gehört hatte und deren Ziel lediglich die Beschaffung der Formel des alten Galapagos aus dem Natural History Museum gewesen war.

Nun jedoch bestand endlich kein Zweifel mehr an der Tatsache, dass sowohl die Differenzmaschine als auch der Anhänger des Professors – bei welchem es sich tatsächlich um den Zugriffsschlüssel handelte – wieder zusammengeführt worden waren. Wormwoods Labortechnikern war es nun möglich, Galapagos' private Daten einzusehen, in welchen die chemische Aufschlüsselung der Evolutions-Umkehrungs-Formel gespeichert war – oder, wie Dr. Wilde es zu nennen gedachte, seine De-Evolutionsformel.

»Während wir hier sprechen, bereitet Dr. Wilde seine Subjekte vor«, fuhr Kitty fort. »Er hat mir versichert, dass er pünktlich zu Beginn des Hauptereignisses damit fertig sein wird.«

»Fein, fein«, meinte Wormwood und nickte anerkennend. »Du hast deine Hausaufgaben gemacht, meine Liebe. Und was ist mit den verbliebenen Apparaturen, Mr. Kane?«

»Unglücklicherweise haben Allardyce und seine Lakaien von Scotland Yard es geschafft, die meisten von ihnen zu bergen.«

»Das ist in der Tat unglücklich.« Die Knöchel von Wormwoods Fingern wurden weiß, als er das Whiskyglas umfasste, und machten offensichtlich, was sein emotionsloser Tonfall zu verbergen suchte. »Nun, erzählen Sie mir etwas, das meinen Ohren mehr schmeichelt.«

»Wir sind noch immer in Besitz von einigen dieser Apparaturen, genug, um unsere Zielvorgaben für die Mission zu erreichen.«

»Nun, diese Neuigkeiten gefallen mir doch schon sehr viel besser. Haben Sie noch mehr, um mich ein wenig aufzuheitern?«

»Sie befinden sich derzeit bei den Einrichtungen in Limehouse, wo bereits Kanister mit der Zusammensetzung installiert wurden. Wir sind bereit, den letzten Schritt des Plans auszuführen.«

»Schon viel besser. So können wir also endlich auf zufriedenstellende Art und Weise fortfahren.«

Uriah Wormwood durchbohrte seine Leutnants mit nadelspitzem Blick. Beide begegneten ihm starr.

»Miss Hawke, Mr. Kane, wir sind drauf und dran, unseren Fingerabdruck in der Geschichte zu hinterlassen.« Er prostete ihnen mit seinem Glas zu. »Lasst uns nicht mehr zaudern; immerhin haben wir eine Verabredung mit dem Schicksal.«

KAPITEL 19

GEFANGENE DES TOWERS

»Und nun, Gentlemen, kommen wir zu dem Punkt auf unserer Tour, an welchem Sie sehen können, wie Ihr Geld uns bei unserer guten Arbeit helfen kann, welche wir hier für und im Namen des Empire verrichten.«

Der Stimme von Governor Colesworth lag ein Hauch ungekünstelten Enthusiasmus inne.

Er legte eine Pause ein, als sich die solide Stahltür in der beinahe drei Meter dicken Wand hinter ihm schloss. Die Gruppe von Industriellen, Stahlwerkbesitzern, Landeigentümern und Geldhaien neigte sich erwartungsvoll nach vorn; eng geknöpfte Westen spannten sich über pralle Bäuche, die erst kürzlich an einem üppigen Buffet gefüllt worden waren.

»An dieser Stelle möchte ich Sie darauf hinweisen, dass eine Vielzahl der Insassen, denen Sie hier begegnen werden, und einige der technischen Einrichtungen, die wir benutzen, um sie zu kontrollieren, eine gewisse Bestürzung bei aufrechten und gottesfürchtigen Männern von empfindsamer Gemütslage auslösen können. Aber haben Sie keine Sorge, Sie befinden sich zu keiner Zeit in Gefahr. Pfleger und Wärter werden jederzeit anwesend sein und dafür sorgen, dass unsere Experimentalsubjekte an den ihnen zugewiesenen Plätzen bleiben.«

Colesworth drehte an einem großen Eisenrad und mit einem quietschenden Ächzen schwang eine weitere schwere Tür auf. Zwei Pfleger, beide mit Elektroschockstöcken bewaffnet – die Batteriezellen, welche diese mit Strom versorgten, waren auf ihre Rücken geschnallt – standen beidseits des Eingangs. Stolz leitete der Governor seine Gäste in den Gewölbekeller dahinter.

Sie befanden sich in einem riesigen Raum inmitten des *White Towers*. Hier herrschte ein geschäftiges Treiben, sowohl unter den Insassen als auch unter den Pflegern, obwohl es auf den ersten Blick schwerfiel, die beiden Gruppen auseinanderzuhalten. Die Gefangenen trugen alle graue, unförmige, verschmutzte Overalls. Die Uniformen der Pfleger waren nicht besser, und die Gefängnisaufseher wirkten ebenso brutal und gewalttätig wie jene, mit deren Bewachung sie beschäftigt waren.

Die Besucher standen am Rande eines Balkons, der das gesamte Zellengewölbe kreisrund umschloss. Eine Treppe mit eisernen Stufen führte auf den mindestens drei Meter entfernten Kerkerboden hinab, eine zweite führte auf der gegenüberliegenden Seite des Raumes wieder hinauf. Dort befand sich ebenfalls eine solide Eisentür. Während der frühen Jahre von Königin Victorias Regentschaft, als der Tower noch ein Museum und für Besucher geöffnet war, wurde dieser Raum dazu genutzt, kunstvolle Exponate aus dem Bereich der Waffenkunde aufzubewahren; nun jedoch erfüllte er erneut den Zweck, für den er einst gebaut worden war.

Einige der Besucher rümpften die edlen Nasen bei dem muffigen Dunst und dem Gestank im Gewölbe, doch sie alle starrten wie versteinert auf die umher watschelnden Monstrositäten hinab. Je länger sie dies taten, desto leichter fiel es ihnen, die Eingekerkerten von ihren Wächtern zu unterscheiden. Allen Gefangenen hatte man die Schädel rasiert. Einige von ihnen trugen Narben und den Schorf jüngerer Gefechte offen zur Schau. Auch hatte man ihnen eine dicke, eiserne Schelle um den Hals montiert. Diese metallenen Fesseln bewirkten, dass sie ihre Köpfe hoch erhoben, und den Aufmerksameren in der Besuchergruppe entging nicht, dass die Haut der Inhaftierten dort gerötet und rau war, allerdings entzog sich ihnen der tiefere Sinn dieser Instrumente. Handelte es sich um Bestrafungsapparaturen, Identitätsmarkierungen oder dienten sie einem gänzlich anderen, unheimlicheren Zweck?

Hin und wieder richteten Pfleger Hochdruckschläuche auf die Insassen, um sie mit eiskaltem Wasser zu bespritzen. Eine Handlung, welche die unterschiedlichsten Reaktionen bei den versammelten Gästen provozierte.

»Halten Sie das wirklich für nötig?«, richtete sich eine Dame an den Governor.

»Oh ja, Madame«, gab Colesworth sachlich zurück.

»Soweit ich das beurteilen kann, hat dieser arme, bis auf die Knochen durchnässte Mann nicht das Geringste getan, um den Zorn des Wärters auf sich zu ziehen.«

»Madame, sobald es sich um Gefangene unter der Obhut Ihrer Majestät handelt, hat mit absoluter Sicherheit ein jeder von ihnen *irgendetwas* getan, um *jedwede* Art von Bestrafung zu verdienen, die die Wächter für angemessen halten, meinen Sie nicht?«

Zustimmendes Gemurmel und Kopfnicken der anderen Besucher ließen die Frau schweigen.

»Vor sich sehen Sie die widerspenstigsten Straftäter, Mörder und Vergewaltiger – verzeihen Sie mir, Ladies! – welche, und soviel steht fest, nicht mehr rehabilitiert werden können. Es sind richterliche Entscheidungen, die sie für den Rest ihres Lebens hierher gebracht haben. Und unsere gottgegebene Aufgabe ist es, uns in dieser Zeit um sie zu kümmern.« Was die Investoren zu sehen bekamen, sah jedoch nicht unbedingt nach *kümmern* im herkömmlichen Sinne aus.

»Verzeihen Sie bitte, Governor Colesworth«, schaltete sich ein überheblich klingender Gentleman ein, »aber wurden einige dieser gottverlassenen Seelen vielleicht als mit Idiotie behaftet eingestuft?«

»In der Tat trifft das auf einige von ihnen zu«, stimmte Colesworth zu. »Deshalb finden sie sich schlussendlich auch hier bei uns wieder. Gentlemen und Ladies, gäbe es die Gnade Gottes nicht, wären sie verloren.«

Einige der Besucher bekreuzigten sich und man brachte erneut mit einem Zischen diejenigen zum Schweigen, die sich als potenzielle Andersgläubige hervortun könnten.

»Und es ist die Natur der Eingekerkerten hier, welche sie als die idealen Objekte für Dr. Wildes Arbeit ausweist.« Der Governor deutete auf eine großgewachsene, knochendürre, in einen Laborkittel gekleidete Gestalt, die mit großen Schritten herrisch durch den höhlenartigen Bereich unter ihnen schritt; eine bilderbuchhafte Generalvorführung des Dämonenlords in seinem äußersten Kreis der Hölle. Dr. Wilde warf einen Blick zu dem Governor hinauf und begrüßte ihn mit einer jovialen Geste. Dann sprang er die Treppe, immer zwei Stufen auf einmal nehmend, zu ihnen hoch. Direkt neben Colesworth ließ er ihn noch einmal um einiges kleinwüchsiger und breiter wirken, als seine gestauchte Statur ohnehin schon erschien.

»Ladies und Gentlemen, es ist mir eine große Freude, Ihnen Dr. Cornelius Wilde vorstellen zu dürfen.«

Der hagere Doktor knickte in der Mitte ein wie ein Weizenhalm in einer allzu starken Windbö und sprang dann wieder in seine ursprüngliche starre Form zurück. Er sah genau so aus, wie man sich einen verrückten Hirnspezialisten vorstellte. Sein schütteres blondes Haar wurde von einer Laborhaube mit Schirm zurückgehalten, dazu trug er eine zerbrechlich wirkende Rundglasbrille, die seinen Augen eine ungesund vergrößerte und Unbehagen bereitende Erscheinung verlieh. Die länglichen Züge seines Gesichtes wurden durch seine ausgemergelte, an einen Verhungerten erinnernde Erscheinung nur noch hervorgehoben.

»Guten Abend, Ladies und Gentlemen«, sagte er im Tonfall eines Zirkusdirektors, der gerade seine Hauptattraktion ankündigt. »Willkommen zu unserem kleinen *cirque du freak*, wie ich es gern nenne.« Nervöses Gekicher ging durch die Besucher.

»Genau hier, wo Sie sich befinden, geht Dr. Wilde seinen über alle Maßen aufregenden Forschungen nach, die sich mit der Anpassung an gewünschte menschliche Verhaltensformen beschäftigen«, tat Governor Colesworth stolz kund und knipste sein ach so beliebtes Lächeln an. »Würde es Ihnen etwas ausmachen, uns Ihre Arbeit näher zu erläutern, Dr. Wilde? Ich befürchte, diese Art der Wissenschaft verwirrt mich nur.«

»Es wäre mir eine Freude«, erwiderte der Doktor. »Hier, im Tower of London, dem Hochsicherheitsgefängnis, beschäftigen wir uns schon lange damit, eine Rehabilitation für jene Individuen zu finden, die sich auf der falschen Seite von Recht und Gesetz befinden. Ich kann nicht abstreiten, dass für einige von ihnen nie auch nur die Hoffnung auf Rehabilitation bestand, um sie in die normale menschliche Gesellschaft zurückzuführen. Bis jetzt.«

Colesworth schaute mit einem freundlichen Lächeln vom Doktor zu seinen Gästen und wieder zurück. Der *Zirkusdirektor* hatte sein Publikum am Haken.

»Sie bemerken sicher, dass jeder der Insassen ein spezielles Halsband trägt?«

Alle nickten eifrig.

»Ich bin mir sicher, dass sich so intelligente Damen und Herren, wie Sie es sind, bereits gefragt haben, welchem Zweck diese wohl dienen.«

Erneutes eifrigeres Nicken.

»Was Sie hier vor sich sehen, ist die bedeutendste Entwicklung dieses Jahrhunderts, der größte Fortschritt in der sozialen Rehabilitation und der Verhaltensoptimierung. Diese Halskrausen repräsentieren einen Quantensprung für unser Verständnis um die Funktionsweise des menschlichen Gehirns.«

An dieser Stelle machte Wilde eine Pause, um den dramatischen Effekt vollends auszukosten.

»Und *wie* man es kontrolliert.«

Einige aus der Reihe der versammelten Wirtschaftselite schnappten laut nach Luft.

»Zum gegenwärtigen Zeitpunkt führen wir die finalen Tests am patentierten Wilde'schen Bewusstseinskontrollkragen durch.«

»Können Sie denn die Art und Weise, wie dieser Kragen wirkt, vollständig und bis in alle Einzelheiten erklären?«, wollte einer der Industriellen wissen, dessen Augen bei der Vorstellung funkelten, wie viel Profit er mit einer Investition in dieses neue Projekt machen würde, wenn er sich die alleinigen Fertigungsrechte sichern konnte.

»Nun, offenbar ist es auch hier der Fall, dass die technischen Einzelheiten nur dem Höchstbietenden zur Verfügung gestellt werden«, lächelte Wilde, »doch das Prinzip ist wirklich sehr simpel.«

»Ist das nicht bei allen guten Ideen so?«, alberte Colesworth.

Mit Augen, in denen ein irrer Enthusiasmus erstrahlte, tat Wilde nun sein Bestes, der Gruppe von Laien zu erklären, wie das komplexe Halsband funktionierte. »Ein Großteil dessen, was sie um die Hälse der Subjekte geschlossen sehen, ist lediglich ein Paket aus Batterien, deren Strom gebündelt wird. Der intelligente Bohreinsatz, ein noch nie dagewesenes technisches Objekt, befindet sich im Nacken. Dort verbindet sich eine Elektrode mit der Basis des Schädels, und somit ist es möglich, elektrische Impulse direkt in die Großhirnrinde zu senden, um die Handlungen des Subjektes zu modifizieren. Doch ich sehe Ihnen an, dass Sie mir gerade entgleiten. Wie Sie schon sagten, Governor, verwirrt diese Art der Wissenschaft die meisten Leute nur, und so habe ich eine kurze Demonstration vorbereitet.«

»Vortrefflich, absolut vortrefflich.«

»Wenn Sie bitte die Güte hätten, mir zu folgen.«

Wilde führte die Gesellschaft durch die Kammer zu einer robusten Tür auf der gegenüberliegenden Seite. Ein Wärter, bewaffnet mit einem Elektroschock-Stock, begann diese Tür zu öffnen, doch Wilde hielt die Hand des Mannes auf dem Radschloss fest.

»Was ist los, Dr. Wilde?«, fragte einer von Colesworths Gästen.

»Ich sollte Sie vielleicht zuvor warnen, meine Verehrten, dass einige von Ihnen – wenn nicht gar Sie alle – das, was ich Ihnen enthüllen werde, ein wenig … wie soll ich das nun ausdrücken … beunruhigend finden werden. Ich würde es absolut verstehen – und ich bin mir sicher, dass dies auch auf Governor Colesworth zutrifft – wenn sich einige von Ihnen an dieser Stelle nun von der Tour verabschieden möchten.«

Colesworth blickte voller Sorge von den Investoren zu dem charismatischen Doktor und wieder zurück, Verunsicherung zeichnete sich überdeutlich auf seinem Gesicht ab. Doch alle starrten Wilde an, wie versteinert in aufgeregter, hohläugiger Vorfreude, nicht einer von ihnen bat darum, die Gruppe verlassen zu dürfen.

»Nun denn, bitte sehr. Ich applaudiere zu Ihrem Mut und Ihrer Hartnäckigkeit. Wenn ich Sie nun hier entlang bitten dürfte?«

Die Gesellschaft betrat einen sehr viel kleineren, mit weißen Fliesen gekachelten Raum. Ein überwältigender klinischer Geruch nach Antiseptikum überdeckte einen anderen Gestank: den nach menschlichen Ausscheidungen und purer Angst. Im Zentrum des Labors stand eine umgedrehte stählerne Tragebahre. Darin, mit dicken Lederfesseln in beinahe vertikaler Stellung gehalten, die Arme fest an den Körper gepresst, befand sich ein Stier von einem Mann. Des Doktors aktuellstes klinisches Subjekt war bis zur Taille entkleidet worden und zeigte somit einen Körper, der die wahrhaftige, unverhüllte Geschichte eines ungezügelten Lebens erzählte; ein Kunstwerk aus dunkelvioletten Blutergüssen, Tätowierungen und alten Narben. Der festgezurrte Gefangene wurde von ein paar Laborassistenten und zwei brutal aussehenden Krankenpflegern bewacht.

Sobald Wilde den Raum betreten hatte, wölbten sich die Muskeln des Häftlings, als er gegen die Lederriemen ankämpfte und sich in einem Schwall unchristlicher Beschimpfungen erging, welcher die etwas sensibleren der Gäste vor Grausen nach Luft schnappen ließ. Eine der Damen war nahe daran, in Ohnmacht zu fallen.

»Ich reiß' dir deine verfluchte Kehle auf und fress' dein Herz, Wilde, du Bastard! Hörst du mich?«, brüllte der Insasse in einem starken Glasgower Akzent.

»Knebelt ihn!«, ordnete der Doktor harsch an.

Als zwei der Pfleger einen dicken, wattierten Knebel zwischen die Kiefer des Gefangenen stopften, konnten die aufgeschreckten Besucher überdeutlich sehen, dass die Zähne dieses Kerls so zugefeilt worden waren, dass sie wie Pfeilspitzen aussahen.

»Ladies und Gentlemen, bitte verzeihen Sie den Wutausbruch unseres Subjektes. Leider wissen nicht alle in dieser Einrichtung die Vorzüge unserer wunderbaren Arbeit zu schätzen, die wir hier verrichten. Das gilt vor allem für jene mit kriminellen Neigungen.«

Wilde spazierte an dem gefesselten Insassen vorbei, nahm einem Pfleger den Elektrostab ab und rammte die Spitze in die Rippen des Gefangenen.

Der Körper des Mannes zuckte heftig und der Ammoniakgestank von Urin breitete sich in der engen Kammer aus.

»Hochverehrte Gäste, lassen Sie mich Ihnen Ramsey *The Shark* McCabe vorstellen. Serienkiller, Kannibale und somit, ehrlich gesagt, ein ausgesprochen dreckiges Exemplar. Ein anerkannter Soziopath, auf dessen Konto sechsundzwanzig Morde, Zerstückelungen und das Verschlingen von Körperteilen gehen.«

Eine morbide Faszination bannte die Gruppe und sie teilten sich wie ein Fächer auf, damit auch alle einen freien Blick hatten.

The Shark begann erneut an seinen Fesseln zu zerren und gegen sie anzukämpfen, was die Traube der Besucher wieder zurückweichen ließ. Dennoch hatte er keine Möglichkeit, sich von der stählernen Platte zu befreien, genauso wenig wie die Besucher jetzt noch umkehren konnten, aus Angst, zu verpassen, was mit dem Gefesselten als Nächstes passieren würde.

»Wie Sie überdeutlich erkennen können, ist Mr. McCabe ein verrohter und gewalttätiger Mann, der bereits einige Jahre seiner lebenslangen Haftstrafe in dieser Einrichtung verbringen durfte, ohne die Chance auf eine Reduzierung seiner Strafe und zweifellos ohne die Möglichkeit einer Begnadigung. Ist das nicht so, Mr. McCabe?«

Wilde ging hinüber zu der Fesseleinrichtung und deutete auf das Eisenband, das um den Hals des Gefangenen gelegt worden war. Gerade als er das tat, drehte McCabe seinen Kopf zur Seite und dicke Venen traten an seinem Hals hervor, als würde er liebend gerne dem Doktor sein Gesicht abbeißen.

»Ebenso gut können Sie sehen, dass er bereits mit einem Kragen versehen wurde. Und nun, Ladies und Gentlemen, befürchte ich leider, dass wir für unser Experiment diesem Subjekt noch einmal den Knebel entfernen müssen. Wenn Sie bitte Ihre Ohren bedecken würden.«

Eine Metallbox, versehen mit allerlei Knöpfen und Schaltern und einer ellenlangen Antenne war unversehens in Wildes Hände gelangt. »Entfernen Sie den Knebel«, befahl er. Die Gesellschaft des Governors beobachtete das Geschehen mit entsetzter Faszination.

Sobald der Knebel herausgenommen worden war, setzte die Schimpftriade wieder ein: »Wilde, Sie Stück Scheiße, wenn ich hier raus bin, reiß' ich Ihnen den Kopf ab und schei-«

Wilde schnippte an einem Schalter seiner handlichen Erfindung. Der Schwall verbaler Abscheulichkeiten versiegte augenblicklich als McCabe verstummte. Die Augen des Insassen wurden glasig, seine Gesichtszüge erschlafften und nahmen einen schwachsinnigen, beinahe zombieähnlichen Ausdruck an. Die versammelten Zuschauer schnappten nach Luft. »W-was ist mit ihm passiert?«, stammelte irgendjemand ungläubig.

»Ladies und Gentlemen«, erklärte der *Zirkusdirektor*, als er endlich das Glanzstück seiner Vorstellung präsentieren konnte, »nun ist das Subjekt absolut unter meiner Kontrolle. Ist es nicht so, Mr. McCabe?«

Ein Stirnrunzeln flackerte kurz über das Gesicht des Gefangenen und dann, mit einer Stimme, ebenso emotionslos wie seine Mimik, gab *The Shark* Antwort: »Ja, Dr. Wilde.«

Die Versammlung schnappte erneut nach Luft.

»Durch die Benutzung dieser handlichen Fernsteuerung ist es mir nun möglich, Mr. McCabe zu jeder Handlung zu zwingen, die ich von ihm wünsche. Natürlich ist es einfacher, die weniger ausgeprägten Gehirne zu steuern. Unsere ersten Versuche mit Hunden und Affen ebneten uns den Weg, um die Verfeinerung der Gehirnkontrolle auch für den Gebrauch bei Menschen geeignet zu machen. Bei einigen der geistig zurückgebliebenen Subjekte hatte sich herausgestellt, dass sie weitaus empfänglicher für diese Kontrolle sind. Und glauben Sie mir, Ladies und Gentlemen, an einem Ort, bis obenhin vollgestopft mit zurückgebliebenen Ganoven, abnormalen Messerstechern und psychotischen Mördern mangelt es beileibe nicht daran.«

Nervöses Lachen ging durch die Gruppe.

»Ich glaube es einfach nicht!«, murmelte ein rundlicher Industrieller, der seinen Kopf skeptisch schüttelte und dabei vor lauter Unwohlsein erschauderte.

»Glauben Sie es ruhig, Sir«, konterte Wilde.

»Lassen Sie mich es Ihnen beweisen. Welches Kunststückchen soll Mr. McCabe Ihnen vorführen?«

Mit einigen *Ohs* und *Ahs* nahmen die zusammengepferchten Voyeure zur Kenntnis, dass nun sie am Zuge waren.

»Lassen Sie ihn doch *Mary had a little Lamb* rezitieren«, erklang eine Stimme aus dem hinteren Teil der Gruppe.

»Sehr gern.« Der Doktor wandte sich seinem gefügigen Subjekt zu. »Mr. McCabe, ist Ihnen das Kindergedicht *Mary had a little Lamb* bekannt?«

»Ja, Dr. Wilde.«

»Dann sagen Sie es bitte für unsere Gäste auf.«

»Mary had a little lamb, its fleece was white as snow«, leierte McCabe den Vers herunter, sein schottischer Akzent war monoton und bar jeglicher Gefühlsregung, »and everywhere that Mary went, the Lamb was sure to go.«

»Sehr schön, Mr. McCabe.«

Höflich spendete die Besuchergruppe Applaus.

»Lassen Sie ihn auf einem Bein stehen«, schlug ein anderer Mann vor.

»Mit Vergnügen, doch zuerst sollten wir ihn von seinen Fesseln befreien.« Dr. Wilde wies auf die Gurte.

Zögerliches Gemurmel wurde laut, als die Gruppe ihre Unsicherheit bezüglich dieses Vorschlages kundtat, und einige von ihnen wichen einen Schritt zurück, als Wilde seinen Assistenten anwies, die Schnallen zu lösen.

»Sind Sie sich dessen auch sicher?«, zischte Colesworth, der plötzlich wieder an Wildes Seite stand.

»Aber natürlich bin ich das, Governor. Haben Sie Vertrauen.«

Colesworth schluckte hart, trat ebenfalls einen Schritt zurück und rang sorgenvoll die Hände.

Ein Ledergurt nach dem anderen wurde gelöst. Die Assistenten des Doktors traten beiseite, Gefängnispfleger nahmen ihre Plätze ein und hielten ihre Elektrostäbe bereit, nur für den Fall der Fälle. McCabe stand einfach nur da, einen guten Kopf größer als jeder andere im Raum, sein massiger Ringkämpferkörper war schrecklich anzusehen.

»Mr. McCabe«, sagte Wilde, drehte eine Scheibe an seinem Kontrollkästchen und legte einen weiteren Schalter um, »wenn Sie so freundlich wären und sich auf ein Bein stellen würden.«

Roboterartig hob der Gefangene ein Bein, sodass er auf dem anderen die Balance halten musste.

Nun folgte von den überaus beeindruckten Investoren ein Vorschlag nach dem anderen. Sie sahen begeistert zu, wie der Kannibale und Serienmörder mit einer Hand seinen Bauch rieb, während er zugleich mit der anderen auf seinen Kopf klopfte, wie ein Kind das ABC aufsagte und die Farce mit einer fragwürdigen Interpretation von *I'm a little Teapot* beendete. Während dieser ganzen Zeit glich *The Shark* einem zahmen Haustier.

Unvermittelt brandete Applaus unter den Investoren auf. Colesworth strahlte wie die Grinsekatze höchstpersönlich. Dr. Wilde, eine Augenbraue anerkennend gehoben, beendete seine Vorstellung.

»Ich danke Ihnen, danke«, sagte Wilde, verneigte sich und schwelgte noch ein wenig in der Beweihräucherung seiner Gäste. »Wenn Sie mich nun entschuldigen würden, ich habe noch jede Menge Arbeit vor mir.«

Die Show war vorbei und Colesworth war sich sicher, die Investoren gefunden zu haben, nach denen er so lange gesucht hatte. Der *Zirkusdirektor* verabschiedete sich von seinen Zuhörern. Die Gesellschaft verließ das klinisch weiße Labor, und der Governor fragte in die Runde, ob denn einer seiner hochgeschätzten Gäste am folgenden Tag den Jubiläumsfeierlichkeiten im Hyde Park beizuwohnen gedachte.

Dr. Wilde blieb zurück und wandte sich einem seiner Assistenten zu. »Nash, bringen Sie diesen da in seine Zelle zurück«, sagte er und warf dem gebändigten Psychopathen einen Seitenblick zu, »geben Sie ihm genug Elektroschocks, um ihn außer Gefecht zu setzen. Dann können Sie dieses Ding hier ausschalten.«

Er gab das Kontrollgerät für den Metallkragen an den Mann weiter.

»Ja, Dr. Wilde.«

»Und denken Sie daran, Nash, dass die restlichen Kragen noch heute Nacht angebracht werden.«

Sein vormals für die Gruppenführung umgänglicher Tonfall war einem scharfen Befehlston gewichen.

»Ja, Dr. Wilde«, stimmte Nash zu.

Im Licht einer einzelnen nackten Glühbirne verließ Wilde das Labor durch eine weitere Stahltür und betrat sein privates Büro, damit seine Untergebenen in seiner Abwesenheit alles vorbereiten konnten. Er schloss die Tür sorgfältig hinter sich ab und setzte sich an ein bescheidenes gräuliches Metalltischchen. Das Einzige, das daran interessant erschien, war die in Teak und Messing eingefasste Kiste, die darauf stand. Sie sah aus wie eine größere Version der Kontrollbox, welche er für die Demonstration des Kragens verwendet hatte.

Wilde blickte auf die Uhr an der Wand, danach auf seine Taschenuhr und dann erneut zur Wand. Seine Finger trommelten nervös auf die Tischoberfläche, während er in den rauchgeschwängerten Himmel hinter dem kleinen, vergitterten Fenster hinausblickte. Die malvenfarbenen und senfgelben Wolken wurden von den Strahlen der

Suchscheinwerfer des Towers durchstochen, die kreuz und quer umherfegten.

In der Vergangenheit hatte der Tower verschiedenen Zwecken gedient – als königlicher Palast, als eine Menagerie, ein Museum, eine Schatzkammer und als Attraktion für Touristen – doch nun hatte man erneut ein Gefängnis daraus gemacht.

Als Kerker hatte er einstmals viele berühmte Gäste empfangen, unter anderem Königinnen, Könige und Landesverräter. Nun war es der letzte Ort für die gewalttätigsten und brutalsten Schurken, die das Empire jemals zu Gesicht bekommen hatte – Mörder, Vergewaltiger und zwanghaft Kriminelle. In einem Flügel wurden die gefährlichsten von ihnen gehalten: Psychopathen, Schänder, Schizophrene – eben jene Geisteskranken, denen es von Gesetzes wegen nicht gestattet war, ihr gottloses Leben weiterzuführen. Doch das würde sich alles schnell ändern, sobald die neue Ordnung anbrach. Und diese Wesen würden die Vorhut bilden, für das außergewöhnlichste wissenschaftliche Experiment der letzten fünfzehn Jahre.

Blechernes Brummen und Summen störte des Doktors Träumerei und zwang ihn, seinen Kommunikator zur Hand zu nehmen. »Wilde«, sagte er schlicht.

»Dr. Wilde, die Stunde hat geschlagen«, meldete sich eine Stimme am anderen Ende der Leitung. »Der Plan startet zur vereinbarten Zeit. Werden Sie bereit sein?«

»Ich *bin* bereit, Agent Kane«, bestätigte Wilde.

»Die Dämmerung kommt, Bruder.« Dann war die Leitung tot.

Cornelius Wilde fühlte eine kribbelnde Woge Adrenalin in seinem Körper emporsteigen und bemerkte plötzlich, wie sein Herz in seiner Brust umhersprang.

Die Zeit war gekommen. Die Dämmerung war auf dem Weg und mit ihr eine glorreiche neue Epoche in der Geschichte der Menschheit. Es war an der Zeit, die soziale Ordnung umzukippen und den Meistern der Wissenschaften die Gelegenheit zu geben, ihre Schwingen auszubreiten, anstatt sie weiterhin hinter den Absperrungen von überholten und antiquierten wissenschaftlichen Prinzipien zurückzuhalten. Das Zeitalter des Dampfbetriebes strebte seinem Ende entgegen und über ihm lag eine ruhmreiche Ära von Möglichkeiten. Ein solches Zeitalter würde seine Pioniere brauchen, seine wissenschaftlichen Heldenfiguren, seine Anführer.

Der *Zirkusdirektor* grinste. Alles, was sich bisher ereignet hatte, war nur ein Aufwärmtraining gewesen, ein Vorspiel sozusagen. Das Finale über drei Runden konnte beginnen.

»Show Time!«, sagte Wilde zu sich selbst, als er die nachtschwarzen Silhouetten von Raben über die mit Stacheldraht bespannten Zinnen des Towers streichen und hinein in den von einem bevorstehenden Sturm dunkel verfärbten Himmel fliegen sah.

KAPITEL 20

DIE LIMEHOUSE-CONNECTION

Der *Silver Phantom Mark IV* rollte in der anschwellenden Dunkelheit zu einem Halteplatz neben der Lagerhalle. Die Scheinwerfer waren bereits gelöscht, die Reifen machten auf dem Hafenpflaster beinahe keine Geräusche.

Nimrod spähte durch die Frontscheibe hinaus auf die von der Abenddämmerung überschatteten Gebäude, die sich entlang des Hafenbeckens am Limehouse erstreckten. Die Dunstwolken, dank der Sommerhitze dick und widerwärtig süßlich, hatten es ermöglicht, dass ihre Fahrt in der anbrechenden Nacht unbemerkt blieb.Dieses heruntergekommene Gebiet an den Docks wirkte verlassen. Niemand war zu sehen, denn wahrscheinlich würde jeder, von den Ärmsten der Armen bis hin zu den Größten und Besten des Landes, an den Jubiläumsfeierlichkeiten der Queen teilnehmen, ob persönlich oder als Zuschauer vor den riesigen Bildschirmen, die an jeder Straßenecke hingen, oder aber zu Hause vor den Heimgeräten.

»Sind Sie sicher, dass hier der richtige Ort ist, Sir?«, wandte sich Nimrod dem Mann auf dem Beifahrersitz zu.

»Absolut«, versicherte Ulysses Quicksilver mit finsterem Glitzern in den Augen, während er das Gerät überprüfte, das in seinem Schoß lag. Ein rotes Leuchtzeichen blinkte regelmäßig in der Mitte einer grün-glimmenden Darstellung eines Gitters auf.

»Sofern diese Heath-Robinson-Erfindung von Dr. Methuselah ordentlich arbeitet«, ergänzte Nimrod mit leichtem Hohn.

»Ja. Ich muss sagen, ich bin durchaus beeindruckt. Wer hätte gedacht, dass sich der alte Methuselah mit technischen Spielereien genauso auskennt, wie mit medizinischem Hokuspokus?«

»Denken Sie, dass sich Miss Galapagos hier aufhält?«

»Das tue ich in der Tat.«

Ulysses' Gesicht wurde noch ernster. »Geneviève Galapagos, von wegen! Sie und ich haben noch etwas miteinander zu klären. Der Schlüssel ist mit Sicherheit irgendwo hier.«

Ulysses starrte durch die Windschutzscheibe und schweifte gedanklich zurück in die Nacht der Explosion, in der er Genevièves Betrug aufgedeckt hatte. Ein guter Betrug sollte einen weiteren, ebenso guten verdienen, und so hatte er seinen eigenen Tod vorgetäuscht. Dafür hatte er in Kauf genommen, dass Genevièves Abschiedsgeschenk tatsächlich explodieren würde, während er dafür sorgte, dass er selbst und all jene, die ihm etwas bedeuteten, sich außerhalb der Reichweite der Druckwelle befanden.

Während die Paketbombe die letzten Sekunden bis zur Detonation herunterzählte, musste sich Ulysses notwendigerweise schnell entscheiden. Wenn er als tot erklärt würde, würde es für ihn viel einfacher herauszufinden sein, wer hinter der Verschwörung steckte. Sobald er in seinem Grab lag, was er angeblich ja tat, hätte er die Zeit und Anonymität, die er brauchte, um festzustellen, was wirklich vor sich ging und wie er diese teuflischen Pläne am einfachsten beendete.

Er war unendlich glücklich darüber, dass er Dr. Methuselah dazu angewiesen hatte, Galapagos' Anhänger genauestens zu untersuchen, bevor er ihn seinem vermeintlich rechtmäßigen Besitzer zurückgab. Der alte Griesgram hatte ihn beinahe augenblicklich als einen chiffrierten Zugangsschlüssel identifiziert. Nachdem Ulysses bereits herausgefunden hatte, dass es sich bei dem gestohlenen Gegenstand aus dem National History Museum um eine Differenzmaschine handelte, war kein ausgekochtes Genie mehr notwendig gewesen, die Zusammenhänge zu erkennen. Was auch immer der Professor in seinem Labor erschaffen haben mochte, die Mittel, um es erneut zu kreieren, befanden sich im Inneren der selbigen Datensicherungsmaschine.

Es war Methuselahs Idee gewesen, Galapagos' *Anhänger* mit einem Sender zu versehen. Somit war es Ulysses möglich, jeder Bewegung der mysteriösen und unberechenbaren Geneviève Galapagos zu folgen. Zwischenzeitlich hatte Ulysses sein eigenes Spionagenetzwerk mithilfe seines loyalen Hausdieners Nimrod, welcher überaus hilfreiche Verbindungen in die dunkleren Ecken der Hauptstadt hatte, aufgebaut.

Seit die falsche Miss Galapagos einen Anschlag auf sein Leben gewagt hatte, war Ulysses klar gewesen, dass sie ebenfalls in die Pläne von *Darwinian Dawn* verwickelt war, die, wie sich herausgestellt hatte, nicht annähernd so hinfällig waren, wie er nach seinem eigenen und sehr persönlichen Waterloo gehofft hatte. War womöglich sie selbst es gewesen, die den Anschlag mit der Gewehrkugel auf ihn verübt hatte, in derselben Nacht, als die Bombe hochging? Immerhin hatte sie am Abend ihres ersten Treffens ein scharfes Schützenauge bewiesen. Nun hatte Ulysses es geschafft, ihre wahre Identität aufzudecken. In Wirklichkeit hieß sie Kitty Hawke. Einbrecherin, Straßennutte und perfekte Schauspielerin mit eigenen, revolutionären Vorstellungen.

Er fragte sich, ob sie der mysteriöse Dieb war, weil sie bei ihrem ersten Treffen darauf bestanden hatte, ihn zum Natural History Museum zu begleiten, da sie nicht alleine zum Tatort zurückkehren konnte, um ihren Auftrag zu beenden und den gesuchten Code-Schlüssel zu finden.

Es war ein riskantes Spiel, Kitty Hawke und der *Darwinian Dawn* den Zugriff auf Galapagos' Daten zu gewähren, aber er stufte es als kalkulierbares Risiko ein. Er hoffte, er konnte sie stoppen, bevor es zum tödlichen Abschluss kam.

»Was sagt deine Uhr, Nimrod?«, fragte Ulysses und zückte seine eigene Taschenuhr. »Lass uns die Uhren synchronisieren, okay?«

»Neun Uhr genau, Sir«, gab der Hausdiener nach einem Blick auf die Uhr, die an der Armatur im Inneren des Fahrzeuges angebracht war, zurück.

»Wunderbar. Exakt. Wie bei mir.« Ulysses blickte in den purpurfarbenen Himmel. »Ich kann mir vorstellen, dass die oberen Zehntausend nun gemütlich bei einem Aperitif zusammensitzen«, seufzte er aus tiefstem Herzen.

»Hatte man Sie nicht auch zu den Feierlichkeiten im Hyde Park eingeladen, Sir?«

»Ich wäre auch gern dort, wäre da nicht die Tatsache, dass ich beschlossen habe, tot zu sein. Doch dann müsste ich mir das alles hier entgehen lassen, nicht wahr?« Er warf einen Blick über die Schulter in das Innere des *Phantom*. Der Neandertaler kauerte grunzend auf dem Rücksitz. Ein tierisches Grinsen zeigte sich auf den zerknautschten Zügen seines beinahe menschlichen Antlitzes. »Abgesehen davon, nun beginnt der Spaß doch erst richtig!«

»Sir, ich muss protestieren. Ich sollte Sie bei dieser Eskapade begleiten. Sie erinnern sich doch noch daran, was kürzlich alles passierte, als ich Sie Ihre eigenen Entscheidungen treffen ließ. Beinahe ertränkte man Sie, sprengte Sie in die Luft und ein sich in seine ursprünglichen Bestandteile zurückentwickelnder Professor der Evolutionsbiologie hätte Sie beinahe bei lebendigem Leibe verspeist.«

»Aber du bist mein Fluchtfahrer«, sagte Ulysses. »Du bist mein Plan B.«

»Ich verstehe wirklich nicht, warum Sie unbedingt darauf bestehen mussten, *ihn* mitzubringen«, grummelte Nimrod.

»Denk doch mal daran, wie hilfreich er in der Bombenfabrik an der Waterloo war«, betonte Ulysses. »Ich bin davon überzeugt, dass er uns dabei helfen kann, die Dinge ein wenig – nun – aufzumischen. Es zahlt sich immer aus, ein kriminelles HQ mit ein paar Muskeln und einer Rückversicherung zu betreten.«

Nimrod widersprach nicht weiter und begnügte sich damit, seinen Arbeitgeber mit einem vernichtenden Blick zu durchbohren.

»Abgesehen davon hast du dich vortrefflich mit ihm zusammengerauft. Du solltest mit dir selbst einmal zufrieden sein, Nimrod. Ich glaube, dein Freund hier sieht in Anzug und Krawatte sicherlich unheimlich schneidig aus.«

»Nun …«

»In Null-Komma-nichts wirst du ihn dazu bringen können, seinen Earl Grey aus einer Tasse zu trinken, anstatt vom Unterteller.«

Nimrod seufzte ermüdet auf. Ulysses öffnete vorsichtig die Tür.

»Es wird Zeit, dass ich unter die Lebenden zurückkehre!«, erklärte er in übertriebener Selbstdarstellung. »Halte die Motoren am Laufen. Wir sind zurück, ehe du dir einen doppelten Windsor knoten kannst, warte es nur ab.«

»Bleib hinter mir und versuche, nichts anzustoßen«, wies Ulysses seinen Neandertalerkompagnon mit einem Flüstern an. Sie befanden sich nun innerhalb eines dunklen, überaus engen Raumes des Lagerhauses, zu welchem sie sich durch ein verlassenes Vorarbeiterbüro und dank einer Brechstange Zutritt verschafft hatten. Schwergewichtige, verrostete Kadaver toter Maschinen kesselten sie ein. Dem Blinken des Scanners zufolge, befand sich ihr Ziel knapp hundert Meter weiter im Inneren.

Simeon sah, gekleidet in einem umgenähten Anzug von Mr. Prufrock, wie ein sehr eigentümliches Tier aus. Die Anzugknöpfe spannten über der breiten Brust des Neandertalers. Er hockte hinter einen rostigen Frachtkran. Barfuß wirkten seine Zehen wie menschliche Finger. Er trug ein sauberes weißes Hemd und eine von Nimrods schwarzen Krawatten, welche der Butler ihm gebunden hatte. Seine strähnigen Dreadlocks waren geschnitten und gekämmt worden, bevor sie eingefettet in die gleiche Form gebracht wurden, die Nimrod bevorzugte.

Ulysses grinste. Es sah so aus, als würde Nimrod bald einen Assistenten haben, der ihm die häuslichen Pflichten im Haushalt der Quicksilvers erleichtern würde.

Ulysses selbst hatte für sich beschlossen, diese Angelegenheit weniger subtil, dafür mit mehr Extravaganz anzugehen. Er trug eine Weste mit Leopardenmuster in Hellgrün und Purpur, die Krawatte mit einer Diamantnadel befestigt und den Stock mit dem Blutstein in seiner Hand. Er wollte, dass es Aufsehen erregte, wenn er zum zweiten Mal von den Toten zurückkehrte – obgleich er zuletzt doch als *absolut und definitiv tot* betitelt wurde, anstatt nur als *vermisst und vermutlich tot*.

»Bereit?«, fragte er den Affenmann.

Simeon nickte mit heraushängender Zunge, was ihn wie ein kleines übereifriges Hündchen aussehen ließ.

Bedächtig bahnte sich Ulysses einen Weg durch die toten Monolithen der Fischverpackungsmaschinerie. Zwar mochte es draußen noch immer dämmrig sein, doch hier im Lagerhaus war es stockfinster. Die Scheiben der Dachluken über ihnen waren so grau und trübe, dass sie das schwache Restlicht kaum hindurchließen. Obwohl sich seine Augen immer besser an die Dunkelheit gewöhnten, wirkten die nahen Objekte auf Ulysses nach wie vor wie undefinierbare schwarze Brocken vor dem noch dunkleren Hintergrund des restlichen Lagerhauses. Obgleich er seine Taschenlampe zur Verfügung hatte, wollte er diese hier nicht nutzen und ungewollte Aufmerksamkeit auf seine Person lenken. Simeon schien sich an dem mangelnden Licht nicht im Geringsten zu stören und bewies überraschender Weise eine behände Geschicklichkeit darin, die verschiedenen Hindernisse, die ihnen im Wege standen, zu umgehen. Ulysses fragte sich, ob es doch einige Dinge geben mochte, mit welchen die primitiven Evolutionsformen besser zurechtkamen als der höher entwickelte *Homo sapiens*.

Das Lagerhaus roch staubig und unangenehm feucht, nach Schmutz und verrottendem Holz. Doch da war noch etwas – irgendetwas Beißendes und unerfreulich Vertrautes – etwas, das beinahe unter dem Geruch alten Öls und rostzerfressenen Metalls unterging.

Ulysses hatte den Verdacht, dass Simeon es ebenfalls riechen konnte – vielleicht sogar noch intensiver als er selbst –, da er immer wieder schnüffelte und dann den Atem anhielt. Nach jeder Inhalation wurde er unruhiger. An was ihn dieses Aroma wohl erinnern mochte? Wo hatte der Neandertaler es zuvor gerochen? Und wo hatte Ulysses es zuvor gerochen? Beinahe konnte er eine ekelhafte Süße schmecken.

Dann erklangen Geräusche. Mit jeder Bewegung durch das Lagerhaus wurden sie stetig deutlicher – gedämpfte menschliche Stimmen, das Rattern und dumpfe Schlagen von Maschinen, die an die Einrichtung von *Darwinian Dawn* in der Waterloo Station erinnerten.

Ulysses fühlte Hitze an seiner Stirn prickeln. Waren die stickige Luft und die Hitze auf das Frühsommerklima zurückzuführen oder ein Resultat des industriellen Prozesses irgendwo in diesem Lagerhaus?

Direkt vor ihnen zeichneten sich die Umrisse einer Tür ab. Die Glasscheibe darin war dermaßen mit Ruß verschmutzt, dass sie nahezu geschwärzt erschien, bis auf winzige Kratzer in dem Dreck. Silbrige Strahlen gedämpften Lichts durchbrachen die Dunkelheit, Staub wirbelte in Kaskaden goldener Partikel umher.

Ulysses legte eine Hand auf die Klinke und ließ sie für einen Moment dort verweilen, dann stieß er die Tür mit einer schwungvollen Bewegung auf. Ein Hauch von irgendetwas Ungreifbarem traf ihn, führte ihn unverzüglich zurück in Professor Galapagos' durchwühltes Büro und zugleich in den makabren Arbeitsraum, der sich unterhalb des Hauses in Southwark befand. Es war der schwelende Duft von Fleisch und Anis kurz vor dem Verkohlen, wie verdorbener Fenchel und Rinderragout.

Simeon zögerte kurz, doch dann huschten beide durch die Tür, welche Ulysses schnell wieder hinter ihnen schloss. Alles, was sie im äußeren Bereich des Lagerhauses wahrgenommen hatten, verdichtete sich hier – die Hitze, der Lärm, die Gerüche – dennoch waren sie noch immer nicht im Zentrum der Operation angelangt. Obwohl es hier Licht gab und die Maschinen auf einen kürzlichen Gebrauch hindeuteten, war dieser Platz verlassen.

Ulysses brauchte nicht lange, um den Verwendungszweck der Anlage vor ihm zu begreifen. Es waren die noch feuchten Fässer, die Länge der Glasrohre und der alles durchdringende Geruch nach Anis und ranzigem Fleisch, welche ihm Antwort gaben. Was auch immer es war, das Professor Galapagos in seinem Keller in Southwark gebraut hatte, man hatte dieselbe Substanz auch hier reproduziert, wenn auch in einem weitaus beachtlicheren und ungeheuerlicheren Ausmaß.

Nachdem er sich versichert hatte, dass niemand sie beobachtete, lief Ulysses hinter die Destillationstanks und Werkbänke, stets dem Leuchtfleck des Scanners folgend. Er hielt inne, als er feststellte, dass Simeon nicht folgte. Als er sich umwandte, sah er, dass sich der Neandertaler genau zwischen den Werkbänken bei den Apparaten nicht vom Fleck regte, sondern von einer Seite auf die andere wiegte. Dabei winselte er, schien völlig von dem bekannten und verstörenden Aroma überwältigt.

»Komm schon«, zischte Ulysses. Der Neandertaler regte sich nicht. »Simeon, komm jetzt her!«

Eine sorgenvolle Grimasse verzerrte die plumpen Gesichtszüge des Primitiven, der offensichtlich zwischen seinen angsteinflößenden Erinnerungen und dem Drang, seinem neuen Meister zu gefallen, hin- und hergerissen war.

»Ach, mach was du willst«, seufzte Ulysses und fuhr fort, sich zur anderen Seite des Raumes durchzuschlagen. Über das stete Klopfen der Maschinen hinweg erklang nun ein Summen, wie von einem Motor, der gerade warmlief.

Simeon gab ein kurzes Jaulen von sich und folgte ihm, nachdem er seine Dämonen besiegt hatte – um welche es sich dabei auch immer gehandelt haben mochte.

Allzu lange war es her, dass Ulysses etwas wie dies hier gesehen hatte, und er erstarrte für einen Augenblick in ehrfürchtiger und aufrichtiger Verwunderung. Erinnerungen an seinen haarsträubenden Flug über den Himalaja tauchten wirbelnd in seinem Kopf auf, doch der Ballon, in welchem er einst Passagier gewesen war, war nichts im Vergleich zu diesem Riesengebilde hier.

Beleuchtet von flackernden und umherschnellenden Lichtern, lag ein gewaltiger Zeppelin vor ihm – mit annähernd 200 Metern Länge von der Nase bis zum Heck. Der wuchtige, aufgeblähte Gasballon füllte die zu einem Hangar umfunktionierte Lagerhalle fast vollständig aus. Gehalten von Klammern und Eisenträgern, die unterhalb des Ballons befestigt waren, hing eine gepanzerte Gondel, die allein schon die Größe von zwei aneinandergereihten Eisenbahnwaggons besaß. Das gesamte Monstrum war mit robusten Halteseilen an seinem Platz fest verankert.

Am hinteren Teil der Gondel war eine Laderampe heruntergelassen und Arbeitsroboter luden die letzten Minenbomben der *Dawn* an Bord. Nahe der Stelle, an welcher Ulysses und der hechelnde Simeon hinter dem Treibstofflager kauerten, waren offenbar die mit Stroh gefüllten Kisten abgestellt worden, die von den Terroristen für den Transport der Bauteile von der Bombenfabrik bis hierher genutzt worden waren. Ulysses konnte nicht genau einschätzen, wie viele sie davon hatten retten können, doch in Anbetracht der Menge an Robotern, die sich die Rampe zum Bombenschacht hinaufschleppten, schienen es noch genügend für einen beachtlichen Schaden zu sein.

Genau in diesem Moment würden sich Tausende von Menschen im und um den Hyde Park und dem neu rekonstruierten Crystal Palace versammeln, um ein Teil von Queen

Victorias 160. Jubiläumsfeierlichkeiten zu werden und vielleicht die Chance auf einen kleinen Blick auf die Monarchin persönlich zu erhalten. Da war nicht nur die Zerstörung, welche bei einer Explosion der Geräte erfolgen würde, berücksichtigte man den Schaden, welche sie in der Waterloo-Anlage angerichtet hatten. Wenn Ulysses' Vermutungen korrekt waren – und bei allem, was er im Limehouse-Komplex vorgefunden hatte, wie konnten sie das nicht? – hatten diese verbliebenen Geräte eine weitere Zutat erhalten, eine Extra-Überraschung für die Bevölkerung von London: Professor Galapagos' De-Evolutionsformel.

Egal was *Darwinian Dawn* geplant hatten, um das Jubiläum der Queen mit einem Knall zu begehen, wusste Ulysses, dass er den Zeppelin aufhalten musste, bevor dieser das Lagerhaus verlassen konnte. Doch dafür würde er ein Ablenkungsmanöver brauchen, und die Zeit arbeitete ganz klar gegen ihn. Er warf dem Neandertaler einen besorgten Blick zu. »Für Königin und Vaterland, oder, alter Junge? Du hast sicher nicht geahnt, dass du dich zu einem Himmelfahrtskommando gemeldet hast, nicht wahr?«

Simeon grinste liebenswürdig zurück. Er sah absolut lächerlich aus in seinem zu eng geschnittenen Anzug.

»Das ist die richtige Einstellung.«

Ulysses zog seine Pistole aus dem Holster. Er gab zwei gezielte Schüsse ab. Zwei Männer fielen darnieder. Wütende Schreie, schlagartige Hektik und instinktgesteuerte Handlungen brachen aus, bis die antrainierten Abläufe der Wachen griffen und diese ebenfalls in Feuerstellung gingen. Eine Salve von Schüssen hallte durch das Lagerhaus, als sich die Tonlage des Luftschiffmotors veränderte. Der Pilot bereitete einen Schnellstart vor. Sollte ein verirrter Schuss den Zeppelin treffen, könnte das in einer Katastrophe enden.

Eine Patrone prallte auf dem Fußboden vor dem Treibstofflager ab und sprühte dabei Funken. Ulysses hörte das leise *Whoomph*, als ein einzelner Funken eine Ölpfütze entzündete, die sich auf dem unebenen, zerfurchten Boden befand. Ebenso hörte er den darauffolgenden Schrei eines Wächters. So sehr es die Terroristen auch ärgern mochte, sie realisierten dennoch, dass sie einen Großbrand riskierten, welcher wiederum in Windeseile die Sicherheit des Luftschiffes aufs Spiel setzte, würden sie weiterhin auf die Stelle feuern, an der Ulysses stand.

Den wenigen bewaffneten Wachen, die das Beladen des Zeppelins überwacht hatten, wurde schnell klar, dass es keinen Sinn machte, den Angreifer durch Schüsse abzuwehren. Etwas anderes musste zur Verteidigung her. Etwas, was nicht länger mit anderen Aufgaben beschäftigt war. Etwas komplett Entbehrliches.

Die Gewehrsalven hörten auf, ihr Echo verklang scheppernd in der Stille. Das *Klank-Klank-Klank* von kolbenbetriebenen Beinen und das Klirren von Metallsohlen auf Beton ließen Ulysses einen Blick riskieren. Die automatischen Droiden rannten und sprangen durch den Hangar, direkt auf das Treibstofflager zu, hinter welchem Ulysses und Simeon sich verschanzt hatten. Ulysses zählte etwa ein Dutzend Roboter, eher mehr.

Obwohl er wusste, dass es gegen die gepanzerten Brustplatten der Automaten wenige Auswirkungen haben würde, gab er noch zwei Schüsse ab. Mit einem der Maschinengewehre der Wachen hätte er sich effektiver verteidigen können.

Etwas wirbelte über seinen Kopf hinweg und krachte mit einem gewaltigen Klirren in die springenden Roboter. Ein mechanischer Mann wurde in seine Einzelteile zerrissen, als ein schweres Maschinenteil gegen ihn flog. Noch mehr

Metall pflügte durch die Luft, dass es nur so pfiff, gefolgt von klapperndem Krachen und ratternden Zusammenstößen, als Simeon immer mehr Teile aus seinem improvisierten Arsenal auf die vorrückenden Roboter warf. Auch wenn diese Aktion ihnen eine kleine Atempause verschaffte, war sie nicht genug, um beide noch länger zu schützen.

Ulysses nahm den Kommunikator aus seiner Tasche. »Nimrod!«, schrie er hinein. »Es ist Zeit für Plan B!«

Seine Stimme ging im Brüllen der Zeppelinmotoren unter. Abgelassener Dampf schwappte scharf stinkend über sie hinweg.

Ein lautes Schleifen und das Klappern von Ketten erklang, als sich das Dach über ihren Köpfen öffnete, um das schwer beladene Luftschiff in den verunreinigten Londoner Himmel zu entlassen. Die Motoren des Zeppelins heulten erneut auf. Die verankerten Trossen lösten sich und er hob mit seiner tödlichen Fracht ab, wie ein mächtiger Wal aus den Tiefen des Ozeans.

Die Roboter, die Simeons Sperrfeuer trotzten, hatten sie nun beinahe erreicht.

Plötzlich hörte Ulysses das Gebrüll eines überdrehten Motors. Mit dem Lärm splitternden Glases rauschte der *Silver Phantom* durch eine der Wände, die Scheinwerfer stachen durch den mit Abgasen gefüllten Hangar. Er traf mit den Reifen auf dem harten Boden auf und kollidierte mit zwei Robotern, die gerade auf Ulysses und Simeon zustürmen wollten. Die Arbeitsautomaten flogen mit wirbelnden Armen und Beinen davon, als das schlitternde Automobil seitwärts und nur wenige Zentimeter vor Ulysses zum Stehen kam.

Die Beifahrertür und die hintere Wagentür schwangen auf. »Einsteigen!«, rief ihnen Nimrod hinter einem Spinnennetz aus gebrochenem Glas zu.

Das musste man Ulysses nicht zweimal sagen. Er warf sich auf den Beifahrersitz des *Phantom*, während Simeon auf den Rücksitz kletterte und die Tür hinter sich zuwarf.

»Gerade zur rechten Zeit, Nimrod!«

Ein metallisches Knirschen wurde über ihnen laut und eine Kerbe wurde im Dach des Wagens sichtbar.

»Raus hier!«, befahl Ulysses. Seine Augen waren geweitet von dem Adrenalin, das durch seinen Körper jagte. Nimrod trat das Gaspedal bis zum Anschlag. Die Reifen drehten durch und es stank nach verbranntem Gummi, dann endlich griffen sie und der *Phantom* schoss wie eine Rakete los. Der Wagen hatte bereits während des Saurierausbruchs aus dem Zoo ordentlich gelitten und eine stattliche Anzahl Beschädigungen an seiner ehemals makellosen Karosserie vorzuweisen, besonders durch den Velociraptor, der auf die Haube gesprungen war. Nach seiner Reparatur hatte er beinahe so neu ausgesehen, wie an dem Tag, an dem er den Ausstellungssaal verlassen hatte, doch all diese penible Arbeit wurde nun in einer weiteren nervenaufreibenden Flucht zunichtegemacht.

Als sie das andere Ende des Hangars erreicht hatten, schleuderte Nimrod das Auto heftig herum und warf so einen Droiden vom Dach. Der Automat schlidderte sich überschlagend über den Boden – Funken sprühten von seinem Stahlkörper – direkt in einen Stapel ausrangierter leerer Paketboxen. Der Arbeiter blieb liegen, wie eine Marionette mit durchgeschnittenen Fäden, während Flammen im knochentrockenen Zunder um ihn herum zu tanzen anfingen.

Alles, was sie noch von dem aufsteigenden Luftschiff durch die Scheiben des *Phantom* sehen konnten, waren die schwingenden Seile und die Kabel der freien Haltegurte. Die zurückgelassenen Automaten scherten sich nicht um das eigene Wohlergehen und befolgten weiterhin den letzten Befehl, den sie erhalten hatten. Sie stürmten und sprangen mit ruckartigen und insektenhaften Bewegungen auf das Auto zu.

Nimrod drehte den Motor bis zum Anschlag auf, und der *Phantom* sauste nach vorn. Droiden flogen über die Motorhaube, wurden vom Kühlergrill beiseite gefegt oder kamen unter die Reifen, als das Automobil mit der Kraft eines Presslufthammers davon schoss.

Inzwischen hatte sich das Feuer über den Kistenstapel ausgebreitet und leckte bereits an einer Wand des Lagerhauses. Eine Flammenspur schlängelte über den Fußboden des Hangars hinter dem *Phantom* her, folgte der regenbogenfarben schimmernden Spur, die aus dem undichten Tank sickerte.

Dann brach der Wagen durch die Barrikade der Verladeroboter und die versmogte Dämmerung außerhalb des Hangars begrüßte sie.

Der *Silver Phantom*, das Wüten der Flammen in Purpur und Orange auf seiner zerbeulten Karosserie reflektierend, raste gerade durch das Loch in der Wand, welches er bei seinem Eintritt hinterlassen hatte, als die letzten übrig gebliebenen Benzinfässer explodierten. Der Wagen flog durch die Seitenwand des Gebäudes, gefolgt von einer heftigen Explosion, als fetter Rauch und Flammen die Fenster des Gebäudes zum Platzen brachten. Die zerfetzten Körperteile von zerrissenen Robotern jagten durch die Wand und Fenster und trafen das Wagenheck in einem Regen aus harten Splittern. Die Heckscheibe zerbarst.

Das Automobil schlug nahe dem Hafenbecken auf. Simeon rollte auf dem Rücksitz umher, als Nimrod mit Höchstgeschwindigkeit eine enge Wende machte, um zu verhindern, dass sie in das ölige schwarze Wasser der Themse sausten.

Durch das Fenster konnte Ulysses den Zeppelin klar und deutlich aus Limehouse aufsteigen sehen, da er in das Flutlicht des Großbrandes getaucht war, der den Hangar verzehrte. Das Luftschiff steuerte gen Westen, in Richtung des Stadtzentrums, stieg dabei immer weiter auf, bis es höher als die Überlandbahn war.

Ulysses wandte sich Nimrod zu. Wilde Entschlossenheit lag in seinen Augen. »Wir müssen diesen Zeppelin aufhalten!«

»Jawohl, Sir«, stimmte ihm der Butler mit stoischem Ausdruck zu. Dann gab er Vollgas.

Mit ohrenbetäubendem Reifenquietschen und einem Brüllen des Motors, das einen Löwen vor Neid hätte erblassen lassen, schoss der *Silver Phantom* in die anbrechende Nacht hinein und ließ das lodernde Hafenviertel des Limehouse hinter sich zurück.

KAPITEL 21

WIDERNATÜRLICHE SELEKTION

Behäbig fuhr der Zeppelin durch den smoggeschwängerten Londoner Himmel. Er überquerte Mietshochhäuser und das grobmaschige Spinnennetz der Überlandbahnen, folgte dem Lauf der Themse, die nur mehr ein dunkel funkelnder Amethyst in der einbrechenden Dunkelheit war. Die Flugmotoren auf normaler Reisegeschwindigkeit, erhob er sich majestätisch in die anbrechende Nacht, gefangen im stakkatohaften Flackern der regenbogenfarbenen Großbildschirme der Stadt; deren ständig wechselnde Farben verliehen der Ballonhülle die Illusion schillernder Schuppen.

Direkt unter dem Ballon befand sich die schwer gepanzerte Gondel, welche dem Rumpf eines Schlachtschiffes glich, in ihrem Bauch die tödliche Ladung und ein Trupp bewaffneter und gefährlicher *Darwinian-Dawn*-Gardisten. Diese Männer waren Fanatiker, bereit, ihr Leben zu geben für eine Sache, die ihrer Ansicht nach dem Wohle der Menschheit diente: der Beginn einer brutalen Revolution mitten im Herzen des weltumspannenden Imperiums von Magna Britannia.

Die direkt an Achtern der Gondel positionierten Zweizylindermotoren dirigierten den Ballon über das zerfallene Hafenviertel von Limehouse hinweg, über das Straßenlabyrinth von Ratcliff und die Durchgangsstraßen Shadwells.

Der Zeppelin umging die Werften von Wapping und steuerte dann direkt auf sein Ziel zu.

Unterhalb des Giganten in der Luft und etwa einen guten Kilometer dahinter, rauschte die geschmeidige, dunkel glänzende Karosse des *Mark IV Silver Phantom* durch die verlassenen Straßen; machte Jagd auf das Luftschiff, wobei sein Fahrer inniglich hoffte, es rechtzeitig abzufangen.

Dr. Cornelius Wilde blickte zu dem umzäunten Gelände hinter den Dachspitzen der Kasernen bei Waterloo hinab, über die Rollen von Stacheldraht, welche die Türme der äußeren Trakte säumten, und in die sich vertiefende Dunkelheit im Osten dahinter. Die Luft stand noch immer von der Sommerhitze, verstärkt durch die verschmutzen Wolken, welche wie ein Leichentuch über der Stadt hingen.

Sein gewohnter bodenlanger weißer Laborkittel baumelte von seinen knochigen Schultern, als hinge er noch über einem Kleiderbügel. Vor seiner Brust befand sich eine große, in Teak und Bronze eingefasste Fernsteuerung, die von Lederriemen gehalten wurde, die über seine Schultern gespannt waren. Genauso wie ein großer Beutel.

Jenseits seiner einsamen Stellung hoch über den Festungsmauern des *White Towers* trotteten seine Testobjekte in den gepflasterten Eingrenzungen des Burghofes umher, wo man sie bereits eine Stunde länger als geplant in den täglichen Drill zwang, selbstredend unter den stets wachsamen Optiksensoren der automatischen Wachen des Modells *Beefeater*. Es war ungewöhnlich für die Insassen, eine Drilleinheit zu haben, wenn sie sich normalerweise in ihren Zellen befunden hätten, die Türen für die Nacht versperrt. Allerdings hatte es schon häufiger seltsame Anordnungen aufgrund Dr. Wildes Arbeit am bewusstseinskontrollierenden Kragen gegeben. Eine Änderung mehr oder weniger überraschte niemanden.

Soweit es die Roboterwächter betraf, lag Dr. Wildes Befehlsgewalt gleich an zweiter Stelle, hinter Governor Colesworth höchstselbst. Da der Governor dem Gala-Dinner der heutigen Jubiläumsfeier im kürzlich rekonstruierten Crystal Palace beiwohnte, besaß Dr. Wildes Wort nun allerhöchste Autorität im gesamten Komplex.

Die Insassen stapften missmutig ihre Runden in dem kargen, mit Flutlicht grell erleuchteten Hof, doch ein anderes Leben kannten sie längst nicht mehr. Jegliche Individualität, die sie einst besessen hatten, war ihnen geraubt worden. Verblassende Tätowierungen, grobe Narbengebilde und andere körperliche Verunstaltungen wie gebrochene Nasen und verlorene Zähne, waren die einzigen übrig gebliebenen Hinweise auf ihren früheren Lebensstil. Die Köpfe rasiert, trugen sie alle die gleichen einheitlichen Overalls, jeder Nacken umfangen von einem der verhaltensmodifizierenden Kragen des guten Doktors.

Und dann war es da, die flackernde Reflexion durch das Licht eines schwenkbaren Strahlers. Wilde starrte angestrengt durch die runden Gläser seiner Brille in den Dunst, der die Stadt bedeckte, und erkannte den fischähnlichen Umriss des Luftschiffes, das sich soeben über die Themse bewegte, hübsch eingerahmt von den Wachtürmen der Tower Bridge. Sein Herz sprang vor Aufregung, berauscht vom Adrenalin in seinem Körper. Der harte Ausdruck auf seinem Gesicht verwandelte sich in ein Grinsen. Die Stunde war gekommen.

Nun konnte er auch die Positionslichter sehen. Durch eine Bewegung seines Heckruders drehte sich der Zeppelin abrupt und wurde in einem umhergreifenden Lichtstrahl vollständig sichtbar. Er richtete sich mithilfe seines Seitenruders schräg zum Fluss hin aus und steuerte direkt auf das Hochsicherheitsgefängnis zu.

Wilde konnte nun das Schnurren der Motoren hören. Das Luftschiff war nicht mehr weit entfernt, allenfalls dreihundert Meter. Auch war der Doktor nicht der Einzige, der Kenntnis von dem Zeppelin nahm. Die Gefangenen hielten in ihrer Wanderung inne und blickten zu dem großen grauen Bauch des Luftschiffes, der über den Türmchen des *White Towers* sichtbar wurde.

Selbst die Beefeater-Drohnen, welche die überwältigenden sensorischen Eindrücke verarbeiteten und berechneten, dass es sich hierbei möglicherweise um eine Bedrohung der Sicherheitseinrichtungen handeln könnte, wandten ihre glimmenden Glühbirnenaugen dem Luftschiff zu – und schalteten sich prompt ab.

Wilde grinste und nahm seinen Finger von dem unscheinbaren Messing-Hebelchen seines Bedienpults. Befehlsgewalt war eine wundervolle Sache.

Eine Sirene ertönte irgendwo im Inneren des Gefängnisses. Wilde ignorierte das Gezeter und den aufkeimenden Tumult in dem verriegelten Übungshof und richtete seine ganze Aufmerksamkeit auf den näherkommenden Leviathan. Dieser bereitete sich gerade darauf vor, die äußere Ringmauer der Anlage zu überqueren, und sank dabei stetig hinab, bis er in etwa eine Höhe von dreißig Metern erreicht hatte.

Ein kaum hörbares mechanisches Geräusch erklang und die Bodenluke der Gondel öffnete sich, bereit, die tödliche Fracht des Luftschiffes abzuladen.

»Sie machen sich zum Abwurf bereit!«, keuchte Ulysses. Durch die Frontscheibe sah er, wie sich die Schachtklappen des Zeppelins aufschoben. Eigentlich hatte er darauf gewettet, dass die Jubiläumsfeierlichkeiten im Hyde Park das Ziel von *Darwinian Dawn* waren, doch es schien, als habe er sich geirrt.

Das Luftschiff hatte sich mit einer Leichtigkeit einen Vorsprung erarbeitet, ungestört von dem Gewirr der Straßen unter sich, dazu fähig, über und zwischen die großen Schluchten aus Wolkenkratzern und Wohnblöcken zu gleiten.

»Keine Sorge, Sir, wir sind nah dran«, sagte Nimrod, während er eine Reihe roter Ampeln missachtete und mit Höchstgeschwindigkeit auf die andere Seite der Durchgangsstraße zusteuerte. Auf dem Rücksitz heulte Simeon voller Hingabe im Adrenalinrausch dieser Höllenfahrt, als Nimrod weiter Gas gab und von der Jamaica Road regelrecht in die Tooley Street flog.

Auf ihrer Reise von den heruntergekommenen Limehouse-Docks hatten sie den Fluss bereits einmal an der Rotherhithe Bridge überquert, um Straßensperren zu umfahren, und nun würden sie das noch einmal tun müssen, wenn sie auch nur die kleinste Chance haben wollten, den Zeppelin einzuholen.

Der *Silver Phantom* schoss mit Getöse die Straße hinauf, direkt auf die mit Flutlicht angestrahlten Bastionen der Tower Bridge zu.

»Oh, ich glaube das verflucht noch mal nicht!«, stieß Ulysses hervor. Die Brücke öffnete sich genau in diesem Moment, um ein Dampfschiff passieren zu lassen. Nimrod musste mit aller Kraft auf die Bremsen treten, damit sie nicht in das Heck des Fahrzeugs vor ihnen krachten. Eine kurze Autoschlange wartete bereits darauf, dass sich die Schranken wieder heben würden.

»Keine Sorge, Sir, eine kleine Hürde wie diese hier wird uns nicht aufhalten«, erklärte Nimrod, zog rechts neben das Taxi vor ihnen und spielte mit dem Gaspedal, sodass der Motor mehrmals kurz aufheulte. »Ich habe bereits seit längerem eine gehörige Abneigung gegen Verkehrsregeln.«

Dann senkte er den Fuß. Die Räder drehten durch und der Gestank von verbranntem Gummi drang in ihre Nasenhöhlen. Als die Reifen Halt fanden, schoss das Automobil wie eine Rakete vorwärts.

Die rot und weiß gestrichenen Schranken zersplitterten wie Streichhölzer, als der *Phantom* sie durchbrach. Ein Knacken kam von der Frontstoßstange, als sie auf die Erhöhung der Fahrbahn stieß. Hart prallte das Automobil auf das Gefälle. Die Kante der Hebebrücke tauchte vor ihnen auf – der Abstand zwischen ihr und dem Zwillingsbruder auf der gegenüberliegenden Seite vergrößerte sich stetig, da die Brücke weiter anhob.

»Nimrod, bist du dir sicher, dass wir das schaffen?«, fragte Ulysses. Ein Moment des Zweifels überkam ihn.

»Keine Angst, Sir«, gab Nimrod mit erhobener Stimme zurück, um das protestierende Gebrüll des Motors zu übertönen. »Natürlich kö…«

Ulysses' sechster Sinn flammte auf wie das Blitzlicht einer Kamera in der Dunkelheit. Ein gigantischer düsterer Schatten schnappte plötzlich aus der nächtlichen Schwärze nach ihnen.

»Verfluchte Höllenbrut«, stieß der unerschütterliche Butler plötzlich hervor. »Was war denn das?«

»Ich glaube, das war ein Pterodaktylus, alter Knabe«, antwortete Ulysses, gleichermaßen aufgeschreckt. »Sie werden frech.«

Das unerwartete Auftauchen des Dinosauriers hatte Nimrod zu einem unwillkürlichen Lenkmanöver gezwungen.

Und dann erreichte das Auto das Ende des sich hebenden Brückenabschnittes.

Ratternd wurde das erste der großen, stacheligen Objekte aus dem Schacht des Zeppelins abgeworfen. Die einem stählernen Seeigel ähnelnde Bombe fiel wie ein Stein in den trockengelegten Festungsgraben und zerbarst beim Aufprall auf dem matschigen Grund. Die Explosion übersäte die äußere Wand der Festung mit tödlichen Stahlsplittern, die sich in das Mauerwerk gruben und die Fensterscheiben zersplitterten. Obwohl es die innere Begrenzungsmauer nur um wenige Meter verfehlte, verdampfte die plötzliche Hitze den Inhalt des zweiten, sich im Inneren befundenen Behälters. Der dabei entstandene Dampf kroch durch den Graben und über die Mauern der altertümlichen Befestigungsanlage, in Form eines schweren, tief hängenden Nebels.

Zum Sirenengeheul gesellte sich nun noch der misstönende Klang der Alarmglocken des Gefängnisses und verbreitete allgemeine Panik.

Die zweite Bombe schlug durch das Dach des Krankentraktes und brachte jedes Fenster des Gebäudes zum Platzen, als sie irgendwo zwischen der ersten und zweiten Etage explodierte und viele der hilflos in den Betten liegenden Kranken tötete oder verstümmelte.

Ein drittes Objekt – es maß ganze vier Meter im Durchmesser – wurde in die sich aufheizende Luft entlassen und prallte in den nordöstlichen Wehrturm des *White Towers*, zertrümmerte dessen Bleikuppel und riss die Wetterfahne aus dem siebzehnten Jahrhundert mit hinab, welche direkt vor die massiven Hochsicherheitstüren von Block W segelte. Der stabile steinerne Torbogen, der den Eingang zu den alten Baracken markierte, lenkte die Druckwelle der Detonation direkt zum Gefangenentrakt um. Sie zertrümmerte die Tür zum Insassenblock und schleuderte alles darin umher wie ein Puppenspiel; gefolgt von einem gewaltigen Feuerball. Die erschütternde Wucht der Explosion fegte über den Hof und spielte Bowling mit den Gefangenen, dabei wurden einige der Männer von den stacheligen Schrapnellen dieses grausigen Gerätes aufgespießt.

Die Inhaftierten flohen in alle Richtungen, einige aus purer Panik, doch viele hatten registriert, dass ihre Roboterwächter keine Reaktion mehr von sich gaben, und ergriffen sogleich die Gelegenheit zur Flucht, indem sie den Maschendrahtzaun erklommen oder sich durch die nun unbewachten Tore drängelten.

Nebel drang aus der zerstörten Fassade des Krankentraktes, waberte unaufhaltsam über den Hof und durch den Maschendrahtzaun, der den Drill- und Übungsplatz umgab. Die Wolke legte ihren Würgegriff sanft um die verzweifelten Inhaftierten, bis sie kaum mehr ihre eigenen Hände vor den Augen sehen konnten und ihre Leidensgefährten nicht mehr als verwischte, graue Gestalten inmitten des blendenden Scheinwerferlichtes waren.

Unter ihnen befanden sich auch Gefängnisaufseher, welche sich im Gegensatz zu ihren Roboterkollegen noch bewegen konnten, aber der ätzende dunkle Qualm raubte ihre Identität und stellte sie den Gefangenen gleich – ein neuer Status quo, erschaffen durch simple Gewalt. Unangenehmerweise roch der Nebel nach verdorbenem Fleisch, kombiniert mit der schwachen Süße von Anis …

Die Männer husteten sich die Seelen aus dem Leib, würgten, als sie den Dunst inhalierten. Der Nebel lag heiß und feucht in ihren Kehlen.

Dann wich der quälende Husten einem gelähmten Schütteln, das die Körper von Gefangenen und Wärtern gleichermaßen unter qualvollen Krämpfen ergriff, Hände verwandelten sich in starre Krallen, Augen quollen hervor und lilafarbene Venen wanden sich unter der Haut. Während die Männer verzweifelt nach Sauerstoff rangen und dabei noch mehr vergiftete Luft einatmeten, setzte ihre grauenvolle Verwandlung bereits ein.

Dr. Wilde beobachtete das Chaos um den Tower durch die dicken Gläser einer Gasmaske.

Die Mauern von Londons Hochsicherheitsgefängnis und Justizvollzugsanstalt waren durchbrochen worden und jene, die noch darin eingeschlossen waren, wurden Opfer einer Verwandlung, die sie zu einer Streitmacht von Berserkern mutieren ließ, welche die Hauptstadt in die Knie zwingen würde.

»Dr. Wilde!« Nash kam auf die Festungsmauer hinausgestürmt. »Der Tower wird angegriffen!«

Wilde wandte sich zu ihm um. »Ist das so?«, entgegnete er. Seine Stimme klang dumpf unter der gummiartigen Schnauze der Gasmaske hervor.

Nash begegnete ihm mit fassungslosem Blick. Das Gesicht des Assistenten wurde vor Angst kreidebleich. »Da findet ein Ausbruch statt, Sir! Und zwar im ganz großen Stil!«

»Ich würde es lieber als Freisetzung bezeichnen.«

»Was wollen Sie damit andeuten? Dr. Wilde …« Der Rest seiner Worte ging im Gebrüll von Motoren unter. Der aufgeschreckte junge Mann wandte seinen Blick nach oben und sein Antlitz wurde noch eine Spur fahler, als er sich der enormen Größe des Luftschiffes über seinem Kopf bewusst wurde.

Das Kratzen von Metall auf Stein erklang, eine Strickleiter fiel herab und ein Soldat, ganz in Schwarz gekleidet, erschien in der offenen Einstiegsluke. Die Leiter pendelte vor ihm, ihr langes Ende über die Bleipfannen des Daches schleifend. Dr. Wilde streckte einen Arm zwischen zwei Sprossen, zog seine Füße nach und stieg dem über dem Tower schwebenden Luftschiff entgegen.

Den Doktor im Schlepptau, begann der Zeppelin wieder zu steigen. Nash starrte ungläubig hinterher, als das Schiff fünf, zehn, fünfzehn Meter anstieg. Auf einmal befand sich das Ende der Leiter vor ihm und ohne groß nachzudenken, was er tat, griff er zu.

»Sie können mich nicht zurücklassen!«, schrie er in das Getöse der Motoren hinauf. Dr. Wilde schenkte ihm keine Beachtung und kletterte weiter, während auch das Luftschiff höher stieg.

Auch Nash begann zu klettern. Er wagte nicht, nach unten zu sehen, der Sog der Zeppelinmotoren zwang ihn jedoch ohnehin, die Augen zu Schlitzen zusammenzukneifen. Schlussendlich schaffte er es aber, zu Wilde aufzuschließen und dessen Fußgelenk mit seiner Hand zu umklammern. Nun wurde dem guten Doktor bewusst, dass Nash ihm gefolgt war. Über diese Entdeckung war er nicht gerade erfreut.

»Was soll das werden, Sie Idiot!«, kreischte Wilde durch die Maske und schüttelte hektisch sein Bein. Doch Nash hatte nicht vor, sich abschütteln zu lassen, obwohl er keine Ahnung hatte, was er nun, da er Wilde eingeholt hatte, tun sollte.

Mit beiden Händen an die Sprossen geklammert, riskierte es Dr. Wilde, einen Fuß von der Leiter zu nehmen. Sein ganzes Gewicht mit den Armen haltend, trat er nach dem Schwächeren unter sich. »Hauen Sie ab!«, schrie er, als der Absatz seines Schuhs die Wange seines Assistenten traf. »Hauen Sie ab!« Dann trat er noch einmal zu.

Nashs Nase brach mit einem trockenen Knacken und er schwang zurück, während sich sein Blick verklärte. Sein Griff um das Fußgelenk des Doktors erschlaffte.

»Weg! Da!«

Wilde stampfte mit seinem Fuß auf die Finger von Nashs Hand und der Mann ließ los. Sein Vorhaben war irrsinnig mutig gewesen, doch letztendlich ebenso selbstmörderisch.

Kein Schrei kam über seine Lippen, als Abelard Nash einhundert Meter tief fiel und die Zinnen des *White Towers* nur um ein Haar verfehlte. Die dicken Rauchschwaden von Professor Galapagos' Serum verschlangen seinen Körper und schluckten das Geräusch seines Aufschlages auf den Pflastersteinen.

Überraschenderweise tötete der Sturz den kühnen, wenn auch beklagenswerten, Mann nicht augenblicklich. Erst als die degenerierten Dinger, welche vormals die kriminellen Bewohner des Tower of London gewesen waren, seinen Körper in Stücke rissen, begann Abelard Nash einem Menschen immer weniger zu ähneln.

Und während sich das alles zutrug, fielen die Bomben weiter. Jedoch nur eine Person an Bord des Luftschiffes besah sich dieses Spektakel.

Die vierte Bombe krachte in das Dach der Eingangsschleuse des Towers, welche sie in einer Wand aus Flammen und weißem Rauschen vollständig vernichtete.

Eine fünfte Bombe fiel in den gepflasterten schmalen Durchgang der Mint Street und verharrte dort einen Moment, bis zur Hälfte in dem Fundament der Fahrbahn begraben, ehe sie wenige Sekunden später hochging. Eine sechste zerstörte die gesamte Mauer am Flussufer der Water Lane.

Die siebte Bombe, die sich aus dem Bauch der Gondel schob, verfehlte das Pförtnerhaus des Byward Towers, aber traf an einem Durchgang auf den Boden, welcher unter der Verbindungsbrücke zum Middle Tower lag. Die Explosion riss einen Teil der Brücke nieder und zerschmetterte das

Fundament des Byward, bis der Turm in sich zusammenfiel und die äußeren Mauern der Anlage zerstörte.

Irgendwo in der Ferne waren die Sirenen von Rettungswagen zu hören, jedoch war es fraglich, zu welcher Hilfe sie in der Lage waren. Das Hauptaugenmerk der Notdienste lag in dieser Nacht auf der ständigen Bereitschaft rund um den Hyde Park und die angrenzenden Straßen. Die wenigen Hilfskräfte, die davon ausgespart worden waren und nun zu dem angeschlagenen Tower brausten, waren zu spärlich und zudem viel zu spät, um die Situation noch irgendwie unter Kontrolle zu bringen.

Mit Gejaule und Gegröle brachen Dr. Wildes Testsubjekte aus ihrem Gefängnis aus; nicht mehr länger Menschen, sondern nach ihrer Verwandlung etwas viel degenerierteres und primitiveres. Die brutalen, affenähnlichen Kreaturen drangen durch das zerschmetterte Pförtnerhaus des Middle Towers. Sie trugen noch immer die Kluft der Gefangenen oder die der Aufseher, doch durch ihre sich ausdehnenden Körper waren die Kleidungsstücke nun aufgeplatzt und eingerissen.

Eine haarige Bestie an vorderster Front des Schlägertrupps – auf dem nackten Oberkörper schimmerte unter der dicken Matte seines orangefarbenen Pelzes das verblichene blaue Tattoo eines Totenkopfes durch – erhob sich auf die Hinterbeine und brüllte seine wilden Absichten in Richtung der weitläufigen Hauptstadt.

Ein kleines rotes Licht blinkte auf dem eisernen Kragen auf, der um seinen Hals befestigt war. Mit einem urzeitlichen Wutgebrüll, das seine haiähnlichen Zähne entblößte, führte der Affenmann den degenerierten Stamm westwärts in die Stadt hinein.

Der *Silver Phantom* fuhr um eine Kurve vor dem Tower und jagte die Byward Road entlang. Nachdem sie über die

Brücke gesprungen und durch die Barrieren auf der anderen Seite gekracht waren, erreichte das Auto mit seinen durchgerüttelten Passagieren den Tower, während der Zeppelin das Gefängnis überquerte. Es war ihnen schnell klar geworden, dass es nichts gab, was sie tun oder ändern konnten, um die Katastrophe um das Gefängnis zu verhindern. Stattdessen jagten sie weiter. Ulysses wollte die Chance ergreifen, einen Vorsprung rauszuholen und die Behörden am Hyde Park vor der drohenden Gefahr zu warnen. Dann, plötzlich, hatte er eine neue Idee.

»Nimrod, halt den Wagen an!«, befahl er. Sein Butler reagierte augenblicklich und trat hart auf die Bremse. Der *Phantom* schlingerte und kam auf der Byward Street westlich des Towers zum Stehen. Ein dampfbetriebener Gemüsewagen hupte, als Nimrod die Straße blockierte. Ulysses sprang heraus und rannte zum Kofferraum des Wagens.

»Sir, glauben Sie wirklich, dass dies der richtige Zeitpunkt ist?«, rief ihm Nimrod aus dem Fahrerfenster zu. Unterdessen hopste Simeon auf dem Rücksitz in unbeherrschter Aufregung auf und ab.

Ulysses öffnete den Kofferraum und stöberte hektisch in dem Durcheinander aus Gegenständen umher, das sich im Heck seines Wagens angehäuft hatte. »Ich versuche, uns einen Vorsprung zu verschaffen«, gab er zurück, zerrte eine Abdeckplane hervor und wühlte unter dem Reserverad herum. Das Luftschiff flog nun direkt über sie hinweg, entfernte sich in westlicher Richtung und steuerte unaufhaltsam auf das Zentrum der Hauptstadt zu.

»Sir, ich glaube nicht, dass wir etwas dabei haben, das einen Zeppelin aufhalten kann«, gab Nimrod mit düsterer Endgültigkeit in der Stimme an.

»Ich habe nicht vor, ihn zu bremsen.« Ulysses fand endlich, wonach er gesucht hatte. »Ja! Ich wusste doch, dass es hier irgendwo war!« Er hievte einen schweren Metallzylinder heraus.

»Oh nein, Sir, Sie meinen doch nicht …«

»Mach dir um mich keine Sorgen«, sagte Ulysses, schloss die Heckklappe und schenkte Nimrod ein teuflisches Grinsen. »Ich sagte es dir schon einmal: Ich mache es so, wie es gerade passt. Du solltest dir lieber Sorgen darüber machen, den Hyde Park vor dem Zeppelin zu erreichen. Finde Allardyce oder wer auch immer da im Dienst ist. Warne ihn. Sag ihm, die Queen ist in Gefahr. Hier«, er griff in seine Manteltasche und reichte ihm sein ledernes Kartenetui, »das wirst du eventuell brauchen. Geh jetzt!«

Nimrod stellte den Auftrag nicht infrage, sondern vertraute den Instinkten seines Arbeitgebers vollkommen. Er brauste davon und hinterließ eine Wolke aus Autoabgasen.

Während Nimrod, Simeon und der *Phantom* in Richtung Hyde Park und den dort stattfindenden Festlichkeiten rasten und der Zeppelin von *Darwinian Dawn* in Fluggeschwindigkeit auf ihn zukam, klemmte Ulysses seinen Stock unter den Hosengürtel, bevor er den mattgrauen Lauf des Abschussgeräts auf seine Schulter hievte. Er spannte seine Schulter an, um die richtige Position zu finden, während er dem herannahenden Luftschiff entgegenblickte.

Ulysses schloss seine Augen und atmete tief ein. Er stieß den Atem beherrscht wieder aus und peilte an. Er verlangsamte bewusst seine Herzfrequenz und beruhigte sein aufgewühltes Adrenalinsystem, eine Technik, die er bei den Mönchen von Shangri-La erlernt hatte. Währenddessen schrie sein sechster Sinn, die permanenten Kampf- oder

Fluchtimpulse ließen seine Nerven tanzen, wie ein Versuch, ihn auf das Kommende vorzubereiten.

Ulysses hatte das Heck der Gondel im Fadenkreuz. »Ruhig«, ermahnte er sich und ließ das Luftschiff noch etwas näher kommen. »Ganz ruhig.«

Er suchte sich einen Zielpunkt an der Hülle der Gondel und folgte diesem, bis sich das Luftschiff direkt über ihm befand. Dann betätigte er den Abzug. Mit dem fulminanten *Wusch* einer Feuerwerksrakete raste das Geschoss los, sein klauenartiger Enterhaken wurde himmelwärts geschleudert, der stabile Stahlstrang spulte sich aus einer kleinen Kammer wirbelnd ab. Ulysses spähte durch das Zielfernrohr des Abschussgeräts und sah, wie der Enterhaken die Seite der Gondel traf, sich um die Aufhängung des Antriebsmotors schlang und dann sperrig wie eine Bärenfalle schloss.

Mit dem Enterhaken festgesetzt, schaltete sich der Windenmechanismus im Werfer ein. Der Motor jaulte, als die Winde das Kabel wieder aufrollte. Die Muskeln angespannt und den Griff des Raketenwerfers fest umschlossen, lösten sich Ulysses Füße vom Boden. Die Luft wurde ihm aus den Lungen gerissen, als er nach oben in den versmogten Londoner Nachthimmel getragen wurde.

Die Winde zog ihn weiter nach oben, während der Zeppelin seinen Flug über die Stadt in Richtung Hyde Park und Untergang des Britischen Imperiums fortsetzte.

KAPITEL 22

AUSNAHMEZUSTAND

Das Geheul der Motoren tobte wie ein Tornado in seinen Gehörgängen. Ulysses hing nur noch wenige Meter unter dem Bauch der Stahlbestie an dem sich in die Winde einrollenden Kabel, welches ihn stetig hinauf in Reichweite der Fahrgestellstreben an der Gondel brachte. Vom Wind umtost, das wie eine illuminierte Straßenkarte ausgebreitete London unter seinen Füßen, griff er mit seiner linken Hand hinauf und fand an einer der Streben Halt. Nun musste er nur noch irgendwie hineingelangen.

Ulysses sah sich um, tastete mit seinen Blicken die Außenwand der Stahlgondel nach einem möglichen Zugang ab. Eine Armlänge entfernt, direkt vor dem Fahrwerksrahmen, befand sich der Notabwurfhebel.

Er umklammerte die Streben fester, sein Trommelfell schmerzte unter dem Druck der wirbelnden Propeller. Dann ließ er den Enterhaken los, schwang sich unter den Rumpf der Gondel und suchte bei dem Hebel nach Halt. Er legte den Griff an dem mit Stahlnieten gespickten Gondelbauch um und mit dem Zischen von entweichender Luft öffnete sich eine Luke.

Einen Moment lang hing er da, fühlte ein Stechen in der rechten Schulter, der Wind peitschte seinen Körper und zerrte an seinem Jackett, und er wurde sich des tödlichen

Abgrundes unter seinen Füßen bewusst. Dann schwang er sich unter größter Anstrengung unter die Gondel, ließ die Fahrgestellstrebe los und griff nach der Kante des offenstehenden Lukendeckels. Mit den Fingerspitzen nach einem besseren Halt suchend, erwischte er ein Kabelknäuel, genau in dem Moment, als seine schweißnassen Finger der linken Hand vom Notabwurfhebel abglitten. Er zuckte und biss die Zähne zusammen, da der Schmerz in seiner rechten Schulter erneut aufflammte, als er für einen Augenblick an nur einem Arm in der Lukenöffnung baumelte, die tödliche Tiefe unter sich.

Endlich fand seine linke Hand Halt. Er zog sich in den Bauch der Gondel hinein und zog die Klappe hinter sich zu. Ulysses kauerte sich neben die Zugangsklappe und hielt sich an einem der Balken fest, die über seinem Kopf und hinter ihm verliefen. Er befand sich wohl in einem Betriebs- und Instandhaltungsdeck. Verknotete Kabel verliefen überall entlang und der Raum war zu niedrig, um gerade stehen zu können.

Durch das Motorengebrüll hindurch vernahm er ein hintergründiges Klappern und spürte Vibrationen durch seinen Körper dringen. Die stickige Luft war heiß und erfüllt mit dem Geruch von Kupferrohren, Leim und Öl. Zu seiner Rechten befand sich eine metallene Leiter, die nach oben zu einer weiteren Bodenluke führte. Er nahm an, dass sie direkt in den Hauptteil der Gondel führte. Er lauschte an der Luke und versuchte, die Hintergrundgeräusche des Maschinenantriebs herauszufiltern. Da er aber nichts weiter hören konnte, nahm er seine Pistole zur Hand und öffnete die Klappe. Vorsichtig hob er seinen Kopf durch die Öffnung und blickte in einen engen Korridor, der an einer mit einer Drehverriegelung versehenen Tür endete. Ohne weiteres Zögern zog sich Ulysses in den Hauptteil des Zeppelins hinauf.

Sein sechster Sinn flackerte gerade in dem Moment auf, als ein metallisches Klicken das Öffnen einer Tür ankündigte.

Inspector Maurice Allardyce warf einen Blick über die Größten und Besten des Imperiums Magna Britannia. Mitglieder des Königshauses, Aristokraten, Politiker, Dichter und Denker, Akademiker, Wissenschaftler, Industriebarone, Philanthropen und Selfmade-Millionäre der einen oder anderen Art drängten sich unter dem gläsernen Dach des Crystal Palace II zusammen.

Der Bolschewik in ihm wollte sich erheben, um diese Unterdrücker des Bürgertums zu stürzen. Dieser Teil in ihm verachtete sie über alle Maßen. In seinen Augen waren sie nur so weit gekommen, weil sie ihren Status auf Kosten der unterdrückten Arbeiterklasse genossen. Männer wie diese waren der Fluch seines Lebens, ebenso wie es Ulysses Quicksilver gewesen war. Allardyce rühmte sich selbst als *Normalbürger*, der es vor dem Hintergrund eines bescheidenen Arbeiterstandes – sein Vater war ein Hilfsarbeiter gewesen, der in den Cavorite-Werken in Greenwich geschuftet hatte – zum Inspector der Metropolitan Police, der Londoner Polizei, im Dienste Ihrer Majestät brachte. Er hatte nie einen Nutzen aus irgendwelchen Beziehungen gezogen, um dahin zu gelangen, wo er nun war.

Würde man allerdings Maurice Allardyce in zwei Hälften schneiden, sähe man die Worte *Royalist* und *Patriot* direkt durch seinen Körper hindurch laufen. Und erneut lag es an Allardyce' Verwurzelung mit der Arbeiterklasse, die in ihm eine glühende Ergebenheit gegenüber dem gekrönten Haupt von Magna Britannia herangezüchtet hatte. Ihm wurde Respekt vor dem Thron von England und allem, wofür dieser stand, beigebracht. Ironischerweise war es genau dieses Haus Hannover, welches sich Vorteile durch die Unterdrückung ganzer Nationen – mittlerweile die meisten des Globus – alleine durch seine Wucht verschaffte. Doch lange bevor er überhaupt zu solchen Überlegungen gelangen konnte, schaltete sich Alladyces Logik aus. Er mochte es, die Dinge einfach zu halten – schwarz und weiß, richtig und falsch – einer der Gründe, warum er Polizist geworden war und ein weiterer Grund, warum er Männer wie Ulysses Quicksilver so sehr geringschätzte.

Als ein Untergebener Ihrer Majestät und als Polizist war es seine Pflicht, die Queen und ihre Gäste zu beschützen. Auf dieser größten und wichtigsten aller Veranstaltungen war ihm allein die Verantwortung für das Wohl der Monarchin übertragen worden. Wann immer er über diese ehrenvolle Aufgabe nachdachte, platzte er beinahe vor Stolz.

Ein Stolz, den er soeben verspürte, während er das riesige Innere des Crystal Palace überblickte. Unzählige glitzernde Kronleuchter hingen von der Decke, in denen Tausende entzündeter Kerzen leuchteten. Tischreihen verliefen von einem Ende des Saals zum anderen, dekoriert mit meterlangen Tischläufern, Hunderten von Blumenarrangements, Eisskulpturen und Tausenden von glänzenden Besteck- und Geschirrsets. All das, um die zwölfhundert Gäste bei einem Gala-Dinner zu verköstigen, welches der Höhepunkt eines Tages voller landesweiter Festivitäten, Paraden und Feierlichkeiten war. Alleine in London beinhaltete das einen Flug des royalen Luftschiffes *The Empress* sowie die Enthüllung der kolossalen Statue Britannia. Dreißig Meter groß, in einer weißen Robe gekleidet, versehen mit den traditionellen Ornaten (einem korinthischen Helm, dem Dreizack und dem Speer) und einer Union-Flag auf dem Hoplon-Schild verewigt, war diese beeindruckende Statue von dem weltberühmten italienischen Bildhauer und Künstler Eduardo Michelangelo entworfen worden.

Als Allardyce die Positionen der Polizeidrohnen und ihrer menschlichen Kollegen überprüfte, die im Umkreis des palastartigen Speisesaals Stellung bezogen hatten, wurde der Inspector auf einen Tumult zu seiner Rechten aufmerksam. Die Gäste, die dort saßen, drehten sich verwirrt und verärgert um. Fluchend wie der Sohn eines Hilfsarbeiters, beeilte Allardyce sich, den entgegenkommenden Constabler-Droiden abzufangen. Der schwarze Panzer der Polizeidrohne war speziell für diesen Anlass poliert worden, um ihm das Aussehen eines *Frisch-aus-der-Produktion*-kommenden Apparates zu verleihen.

»Was ist hier los, Palmerston?«, verlangte Allardyce zu erfahren.

»Sind Sie Allardyce?«, fragte ein imposanter, grauhaariger älterer Mann, während er sich an dem Constabler-Droiden vorbeischob. »Es ist zwingend erforderlich, dass ich mit Ihnen spreche, Sir.«

»Und wer zur Hölle ist das? Wer hat ihn hereingelassen? Was stimmt eigentlich nicht mit euch? Ist eure Babbage-Einheit denn komplett kaputt, ihr nutzlosen Altmetallhaufen?«

»Ich habe Ihnen eine ernste Warnung zu übermitteln, Inspector«, beharrte der Mann. Er trug Kleidung, die ihn als Butler eines Gentlemans auswies.

»Wie sind Sie hier hereingekommen?«, verlangte Allardyce zu wissen.

Der Butler zückte ein ledernes Kartenetui.

»Sie sind nicht der sich das Gras von unten betrachtende Ulysses Quicksilver, das ist schon mal sicher.«

»Nein, Inspector. Mein Name ist Nimrod.«

»Jemand soll ihm das da abnehmen, und zwar sofort!«, schnappte Allardyce.

Niemand hatte daran gedacht, Ulysses' Sicherheitspass nach dessen Ableben einzuziehen. Nun musste sich der langsam tuckernde Verwaltungsapparat jedoch mit diesem Aussetzer beschäftigen.

Als die Polizeidrohne sich gehorsam bewegte, streckte etwas, das wie ein Gorilla in einem Dinner-Jackett aussah, seinen Arm aus und hob Constabler Palmerston vom Boden hoch, eine fleischige Hand fest im Nacken des Roboters verankert.

»Und was zur Hölle ist das?«, kreischte Allardyce auf und deutete auf die menschenähnliche Bestie. Inzwischen beobachtete bereits die Hälfte der Dinner-Gäste das Spektakel.

»Er«, sagte Nimrod betont, »ist mein Mitarbeiter, Simeon.« Tatsächlich sah der Neandertaler in seinem schwarzen Anzug, dem Hemd und der Krawatte nicht völlig fehl am Platze aus.

»Und zum x-ten Mal, wer genau sind Sie, Nimrod?«

»Ich bin der persönliche Hausdiener von Mr. Quicksilver.«

»Nun, dann sind Sie aber für jemanden, der in den Diensten dieses Mannes steht, unglaublich schlecht informiert. Haben Sie es nicht gehört? Quicksilver ist tot!«

»Sehen Sie, für so etwas haben wir wirklich keine Zeit, Inspector. Die Queen ist in schrecklicher Gefahr. Es fand ein Massenausbruch aus dem Tower statt.«

»Aus dem Tower? Sind Sie ebenso irre wie dumm, Mann? Das ist ein Hochsicherheitsgefängnis! Der einzige Weg, daraus auszubrechen, wäre der, dass jemand von außen ein gewaltiges Loch in die Wand sprengt.«

»So wie jemand mit einem Zeppelin, beladen mit mehreren Ladungen Sprengstoff? Mit Bomben wie jenen, welche

Sie und Ihre Männer aus dem Untergrund geborgen haben, meinen Sie?«

Plötzlich ergriffen Allardyce Zweifel. »Mr. Nimrod, Sie sind verhaftet. Constable Palmerston, wenn Sie bitte …«

»Gibt es ein Problem, Inspektor?«

Allardyce erstarrte, als er die eisige und ruhige Stimme hinter sich vernahm. Er wandte sich um, mit einem Male nervös wie ein Schuljunge. »Keineswegs, Premierminister, überhaupt kein Problem.«

Uriah Wormwoods Nase stach forschend hinter seinen porzellanfeinen Fingern, die zu einem Dach zusammengelegt waren, hervor und er wölbte eine fragende Braue in Richtung des Neandertalers. »Ihre Majestät bereitet sich gerade darauf vor, das Wort an Ihre loyalen Anhänger zu richten.«

»Ja, Mr. Wormwood, Sir. Natürlich, Sir. Ich war nur gerade dabei, diesen Verbrecher hier und seinen Affen aus den Räumlichkeiten zu eskortieren.«

»Sehr gut, Inspector. Fahren Sie fort.«

»Premierminister!«, rief der Butler plötzlich angriffslustig aus, der sorgsam bedachte Tonfall in seiner Stimme schnitt durch den Trubel der aufgebrachten Dinner-Gäste. »Mr. Wormwood, Sir! Ich habe eine Nachricht von Ulysses Quicksilver.«

Der Premierminister erstarrte, dann fuhr er schnell wie eine angriffslustige Schlange herum.

»Welche Nachricht?«, fragte er mit einem kalten Zischen, das nun noch eisiger klang als zuvor.

»Ihre Majestät ist in schrecklicher Gefahr, Sir. *Darwinian Dawn* ist in diesem Augenblick in einem gepanzerten Luftschiff auf den Weg hierher, nachdem sie die ganzen Wahnsinnigen aus dem Tower befreit haben. Sie führen hochexplosive Sprengladungen mit sich. Sie müssen die Queen in Sicherheit bringen, Sir!«

Der Premierminister folgte dem Ausbruch des Butlers mit einer vor Bestürzung gekräuselten Augenbraue. Dann breitete sich langsam ein tückisches Grinsen auf seinem Gesicht aus und er schwang sich mit beinahe graziöser Entzückung auf das Podium, von wo aus die Reden gehalten werden sollten. Er hinterfragte nicht einmal den Wahrheitsgehalt der Worte des Butlers. »Eure Majestät, verehrte Gäste, Lord, Ladies und Gentlemen«, sprach er in das Mikrofon. Seine Stimme hallte aus den Lautsprechern, die über den ganzen Crystal Palace verteilt worden waren und wurde auch zu jenen getragen, die das Spektakel über gigantische Bildschirme rund um den Hyde Park verfolgten.

»Ich bin untröstlich, diese Feierlichkeiten unterbrechen zu müssen, doch ich bin darauf aufmerksam gemacht worden, dass jene, die mit ihrem Verrat unser prächtiges Empire zu Fall bringen wollen, einen letzten verzweifelten Vorstoß auf das Herz unserer Nation wagen, in der Hauptstadt selbst!« Ungläubige Schreie wallten in der dicht gedrängten Menschenversammlung auf.

»Noch während ich hier spreche, laufen die gefährlichsten und brutalsten Verbrecher dieser Nation in den Straßen Londons Amok. Den Berichten zufolge bewegen sie sich in einer Orgie der Zerstörung und des Gemetzels durch unsere Stadt. Währenddessen befinden sich die selbsternannten Evolutionsrevolutionäre von *Darwinian Dawn* auf dem Weg hierher, um unsere gütige und innigst geliebte Monarchin ihres Throns zu entheben.«

Schreie wurden laut, das Scheppern und Krachen von Tischen, die umgestoßen wurden, als die Gäste hinausdrängten, um dem nahenden Chaos zu entgehen. Draußen, im Schatten der erst kürzlich enthüllten monolithischen Statue der Britannia, geriet die Menschenmenge aus versammelten Patrioten und Gönnern dann in Panik, sie rempelten sich gegenseitig fort, um der nahenden Bedrohung zu entkommen, und ohne das geringste Interesse, ob sie hilflos zu Boden Gestürzte zertrampelten. Jeder achtete nur noch auf sich selbst, als sie der animalische Fluchtinstinkt überkam.

Drinnen, im beinahe menschenleeren Crystal Palace, fuhr Wormwood indes mit seinem Aufruf an die Nation fort.

»Magna Britannia blickt heute der größten Gefahr seit über fünfzig Jahren entgegen. Und somit, durch die mir verliehene Macht, die ich durch die Anti-Terror-Gesetze erlangt habe, erkläre ich, dass sich diese Nation im Ausnahmezustand befindet und ich eigenhändig die volle Kontrolle über sämtliche Einsatzmittel unserer stolzen Nation übernehmen werde, um diese Gefahr abzuwenden. Londinium Maximum unterliegt hiermit dem Kriegsgesetz! Inspector Allardyce, bereiten Sie Ihre Männer darauf vor, Angriffe vom Boden und aus der Luft abzuwehren. Und jemand soll diese Kameras ausschalten. Die Übertragung ist zu Ende!«

Ulysses ließ den Körper des bewusstlosen Wächters zu Boden gleiten und hielt an der Tür zum Deck des Zeppelins kurz inne, um die Ladung seiner Pistole zu überprüfen und das Schwert aus seinem Gehstock zu ziehen. Es war für ihn nicht schwierig gewesen, eine Gruppe billiger Amateure, welche als Wachen für *Darwinian Dawn* herhielten, auszuschalten. Was ihnen an Können und Achtsamkeit fehlte, glichen sie durch ihren quasireligiösen Eifer aus.

Mit der Hand an der Tür hielt er inne. So naiv er es auch Nimrod gesagt hatte: Er nahm es tatsächlich so, wie es gerade kam. Nach wie vor war er sich nicht sicher, wer oder was auf der anderen Seite der Tür auf ihn warten würde, oder was er tun würde, sobald er es herausgefunden hatte. Ehrlich betrachtet war jedoch alles, was er tun konnte, um den Flug des Schiffes zu verlangsamen oder den Kurs zu ändern, besser als nichts. Dies würde den Behörden genug Zeit verschaffen, um die drohende Gefahr zu bannen.

Mit einem beherzten Stoß öffnete er die Tür und sprang in den Führerstand des schwerfälligen Fahrzeuges.

»Keiner bewegt sich!«, schrie er. »Im Namen des Empire und Ihrer Majestät, Queen Victoria, übernehme ich die Kontrolle über dieses Luftschiff. Jedermann, der damit ein Problem hat, bekommt eine Kugel in den Bauch. Verstanden?«

Ulysses Quicksilver schwenkte seinen ausgestreckten Arm mit der Pistole vor den überraschten Gesichtern der Crew auf dem Deck. Unter ihnen befand sich der narbengesichtige Ganove Jago Kane – und wieder war er aus dem Nichts aufgetaucht wie ein anhängliches Geschwür auf dem Allerwertesten – ein älterer Herr am Steuerrad, der zu der unverfänglich anmutenden Uniform der *Dawn* eine spitze Kappe trug und dem Ulysses die Rolle des Piloten zuschrieb, sowie eine großgewachsene, blonde, schlaksige Gestalt in einem Laborkittel und mit einer Brille auf der Nase.

»Du bist schwerer zu töten, als ich gedacht hatte, Quicksilver«, sagte Kane, ohne zu lächeln.

»Dann lass uns hoffen, dass das bei dir nicht auch der Fall sein wird«, warf Ulysses den verbalen Ball zurück. Seine Aufmerksamkeit richtete sich vorübergehend auf die Lichtstrahlen, die das Luftschiff von vorne bis hinten beleuchteten. Durch eine gläserne Blase am Bug der Gondel konnte er den Hyde Park sehen, der sich unter ihnen ausbreitete.

»Du hast versagt, Kane. Du und deine evolutionären Revolutionäre«, grinste Ulysses, den Moment genießend.

»Es ist vorbei. Deine kleinen Pläne für diese große hoheitliche Insel sind alle gescheitert.«

»Oh, dessen wäre ich mir nicht so sicher«, erklang eine Stimme wie Honig und Seide, und plötzlich stand Geneviève Galapagos – oder, um genau zu sein, Kitty Hawke – hinter ihm. Die kühle Nase einer Kanone presste sich gegen seinen Hinterkopf. »Und dieses Mal werde ich dich nicht verfehlen, Lover-Boy.«

KAPITEL 23

SIMEON SEIN IST ALLES

»Auf Wiedersehen, Liebling«, sagte Kitty.

Auf einmal krachte es.

Ulysses ging in Deckung, während Kane ein unterdrücktes Stöhnen von sich gab. Sein abstoßendes Gesicht verzerrte sich zu einer noch hässlicheren Grimasse, als er sich auf dem Boden des Flugdecks krümmte. Kurzzeitig erstarrt, drehte sich Ulysses seinem Instinkt folgend herum, und hob Schwert und Pistole.

»Schau nicht so geschockt«, meinte Kitty, die ihren Revolver nun wieder auf Ulysses richtete. »Er hat seinen Zweck erfüllt, genau wie du, Ulysses, Darling.«

In den folgenden Sekunden wirkte es auf Ulysses, als ob sich die Zeit verlangsamte und er, trotz seiner angespannten Wahrnehmung, sich ebenfalls nicht schnell genug bewegen konnte. Er konnte sehen, wie sich Kittys Finger enger um den Abzug des Revolvers legte, sah, wie sich die Trommel drehte, um die nächste Kammer in Position zu bringen, erkannte das grausame Glitzern in ihren Augen, das laszive Lächeln auf ihren Lippen. Er hörte ein entferntes Geratter, von dem er annahm, dass es Gewehrfeuer sei. Er konnte das Vibrieren der Luftschiffmotoren durch die metallenen Bodenfliesen unter seinen Füßen fühlen; roch die seltsame Mixtur aus verbranntem Treibstoff und heißen Gummi.

Dann beschleunigte sich die Zeit wieder und eine unglaubliche Explosion erschütterte die Gondel. Kittys Schuss driftete ab, und das Geschoss schlug durch eines der deckenhohen Fenster an der Spitze des Zeppelins. Ein scharfes *Pling* erklang. Alle Augen waren auf das perfekte runde Loch im Glas gerichtet und Ulysses fühlte, wie die Luft aus der Kabine gezogen wurde. Ein Spinnennetz zog sich wie im Zeitraffer durch das Fenster, dann explodierte es, und ein scharfer Wind stob heulend durch die Pilotenkanzel.

Das Luftschiff schlingerte und sein Kurs änderte sich dramatisch, als der Pilot versuchte, die Kontrolle zurückzuerlangen. Dann plötzlich tauchte die Nase des Zeppelins ab und ihre Füße verloren den Kontakt mit dem Boden. Ulysses prallte auf die Observationsblase an der Vorderseite des Flugdecks und landete mit dem Gesicht auf dem Glas. Ein unangenehmer Schmerz breitete sich in seinen Wangenknochen und seinem Kiefer aus, die rechte Schulter verkrampfte sich schmerzhaft und seine Rippen fühlten sich zerschlagen und wund an.

Der blonde, schlaksige Wissenschaftler hatte weniger Glück.

Dr. Cornelius Wilde konnte den Luftstrom fühlen, als das Fensterglas aufplatzte und betrachtete in fieberhafter Panik das zerstörende Chaos um sich herum. Was war hier los? Wer war der Eindringling, der in diesem entscheidenden Moment in die Pilotenkanzel eingedrungen war? Und was zur Hölle gedachte er damit zu erreichen? Warum hatten die Kameraden von *Darwinian Dawn* plötzlich das Feuer aufeinander eröffnet?

Bevor er auch nur auf eine dieser Fragen eine Antwort fand, begann die Gondel heftig zu taumeln, der Boden fiel ab und er wurde urplötzlich durch die Kabine des Cockpits geschleudert. Er streckte einen Arm nach vorn, um seinen Sturz abzufangen, und schrie vor Schmerz auf, als er auf einen Eisenträger aufschlug. Dann wurde er seitwärts geschleudert und hinaus durch das zerborstene Loch, wo noch wenige Augenblicke zuvor ein raumhohes Fenster gewesen war.

Mit einem schrillen Schrei stürzte Dr. Cornelius Wilde durch die widerstandslose Luft nach unten in Richtung Erde. Es wirkte auf ihn, als ob das zigarrenförmige Luftschiff von ihm in Richtung Nachthimmel stürzen würde.

Als er auf den Boden schlug, umschlossen ihn entsetzliche Schmerzen mit ihrem knochenbrechenden Griff. Sie hätten ihm den Atem geraubt, wenn ihm dieser nicht bereits entrissen worden wäre.

Er versuchte sich zu bewegen, doch ein distanzierter Teil seines Verstandes wies ihn darauf hin, dass er beide Beine gebrochen hatte, ebenso wie seinen rechten Arm und mit Sicherheit auch sein Rückgrat. Zugleich füllten sich diverse zerstörte Organe im Inneren seines Leibes mit Blut und anderen Körperflüssigkeiten.

Plötzlich fühlte er sich so unglaublich müde, dass er beschloss, einfach liegenzubleiben und sich vom Schlaf davontragen zu lassen. Zweifellos würde ihn die Polizei bald finden – diese Vorstellung beruhigte ihn – doch bis dahin würde er die Augen noch für ein paar Minuten schließen …

Als er ein wildes Grunzen vernahm, zwang sich Dr. Wilde noch einmal, seine Augen zu öffnen. Direkt über ihm stand eine kolossale Kreatur. In Umriss und Form glich sie beinahe einem Mann, und doch waren da einige vernehmliche Unterschiede, wie der noch funktionierende Teil seines Gehirns nun schärfer herausfilterte. Die Kreatur hatte die ausgeprägten Augenbrauen eines Neandertalers und seine zerknautschten Gesichtszüge glichen denen eines Primaten. Die Schultern waren breit, die Arme lang und muskulös, und der Großteil der freiliegenden Haut war mit dickem, drahtigem Haar bedeckt. Von der Taille abwärts trug das Monstrum eine schmuddelige Gefängnisuniform.

Wilde wurde von einer plötzlichen erschreckenden Erkenntnis gepackt, als ein kurzes Aufflackern von etwas, das man durchaus als Wiedererkennung deuten konnte, in den Augen des Affenmannes aufblitzte. Dann bemerkte er den Kragen, der sich um den kräftigen Nacken der Kreatur spannte, und dass der behelfsmäßige Knüppel – der nach dem Teil eines Abflussrohres aussah – von der behaarten Faust noch fester umschlossen wurde.

Ein leises Knurren erklang tief aus der Brust der Kreatur, und Wilde fühlte, dass das wenige zurückgebliebene Blut aus seinen Wangen wich. Angstschweiß perlte auf seiner Stirn. Seine verschwommene Wahrnehmung wurde zu einem blauen Flecken gezogen, welcher halb verdeckt vom Fell auf der Brust der Kreatur zu sehen war. Das Bild war durch die physiologische Veränderung des Körpers der Kreatur zwar verzerrt worden, dennoch konnte man erkennen, dass es sich um ein Totenkopf-Tattoo handelte.

»M-McCabe?«

Der Affenmann stieß erneut ein Knurren aus und seine hassverzerrte Grimasse entblößte gelbliche Zähne. Plötzlich bemerkte Wilde, dass ihn noch weitere der de-evolutionierten Gefangenen umringten; alle mit derselben gekrümmten Haltung, die muskulösen Arme angespannt.

Der Schock verdrängte jegliches Verlangen nach Schlaf aus seinem Gehirn und Wilde kramte mit seiner zitternden linken Hand nach der Kontrollbox. Sie lag an seiner Seite, der lederne Gurt war zerrissen. Undeutlich nahm er das verformte Metall unter seinen Fingerspitzen wahr. Dann fanden sie endlich Halt auf dem Kästchen und Wilde knipste blindwütig an den Hebeln herum und drehte die Scheiben. Doch was er auch tat, es hatte keinen Einfluss auf das Verhalten der Kreaturen, die sich ihm näherten. Ein leises Wimmern kam über Wildes Lippen, als er realisierte, was mit ihm geschehen würde.

Die degenerierte Armee psychotischer Affenmenschen, die Wilde kreiert hatte, hatte den Hyde Park erreicht. Und niemand war mehr in der Lage, sie zu kontrollieren.

Das Affenbiest, welches einst der Serienkiller und Kannibale Ramsey *The Shark* McCabe gewesen war, fühlte ein Raunen in seinem primitiven Gehirn. Eine Emotion, welche intelligentere Spezies vielleicht als Genugtuung bezeichnet hätten. Ein Gefühl von Gerechtigkeit, welche am Ende serviert wurde. War da nicht noch etwas? Etwas, was eine sprechende Kreatur vielleicht *Rache* genannt hätte? Was auch immer der Wahrheit am nächsten kam, diese Kreatur hier hatte ihren eigenen Willen – den Willen zu töten.

Das Luftschiff wurde sacht durchgeschüttelt, als die Schüsse ins Schwarze trafen.

»Das war ja wohl ein Glückstreffer«, murmelte Nimrod verächtlich über den Erfolg des Schützen.

»Glück oder nicht, wir haben sie!«, triumphierte Allardyce grimmig. »An alle Einheiten!«, rief er in den Kommunikator. »Haltet drauf, mit allem, was wir haben!«

Auf seinen Befehl hin eröffneten die bewaffneten Officers und Droiden der Metropolitan Police Force erneut das Feuer auf den Zeppelin, der sich gerade über den Park senkte, als ob er einen Tieffliegerangriff starten wollte. Um die Wahrheit zu sagen, wusste niemand genau, wie sie es geschafft hatten, eine der Maschinen des Zeppelins zu treffen. Aber sie würden weiterhin versuchen, das Ding vom Himmel zu holen.

Der Zeppelin wurde aus seinem Sturzflug gezogen. Ulysses' sechster Sinn flammte auf, als er einen katzenähnlichen Aufschrei hörte. Er rollte sich schnell auf den Rücken. Dann war Kitty Hawke über ihm. Sorgfältig manikürte Fingernägel griffen wie Klauen nach seinem Gesicht und gruben sich in seine Haut. Ihre straffen Schenkel nahmen seine Hüfte in die Zange und quetschten schmerzhaft seine Nieren.

Da er sowohl Pistole als auch Schwert verloren hatte, packte Ulysses Kittys Handgelenke und drückte sie nach oben.

»Oh, Mr. Quicksilver«, schnurrte sie, ihre Augen glichen denen einer verwilderten Kreatur, irre und starr glommen sie unter den gelösten Strähnen ihres goldbraunen Haares, »sind Sie immer so grob bei Ihrem ersten Date?«

Ulysses drehte seine Hüfte, drückte mit seinen Beinen, zog gleichzeitig mit seinen Armen und rollte sich auf die Seite. Dieses Mal konnte er die kokette Miss Hawke unter sich festhalten.

»Erstes Date?«, fragte er zweifelnd. »Ich dachte, wir machen gerade Schluss!«

Die beiden rangen auf den stählernen Bodenplatten des Flugdecks miteinander, das Rattern von Gewehrfeuer und zerberstende Fensterscheiben begleiteten ihren Kampf. Noch vor kurzem hatte Ulysses angenommen, er würde einen solch intensiven körperlichen Kontakt mit der einstigen Geneviève Galapagos genießen, hatte angenommen, es würde ein Funkeln in seine Augen und ein Verlangen in seine Lenden bringen.

»Ich wette, du hättest nie vermutet, dass die kleine Geneviève so verspielt sein könnte«, neckte ihn Kitty, als hätte sie seine Gedanken gelesen. Ein Teil von Ulysses konnte sich nicht dagegen wehren, diese zerzauste Schönheit äußerst attraktiv zu finden; die festen Brüste, die gefährlich nahe daran waren, aus der tiefgeschnittenen Bluse zu rutschen, die geschmeidigen Beine, die sich eng um seine Hüfte schlangen, ihrer beiden Körper aufeinander. Nur, dass dies nicht Geneviève Galapagos war. Denn obgleich es Kitty Hawkes Körperbau gewesen war, der ihn erregt hatte, so war es doch Genevièves sittsame Verletzlichkeit gewesen, die ihn ergriffen hatte.

»Nichts als Lug und Trug, meine Liebe, das ist alles, was dahintersteckte«, stellte Ulysses klar. »Ich wollte dir glauben. Ich wollte, dass sich mein ganzer Argwohn als falsch erwies. Geneviève Galapagos war eine solch charmante, ernsthafte und sensible junge Frau. Hingegen erscheint es mir, als sei Miss Kitty Hawke, die Auftragskillerin und Straßendirne, vollkommen anderer Natur. Eine absolut komplette – wie soll ich das ausdrücken – billige Schlampe!«

Noch ehe er seine Worte beendet hatte, spuckte Kitty ihn an, sodass er mit einem Ruck zurückwich, als der Speichel ihn direkt im Gesicht traf.

»Du Bastard!«, knurrte sie.

Ulysses krümmte sich, als sie ihr Knie hob und es in seine Leiste rammte. Ihm wurde übel und sein Griff lockerte sich für einen Moment wegen des widerlichen Schmerzes. Kitty nutzte diese Gelegenheit. Sie schaffte es, eine Hand aus Ulysses' Griff zu befreien und seinen linken Arm zu ergreifen. Sie senkte den Kopf und grub ihre Zähne in sein Handgelenk. Ulysses brüllte auf vor Schmerz.

»Normalerweise mache ich mir nichts daraus, Frauen zu schlagen«, keuchte er, während Kitty noch immer mit ihren Zähnen in seinem Fleisch hing, »aber in deinem Fall mache ich eine Ausnahme!«

Er bekam seine rechte Hand frei und ballte sie zu einer Faust. Der Schlag sauste auf Kittys Kopf herab, ihr Griff erlahmte und die Höllenkatze sank besinnungslos zu Boden.

Wind heulte um die Kabine der Pilotenkanzel und Rauch von der brennenden Maschinerie quoll herein. Alle Mitglieder von *Darwinian Dawn* waren besinnungslos oder tot. Der Pilot lag mit gebrochenem Rückgrat über dem Steuerrad. Niemand war mehr da, der den Kurs des Zeppelins unter Kontrolle bringen konnte.

Ulysses kam wackelig auf die Beine und wickelte ein Taschentuch um sein Handgelenk, um die Blutung zu stoppen. Er blickte auf die Schönheit zu seinen Füßen, die mit einem Mal so friedlich und unschuldig aussah, als würde sie schlafen.

»Betrachte unsere Beziehung als beendet«, sagte er abfällig und betastete vorsichtig seine schmerzenden Lenden. »Und jetzt wollen wir mal sehen, wie man dieses Ding anhält.«

»Wie ist die Lage dort unten, Nimrod?«, drang die Stimme knisternd über den Kommunikator.

»Um es in einem Wort zu sagen, Chaos, Sir«, gab Nimrod nüchtern zurück. »Hier regiert der Wahnsinn. Die Flüchtlinge aus dem Tower haben den Park erreicht und setzen hier ihren verdammten Amoklauf fort. Es sind Hunderte, Sir, und sie alle …« Nimrod stockte. Angesichts der Szenerie vor seinen Augen hatte es ihm plötzlich die Sprache verschlagen.

Er befand sich an einem der Ausgänge des New Crystal Palace und blickte auf die dunkle Rasenfläche des Hyde Parks hinaus. Überall sah er Menschen fliehen, während die wilden Bestien Polizisten und aufgescheuchte Gäste in einer Orgie der Gewalt abschlachteten. Simeon war an Nimrods Seite, wippte von einem Fuß auf den anderen, als ob er auf den Befehl wartete, sich in die Schlacht zu stürzen.

Das Aufgebot der Polizei schlug tapfer zurück, doch die verwilderte Brut machte den Eindruck, als würde sie jegliche Verletzungen ertragen können und als triebe eine unnatürliche Lebenskraft sie an, sogar nachdem man sie angeschossen hatte.

Den Polizei-Robotern erging es schlecht. Die affengleichen Bestien rissen ihnen die Roboterglieder reihenweise ab und drehten den Droiden die Köpfe aus der Verankerung, als entkorkten sie Bierflaschen.

»Bitte wiederholen, Nimrod, ich habe das letzte Wort nicht verstanden«, drang es aus dem Kommunikator.

»Es ist genau so, wie Sie befürchtet hatten, Sir. Sie haben sich zurückentwickelt, sind nun Affenmänner, primitive Wilde mit einer Vorliebe für Blut, die sie mit dem größten Vergnügen töten lässt.«

»Ja, genau wie ich befürchtet hatte. Vielleicht habe ich die Lösung. Nimrod, schaff jedermann aus dem Crystal Palace raus: die Queen, Premier Wormwood, jedermann. Und dann sorge dafür, dass diese Halbaffen sich dort versammeln.«

»Und wie, schlagen Sie vor, soll ich das anstellen, Sir?«, fragte der Butler, während er einen Schuss aus seiner Pistole abfeuerte, als ein tätowierter Affe einen Droiden-Constable keine zehn Meter vor ihnen in den Boden stampfte.

»Da war so ein irrer Wissenschaftler an Bord, der einen Apparat benutzte, um sie zu kontrollieren. Er hatte ihn bei sich, als er unfreiwillig durch das Fenster des Zeppelins ausstieg.«

»Ich glaube nicht, dass sie derzeit irgendjemand kontrolliert …«

Nimrod unterbrach sich erneut, als seine Augen den massigen Unhold inmitten des Affenpacks erfassten. Die

Kreatur grölte, während sie irgendetwas über ihrem Kopf in die Luft reckte.

»Wie bitte, Nimrod, alter Knabe? Ich kann dich wieder nicht hören.«

Der Butler brachte kein Wort hervor, starrte auf das entstellte, blutbespritzte Überbleibsel von etwas, das sehr gut jener Apparat gewesen sein konnte, über den Ulysses gesprochen hatte. Das Röhren eines Motors drang in seine Ohren und er blickte auf, um den Zeppelin aus dem flimmernden Nachthimmel über dem Crystal Palace niedergehen zu sehen.

»Schaff sie hinein!«, schrie Ulysses. »Ich kann dieses Ding nicht mehr in der Luft halten. Bereit oder nicht, ich komme!«

Nimrod sprang beiseite, als Simeon ein gewaltiges Brüllen ausstieß und sich in die Schlacht stürzte. Er stieß Polizisten, Partygäste und Affenmenschen aus dem Weg, während er sich auf sein Ziel zubewegte. Zwar mochte er nur die urzeitliche Imitation eines Mannes sein, doch er hatte verstanden, dass seine neuen Herren seine Hilfe benötigten. Und ebenso erkannte er ein Alphamännchen in einem Pulk, wenn er es sah.

Simeons plötzlicher Ausbruch trieb Nimrod zum Handeln. Er drehte um und rannte in den Palast. »Wenn Sie mir für einen Moment Ihre Aufmerksamkeit schenken würden, Ladies und Gentlemen! Würden Sie bitte so gut sein und sich zum nächsten Ausgang begeben? Alle raus hier! Bewegung!«

Simeon landete direkt vor dem Leitaffen, nachdem er ein anderes umher trottendes Monster mit einem knallharten doppelten Schwinger seiner Faust zu Boden geschickt hatte. Das alle anderen überragende, halbnackte Wesen mit dem

Eisenhalsband hielt die zerstörte Kontrollbox in seinen Klauen und fixierte Simeon unter seinen sich hervorwölbenden schwarzen Brauen aus gelben Knopfaugen.

Simeon richtete sich auf, riss sein Jackett und das Hemd auf und schlug sich mit einem Trommelwirbel herausfordernd auf die Brust. Zähnefletschend beantwortete der Affenmann sogleich unmissverständlich Simeons Aufforderung zum Kampf. Ihm war klar, dass seine Stellung als Alphamännchen angefochten wurde, und es schien, als würden auch die anderen Biester dies bemerken. Mit einem Brüllen erwiderte er Simeons Geste und schleuderte die Metallbox beiseite. Ohne zu zögern, warf er sich auf den Neandertaler.

Simeons war vorbereitet auf den Angriff des tätowierten Primaten. Als der rabiate Wilde ihn um die Körpermitte packte, nahm er den Wüstling in den Schwitzkasten.

Die Zehen des Biestes gruben sich in den Rasen und er stemmte sich mit seinen Beinen fest gegen den Boden. Seine Augäpfel traten aus den Höhlen und sein Gesicht verfärbte sich purpurn. Als Simeon den Würgegriff um seinen Hals verstärkte, hob der Affenmann den Herausforderer in die Höhe. Mit einem gutturalen, vor Anstrengung beinahe völlig abgewürgten Brummen neigte er sich zurück und warf Simeon über seine Schulter. Beide fielen zu Boden und Simeons Griff lockerte sich. Einen Moment später waren die beiden Kontrahenten schon wieder auf den Füßen, einen Kreis um sich bildend – die anderen Affenwesen waren zurückgewichen oder hatten innegehalten, um zu gaffen – wie ein Pärchen preisboxender Hilfsarbeiter, bereit für die nächste Runde.

Mit großem Gebrüll, das all ihre Aggressionen widerspiegelte, prallten der Neandertaler und der Affenmann erneut aufeinander. Die beiden verrohten Ringer traten, schlugen und hieben aufeinander ein, bissen sich bis aufs Blut. Ihre Kräfte schienen sich ebenbürtig zu sein – der eine ein degenerierter Serienmörder und Menschenfresser, der andere ein gezähmtes Produkt des sinisteren Ehrgeizes eines wahnsinnigen Professors.

Der Affenmensch schaffte es, unter Simeons Deckung zu gelangen, und grub seine Zähne in die Seite des Neandertalers. Als Reaktion darauf schlug Simeon dem Wilden auf den Kopf, seine gewaltigen Hände zu keulenähnlichen Fäusten geballt. Der Neandertaler drehte dem Monster einen rotbepelzten Arm auf den Rücken, bis irgendetwas darin brach, wohingegen der Affe einen Fuß auf dem Zwerchfell Simeons platzierte und zutrat, mit einem dröhnenden Kreischen wie von einem Pavian in absoluter Rage.

Simeon krachte mit dem Hinterteil voran zu Boden und spürte, wie sich etwas Scharfes schmerzhaft in seinen Rücken grub. Er griff nach hinten, seine Hände schlossen sich um das grob quaderhafte Objekt, als der Affenmann, dem bereits Blut aus verschiedenen Schnitten und Abschürfungen sickerte, gegen ihn sprang, bereit, ihn ein für alle Mal zu erledigen.

Der Neandertaler holte weit aus und schlug dem Affenmann die übel zugerichtete Kontrollbox gegen den Schädel. Die Wucht ließ den Angreifer völlig verblüfft zur Seite straucheln. Bevor er sich wieder besinnen konnte, war Simeon auf den Beinen, die metallene Box nun mit beiden Händen fest umklammert und über seinem Kopf erhoben. Mit einem einzigen kraftvollen Hieb ließ er den Klumpen aus Metall und Elektronikteilchen mitten auf den Schädel des Affen krachen. Ein feucht klingendes Knacken erklang und der zurückentwickelte Straftäter plumpste reglos auf den aufgewühlten Rasen. Nur, um sicherzugehen, hieb der Neandertaler noch einmal auf ihn ein.

Simeon riss sich die zerschmetterten Überbleibsel des verschmutzten Hemdes vom Rücken. Überwältigt von seinen eigenen Gefühlen roher Befriedigung, platzierte er einen Fuß auf dem Leichnam des besiegten Anführers der Kreaturen. Er heulte in unverhohlener barbarischer Freude und trommelte sich erneut auf die Brust. Sein Grölen schallte durch den dunkler und dunkler werdenden Park.

Das verbliebene Affenpack war erstarrt. Dann antworteten die degenerierten Flüchtlinge mit einem johlenden Getöse, hießen ihn als ihren neuen Anführer willkommen.

Mit einer ausholenden Armbewegung signalisierte Simeon der Sippe, ihm zu der funkelnden Konstruktion des neuen Crystal Palace zu folgen.

Ulysses duckte sich, als ein weiteres Fenster durch Gewehrfeuer zersplitterte. Er umklammerte das Steuerrad fest mit beiden Händen – so fest, dass er den nagenden Schmerz in seiner rechten Schulter erneut zu spüren bekam – und stemmte sich fest gegen den Boden des Flugdecks, während der Zeppelin dem Crystal Palace immer näher kam.

Plötzlich zerrte etwas an seinem Bein. Es war Jago Kane.

»Wir sind auf dem besten Weg zu sterben, nicht wahr?«, stieß er keuchend zwischen blutigen Lippen hervor.

»Das ist mit Sicherheit deine Intention«, gab Ulysses säuerlich zurück. »Ich für meinen Teil habe nicht vor, mit diesem sinkenden Schiff unterzugehen.«

»Hör zu, ich weiß, was du von mir denkst«, hustete Kane und mehr Blut sprudelte hervor, »und du weißt, was ich von dir halte. Ich würde unseren Moralkodex sogar als … *nicht kompatibel* bezeichnen.«

»Moralkodex? Du?« Ulysses lachte beinahe auf.

»Hör einfach zu, du arroganter Scheißkerl!« Kanes Stimme klang so kalt und klar wie Eis. »Wenn du hier lebend rauskommst, ist derjenige, den du wirklich willst, Uriah Wormwood.«

»Wormwood? Was meinst du damit?«

»Er ist der Mann hinter allem. Wer sonst hat die Macht und den Einfluss, etwas wie das hier unbemerkt aufzubauen?«

»Warum sollte ich dir irgendetwas von dem, was du mir erzählst, glauben?«

»Kannst du es dir denn leisten, es nicht zu tun?«

»Wormwood«, grübelte Ulysses. Halb vergessene Verdachtsmomente wurden in ihm zum Leben erweckt. »Und warum erzählst du mir das jetzt?«

»Weil dieser schleimige Bastard mich hintergangen hat. Er hat mich verkauft, mich und meine Männer, alle, die an seine Absichten glaubten.« Seine ansteigende Wut erhitzte sein Gemüt so sehr, dass er von einem schrecklichen Hustenanfall geschüttelt wurde. »Und wenn ich sterbe, will ich, dass auch er bezahlt.« Kane fixierte Ulysses mit stählernem Blick. »Schwöre es. Schwöre, dass du den Bastard zur Rechenschaft ziehen wirst!«

»Ich … Ich schwöre es«, antwortete Ulysses verblüfft. Die Worte fühlten sich seltsam auf seiner Zunge an, als er dem Mann gegenüber einen Eid ablegte, der so lange seine Nemesis gewesen war.

Inzwischen waren sie so nah, dass die glitzernde Konstruktion des Glashauses die gesamte Front der zerstörten Pilotenkanzel ausfüllte. Kein Zweifel, das Luftschiff war auf Kollisionskurs. Ulysses sprintete das schräge Flugdeck hinauf, während der Zeppelin dem Crystal Palace immer näher kam, und warf sich durch die Tür, durch welche er das Deck betreten hatte.

Der einzige verbliebene Antrieb gab ein schrilles Heulen von sich, als der Zeppelin auf dem Dach des Crystal Palace aufschlug. Eisenverstärkte Verstrebungen bogen sich, Glas splitterte und die Pilotenkanzel wurde mit diamantähnlichen Scherben übersät. Ein ohrenbetäubendes Kreischen sich verbiegenden Metalls und der misstönende Klang hunderter berstender Glasscheiben tönten durch die ruckelnde Gondel, während Ulysses halb rennend, halb fallend durch das Luftschiff zu den Bombenschächten taumelte.

In der stählernen Verladestation hingen die letzten der tödlichen Apparaturen von *Darwinian Dawn.* Jede davon beinhaltete eine Portion von Professor Galapagos' tödlicher Degenerationsformel. Ulysses griff sich die Gasmaske von der Leiche eines schwarz gekleideten Wächters und streifte sie über. Der Geruch nach Gummi und menschlichem Schweiß kroch durch seine Nasenlöcher.

Er zog mit aller Kraft an dem ersten einer Reihe von Metallhebeln direkt vor sich. Wie ein gähnender Mund schwangen die Klapptüren des Bombenschachts auf. Als er durch das Loch im Boden nach unten blickte, konnte Ulysses die rothaarigen Affenmänner im Inneren des Crystal Palace erkennen. Es hatte Glasscherben auf sie herabgeregnet, als die Gondel mit dem Palast kollidiert war, und viele lagen tot oder tödlich verwundet am Boden. Andere liefen Amok, warfen mit Tischen um sich oder bewarfen sich gegenseitig mit vergoldeten Kerzenhaltern, feinstem Porzellan und Tafelsilber, während wieder andere versuchten, die Tischdekorationen zu verspeisen.

Ulysses fand an dem zweiten Hebel Halt und hielt inne. Er tippte eine Nummer in seinen Kommunikator und führte den Apparat ans Ohr. Im selben Moment, als das Gespräch entgegengenommen wurde, rief er: »Nimrod, bist du bereit?«

»Ja, Sir, jedermann ist draußen.«

»Dann geht weiter. Jetzt kommt das große Finale, welches das Haus garantiert einreißen wird.«

»Ja, Sir. Viel Glück. Nimrod Ende.«

Ulysses umklammerte den Hebel energischer und zog, so fest er konnte. Die erste Bombe wurde von ihrem Haltegurt befreit, rollte nach vorn und über das Ende der kippenden Ladestation. Ulysses bewegte den Hebel wieder in seine ursprüngliche Position zurück und sprang schnell beiseite, als die übrigen Apparate ihrem Vorgänger folgten und auf den zum Großteil zerstörten Palast hinabstürzten.

Inzwischen hatte sich das Luftschiff im Dach des Crystal Palace verkeilt, sodass die Gondel nun inmitten gebrochener Dachträger und Balken hing. Der lenkbare Ballon über dem Gebäude war noch immer unversehrt.

Für einen kurzen Moment war Ulysses' Welt wundervoll schweigsam, doch dann schlug die erste Bombe auf. Stichflammen stoben von dem zerschmetterten Glashaus empor und verschlangen in einem Feuersturm alles, was wenige Stunden zuvor noch ein feudaler Speisesaal gewesen war. Die Körper der Affenkreaturen wurden in die Luft gewirbelt. Weitere Explosionen schüttelten die Gondel kräftig durch. Dann jedoch entstanden die ersten chemischen Wolkengebilde.

Da sie dem Gas bereits einmal ausgesetzt gewesen waren, setzte sich die Galapagos'sche Verwandlung in den Körpern jener Sträflinge fort, die nicht bei der Explosion zerfetzt worden waren.

Ihre Körper verkrampften sich, als sie von einer schrecklichen Lähmung erfasst wurden und ihre physiologische Struktur sich ein weiteres Mal in unvorstellbarem Maße veränderte.

Vor Tollheit grunzende Affenkreaturen verflüssigten sich wie schmelzendes Wachs, mutierten zu echsenähnlichen Wesen. Pelz und Fell fielen von ihnen ab, um Schuppen oder teilweise gar amphibische Hautstrukturen freizulegen.

Groteske Scheußlichkeiten entstanden, als die Körper völlig unter den Wandlungen kollabierten, denen sie ausgesetzt waren. Gestalten, teils Säugetier, teils Reptil gurgelten und zischten im Todeskampf. Dinger mit stumpfen Schnauzen von primitiven Wesen schlitterten durch die aufwirbelnden, ranzigen Nebelschwaden, die Extremitäten noch unsicher, ob sie Klauen oder Flossen sein sollten. Fischaugen blinzelten über zitternden Mündern. Knochen verwandelten sich in flüssiges Fleisch wirbelloser Tiere.

Der beschleunigte Umkehrungsprozess steigerte sich zu einem Chor aus quäkendem Gewimmer, bis sich die krümmenden Körper nicht länger selbst stützen konnten. Allesamt zerfielen sie zu einem Morast protoplasmischen Schlicks, der den mit Teppichen ausgelegten Fußboden des New Crystal Palace mit klebrigem Schleim bedeckte.

Und am anderen Ende der Halle, inmitten des zusammengeflossenen Sekrets, lagen die Überreste eines umgeschneiderten Anzuges.

KAPITEL 24

ZEITGESCHICHTE WIDER DIE NATUR

Ulysses riss die Tür zur Pilotenkanzel auf und begutachtete die Verwüstung. Glas bedeckte in Myriaden glitzernder Scherben den Boden. Die Leichen des Piloten und des Wächters befanden sich noch genau dort, wo sie niedergesunken waren. Kitty Hawke lag besinnungslos mit dem Gesicht nach unten auf dem Boden, ihr Körper ein Nadelkissen für die scharfen Glassplitter. Nur Jago Kane war verschwunden.

Ulysses Quicksilver fluchte. Wieder hatte es Kane geschafft zu entkommen. Scheinbar hatte er mehr Leben als jede Katze! Doch wohin auch immer der mörderische Aufrührer sich verzogen hatte, weit konnte er nicht sein. Mit seinen Verletzungen würde er sich keinen allzu großen Vorsprung verschaffen können. Sofern Kane die Wahrheit gesprochen hatte – und Ulysses' eigener nagender Verdacht machte ihm weis, dass der Terrorist genau das getan hatte, so unglaublich es auch schien – würde der wirkliche Drahtzieher dieser Geschichte genau in diesem Moment flüchten. Ulysses lehnte sich gegen die verkrümmten Streben der Gondel und starrte auf den verwüsteten Crystal Palace hinab. Sogar durch die Gasmaske hindurch nahm er den Geruch nach verdorbenem Fleisch und Anis wahr, den das sich auflösende Gas verströmte. Inmitten der Bombenkrater und brennenden Schutthaufen bedeckte dicker Schlick den Boden des Gebäudes. Ein gelber Dampf stieg vom Boden empor. Nichts regte sich dort unten, abgesehen von dem gelegentlichen *Plopp* einer Blase in dem brodelnden Schleim.

Ulysses glaubte, Schritte zu hören. Er sah nach links und konnte sehen, wo die Gondel sich festgefahren hatte. Einer der vielen Wartungsstege war greifbar nahe. Von dort aus konnte der Flüchtling es leicht nach unten geschafft haben und entkommen sein. Dies war der Weg, den Kane ohne Zweifel genommen hatte und welchen Ulysses nun ebenfalls benutzen würde. Auch wenn seine alte Nemesis ihm erneut entkommen war, bestand die Gefahr, dass sich Uriah Wormwood in all dem Chaos und Durcheinander absetzen würde.

Wormwood warf nervöse Blicke um sich, während er eifrigst versuchte, nach außen hin seine ruhige, selbstsichere Überlegenheit zu wahren. Er hatte es zugelassen, dass man ihn zusammen mit der Queen und ihren Dinner-Gästen aus dem Saal evakuierte. Nun stand er an der Seite der an eine Maschine gebundenen Monarchin, gemeinsam mit Victorias persönlichen Bediensteten – den Hofdamen und ihrem persönlichen Arzt, dem französischen Chirurgen Dr. Mabuse. Die gesamte Gesellschaft wurde von einer Leibgarde bewaffneter Polizisten umringt. Fünfzig Meter entfernt befanden sich die schwelenden Überreste des New Crystal Palace, noch immer in inniger Umarmung mit dem darin verkeilten Luftschiff.

Wormwood warf einen flüchtigen Blick auf die Führerin des größten Empire, welches die Welt je gesehen hatte.

Das bloße Anheben einer Augenbraue würde seine wahren Gefühle des Ekels und der Verachtung verraten. Sie war weit entfernt von dem öffentlichen Bild der noblen und resoluten

Frau, welche ein Viertel der Welt während des größten Teils des letzten Jahrhunderts regiert hatte. Inzwischen war sie mehr eine Maschine, denn eine Monarchin. Ihre körperliche Hülle einer alten Frau war gefangen in der Kaiser-Maschine, ein Babbage-Abweichungs-Aggregat von größter Komplexität, welches für ihre Lebenserhaltung sorgte und sie zugleich per Dampfkraft mobil hielt. Die Witwe von Windsor war nur mehr eine vor sich hinwelkende Kreatur, die lange über ihre natürliche Zeit hinaus am Leben erhalten wurde, und viel länger, als es für ihre sich permanent verschlechternde Gemütslage gut war. Unflätige Stimmen stellten bereits Vermutungen an, dass mittlerweile die phasenkodierte Intelligenz der babbagesken Einheit im eigenen Interesse für die Majestät sprach, welche die Stimme der Queen nachahmte, indem sie eine Reihe von Geräuschaufnahmen nutzte, die einst gemacht worden waren, als Victoria noch selbst des Sprechens mächtig gewesen war.

Für viele Menschen auf der Welt *war* Queen Victoria, Kaiserin von Indien, Herrscherin des Mars und Gebieterin de facto der Mondkolonien das Imperium von Magna Britannia. Und Wormwood empfand genauso. Sie war die ideale Verkörperung eines veralteten Systems, das bereits viel länger gewartet wurde, als es für den Nutzen der wenigen Privilegierten gut war. Doch dies alles würde sich bald ändern. Wenn sich die Sonne am nächsten Morgen erhob, würde dies der Aufgang eines neuen Zeitalters für Magna Britannia, seine Bürger und alle anderen in der Welt sein. Die Zeit der Dinosaurier wäre vorüber.

Diese Gedanken an die Zukunft führten Wormwood zurück zu dem Umbruch, der noch immer in der Gegenwart stattfand. Es war zwar nicht alles exakt nach Plan verlaufen, doch er hatte seinen Ausnahmezustand und somit die

Möglichkeit erhalten, seine Vollmacht unter dem Namen der Anti-Terror-Gesetze ins Spiel zu bringen. Dies könnte ihm noch immer zu seinem Vorteil gereichen. Nur musste er dafür sorgen, seine Maske der stillen Gelassenheit nicht fallen zu lassen.

»Premierminister, auf ein Wort!«, rief jemand von hinten.

Wormwood erstarrte, eisig kalt lief es sein Rückgrat hinab. Es war die Stimme von Ulysses Quicksilver.

Der versammelte Pulk schnappte vor Verwunderung hörbar nach Luft, als sich Ulysses näherte. Wormwood nahm sich einen Moment, um sich zu fassen. Dann wandte er sich langsam um.

So war es also bestätigt. Irgendwie hatte Ulysses Geneviève Galapagos' Abschiedsgeschenk überlebt, dennoch sah er nicht gerade blendend aus. Seine sonst tadellose Kleidung war völlig derangiert, ebenso wie der Rest von ihm. Sein Gesicht sah wie ein Schlachtfeld aus mit all den Prellungen, den geschwollenen Lippen und blutigen Einschnitten. Sein linkes Handgelenk war mit einem Taschentuch verbunden, das mit Blut durchtränkt war, und ein Auge war von einem dunklen Bluterguss beinahe völlig zugeschwollen.

»Glückwunsch, Premier«, sagte er schalkhaft und fuhr sich mit den Fingern durch die zerzausten Haare. »Ich bin hier, um Ihnen die erfolgreiche Auflösung des Falles zu melden, mit dem Sie mich vor zwei Monaten betraut hatten.«

»Ist das so?«

Wormwood klang misstrauisch.

»Das ist so, Premier.«

»Habe ich irgendwas nicht mitbekommen? Sollten Sie nicht tot sein?«, warf ein überaus erstaunter Inspector Allardyce ein, der sich und seine Manieren in diesem Moment selbst vergaß.

»Ihnen auch einen schönen guten Abend, Inspector«, gab Quicksilver mit einem schiefen Lächeln zurück. »Einen guten Mann kann man einfach nicht aufhalten, schätze ich. Freuen Sie sich denn gar nicht darauf, meine Schlussfolgerung zu hören?«, fragte er, erneut an Wormwood gerichtet.

»Wie ich es verstanden hatte, wurde der Fall vor Wochen schon zu einem Abschluss gebracht«, sagte Wormwood und runzelte verdrießlich seine Stirn.

»Gewiss. Das war auch meine Annahme – obgleich ich ein paar schleichende Zweifel hatte – bis Sie versuchten, mich in die Luft zu jagen.«

Erneut schnappten die Versammelten ringsum nach Luft.

»Haben Sie Ihren verdammten Verstand verloren?«, fuhr Allardyce auf. Es war ein langer Tag gewesen und alles in der spektakulärsten Art und Weise vor die Wand gefahren. Er war nur froh, dass die Queen selbst noch am Leben war. »Haben Sie kürzlich 'nen Schlag auf den Kopf bekommen? Weil, wenn das nich' der Fall is', kann ich das zu gern nachholen, wenn Sie so weitermachen.«

»Keineswegs, Inspector. Ich bin in vollem Besitz meiner geistigen Fähigkeiten, danke sehr«, blaffte Ulysses zurück. Er bemerkte Nimrod, der sich ihm zur Seite stellte.

»Ist alles in Ordnung, Premierminister?«, erklang die aufgenommene synthetische Stimme der Monarchin aus dem Sprechhorn ihres mobilen Thrones.

»Ich bitte um Verzeihung, Ihre Majestät«, antwortete Wormwood. Zum ersten Mal ließ die Verunsicherung seine Stimme beben. »Es wird nicht mehr als eine Minute in Anspruch nehmen. Ich bin sogleich wieder bei Ihnen.«

»Ich wollte gerade dasselbe sagen, Eure Majestät«, sagte Ulysses.

Überall im Park und den Straßen um diesen herum, zeigten tausende von Bildschirmen – welche den Angriff der Affenmenschen der gesamten Nation gezeigt hatten – einem neugierigen und gespannten Publikum, wie die Intrige vor den brennenden Ruinen des Glashauses aufgedeckt wurde.

»Sperren Sie diesen Mann ein«, befahl Allardyce einem Paar Roboter-Constables. »Und stellen Sie diese beschissenen Kameras aus!«

»Verweigern Sie diesen Befehl!«, kam das Kommando von Nimrod. Er trat vor die beiden Drohnen und hielt das lederne Kartenetui geöffnet vor ihre visuellen Sensoren.

»Auf wessen Befehl, Sir?«, erfragte einer der Constables freundlich.

»Auf Befehl dessen, dem diese Karte gehört, Constable Palmerston«, entgegnete Nimrod, nachdem er den Namen der Drohne auf dem Abzeichen an seiner Brustplatte entziffert hatte.

»Ich glaube es verflucht noch mal nicht!« Allardyce schäumte vor Wut und Verzweiflung. »Sie gehören hinter Gitter!«

»Inspector, wenn Sie bitte so freundlich wären und endlich etwas unternehmen würden!«, keifte Wormwood.

»Aber natürlich, Sir.« Der Inspektor machte Anstalten, Ulysses nun selbst festzuhalten. »Ich schaffe Ihnen diesen Vollidioten unverzüglich vom Hals, Sir, wenn Sie meine Ausdrucksweise verzeihen wollen.«

»Aber sind Sie denn gar nicht daran interessiert zu erfahren, wer die ganze Zeit hinter *Darwinian Dawn* und ihren Attacken auf unser herrliches Königreich steckte, Inspector?«

Ulysses wandte seine Aufmerksamkeit nun Allardyce zu. »Scotland Yard ist dem längst auf den Grund gegangen.«

»Sie sind das gewesen, nicht wahr, *Premierminister Wormwood*?«

Erneut tat das Volk einen tiefen Atemzug angesichts dieser dramatischen Konfrontation, die sich hier mitten im Empire abspielte, mit freundlicher Genehmigung der Magna-Britannia-Rundfunk-Anstalt, die beständig Aufzeichnungen des Jubiläumsevents zeigte.

Alle Augen richteten sich nun in erschrecktem Unglauben auf den Premierminister. Nimrod warf Ulysses einen unsicheren Blick zu, als wollte er fragen: »Wissen Sie auch, was Sie da sagen?« Dann huschte nicht mehr als der Anflug eines Zuckens über Wormwoods Gesicht und Nimrods Moment des Zweifelns war vorüber; er war überzeugt. Die Welt hielt den Atem an.

»Wo ist Ihr Beweis?«, fragte Allardyce fordernd.

»Wollen Sie es ihnen erzählen, Premierminister, oder soll ich das für Sie tun?«

Wormwood schien keine Antwort auf diese Frage zu finden. Das allein war ungewöhnlich für den Premier, der sich doch täglich im *House of Commons* in verbalen Auseinandersetzungen übte. »Sie haben bereits genug von meiner Zeit verschwendet«, sagte Wormwood schließlich und wechselte das Thema: »Eure Majestät muss unverzüglich zum Buckingham Palace zurückkehren.«

»Nein? Soll ich also? Es war ein gefährliches Spiel, mich in Ihre Pläne einzubinden. Tatsächlich gefährlich arrogant. Allerdings hatten Sie Ihren Ausstieg von Anfang an eingeplant, stimmt's?« Ulysses schritt an den erstarrten Constables vorbei, ausufernd gestikulierte er mit den Händen, als ob er eine Tischrede halten würde. »Ich weiß nicht, was damals wirklich in dieser ersten schicksalhaften Nacht im Natural History Museum geschah – ich glaube, dass nur zwei Menschen dies wirklich tun, und einer von ihnen ist tot – aber ich habe da eine wunderbare Vermutung.«

»Das Natural History Museum? Was hat das mit all dem zu tun?«, fragte Allardyce skeptisch. Nun hatte er den Faden endgültig verloren.

»Alles«, gab Ulysses knapp an.

»Würde es Ihnen dann etwas ausmachen, uns zu erleuchten, Mr. Quicksilver?« Wormwoods Stimme klang wie das Zischen einer Viper.

»Inspector, sagen Sie mir, haben Sie je herausgefunden, was an diesem Abend, an dem der Nachtwächter starb, entwendet wurde?«

»Nun …«

Ulysses hatte ihn tatsächlich überrascht.

»Sie müssen bemerkt haben, dass Professor Galapagos' Differenzmaschine gestohlen worden war. Und wer würde all diesen Ärger auf sich nehmen, um die doch äußerst spezielle Differenzmaschine aus diesem Labor im Museum zu stehlen, als unser gemeinsamer Freund Jago Kane – hm, Premierminister? – der rein zufällig in Ihrem ganz eigenen Interesse tätig war. Ich kann nur mutmaßen, was geschah. Kane brach ein, wurde aber von dem Professor überrascht, der dort noch zu später Stunde arbeitete. Es entstand eine Rauferei, Dinge gingen zu Bruch, inklusive eines Messbechers mit Galapagos' Regressionsformel, dessen Inhalt auf den Professor spritzte. Kane kam unversehrt davon und floh, doch der bemitleidenswerte Professor unterlief einer plötzlichen und grauenvollen Verwandlung, wurde zu einem Affenmann, welcher wenig später aus dem Museum flüchtete.« Ulysses kam gerade richtig in Fahrt. »Es war nicht die Maschine an sich, die Sie wollten, sondern die Formel für das Serum, die sich inmitten all seiner Daten befand.«

»Und wer tötete den Nachtwächter?«, fragte Allardyce, der sich so sicher gewesen war, dass auch dies bis zu einem gewissen Grade dem mysteriösen Dieb zuzuschreiben war.

»Ah … das wird Professor Galapagos gewesen sein, oder das, was einmal einer der führenden Evolutionsbiologen dieser Welt gewesen war, ehe die Formel ihn veränderte, doch es macht keinen Sinn, nach ihm zu suchen, er ist tot.«

»Das sagen Sie. Was ist mit ihm passiert? Und woher wissen Sie so viel über ihn?«, schnappte der verblüffte Allardyce. »Haben Sie ihn getötet, Quicksilver?«

»Oh nein, ich nicht. Man könnte sagen, er wurde mit seinen eigenen Waffen geschlagen.«

»Man könnte was?«

»Er bekam eine Kostprobe seiner eigenen scheußlichen Medizin.«

»Ich kapier's nicht.«

»Ja, das habe ich mitbekommen.«

»Doch was haben all diese Gerüchte und Vermutungen mit der vermeintlichen Verbindung des Premierministers zu *Darwinian Dawn* zu tun?«, warf Allardyce ein, stolz lächelnd, als ob er gerade einen Trumpf ausgespielt hätte.

»Weil Galapagos' Differenzmaschine die chemische Aufschlüsselung der Regressionsformel beinhaltet und derjenige, der in Besitz dieser Formel kommt, in der Lage wäre, so viel davon zu produzieren, wie er benötigt.«

»Benötigt? Wofür?«

»Für das, wovon Sie heute Nacht Zeuge wurden: um eine direkte und verheerende Attacke auf die Monarchin zu starten und damit die neuen Anti-Terror-Gesetze in Kraft treten zu lassen, welche sicherstellen, dass er die totale Kontrolle über das Land und das gesamte Imperium erhält. Und all das auf absolut legalem Weg, perfekt durchdacht. Doch um auf die Datenträger der Differenzmaschine zugreifen zu können, benötigte er den kodierten Dechiffrierungsschlüssel, und genau an dieser Stelle hatte sein Agent Jago Kane versagt. Der inzwischen transformierte Galapagos trug ihn noch immer bei sich. Und hier komme ich ins Spiel, um nach dem vermissten Professor zu suchen. Hätten Sie mir diesen speziellen Auftrag nicht gegeben, wäre ich niemals über die geheime Bombenproduktion von *Dawn* gestolpert, doch darüber wissen Sie ja zur Genüge Bescheid, ist es nicht so, Inspector?«

Sowohl Ulysses als auch Wormwood sahen, wie der resolute Allardyce schwankte. Seine rein schwarze und weiße Sicht der Welt war rapide zu einem unordentlichen, verwirrenden Grau geworden.

»Sie glauben den Worten eines bekannten Terroristen mehr als denen Ihres Premierministers?«, schrie Wormwood. Seine Stimme überschlug sich beinahe und seine porzellanbleiche Haut rötete sich heftig.

»Ich sehe jedoch noch immer nicht, wie das alles mit dem Premierminister in Verbindung steht!« Allardyce geriet nun wirklich ins Schwimmen.

»Ich komme zu folgendem Schluss«, sagte Ulysses finster. »Zwei Individuen tauchten in regelmäßigen Abständen immer wieder während meiner Untersuchung auf, ein jeder von ihnen blieb auch mir auf der Spur, ließ mir neue Indizien zukommen, führte mich vorwärts, beziehungsweise versuchte meine erfolgreichen Ausführungen in diesem Auftrag zu durchkreuzen. Ihre Genossen, Premierminister – nun, bezeichnen wir sie besser als Ihre Komplizen – Jago Kane und Miss Geneviève Galapagos, das entzückende Töchterchen des verwirrten Professors.«

Niemand sagte etwas. Ulysses hatte die Zuhörerschaft in seinem Bann.

»Der ehemalige Terrorist hatte sich mit *Darwinian Dawn* zusammengeschlossen. Letztere ist wohl eher ein Märchen. Es existiert keine Person namens Geneviève Galapagos, oder, Premier? Diese Femme fatale hat einen ganz anderen Namen, ist doch so? Miss Kitty Hawke, Attentäterin und erstklassige Hure! Und bevor der gute Inspector mich noch einmal fragt, was das alles mit Ihnen zu tun hat, werde ich mit Vergnügen den Beweis vorlegen, dass Sie Abkommen mit diesen beiden Individuen haben, wie ich aus der Quelle selbst erfuhr – die sprudelnde Quelle in diesem Falle war der verbitterte Jago Kane, der sich in äußerst schlechter Laune befand – und zudem noch anhand des Codeschlüssels des Professors, welchen ich an seine achso-geliebte *Tochter* zurückgab und in dem ein Peilsender angebracht worden war. Wohin auch immer Ihr kleines Kätzchen und das erfundene Medaillon ihres Vaters sich begaben, ich folgte ihnen.«

Ulysses wurde abrupt durch das Röhren eines Flugzeugtriebwerkes unterbrochen. Alle Aufmerksamkeit wandte sich von ihm ab und dem gefangenen Zeppelin zu. Die letzte funktionierende Maschine des Schiffs erwachte zum Leben. Unter dem Kreischen von Metall befreite sich das Luftschiff aus dem Dach des Palastes.

Alle Augen im Park waren auf das Gefährt gerichtet, wie es danach gierte, mit nur einer intakten Maschine seinen massigen Körper zu befreien.

Ein schriller Schrei erklang aus den Reihen der Kammerzofen der Queen und der Ausruf von Dr. Mabuse: »Mon dieu!«

Ulysses wandte sich um.

»Sie besitzen äußerst schlüssige Argumente, Quicksilver. Gut gemacht, sehr clever. Betrachten sie Ihre Mission als erfolgreich … abgeschlossen.«

Wormwood stand nun neben dem dampfbetriebenen Thron der Queen. Er hielt die kühle graue Mündung einer Pistole an die Stirn der verkümmerten alten Dame, welche von ihren schweren bestickten Gewändern fast zugedeckt wurde.

»Mr. Wormwood, ich kann nicht sagen, dass wir uns besonders gut unterhalten fühlen. Was geht hier vor sich?«, erklang die unpassend tadelnde Stimme aus dem Sprechrohr, welches an dem Thron befestigt war.

»Ich bin untröstlich, Ma'am, doch unglücklicherweise scheint sich die Schlinge um mich zuzuziehen. Auch der Beste macht mal Fehler, wie man so schön sagt. Betrachten Sie sich als meine … Geisel.«

Der wie vor den Kopf geschlagene Inspector Allardyce machte sich dazu bereit, seine Officers zum Handeln aufzurufen.

»Halt! Bevor es zu vorschnellen Handlungen kommt, Inspector, muss ich Sie darauf aufmerksam machen, dass ein Mann, der den Tod von Hunderten, wenn nicht sogar Tausenden von unschuldigen Londonern zu einem höheren Nutzen in Kauf nimmt, dessen Welt um ihn herum zusammenbricht und der nun nichts mehr zu verlieren hat – würde dieser Mann auch nur einen Moment zögern, eine Kugel in den Kopf unserer geliebten Monarchin zu jagen?«, fragte Wormwood.

»Allardyce, stopp!«, befahl Ulysses.

Ein schreckliches Lächeln kräuselte sich um Wormwoods Lippen, als er einen Schimmer von Panik in Ulysses' Augen aufblitzen sah.

»Sagen Sie mir nur eines. Warum sollte ein Mann in Ihrer Position, mit Ihrer Macht, an der Destabilisierung des Landes interessiert sein und sich mit einer Gruppe von eifrigen, fraglich-religiösen Revolutionären einlassen?«

»*Darwinian Dawn*? Eine läppische Fälschung, ein Fantasiegebilde von mir. Oh, natürlich, all jene, die sich dem verpflichtet hatten, glaubten natürlich, dass es real war, doch sie dienten mir nur als Werkzeuge. Nun, der innere Grundsatz hinter all dem ist noch immer intakt.«

»Und der wäre?«

»Sehen Sie sich um, Quicksilver. Sind Sie wirklich so engstirnig in Ihrer Sicht der Dinge? Können Sie denn nicht erkennen, dass so vieles an London schlicht falsch ist, und – um es noch weiter auszuführen – in ganz Magna Britannia ebenfalls? Ich könnte alles so viel besser machen.«

»So sind also *Darwinian Dawn* und deren Taten letzten Endes nur eines Ihrer Hilfsmittel?« Nur langsam wuchs diese Erkenntnis in Ulysses heran. »Sie manipulierten einen existenzbedrohten Staat im Ausnahmezustand und plötzlich, mit der Gewalt, die Ihnen durch Ihre Anti-Terror-Regelung verliehen wird, hätten Sie …« Ulysses unterbrach sich selbst.

»Hätte ich die Macht, das zu tun, was ich will; zurückzugehen bis zum Anfang und ganz von vorn zu beginnen. Ich hätte dem Leben in den Slums, der Überbevölkerung und anderen heimischen Leiden ein Ende bereitet, um London neu aufzubauen.«

»In Ihrer Vorstellung.«

»Ich hatte einen großartigen Masterplan für diese Stadt. Die größten Fortschritte, welche diese Nation je gesehen hätte, wären einer Zeit voller Prüfungen und Trübsal gefolgt. Zeiten erzwungener Evolution, wenn Sie so wollen. Erinnern Sie sich an das große Feuer 1666? Aus der Asche erhob sich eine großartige Stadt, eine bessere Stadt für alle. Aus der Asche von Londinium Maximum hätte sich eine viel großartigere Metropole erheben können, wie der Phönix aus der Asche. Veränderungen sind immer schwierig und traumatisierend. Ich verstehe das. Aber ich hätte die Nation davon überzeugen können, diese Zeiten zu überstehen, bis sich ihr wahres Potenzial erfüllt. Magna Britannia ist ein antiquierter Dinosaurier, eine Kreatur einer längst vergangenen Zeit, welche schon lange hätte ausgestorben sein sollen. Sehen Sie mich als Agent der Evolution an.«

»Meine Güte! Jetzt erkenne ich endlich, um was es die ganze Zeit geht«, erklärte Ulysses.

»Natürlich, ich habe Ihnen auch gerade erzählt, um was es hier geht, Sie Idiot!«, gab Wormwood zurück.

»Nun ja, aber Sie haben uns nur eine politische Erklärung geliefert. Wenn wir zwischen den Zeilen lesen, erkennen wir auch die Wahrheit. Es geht hier um vollkommene Macht. Das ist alles. Absolute Macht … totale Korruption.«

»Das ist die Meinung von Narren, die vor Angst zittern.«

»Sie hätten die Geschichte sicherlich äußerst effektiv umgeschrieben, entsprechend Ihrer verdrehten Sichtweise. Ihre eigene widersinnige Geschichte des britischen Empire. Doch leider wird Geschichte von Siegern geschrieben. Und Sie haben verloren!«

»Sir!«

Gleichzeitig mit dem Aufruf seines Butlers hörte Ulysses den anschwellenden Lärm des angestrengten letzten Zeppelin-Motors und fühlte die heulende Brise des Abwindes an seiner Kleidung und seinem Haar zerren. Mit der Nase gen Boden gerichtet, flog der Zeppelin über die zerstörte Rasenfläche des Parks, scheinbar auf direktem Kollisionskurs mit der royalen Versammlung. Gewehrsalven knatterten los und prallten von der gepanzerten Schale des Luftschiffes ab, als Victorias Leibgarde das Feuer eröffnete.

Dann war das Luftschiff direkt über ihnen.

Etwas schwang sich aus der Dunkelheit hinab.

Ulysses duckte sich, die Strickleiter fegte über ihn hinweg. Als er sich wieder aufrichtete und dem vorüberrauschenden Luftschiff mit den Augen folgte, ließ sein sechster Sinn eine Warnung aufblitzen und er wusste bereits, was gleich geschehen würde. Die Zeit um ihn herum schien sich zu verlangsamen, und er reagierte, ohne nachzudenken, verließ sich einzig auf seinen Instinkt. Dann war der Zeppelin vorüber und die Queen stand allein da, während Wormwood die Leiter hinaufkletterte und das Luftschiff außer Reichweite für einen Beschuss rückte.

Allardyce und seine Roboter-Bobbys ignorierend, rannte Ulysses über den Rasen. Und dann hob sich die letzte Sprosse der Leiter außer Reichweite. Der Moment war vorbei. Er hatte die letzte Chance verpasst.

Wieder flackerte sein sechster Sinn auf. Eines der losen Ankertaue des Zeppelins schwang aus der Dunkelheit hinter ihm. Das Schicksal hatte ihm eine zweite Chance gegeben, und Ulysses griff zu.

»Glauben Sie, er weiß, was zum Teufel er da tut?«, fragte Allardyce den Butler.

»Oh, ich glaube, er nimmt es so, wie es gerade kommt, Sir. Das ist seine übliche Vorgehensweise«, antwortete Nimrod.

Mit schmerzenden Armen und Beinen, schwer atmend und einem Herzschlag kurz vor dem Platzen, schwankte Uriah Wormwood auf das Flugdeck des Luftschiffs. Luft strömte heulend durch die zerschmetterte Glasblase ins Innere der Gondel.

Inmitten des Trümmerfeldes der Pilotenkanzel klammerte sich Kitty Hawke an das Steuerrad des Schiffes, Kleidung und Haut über und über mit Glassplittern bedeckt. Ihre schiefe Haltung machte es unmöglich zu erkennen, ob sie um die Kontrolle des Gefährts kämpfte oder ob sie sich so fest an das Steuerrad klammerte, um nicht umzufallen.

Wormwood ging zu der jungen Frau. Kitty wandte sich um, funkelte ihn in ihrer gereizten, frustrierten Raserei an. Das Haar hing ihr offen über die Schultern, ein windgepeitschtes Durcheinander. Ihre perfekt geformten Gesichtszüge waren von den abertausenden Schnitten mit rötlichen Linien durchzogen, und eine Prellung hatte einen dunklen Fleck über ihrem rechten Wangenknochen hinterlassen.

»Wir haben versagt.«

Plötzlich war das Feuer erloschen, das eben noch von ihr ausging.

»Nein, meine Liebe. Dies ist kein Versagen. Es ist eher ein … Rückschlag«, sagte Wormwood, richtete sich zu voller Größe auf und ließ seinen Blick in die Ferne schweifen. »Wir haben nur eine Schlacht verloren, nicht den Krieg. Ich bin noch nicht fertig mit Londinium Maximum. Nein, als Ende würde ich das nicht bezeichnen. Die Welt hat nicht zum letzten Mal von Uriah Wormwood oder Kitty Hawke gehört.«

Steif streckte der erfahrene Staatsmann den Arm aus und legte eine Hand auf Kittys Schulter.

»Gewiss nicht, Vater.«

Wormwood blickte weiter aus der zerschmetterten Pilotenkanzel, die Augen zusammengekniffen gegen den hereinströmenden Luftzug. Unter ihnen wich das Victoria Embankment der Themse, in der sich die Lichter der schlaflosen Stadt spiegelten.

»Es scheint, wir verlieren an Höhe, mein Liebes«, sagte er schließlich, als das Flutlicht des Wachturmes der Tower Bridge bereits den Großteil seines Blickfeldes ausfüllte.

»Das ist der Ballon«, meinte Kitty. Sie klang erschöpft.

»Er hat zu viel Schaden genommen. Ich habe die Kontrolle über das Ruder verloren, nun sinken wir wohl.«

»Wie ärgerlich. Dann wird es wohl Zeit für ein Ausweichmanöver, Liebes, würdest du mir da zustimmen?«

»Ja, Daddy, obwohl ich glaube, dass es dafür bereits zu spät ist.«

»Es ist niemals zu spät, Liebling, vergiss das nicht. Es ist nie zu spät.«

Ulysses klammerte sich fest, seine Arme schmerzten, seine rechte Schulter war taub vor Schmerz. Er wünschte, er hätte einen Plan. Alles, was er jetzt tun konnte, war durchhalten und zu hoffen, an den flüchtigen Premier heranzukommen, sobald das Luftschiff endlich auf dem Boden aufkommen sollte. Und es schien, als landeten sie wohl früher als später.

Vor ihnen ragte die Tower Bridge auf, und anstatt an Höhe zuzulegen, um über das offensichtliche Hindernis hinwegzugleiten, welches das Bauwerk darstellte, sank der Zeppelin darauf zu. Nur wenige hundert Meter unter ihnen floss die schwarze Themse auf das offene Meer zu.

Ulysses überdachte seine Optionen und kam schnell darauf, dass er nicht wirklich welche hatte. Ein Sturz aus dieser Höhe in das reißende Wasser wäre nicht weniger fatal als eine Kollision mit den Steinmasten der Brücke.

Loslassen oder hängenbleiben.

»Verdammt, wenn du es tust und genauso verdammt, wenn nicht« dachte er laut. »Komm schon, Quicksilver, du bist in der Vergangenheit bereits aus Schlimmerem rausgekommen.« Seine Gedanken schweiften zurück zu seinem Sturz durch die eisige Luft über dem Mount Manaslu. Er war dem Tod entkommen – dank einer Laune des Schicksals und den gütigen Mönchen von Shangri-La – doch konnte er das nochmal? Hatte er seine letzten Chancen bereits aufgebraucht?

Dann wurde ihm diese Entscheidung abgenommen.

Der Bug des Zeppelins streifte den nördlichen Turm der Brücke und wurde dagegen gedrückt. Kurz darauf kollidierte die Gondel mit der zinnernen Kuppel. Das Geräusch von Metall, das über Mauerwerk schabte, erklang, und Bruchstücke des Gemäuers bröckelten hinab.

Dann war da plötzlich ein Funke. Der Ballon ging in Flammen auf, eine ganze Armada von Explosionen fegte ihn geradezu hinweg. Der Zeppelin war nur mehr eine einzelne prachtvolle Fackel, die den ganzen Stadtteil und auch Southwarks Mietskasernen hell erleuchtete.

Ulysses fiel, das Tau lose in seinen Händen, die Augenbrauen von der Explosion versengt, der brennende Körper des Luftschiffes über ihm absackend.

Ein stechender Schmerz schoss durch seine rechte Schulter, als eine Kralle nach ihm grapschte. Das dumpfe Schlagen lederner Schwingen drang durch die Luft und Ulysses wurde über das Wasser hinfort getragen, weg von dem stürzenden Zeppelin.

Ulysses blickte auf. Der Pterodaktylus über ihm, welcher in ihm wohl einen leckeren Snack sah, mühte sich damit ab, selber an Höhe zu gewinnen. Ulysses wurde klar, dass das Reptil ihn jeden Moment fallenlassen würde und er so wieder das gleiche Schicksal wie vorab vor Augen hatte. Nun war es an ihm, hängenzubleiben, indem er nach den schuppigen Beinen des Pterodaktylus griff – genau in dem Moment, als dieser den Griff um seine schmerzende Schulter löste.

Ulysses Absturz ging also doch weiter, diesmal nur in einer deutlich bizarreren Art und Weise. Erst als seine Füße die Wasseroberfläche berührten, ließ er los und der Pterodaktylus krächzte und flatterte zurück zu seinem Schlafplatz auf der Tower Bridge.

Ulysses zog sich aus dem Fluss und erklomm die Eisenstreben, die am Kai eingelassen waren, gerade als der *Silver Phantom* aus einer angrenzenden Straße geschossen kam.

»Es scheint, als hätten Sie erneut die Oberhand behalten, Sir«, bekundete Nimrod stoisch, während er aus dem Automobil stieg und die hintere Wagentür öffnete.

»Allerdings«, gab Ulysses zurück.

»Wenn ich mir eine Bemerkung erlauben dürfte, Sir, Sie machen den Eindruck, als seien Sie ein wenig lädiert.«

»Es geht doch nichts über ein kurzes nächtliches Bad in der Themse, nicht wahr, Nimrod?«

»Das würde ich so nicht bestätigen, Sir.«

Nimrod schloss die Tür hinter ihm und setzte sich wieder auf den Fahrersitz. Ulysses blickte aus dem verdunkelten Fenster hinaus. »Wie geht es Ihrer Majestät?«

»Sie kehrt soeben in den Buckingham Palace zurück, Sir.«

»Gut. Dann konnte der Status quo ja gehalten werden. Alles ist so, wie es sein sollte.«

»Dem würde ich nicht zustimmen, Sir.«

»Nein, ich glaube, du hast recht, nun, da du es erwähnst. Zuletzt hat Wormwood doch eine Veränderung bewirkt«, sagte er und betrachtete das brennende Wrack des Zeppelins, das langsam auf der Oberfläche des rastlosen Flusses fortgetragen wurde. »Es liegt an Überlebenden wie uns und wie wir mit der Situation umgehen. Das wird den Unterschied ausmachen.«

»Ja, Sir.«

»Doch darüber können wir uns später den Kopf zerbrechen. Magna Britannia wird auch morgen noch da sein und auf uns warten, nicht wahr, alter Knabe?«

»Dank Ihnen, Sir.«

»Das hab ich wirklich gut gemacht.«

Damit entglitt der *Silver Phantom* den letzten Überbleibseln der Nacht und tauchte in den dämmernden Anbruch eines neuen Tages hinein.

EPILOG

KÖNIGIN UND VATERLAND

»Ihre Majestät will Sie nun empfangen«, gab eine Kammerdienerin bekannt, und Ulysses Quicksilver wurde in den Thronsaal mit den schwindelerregend hohen Decken vorgelassen.

Ulysses hielt den Kopf gesenkt, als er das Podium am Ende der überladen verzierten Empfangshalle erreichte. Alles hier schimmerte und glitzerte, das kristallisierende Licht aus den Lüstern des prunkvollen Thronsaals wurde von den mit Blattgold überzogenen Oberflächen und dem glänzenden Marmor reflektiert.

Die oberste Stufe des Podiums, von wo aus Queen Victoria damals die royalen Gäste persönlich empfangen hatte, war nun durch scharlachrote Samtvorhänge vom Rest des Saals abgesperrt.

Die Luft in dem Raum war dunstig und geschwängert von einem alles durchdringenden Geruch nach Duftkugeln und Schmieröl. Zu beiden Seiten des Podiums standen Automaten-Drohnen, aufgeputzt wie höfische Diener.

Ulysses hob den Blick. Die Kammerzofe geleitete ihn nach vorn und verschwand dann hinter dem Vorhang, bevor sie erneut erschien und wieder an seiner Seite Stellung bezog, ohne auch nur einen Ton von sich zu geben. Ulysses wartete in Habachtstellung. Er wirkte sicherlich nicht fehl am

Platze mit seinem Zylinder und dem Frack, dessen dunkle Farben durch eine goldene Seidenkrawatte mit diamantener Anstecknadel und der roten Nelke im Knopfloch betont wurde.

In der rechten Hand hielt er seinen Gehstock mit dem Blutdiamanten. Den linken Arm trug er in einer schwarzen Schlinge eng an den Körper gepresst.

Nervös räusperte er sich und entsann sich des letzten Mals, als er seine Monarchin zu Gesicht bekommen hatte. Eine Woche war seit den dramatischen Ereignissen bei den Feierlichkeiten zum 160. Jubiläum der Queen vergangen. Obwohl eine Woche eine lange Zeitspanne in der Politik darstellte, hatte die Politik selbst wohl noch nie eine Woche wie diese erlebt. Obgleich man in der Themse gefischt hatte, war Jago Kanes Körper nicht geborgen worden, und es schien, als sei er erneut aus dem Angesicht der Welt fortgewischt worden. Zuletzt hatte man den Ausbruch aus dem Tower of London doch noch unter Kontrolle gebracht und es waren bereits Arbeiter mit den Ausbesserungsarbeiten an der Gefängniseinrichtung beschäftigt.

»Guten Morgen, Mr. Quicksilver«, knarrte eine Stimme aus den Lautsprechern, die beidseits der Vorhänge standen, als käme sie aus einem alten Grammophon.

»Guten Morgen, Ihre Majestät«, gab er zurück.

»Mr. Quicksilver, wir wurden darüber informiert, dass wir Ihnen für den glücklichen Ausgang von Premierminister Wormwoods schändlichem Aufstand danken dürfen.«

Ulysses dachte an die unzähligen Opfer, die während des königlichen Jubiläums gestorben waren und an die vorangegangenen Terrorangriffe auf die Hauptstadt. Er selbst würde es keinesfalls als einen *glücklichen Ausgang* bezeichnen, und doch war »Ich danke Ihnen, Ma'am« alles, was er sagte.

»Es scheint, als folgten Sie einer alteingesessenen Familientradition, das Königreich und dessen Herrscher vor jenen zu beschützen, die Magna Britannia fallen sehen wollen.«

»Ich trage nur meinen bescheidenen Beitrag dazu bei, Ma'am.«

»Nun, ich gratuliere Ihnen zu Ihrer glänzenden Arbeit und möchte Sie belohnen.«

Komprimierter Dampf wurde zischend freigelassen und einer der Lakaien erwachte plötzlich zum Leben. Als er auf Ulysses zusteuerte, erkannte dieser, dass er ein kleines, mit Quasten geschmücktes Kissen vor sich hertrug. Auf dem Kissen ruhte ein purpurnes Ordensband, an welchem ein metallisches graublaues Kreuz hing, darauf das Motiv einer Krone, die von einem Löwen überragt wurde und eine Inschrift: FÜR TAPFERKEIT.

»Wir verleihen Ihnen das Victoria-Kreuz für die Tapferkeit und Ritterlichkeit, die Sie in selbstloser Ergebenheit für Königin und Vaterland gegen scheinbar unüberwindbare Gefahren demonstriert haben.« Die Kammerzofe der Queen stolzierte nach vorn, nahm die Medaille von dem Polster und steckte sie an das Revers von Ulysses' Frack.

»Gratulation, Mr. Quicksilver.«

»Ich danke Ihnen, Ma'am. Ich fühle mich zutiefst geehrt.«

Ein Moment der Stille folgte, in dem Ulysses abwartete, ob die Monarchin noch etwas von sich zu geben gedachte, da er sich nicht sicher war, ob es schicklich sein mochte, selbst noch etwas zu sagen, ohne dass er zuerst angesprochen wurde. Ein elektrostatisches Knistern erklang und Queen Victoria wandte sich erneut an ihn.

»Das wäre dann alles. Sie können nun gehen.«

»Das Victoria-Kreuz, sehr nett. Ich wette, es wird wohl den einen oder anderen Schilling wert sein«, sagte Bartholomew und beäugte die Medaille, als Ulysses die Palaststufen hinabstieg und auf den wartenden *Phantom* zuschritt.

»Das wird es wohl, doch es ist nicht zu verkaufen«, gab Ulysses grimmig lächelnd an seinen unverbesserlichen jüngeren Bruder zurück.

»Ich beglückwünsche Sie, Sir«, sagte Nimrod mit väterlichem Stolz.

»Danke dir, Nimrod.«

»Was hat sie nun gesagt?«, drängte ihn Barty.

»Nicht allzu viel.«

»Nicht allzu viel? Du hattest eine Audienz bei der Queen höchstpersönlich …«

»In gewisser Weise.«

»… ein Privileg, welches nur sehr wenigen zuteil wird, und wenn man dich dann fragt, was Ihre Hoheit gesagt hat, ist alles, was du dazu zu sagen hast: *Nicht allzu viel*? Ich hätte wirklich gedacht, du würdest dich an jedes ihrer Worte erinnern, an jede Silbe.«

»Du vielleicht, Barty. Es war wirklich nicht berauschend.«

»Nun, das würde auf wohl so ziemlich alles zutreffen, nach alledem, was du kürzlich erlebt hast.« Inzwischen war Barty fast wieder der Alte. Er erholte sich gut von der Schusswunde, die er dank Kitty Hawkes verpfuschtem Attentatsversuch davongetragen hatte. Diese Nahtoderfahrung verlieh ihm anscheinend ein neues Lebensgefühl.

»Pass auf, ich erzähle dir während des Mittagessens alles darüber«, sagte Ulysses mit gespielter Lustlosigkeit und klopfte seinem Bruder liebevoll auf den Rücken. »Was ich jetzt brauche, ist ein ordentlicher Drink. Meine letzte Dosis Schmerzmittel lässt bereits nach, und ich ertrage es einfach nicht, noch einen Tag länger von der Presse belagert zu werden, ohne zumindest ein bisschen angeheitert zu sein. Nimrod, zum *Ritz* bitte, wenn du so freundlich wärst?«

»Sehr wohl, Sir, zum *Ritz.*«

Als sich die Brüder auf den Rücksitz des Automobils begaben, wandte Barty sich Ulysses zu. »Nun, da du quasi eine royale Verabredung hattest, denk an die Zukunft, Ulysses!«

»Das große, noch ungeschriebene Abenteuer meinst du?«

»Absolut!«

»Nun, als ich vor einer Woche in die dunklen Fluten der Themse stürzte, dachte ich nicht einmal, dass ich noch so etwas wie eine Zukunft hätte. Also lebe ich im Hier und Jetzt, in der Gegenwart! Die Zukunft kann warten.«

Andernorts, hinter geschlossenen Fensterläden und schweren Vorhängen, in einem unscheinbaren Raum eines ebenso unscheinbaren Gebäudes mit der komfortablen Anonymität von schattenhafter Düsternis, traf sich die *Star Chamber.*

»Ich erkläre das Treffen der *Star Chamber* für eröffnet«, erklang eine gedämpfte Baritonstimme in der Dunkelheit, die beinahe alles Wesentliche außer den umhertanzenden Staubpartikeln der versteckten Kammer verhüllte.

Die heimelige Düsternis wurde von dem zurückhaltenden Ticken einer Uhr durchdrungen, begleitet von einem glucksenden Geräusch, als jemand seinen Tee umrührte.

»Nun hat Wormwood doch versagt«, meinte eine zweite, volle und weiche Stimme.

»Spielt das eine Rolle?«, wollte eine Dritte wissen, die etwas frischer klang und in der ein verderblicher Unterton mitschwang, wie das Bellen eines bissigen Terriers.

»Nein, es reicht aus, dass er es versuchte. Das Empire ist zu selbstgefällig geworden«, gab die erste Stimme als Antwort. »Wenn es überleben will, muss es sich bewähren und herausgefordert werden.«

»Und Quicksilver spielt ebenfalls eine weitere Rolle darin?«, warf eine Vierte die Frage ein, aristokratisch und scharf wie ein Rasiermesser.

»Die Antwort darauf sollten Sie wohl selbst am besten wissen«, meinte die Zweite.

»In der Tat.«

Das zarte *Pling* eines silbernen Teelöffels auf feinstem Porzellan erklang, als Tee umgerührt wurde.

»So, was steht als Nächstes für Mr. Quicksilver auf der Liste, unserem Agenten der Verwüstung?«, stellte die zweite Stimme eine Frage in den Raum.

Jemand schlürfte Tee. »Das wird die Zeit zeigen, Gentlemen«, entgegnete der väterliche Tonfall der ersten Stimme. »Das wird die Zeit zeigen. Aber seien Sie sicher, wir werden da sein und jeden Schritt seines Weges beobachten. Am Ende benötigt der Lauf der Geschichte immer wieder eine helfende Hand, nicht wahr?«

»Das tut sie in der Tat«, stimmte die Vierte mit einem herzerweichenden Seufzen zu.

Zustimmendes Gemurmel wurde laut.

»Nun, bis auf Weiteres wäre es das, meine Herren«, gab die erste Stimme bekannt. »Lassen Sie uns unseren Geschäften nachgehen. Hiermit erkläre ich dieses Treffen der *Star Chamber* für beendet.«

Stille kehrte in dem verstaubten Raum ein. Die letzten Tassen wurden auf den Untertassen abgesetzt und die Geschichte nahm ihren vorgezeichneten Weg wieder auf.

– ENDE –

LUZIFER
VERLAG

Printed in Poland
by Amazon Fulfillment
Poland Sp. z o.o., Wrocław

40900257R00212